HEYNE <

W0209186

## Das Buch

»Rodolphe ...«, flüsterte Amelie und fuhr die Innenfläche seiner Hand nach. »Ich wünsche mir eine Hand wie die deine, nur kleiner. Eine, die wir gemeinsam erschaffen haben. Du und ich.«

Er schwieg. Viel zu lange. Irgendwann murmelte er: »Ich weiß nicht, ob ich dafür schon bereit bin.«

»Das verstehe ich. Aber weißt du, für ein Kind ist man nie bereit. Es ist ein Abenteuer, das wir nicht planen können, aber gemeinsam erleben dürfen.« Sie machte eine Pause und ließ ihre Worte wirken. »Auch ich habe manchmal Angst davor, glaub mir. Mit dir an meiner Seite aber möchte ich es wagen.« Sie stützte sich auf einen Ellenbogen, um ihn anzusehen. Rodolphe hingegen starrte mit glasigem Blick ins Leere.

»Ich glaube nicht, dass das das Richtige für mich ist, Amelie.«

»Was ist es denn, was du willst?«, fragte sie eine Spur schärfer, denn seine Worte hatten ihr einen schmerzhaften Stich versetzt. »Ewig so weitermachen?« Sie machte eine alles einschließende Handbewegung.

»Vielleicht ja, Amelie. Vielleicht ist es genau das, was ich möchte.« Er wandte sich wieder ab und starrte mit zusammengepressten Lippen an die Decke.

»Für dich ist das alles ganz simpel, oder? In den Tag hineinleben, ohne sich Gedanken machen zu müssen. Nur für mich ...« Sie schluckte leer. »Für mich ist es etwas anders, Rodolphe.« Amelie holte tief Luft und erhob sich. Dann sammelte sie ihre Kleidung ein und zog sich an. »Ich habe viel zu verlieren.«

## Die Autorin

Ladina Bordoli wurde 1984 in der Schweiz geboren. Sie ist eine ausgebildete Fachfrau für Unternehmensführung, Miteigentümerin einer eigenen Werbetechnik-Firma und arbeitet als Geschäftsführerin im elterlichen Bauunternehmen. Ihre Leidenschaft gilt jedoch dem Schreiben, dem sie sich überwiegend am Wochenende und an den Feiertagen widmet. Sie lebt im Prättigau, einem kleinen Tal in den Schweizer Alpen. Nach dem Erfolg ihrer dreibändigen »Mandelli-Saga« schreibt sie nach »Der Geschmack von Freiheit« mit »Der Duft von Glück« nun die Geschichte der großen Schweizer Chocolatier-Familien weiter.

LADINA BORDOLI

# Der Duft von Glück

Roman

WILHELM HEYNE VERLAG
MÜNCHEN

MIX
Papier | Fördert gute Waldnutzung
FSC® C014496

Penguin Random House Verlagsgruppe FSC® N001967

Originalausgabe 12/2025


Redaktion: Katja Bendels
Umschlaggestaltung: bürosüd, München,
unter Verwendung von © Richard Jenkins und
www.buerosued.de
Satz: Satzwerk Huber, Germering
Druck und Bindung: GGP Media GmbH, Pößneck
Printed in Germany
ISBN: 978-3-453-42777-8

www.heyne.de

Ich hatte einen Traum. Von einer Praline, deren Oberfläche dermaßen luxuriös und seidenglatt war, dass sich das Licht darin spiegelte und die Schokolade in Gold verwandelte. Die feste, bittersüße Schale zerbrach auf der Zunge, und der Kern ergoss sich wie flüssiges Gold in den Mund.
Sie war die Königin der Pralinen.

*Amelie Sahli, 1906*

# 1

*Bern, Dezember 1879*

Abgelenkt durch das rhythmische Zischen und Schnauben der Maschinen, marschierte Rodolphe Lindt in seiner neu gegründeten Schokoladenfabrik auf und ab. *Rod. Lindt fils* prangte seit Anfang des Jahres in geschwungenen Lettern auf der frisch gestrichenen Fassade derselben. Der bittersüße Duft warmer Schokolade erfüllte den Fabrikraum, der kaum größer als ein herkömmliches Zimmer war.

Immer wieder warf Rodolphe einen Blick aus einem der zahlreichen trüben Fenster hinaus in die Wasserwerkgasse. Im Berner Mattequartier herrschte trotz der beißenden Kälte und der Feuchtigkeit, die vom Flussufer aufstieg, reges Treiben. Am Rande der Altstadt und direkt am Aare-Ufer gelegen, hatten viele Industriebetriebe diesen Teil der Stadt als Standort für ihre Produktion gewählt. So zählten eine Hammerschmiede, eine Etuifabrik, eine Furniersägerei, eine Silberschmiede und viele weitere Handwerksbetriebe zu Rodolphes Nachbarn. Droschken und Fuhrwerke ratterten durch die schneebedeckten Gassen, in Wollmäntel und Mützen verpackte Fabrikarbeiter luden Waren aus, während einige schmutzstarre Arbeiterkinder lachend Fangen spielten. Heute schien das blasse Sonnenlicht förmlich auf der Straße und an den Fassaden der umliegenden Häuser zu kleben, als hätte es beschlossen, ausnahmsweise nicht hinter dem Horizont zu verschwinden.

Rodolphe schnalzte mit der Zunge, wandte sich vom Fenster ab und starrte auf die Conchiermaschine, eine muschelförmige Längsreibemaschine, die er im Frühling in Ittingen erstanden und weiterentwickelt hatte. Seit Monaten versuchte er mithilfe seines Vaters, aus der bitteren und sandigen Schokolade etwas Genießbareres zu erschaffen. Bisher hatte Schokolade mit Genuss nämlich rein gar nichts zu tun, fand Rodolphe. Damit sie als Getränk konsumiert werden konnte, musste man sie mit allerhand Gewürzen und Zucker verfeinern. Kein Wunder also, dass Tafelschokolade immer noch auf ihre sättigende Wirkung reduziert und in Apotheken als Arzneimittel verkauft wurde. Mit der eigens dafür konstruierten »Conche« beabsichtigte er, diesen unerfreulichen Umstand zu ändern.

Trotz der Tatsache, dass Rodolphe von der Genialität seiner Erfindung überzeugt war, strafte ihn das Leben seit Gründung der Fabrik mit Misserfolg. Selbst sein Vater, ein gelernter Apotheker mit eigenem Betrieb, wusste keinen Rat. Dennoch trieben ihn sein Instinkt und seine Neugierde stetig weiter. Aufgeben war keine

Option, schließlich war er erst vierundzwanzig und hatte noch sein ganzes Leben vor sich.

Endlich legte sich die Dämmerung über Bern, und Rodolphes Taschenuhr bestätigte, dass es an der Zeit war, sich anderen Dingen zuzuwenden. Sein Puls beschleunigte sich, eilig verließ er die Manufaktur. Da er keine Angestellten besaß und sein Vater heute Nachmittag in der Apotheke weilte, war er niemandem eine Erklärung schuldig.

Draußen auf der Straße winkte er sich eine der Droschken herbei und nannte dem Betreiber die Adresse seines Zuhauses an der Schosshalde im Osten von Bern. Dort lebte er zusammen mit seinen Eltern, seinem Bruder August und fünf Schwestern in einem dreistöckigen, würfelförmigen Sandsteinbau mit Mansarddach.

Rodolphe stieg die wenigen Steinstufen hinauf zum Erdgeschoss, das er allein bewohnte; die beiden oberen Etagen waren dem Rest der Familie vorbehalten.

Das Abendessen nahm die Familie für gewöhnlich gemeinsam ein. Heute jedoch ließ Rodolphe durch eine Hausangestellte ausrichten, dass er unter Kopf- und Gliederschmerzen leide und ihm ein belegtes Brot und etwas Suppe in seinen eigenen vier Wänden reiche.

Seufzend schritt Rodolphe durch die Stube, zündete die Petroleumlampen an und ging in sein Zimmer, wo er sich ein frisches Hemd anzog und Hose und Jackett wechselte. Nebenbei aß er hastig einige Bissen. Anschließend betrachtete er sich kritisch im Spiegel. Die Hosenbeine waren zu kurz und wiesen am Saum Gebrauchsspuren auf. Beim Kittel fehlte ein Knopf, und die Tasche war eingerissen. Zudem spannte die Jacke an den Schultern, und für die Hose brauchte er definitiv keinen Gürtel, damit sie dort blieb, wo sie war. Er fragte sich, ob der Seitenscheitel seiner dunklen Haare wohl erneut mit Pomade fixiert werden musste. Nachdenklich strich er sich den kurzen Schnurrbart glatt. Auch dieser sah heute nicht so aus wie sonst. Ärgerlich, aber möglicherweise gerade passend.

Es war ein verrückter Plan, den er mit Amelie zusammen ausgeheckt hatte. Ein Grinsen zog seine Mundwinkel nach oben, als er sich erinnerte, dass es nicht einmal seine Idee gewesen war, sondern ihre!

Dass sich hinter ihren blauen Katzenaugen womöglich mehr verbarg, als sie preisgab, ahnte er schon seit ihrer ersten Begegnung im Lebensmittelgeschäft ihrer Eltern. Trotzdem hatte es ihm kurz die Sprache verschlagen, als sie beim letzten ihrer gelegentlichen Sonntagsspaziergänge vorgeschlagen hatte: »Rodolphe … lass uns etwas Verrücktes tun!«

»Verrückt?«, hatte er gefragt und dabei ihr herzförmiges Gesicht mit den hohen Wangenknochen, den vollen Lippen und der etwas zu großen Nase gemustert.

»Ganz genau«, hatte sie geantwortet und ihn in ihren haarsträubenden Plan eingeweiht.

*Verrückt* schien ihm vor allem die Tatsache, dass er sich in diesem Jahr noch mit keinem anderen Mädchen getroffen hatte, sich allein damit begnügte, mit Amelie spazieren zu gehen, und ihr (niemand möge es je erfahren) Briefe schrieb.

Amelie Ammann. Sie war eine Klasse für sich. So sehr sogar, dass Rodolphe sich an diesem Dezemberfreitag, ohne seinen Eltern Bescheid zu geben, aus dem Haus schlich und zu Fuß in der Dunkelheit verschwand. Erst auf halbem Weg zur Innenstadt wagte er es, eine Droschke herbeizuwinken. Der Fuhrmann musterte ihn mit in Falten gelegter Stirn, und plötzlich wurde Rodolphe bewusst, dass sein Aufzug womöglich implizierte, ihm könnte es an Geld mangeln, um die Fahrt zu bezahlen.

»Hier bitte, das sollte reichen.« Er kramte in der Innentasche seines Mantels und beeilte sich, dem Fuhrmann einige Münzen in die Hand zu drücken. Dieser starrte ihn mit fragend hochgezogener Augenbraue an und bedeutete ihm mit einer Geste, Platz zu nehmen.

»Wünscht der Herr, dass ich die Laterne anzünde? Das kostet zehn Rappen extra pro Viertelstunde. Ihre Münzen reichen gerade noch für ein Mal.« Der Fuhrmann drehte sich zu ihm um.

»Nicht nötig, mein Ziel ist nah. Behalten Sie den Rest, und bringen Sie mich bitte zum Mühlenplatz.« Rodolphe setzte sich. Sie hatten vereinbart, dass Amelie dort in ihrer Droschke auf ihn warten würde. Auf keinen Fall sollte sie das Gefährt ohne seine Begleitung verlassen.

Der Mühlenplatz befand sich nur wenige Gehminuten von seiner Fabrik entfernt im Mattequartier. Ihr gemeinsames Ziel, das Fischerstübli, lag einige Meter weiter, in der angrenzenden Gerberngasse. Obwohl Rodolphe die meiste Zeit der Woche in diesem Viertel verbrachte, so gehörten die Freizeitangebote dieser Gegend jedoch nicht zu jenen, die er frequentierte. Hier trafen sich die Fabrikarbeiter, deren Behausungen sich wie Bienenstöcke zwischen die Gebäude der Industriebetriebe quetschten. Besagte Pintenwirtschaft, deren Populärname Dreckiger Löffel lautete, besaß einen zweifelhaften Ruf. Wahrlich, Amelie hatte nicht übertrieben, als sie ihren Vorschlag *verrückt* genannt hatte ...

Als Sohn eines Politikers – sein Vater war Großrat und Gemeinderat der Stadt Bern – war Rodolphe der Klötzlikeller in der Gerechtigkeitsgasse eher ein Begriff. Im Gegensatz zum Fischerstübli war er dort jedoch kein Unbekannter. Das war mit ein Grund, warum er Amelies wahnwitziger Idee, sich in den Schmelztiegel der Fabrikarbeiter zu begeben, zugestimmt hatte.

Nach kurzer Zeit erreichte die Droschke den Mühlenplatz. Rodolphe sah im Schein der umliegenden Gaslaternen den Umriss eines Gefährts, das neben dem Matten-Schulhaus geparkt hatte. Sein Puls beschleunigte sich. Eilig stieg er aus, setzte seine Baskenmütze auf und zog den Wollmantel enger um den Leib. Auch dieser sah aus, als habe er schon bessere Tage erlebt.

Schnee rieselte vom Himmel und funkelte im Licht der Straßenlaternen. Endlich öffnete sich die Tür der zweiten Droschke auf dem Mühlenplatz, und Amelie stieg aus. Sie trug ein dunkles Kleid aus grobem Stoff, eine helle Schürze und einen dicken grauen Wollumhang. Die hochgesteckten dunkelblonden Haare verbarg sie unter einem Glockenhut, wobei sich einige Strähnen aus der Frisur gelöst hatten und ihr Kinn in sanften Wellen umschmeichelten. Ein breites Grinsen entblößte ihre charakteristische Zahnlücke, als sie hastig auf Rodolphe zukam und mit einem übertriebenen Knicks vor ihm stehen blieb.

»Und, wie findest du mich?« Sie drehte sich einmal im Kreis, wobei der Schnee unter ihren Lederstiefeln knirschte.

»Sieht sehr echt aus, würde ich sagen. Erinnert mich an die Frauen, die in den Textilfabriken arbeiten«, lobte Rodolphe ihre Verkleidung.

»Allerdings bin ich heute nicht der Arbeit halber hier …« Sie zwinkerte ihm zu. »Deshalb habe ich mich herausgeputzt und mein bestes Kleid angezogen. Schließlich wird man nicht jeden Tag von einem Herrn ausgeführt.«

»Du siehst bezaubernd aus.« Rodolphe bot ihr seinen Arm. »Das meine ich ernst. Es gibt keine Kleidung auf dieser Welt, die deine Schönheit verbergen könnte.«

»Danke«, erwiderte sie, senkte den Blick und hakte sich bei ihm unter.

Das Fischerstübli war unübersehbar. Selbst wenn die Schrift an der Fassade ausgeblichen war und der Schein der nächstgelegenen Laterne kaum bis dorthin reichte, stach einem das Lokal in die Augen. Vor dem Eingang tummelte sich eine Traube teils angetrunkener Gäste. Lautes Gelächter und Gesang erfüllten die Gerberngasse. Aus den Fenstern der Eingangstür zur Schenke drang mattes Licht auf die Straße, deren schmutzig-grauer Schnee überall mit Fußspuren übersät war.

Als sie eintreten wollten, wurde die Tür ruckartig aufgerissen, und ein bärtiger Mann mittleren Alters torkelte heraus. Ein Schwall warmer Luft, vermischt mit dem Geruch nach Bier, Rauch und menschlichen Ausdünstungen, erfasste sie. Reflexartig zog Rodolphe Amelie zur Seite, damit sie von dem Betrunkenen nicht umgerannt wurde. Ein Blick ins Innere der Pintenwirtschaft bestätigte ihm, was er schon wusste.

»Bist du sicher, dass du da hinein möchtest?«, fragte er daher sicherheitshalber nochmals bei Amelie nach.

Doch die lachte nur, stieß ihn mit dem Ellenbogen in die Seite und sagte: »Ach Rodolphe, glaubst du, ich sehe so etwas zum ersten Mal? Dann hätte ich wohl kaum vorgeschlagen hierherzukommen. Los, gehen wir rein, ehe wir uns hier noch die Zehen abfrieren. Mir ist kalt.«

Im Gastraum war es so laut, dass sie sich nur mit Gesten verständigen konnten. Rodolphe hielt Amelies Hand deshalb fest umschlossen, um sie in dem Gewühl aus tanzenden, lachenden und grölenden Menschen nicht zu verlieren. Petroleumlampen verströmten ein kaltes Licht, und die Wände waren mit vergilbten Fotografien und Malereien verziert. Eine grimmig dreinblickende Dame mit weißem Haar knallte an einem Ausschanktisch einen gefüllten Bierhumpen nach dem anderen auf den Tresen, während eine deutlich jüngere Ausgabe derselben die Getränke an die Tische brachte. Der Hausherr, ein dickwanstiger Schnauzträger, trieb die beiden Damen mit harschen Worten an. Im hinteren Teil der Schankstube spielte heute Abend ein Mann mit zerschlissenem Frack auf dem Piano.

Die Gaststube war zum Bersten voll, weshalb es Rodolphe nur mit Mühe gelang, für sich und Amelie einen freien Sitzplatz am Ende einer Holzbank zu ergattern. Er bestellte für sie beide Bier, wie es hier üblich war. Für viele der Fabrikarbeiter ersetzte der nahrhafte Gerstensaft gar die Mahlzeit.

Rodolphe beobachtete Amelie, wie sie dem Geschehen mit einem Glitzern in den Augen und einem feinen Lächeln auf den Lippen zusah. Hin und wieder nahm sie einen Schluck ihres Getränks und strich mit dem Finger über das beschlagene Glas.

Er hätte sich gerne mit ihr unterhalten und dabei die Bewegung ihrer Lippen beobachtet. Bei dem vorherrschenden Getöse blieb ihm allerdings nur die schweigsame Zwiesprache ihrer gelegentlichen Blicke. Blicke, die sie nie unterbrach, bevor er es nicht tat.

Zu später Stunde fühlten sich dann einige der Anwesenden dazu berufen, ihre Gesangskünste oder andere Fertigkeiten zu präsentieren. Ein junger Mann führte Zaubertricks vor. Amelie klatschte begeistert, grinste Rodolphe an und streifte ihn mit einer flüchtigen Geste an der Hand. Er hielt die Luft an, unfähig, sich zu bewegen. Seine Finger prickelten. Rodolphe vermochte nicht zu erraten, ob die Berührung dem Zufall geschuldet war oder nicht.

Nachdem der Zauberkünstler einige Münzen eingesammelt und das Lokal verlassen hatte, wurde es noch lauter im Fischerstübli. Jemand hatte sein Akkordeon mitgebracht und spielte eine lebhafte Melodie. Ein Weiterer stimmte mit seiner Fidel ein. Sofort sprangen einige der Gäste begeistert von ihren Bänken auf, kletterten auf die Tische und tanzten.

Rodolphe sah Amelie an. War jetzt der Moment gekommen, nach Hause zu gehen? Bevor er sich dazu jedoch nähere Gedanken machen konnte, raffte sie ihre Röcke, stieg auf den Tisch und hielt ihm mit einem auffordernden Lächeln die Hand hin. Den Kopf leicht schief gelegt, rief sie: »Los, tanzen wir!«

Rodolphe zögerte und sah sich um. Schließlich kletterte er zu ihr auf die Tischplatte. So nah war er ihr noch nie gekommen. Ihre Nasen berührten sich beinahe, und er konnte ihren warmen Atem auf seinem Gesicht spüren. Einen Moment rang er mit sich. Für gewöhnlich überlegte er nicht lange, wenn sich ihm eine Gelegenheit bot, einem Mädchen näherzukommen. Schließlich warf er die letzten Bedenken über Bord; seit wann verhielt er sich eigentlich so widernatürlich? Beherzt schlang er seine Arme um ihre Taille und zog sie näher zu sich heran. Dazu kam, dass sie beide vom Tisch heruntergefallen wären, wenn er nicht reagiert hätte. Außerdem bestätigte ihm ein Blick in die Runde der anderen Gäste, dass sich hier niemand um Züchtigkeit scherte.

Ihren Körper und dessen weiche Rundungen so nahe an seinem zu spüren, ließ Rodolphes Herz schneller schlagen. Wärme erfüllte seine Mitte und benebelte sein ohnehin vom Bier träge gewordenes Hirn. Ihre glänzenden vollen Lippen tanzten vor seinen Augen auf und ab, doch er kämpfte den Drang nieder, sie in aller Öffentlichkeit zu küssen. Bei jeder anderen hätte er das gewagt, bei Amelie jedoch hielt ihn etwas zurück. Als stünde ihm der Zwiespalt seiner Gedanken ins Antlitz geschrieben, fixierte sie ihn. Ein geheimnisvolles Lächeln schimmerte auf ihren Lippen, während sie sich zum Takt der Musik bewegten. Ihr Gesicht näherte sich seinem, bis er ihren Atem auf seinen Lippen spüren konnte. Sie sah ihn an, ihr Augenausdruck eine stumme Aufforderung. Rodolphe schloss die Augen, als er sie küsste. Endlich küsste.

Gegen ein Uhr in der Früh beschlossen sie, sich auf den Heimweg zu begeben. Arm in Arm verließen sie das Fischerstübli und traten auf die schneebedeckte Gasse davor. Ein blasser Sichelmond hing am Himmel und wurde von einigen Wolken umschmeichelt.

»Arbeitest du morgen in deiner Fabrik?«, erkundigte sich Amelie, die sich einige Tage freigenommen hatte, um ihre Eltern hier in der Stadt zu besuchen, wie sie ihm vor drei Wochen bei ihrem letzten Sonntagsspaziergang mitgeteilt hatte. Derzeit wohnte Amelie nicht in Bern, sondern arbeitete in Vevey, in der Schokoladenfabrik Peter-Cailler et Compagnie. Dass sie sich im Frühling im Lebensmittelgeschäft ihrer Eltern im Kirchenfeld nahe seinem Wohnort über den Weg gelaufen waren, grenzte daher an ein Wunder. Ebenso wie ihre gemeinsame Passion für Schokolade.

Rodolphe nickte. »Grundsätzlich ja, meine Forschung lässt mich nicht ruhen. Trotzdem werde ich morgen etwas später anfangen.« Er zwinkerte ihr zu. Natürlich hatte er ihr nicht im Detail erzählt, woran er arbeitete. Die aufkeimende Leidenschaft zwischen ihnen durfte ihn nicht blind für das Offensichtliche machen. Sie beide waren letzten Endes nicht nur Liebende, sondern ebenso Konkurrenten auf dem Schokoladenmarkt. Amelies Arbeitgeber in der Westschweiz waren schließlich keine Geringeren als Fanny und Daniel Peter-Cailler, ihres Zeichens Tochter und Schwiegersohn des berühmten Schokoladenpioniers François-Louis Cailler. Bekanntermaßen hatte das Pionierehepaar die erste Milchschokolade auf den Markt gebracht und zu diesem Zweck ein Verfahren erfunden, das in der gesamten Schweiz Geschichte geschrieben hatte.

»Hm ... das ist schade«, unterbrach Amelie seine Gedanken. Erstaunt sah er auf und suchte ihren Blick. Er hatte soeben den Arm hochgehoben, um eine Droschke herzuwinken, ließ ihn aber wieder fallen.

»Ich meine ...« Sie rang nach Worten, sah zu Boden und scharrte mit den Stiefeln über den Schnee. Schließlich schaute sie ihm mit festem Blick in die Augen. »Meine Eltern sind in Montreux und besuchen die Verwandten meiner Mutter«, platzte es aus ihr heraus. Einige Sekunden herrschte Stille. Rodolphe musste das Gehörte zuerst verarbeiten. Sein Puls beschleunigte sich. »Elsa, unsere Hausangestellte, nutzt diese Gelegenheit, um ihrer Schwester auf dem Land einen Besuch abzustatten«, fuhr Amelie fort und sah ihm dabei tief in die Augen. Er erkannte es, wenn er es sah: Verlangen.

»Sagtest du nicht, dass du dieses Wochenende absichtlich nach Bern kommst, um deine Eltern zu besuchen?« Er musterte ihre Gesichtszüge. Leider war es zu dunkel und zu kalt, als dass er hätte erkennen können, ob eine leichte Röte ihren Hals hinauf in die Wangen kroch.

Sie strich sich eine Haarsträhne aus dem Gesicht und lächelte. »Vielleicht kam mein Brief nicht rechtzeitig an, und sie hatten den Besuch in Montreux schon länger geplant?« Sie zuckte die Schultern. »Genau weiß ich es nicht. Jedenfalls ... bin ich allein.« Schweigend sah sie ihn an.

Er schluckte leer. Sie spielte mit dem Feuer. Wusste sie, was sie tat?

»Fürchtest du dich im Haus?«, fragte er zögerlich und musterte sie.

»Möglicherweise tue ich das, ja. Wie gesagt, Elsa ist ebenfalls weg.« Ihre Finger berührten flüchtig seine Hand. »Bitte«, flüsterte sie. Oder hatte er sich das nur eingebildet?

»Dann begleite ich dich.« Rodolphe winkte endlich eine Droschke herbei. Er half Amelie beim Einsteigen und folgte ihr dann ins Innere des Gefährts.

Als Rodolphe am Montag in den frühen Morgenstunden vor seinem Elternhaus aus der Droschke stieg, trug er immer noch den abgewetzten Anzug vom Freitag. Müde schleppte er sich die Steinstufen hinauf zu seiner Wohnetage und öffnete die Haustür. Mattes Licht empfing ihn. Viel geschlafen hatten sie nicht, dafür ...

»Rodolphe, Gott sei Dank!« Sein Vater trat unvermittelt aus dem Schatten im Vorraum und umarmte ihn stürmisch. Etwas, das er nie tat und das eher in den

Zuständigkeitsbereich seiner Mutter gehörte. »Deine Mama und ich haben uns furchtbare Sorgen gemacht!«, stieß er hervor, schob Rodolphe ein wenig von sich und musterte ihn mit zunehmender Verwirrung. »Wie siehst du denn aus? Ist dir etwas zugestoßen?« Besorgnis färbte seine Stimme. Und ohne Rodolphes Antwort abzuwarten, fuhr er atemlos fort: »Deiner Mutter ging es dermaßen schlecht, dass sie einen Baldriantee nehmen musste, damit sie endlich einige Stunden schlafen kann.« Was erklärte, warum sie nicht Teil des nächtlichen Empfangskomitees war.

Der Umstand, dass Rodolphe noch immer beharrlich schwieg, bewirkte eine Wandlung im Befinden seines Vaters. Die zum Ausdruck gebrachte Sorge verblasste allmählich. Seine Augen verengten sich, und er legte die Stirn in Falten. Mit eindringlichem Blick fixierte er ihn. »Wo in Dreiteufelsnamen warst du?« Ein schneidender Tonfall unterstrich den Stimmungswechsel.

»Unterwegs, Papa. Ein Mann in meinem Alter muss seinen Eltern keine Rechenschaft über sein Tun ablegen.« Rodolphe wollte sich an seinem Vater vorbeizwängen. Dieser packte ihn allerdings am Arm. Die Augen hinter seiner feinen Goldbrille blitzten verärgert auf, und sein graumelierter Bart zitterte, als er zwischen zusammengepressten Lippen hervorstieß: »Solange du unter meinem Dach wohnst und an meinem Tisch isst, ist es sehr wohl mein Recht zu erfahren, wo du dich herumtreibst. Nicht zuletzt deshalb, weil ich aufgrund meiner politischen Ämter in der Öffentlichkeit stehe.« Er kramte in der Hosentasche nach einem Stofftaschentuch und tupfte sich einige Schweißperlen von der kahlen Schädeldecke.

»Wir haben im Klötzlikeller nach dir gefragt, erstaunlicherweise hat dich jedoch keine der Damen gesehen.« Es war nicht das erste Mal, dass sein Vater ihn für seinen Lebenswandel tadelte – und ihm nachspionierte wie einem Schuljungen! »Wenn du nicht dort warst, wo hast du dich denn dann herumgetrieben? Zwei Tage und fast drei Nächte lang!« Die Empörung färbte Papas Wangen rot. »Du warst am Samstag nicht einmal bei der Arbeit.«

Das war in der Tat noch nie vorgekommen, da stimmte ihm Rodolphe insgeheim zu. Die Umstände waren dieses Mal allerdings außerordentlich gewesen.

»Es tut mir leid, das wird nicht mehr vorkommen, Vater.« Er wandte sich ab, um in seine Wohnung zu gehen. Kurz vor der Tür zu seinen Räumlichkeiten blieb er jedoch nochmals stehen und drehte sich um. »Dennoch möchte ich an dieser Stelle erwähnen, dass dies meine Fabrik ist, Vater. Es obliegt meiner Verantwortung und Einschätzung, ob ich samstags arbeite ... oder nicht.«

Sein Vater verschränkte die Arme vor der Brust und hob eine Augenbraue. »Ach ja?« Langsam kam er näher. »Dann bist du dir sicher auch bewusst, dass die Conchiermaschine seit Freitagabend eingeschaltet war? Durchgehend?« Er ließ seine Worte ein wenig wirken, sprach aber weiter, bevor Rodolphe aus seiner Schockstarre erwachen und etwas erwidern konnte. Eiseskälte griff nach seinem Herz, als er begriff, was sein Vater da soeben gesagt hatte.

»Als pflichtbewusster und versierter Chocolatier weißt du, dass man eine Conche nie aus den Augen lassen darf!«, donnerte sein Vater weiter.

Natürlich wusste Rodolphe das.

Besagte Apparatur bestand aus einem flachen, länglichen Granitbecken, über das sich Granitwalzen vor- und zurückbewegten. Durch die dabei entstehende Reibung wurde die Masse im Behälter auf 76 °C bis 78 °C erwärmt und dadurch flüssig. Während des Prozesses schlugen die Walzen gegen die Ränder des Beckens, sodass die Schokoladenessenz über die Rollen zurück in den Hauptteil des Mechanismus schwappte und die Restfeuchtigkeit dabei allmählich verdunstete.

Er schluckte leer, und sein Herzschlag beschleunigte sich. Es war stets eine Person vonnöten, die die klebrige Masse an den richtigen Stellen entfernte und so ein Aushärten verhinderte.

»Gut«, fasste Papa sein Schweigen als Zustimmung auf. »Dann kannst du dem Herrn danken, dass dein alter Vater am Samstag und am Sonntag arbeiten ging, obwohl es nicht meine Fabrik ist.«

»Warum hast du die Maschine nicht einfach abgestellt?«, fragte Rodolphe lapidar, weil ihm nichts Besseres einfiel. Wie hatte das passieren können? Wo war er denn die ganze Zeit mit seinen Gedanken gewesen? Nun, er hatte eine ungefähre Vorstellung davon, aber das durfte er seinem alten Herrn natürlich auf gar keinen Fall mitteilen.

Papa gestikulierte mit den Händen und erwiderte: »Ich ahnte ja nicht, was du vorhattest, nahm an, das sei ein neues Experiment, die längere Conchierzeit. Wer bin ich, dir in dein Werk zu pfuschen? Ein Wutanfall deinerseits wäre mir gewiss gewesen, Sohn.« Er holte tief Luft und musterte Rodolphe eindringlich. »Dann war das also gar keine Absicht?«

Rodolphe schüttelte den Kopf.

Papa seufzte und strich sich mit den Händen über die Glatze. »Eigentlich sollte ich dich für deine Dummheit und Liederlichkeit ohrfeigen, mein Sohn, aber ...« Er brach ab.

»Aber was?«, hakte Rodolphe nach.

»Die Schokoladenmasse war noch nie so perfekt, Rodolphe. Mattglänzend und flüssig. Sie lässt sich ganz leicht in eine Form gießen. Diese Schokolade ist einzigartig im Aroma und zergeht auf der Zunge.« Unerwartet glitzerten Tränen in Papas Augen, die Wut darin war verflogen. »Geh jetzt ein paar Stunden schlafen, Rodolphe, und dann komm in die Fabrik und sieh dir an, was du erschaffen hast.« Er griff nach seiner Hand und drückte sie. »Du hast einen Grand Cru gekeltert, mein Sohn.«

# 2

Amelie stieg am Bahnhof Bern aus der Bahn und stellte ihren Koffer ab. Maman und Papa erwarteten sie bereits. Sie winkten und eilten herbei, um sie zu begrüßen.

»Amelie, *chérie*!« Maman strich ihr liebevoll über die Wange und drückte sie minutenlang an sich; so lange, dass es schon unangenehm war.

Papa zwirbelte seinen Schnurrbart zwischen Daumen und Zeigefinger und richtete seine runde Goldbrille. »Willkommen zuhause, Kind«, murmelte er, blinzelte das Glitzern in den Augen hastig weg und griff dann nach ihrem Koffer.

Während sie den Bahnsteig hinter sich ließen, schweiften Amelies Gedanken zurück in die Vergangenheit. Beinahe vier Jahre war es her, seit sie ihre Heimatstadt im März 1877 verlassen hatte und in die Romandie, die französische Schweiz, aufgebrochen war, um Chocolatière zu werden. Daniel und seine Frau Fanny hatten sie bei sich in der Schokoladenfabrik Peter-Cailler et Compagnie eingestellt. Ihre gemeinsame Leidenschaft für Schokolade verband sie vom ersten Moment an auf eine besondere Art und Weise. Alsbald hatte sie dieser Umstand, gepaart mit Amelies Engagement, zu Gefährten auf Augenhöhe gemacht. Mehr noch: Fanny und Daniel vertrauten Amelie und behandelten sie zunehmend wie eine eigene Tochter. Es schien, als stünde einer glorreichen Zukunft und der Erfüllung ihres Traums nichts mehr im Weg.

Doch dann brach das Jahr 1879 an, und mit ihm kam Veränderung.

Im Frühling dieses Jahres war Amelie dem jungen Rodolphe Lindt im Lebensmittelladen ihrer Eltern begegnet. Selbst heute noch fand Amelie keine Worte für das, was in diesem Moment passiert war, als Rodolphe und sie sich zur Begrüßung angesehen hatten. In der Romandie nannten sie es *le coup de foudre* – Liebe auf den ersten Blick.

Bei jedem ihrer darauffolgenden Treffen waren die Gefühle intensiver und die Verbundenheit deutlicher geworden. Irgendwann hatte Amelie es nicht mehr ausgehalten und ihrer Mentorin Fanny unter Tränen gebeichtet, dass sie sich verliebt hatte. Erwartungsgemäß mahnte sie die ältere Freundin zur Vorsicht, zeigte aber auch Verständnis. Amelie erinnerte sich gut an Fannys weise Ratschläge, mit denen es ihr gelungen war, Amelie den Schatten von der Seele zu vertreiben. Vevey, die Familie Peter-Cailler und die Schokoladenfabrik blieben Amelies Zuhause.

Doch dem Dezemberabend im Fischerstübli folgten weitere Treffen mit dem Lindt-Sprössling. Heimlich und entgegen jeder Sitte liebten sie sich stundenlang. Mal bei ihr, mal bei ihm, und manchmal – weil es nicht anders ging – an Orten, die ihresgleichen gar nicht betreten sollten. Ende 1880 war Amelies Zuneigung für Rodolphe dermaßen groß, dass sie aufhörte, gegen ihr Schicksal anzukämpfen. Dazu kam, dass er ihre Hilfe brauchte, selbst wenn er es nicht zugab.

»Lass mich gehen …«, flehte sie ihre Mentorin Fanny an einem düsteren Sonntagnachmittag im Dezember an und wischte sich die Tränen von der Wange. »Denke nicht schlecht von mir, bitte.«

Ihre ältere Freundin, die ebenfalls weinte, hatte sie wortlos in die Arme geschlossen. Und auch wenn Fanny nichts sagte, so spürte Amelie doch, dass sie ihr das Herz gebrochen hatte. Oft genug hatte sie in den Augen ihrer Förderin den Stolz einer Mutter aufleuchten sehen. Doch seit diesem Dezembernachmittag war ihr Blick getrübt. Das letzte Bild, das sich Amelie zeigte, als die Bahn Vevey verließ, war Fanny am Bahnsteig. Die Hand zum Gruß erhoben, die Gesichtszüge vom Schmerz verzerrt und doch mit einem tapferen Lächeln geschmückt. Amelie fühlte sich wie eine Verräterin.

»Ich werde euer Betriebsgeheimnis für mich behalten«, hatte sie ihren Arbeitgebern versprochen und dabei auf die Bibel, ihre Eltern und ihren vor vier Jahren an Cholera gestorbenen Bruder Josef geschworen.

Doch Fanny hatte bloß leise gelacht. »Rodolphe braucht unsere Schöpfung nicht, er hat die Schokoladenwelt durch die Erfindung der Schmelzschokolade selbst revolutioniert.«

»Du hast also eine Anstellung beim jungen Lindt?«, durchbrach Papa jetzt das bleierne Schweigen und winkte einer Droschke. Schneeflocken tanzten in der untergehenden Wintersonne, und bauchige Wolken zogen auf. Während er auf Amelies Antwort wartete, betrachtete er die vorbeifahrenden Postkutschen und das geschäftige Treiben der Menschen in Bahnhofsnähe.

Amelie hatte ihre Eltern bereits in einem Brief über ihre neuen Lebenspläne informiert. Sie hatte ihnen berichtet, dass sie das Heimweh geplagt und sie deshalb nach einer Gelegenheit gesucht habe, ihren Traumberuf auch in Bern auszuleben. Zufälligerweise habe sich diese durch Rodolphes Erfindung 1879 ergeben.

Natürlich verschwieg sie dabei, warum ihr dieses Vorhaben so mühelos gelungen war. Um sein Betriebsgeheimnis unter Verschluss zu halten, hatte Rodolphe nämlich bis heute davon abgesehen, Hilfsarbeiter einzustellen. Amelie war die einzige Person, die versiert und vertraut genug war, um ihn bei seiner Arbeit zu unterstützen.

»Lindt suchte jemanden mit Erfahrung in der Schokoladenherstellung, der ihm dabei hilft, die Fabrik zu führen«, erklärte Amelie und nannte Rodolphe bewusst unpersönlich beim Nachnamen. »Zudem ist er oft geschäftlich unterwegs und braucht daher einen Mitarbeiter, der die Produktion während seiner Abwesenheit selbstständig weiterführen kann. Von seinem Vater kann er das nicht verlangen, und seine Geschwister haben keinerlei Ahnung von der Materie.«

»Da hat er aber Glück, dass er dich für sich gewinnen konnte. Ich hoffe, er bezahlt dir einen anständigen Lohn.« Papa bedeutete ihr mit ernster Miene, einzusteigen und sich neben ihre Mutter zu setzen, die schon in der Droschke Platz genommen hatte.

Als sie ihr Haus im Kirchenfeld erreichten, war die Sonne hinter dem Horizont verschwunden. Sie stiegen aus und warteten, während ihr Vater den Fuhrmann im fahlen Schein der Straßenlaterne bezahlte.

Amelie holte tief Luft. Da stand sie nun erneut vor dem zweistöckigen Landsitz mit dem charakteristischen Walmdach, den grünen Fensterläden und dem Lattenzaun, der das Grundstück von der Straße abgrenzte. Damals, vor fast vier Jahren, war sie sich sicher gewesen, ihr Zuhause für immer hinter sich zu lassen und das größte Abenteuer ihres Lebens zu starten. Die Welt lag ihr gefühlt mit unbegrenzten Möglichkeiten zu Füßen. Doch nun schloss sich der Kreis, und Vevey verblasste zur Erinnerung. Wortlos folgte sie ihren Eltern durch das niedrige schmiedeeiserne Tor und über den schneebedeckten Gehweg mit den Steinplatten zum Eingang.

Drinnen empfing sie wohlige Wärme. Elsa, ihre Hausangestellte, hatte in dem Kamin im Salon und dem Esszimmer ein Feuer entfacht und vermutlich die gusseisernen Zimmeröfen beheizt, sodass sie nicht in der klammen Kälte schlafen mussten. Anders als bei Rodolphe zuhause war ihr Heim noch nicht lange an die städtische Gasleitung angeschlossen worden. Die Lindts hatten zu den ersten in der Stadt gehört, denen dieser neue Komfort zuteilgeworden war. Trotzdem gehörte auch Amelies Familie zu jenen privilegierten Bürgern, die von der modernen Beleuchtung profitierten.

Papa stellte Amelies Koffer ab, half Maman aus ihrem Mantel und legte den Hut ab. In diesem Moment grummelte ihr Magen, und alle drehten sich zu ihr um.

Mit einem warmen Lächeln sagte ihr Vater: »Keine Sorge, Elsa hat uns zur Feier des Tages etwas Wunderbares zubereitet: unsere vielgerühmte Berner Platte.«

Beim Gedanken an das traditionelle Gericht lief Amelie das Wasser im Mund zusammen. Im Welschland, wie man die französische Schweiz auch nannte, hatte man zwar ähnliche Speisen aufgetischt, dennoch schmeckte die heimische Version unvergleichlich und natürlich besser. An Markttagen fand man das Mahl überall angepriesen, meist in blumigen Worten wie: »Berner Platte mit der Unterlage von Gemüse oder Sauerkraut und dem lieblich duftenden Deckel aus den edelsten Teilen des rasendurchwühlenden Schweins, vom Schnörlein und den Öhrlein weg über Hohrücken und Säufuss bis hinaus zur äußersten Spitze des Schwänzleins.«

Doch bevor sie sich ins Esszimmer begab, wollte sich Amelie kurz in ihrem Mädchenzimmer in der ersten Etage einrichten, sich umziehen und frisch machen. Unaufgefordert trug ihr Vater ihren Koffer die Treppe nach oben und setzte ihn in ihrem Zimmer neben der Tür ab. Überrascht starrte Amelie das Bett an und drehte sich dann zu Papa um. Dieser zuckte lächelnd die Schultern.

»Das entspricht der neuesten Mode. Metallgestelle sind leichter sauber zu halten, und das Ungeziefer findet nicht mehr so schnell ein wohliges Zuhause wie in deinem alten Holzbett mit dem strohgefüllten Sack.« Er kam näher. »Gefällt es dir? Es ist ein Geschenk von Maman und mir zu deiner Rückkehr. Solltest du einmal heiraten …« Er machte eine Pause und räusperte sich, »… kannst du es natürlich mitnehmen.«

»Das wäre doch nicht nötig gewesen!« Amelie umarmte ihren Vater innig. »Danke!« Sie drückte ihm einen Kuss auf die Wange.

»Na ja, wir können uns noch nicht jeden Fortschritt, den die Stadt zu bieten hat, gleich als Erste leisten, aber wir sind auch nicht so unvermögend, dass wir im Mittelalter stehen bleiben müssen«, sagte er zwinkernd und richtete den Hosenbund. »Als Nächstes steht der Anschluss einer Hochdruckleitung auf der Liste. Dann hätten wir im gesamten Haus fließendes Wasser. Unvorstellbar, aber doch schon weit verbreitet in Bern.« Unschlüssig blieb er noch einige Sekunden stehen, wandte sich schließlich ab und schloss die Tür hinter sich. Amelie hörte seine Schritte auf den knarzenden Treppenstufen.

»Fließendes Wasser«, sinnierte sie, als sie an ihren Waschtisch trat und aus dem Krug, den Elsa bereitgestellt hatte, etwas Wasser eingoss. Bei den Lindts gab es das bereits. Ein feines Lächeln umspielte ihre Mundwinkel, und Wärme breitete sich in ihrem Bauch aus, als sie an Rodolphe dachte. Sie entkleidete sich und wusch sich den Schweiß und den Schmutz der langen Reise vom Leib. Dabei schweiften ihre Gedanken ständig zu ihrem Liebsten und seinen Berührungen. Ab jetzt stand ihrem Glück nichts mehr im Weg.

Als sie sich wieder halbwegs wie ein normaler Mensch fühlte und der Duft der Rosenseife sie umhüllte, ging sie nach unten. Das würzige Aroma warmer Speisen drang aus dem Esszimmer in den Flur.

Der Tisch im Speisezimmer war mit einem weißen Tischtuch, verziertem Porzellangeschirr, Kristallgläsern und silbernen Kerzenständern gedeckt. Im Kamin aus dunklem Marmor flackerte und knackte ein Feuer. Ihre Rückkehr gab eindeutig Anlass zum Feiern. Da niemand im Raum war, schlenderte Amelie ein wenig herum. Über dem Kamin hing nebst den bisherigen zwei ein neues Gemälde. Es zeigte eine weitläufige Landschaft mit einem angrenzenden Wald. Nichts Spektakuläres, aber ihrer Mutter gefielen solche Darstellungen. Ebenso wie die weinroten Samtvorhänge, die von den Sitzpolstern der Holzstühle aufgegriffen wurden. Was die Einrichtung anbelangte, hatte ihr Vater kaum Mitspracherecht. Amelie leider auch nicht, sonst hätte sie das penetrante Rot längst durch etwas Frischeres wie Grün oder Senfgelb ersetzt oder sich gar mal an einem Muster versucht.

Endlich schwang die Tür ins Esszimmer auf, und Elsa erschien mit einer großen Platte. Die geringfügig ältere Frau hatte sich seit Amelies Abwesenheit kaum verändert. Amelie hatte das magere, blasse Geschöpf mit den mausbraunen Haaren und der Hakennase stets für ihre Freundlichkeit und Tüchtigkeit bewundert.

Papa, der ihr die Tür aufgehalten hatte, wartete, bis Maman eingetreten war, und bedeutete dann allen, sich zu setzen. Die Hausangestellte begann sofort damit, ihre Teller zu füllen, und schenkte ihnen danach

Wasser und Wein ein. Mit einer Verbeugung entfernte sie sich und schloss die Tür.

Eine Weile sprach niemand ein Wort. Erst als der größte Hunger gestillt war, begann ihre Mutter: »Nun erzähl mal. Wie bist du denn zu deiner Anstellung beim jungen Lindt gekommen?« Sie warf Papa einen kurzen Blick zu, ehe sie sich Amelie erneut mit einem aufmunternden Lächeln zuwandte. »Ich habe nie eine Annonce in der Tageszeitung oder einen Anschlag gesehen?«

Amelie zuckte die Schultern. »Na ja, ich habe ihn einfach angeschrieben und mein Glück versucht. Die meisten Fabrikbesitzer sind ständig auf der Suche nach Arbeitern. Fanny und Daniel haben mir zudem ein Empfehlungsschreiben erstellt, das ich meiner Bewerbung beilegen konnte.« Hastig trank sie einen Schluck Wein. »Natürlich waren sie untröstlich über meinen Entscheid, in die Heimat zurückzukehren, aber sie hatten auch Verständnis für das Heimweh.« Sie nahm eine Gabel voll Sauerkraut mit Fleisch.

Ihre Eltern wechselten erneut einen Blick. Auch sie gönnten sich einen Schluck Wein.

»Und er wollte dich vorher nie treffen, um dich kennenzulernen oder arbeiten zu sehen?«, hakte Papa nach. Als Geschäftsmann war ihm der Prozess einer Neuanstellung nicht gänzlich unbekannt. Er selbst bevorzugte es, die jeweiligen Kandidaten eine Woche bei sich im Geschäft mitwirken zu lassen, damit er sah, ob sie sich für die Stelle eigneten.

»Ich denke, das Empfehlungsschreiben der Peter-Caillers hat ihn überzeugt. Zudem habe ich ein Ganzkörperfoto mitgesendet. So viele gut ausgebildete Leute gibt es in diesem Markt nicht. Die meisten, die nicht bloß Fabrikarbeiter sind, haben ihre eigene Firma und gehören daher zur Konkurrenz.« Insgeheim war Amelie stolz, dass ihr dieses Argument so rasch eingefallen war.

Mamans Kleid raschelte, als sie die Sitzposition auf ihrem Stuhl wechselte. »Hast du dich denn im Vorfeld ausführlich über deinen neuen Arbeitgeber informiert? Immerhin bist du, wie du selbst betonst, keine Fabrikarbeiterin, die ums Überleben kämpft und um jede Arbeit froh sein muss.« Sie machte eine Pause, in der sie Amelie von der Seite her ansah. Da sie im Begriff war, noch mehr zu sagen, schwieg Amelie und wartete.

»Du weißt, dass du jederzeit bei uns im Lebensmittelgeschäft einsteigen kannst. Du wärst uns eine wertvolle Stütze.« Da war es wieder, das leidige Thema rund um die Zukunft des Familienbetriebs. Eigentlich war ihr Bruder Josef als Nachfolger vorgesehen gewesen. Als er jedoch im Winter 1876/1877 wie viele – darunter auch Rodolphes Schwester Fanny – der Cholera zum Opfer gefallen war, hatte man automatisch erwartet, dass Amelie die Lücke füllen würde. Nicht zuletzt deshalb, weil sie ein Talent fürs Backen und eine große Leidenschaft für Schokolade besaß. Mit ihrer heimlichen Abreise nach Vevey hatte sie ihre Eltern daher sehr verletzt. Erwartungsgemäß hegten sie nun, nach ihrer Rückkehr in die Heimat, erneut Hoffnung.

»Natürlich würden wir dir auch Freiheiten lassen. Du könntest den Laden nach deinen Wünschen umgestalten und dich beispielsweise auf Schokolade oder Backwaren spezialisieren«, ergänzte Papa Mamans Ausführungen und sah sie erwartungsvoll an.

Amelie schluckte leer und rang nach einer Erklärung, die plausibel klang. »Es ... ist aber nicht dasselbe, Schokolade zu verkaufen oder bei deren Entstehung mitzuwirken. Peter-Cailler gehört ebenso wie Lindt zu den Pionieren auf diesem Gebiet. Es ist für mich eine einmalige Gelegenheit, ein Teil ihrer Unternehmen sein zu dürfen. Nicht jeder – eine Frau schon gar nicht – hat die Chance, in die Betriebsgeheimnisse der Schokoladenpioniere eingeweiht zu werden. Ist das nicht verrückt, dass ausgerechnet ich ein solches Glückskind bin?« Sie unterstrich ihre Worte mit einem aufmunternden Lächeln, das ihr jedoch nicht so recht gelingen wollte.

Ihre Eltern sahen sich lange an, ehe Maman ihre Hand fasste und sagte: »Genau das denken wir auch, Amelie ...« Sie schwieg einen Moment und lächelte dann. Ein wenig verkrampft, wie Amelie auffiel. »Wir haben uns daher gefragt, ob Rodolphe Lindts Interesse an dir wirklich in deinen Fähigkeiten begründet ist, oder ...« Sie ließ Amelies Hand los und sah Papa hilfesuchend an.

»Was deine Mutter sagen möchte, ist, dass wir uns fragen, ob Lindt dich womöglich vor allem deshalb eingestellt hat, weil ihm dein Foto beim Bewerbungsschreiben gefallen hat, und nicht, weil du eine Chocolatière bist.« Papa faltete die Stoffserviette neben seinem Teller umständlich zusammen und legte sie wieder hin. Dann sah er Amelie an und wartete.

Zu ihrem Entsetzen bemerkte sie, wie ihr die Hitze ins Gesicht schoss. Der hochgeschlossene Kragen ihres Kleids fühlte sich viel zu eng an. Doch ihr Vater deutete ihre Reaktion offenbar anders.

»Es tut mir leid, wenn wir dich mit dem Thema in Bedrängnis bringen, und ich verstehe, dass dir das unangenehm ist, Amelie. Junge Frauen in deinem Alter haben zu wenig Lebenserfahrung, um die wahren Absichten gleichaltriger Herren einschätzen zu können. Wir möchten dich bloß beschützen. Und über den jungen Lindt ... hört man so einiges«, beendete er seinen Vortrag.

Amelies Hände zitterten, weshalb sie sie unter dem Tisch verbarg, selbst wenn ihr jetzt ein Schluck Wein ganz lieb gewesen wäre. Ihre Eltern sollten nicht merken, wie sehr sie das Thema aufwühlte.

»Tatsächlich? Was denn so?«, fragte sie deshalb.

»Na ja ...«, begann ihr Vater und faltete die Hände vor sich auf dem Tisch. »Er gilt gemeinhin als verwöhnter Sprössling gutsituierter Eltern. Sein Vater ist ein einflussreicher Politiker hier in der Stadt, das gewährt seinem Sohn gewisse Privilegien. Dazu kommt ... dass man ihn oft in den Gaststätten von Bern antrifft.«

»Wie viele andere auch«, bemerkte Amelie eine Spur zu hastig.

»In Damengesellschaft«, ergänzte Papa und sah sie eindringlich an. »Was der wahre Grund ist, weshalb wir uns etwas sorgen.«

»Rodolphe Lindt ist ein Bonvivant, *chérie* ...«, fügte Maman hinzu und sah sie mit in Falten gelegter Stirn an. »Vielleicht möchtest du dir die Sache mit der Anstellung nochmals überlegen?«

Amelie schüttelte vehement den Kopf. »Das geht nicht. Ich habe mich bereits verpflichtet, wir haben einen mündlichen Arbeitsvertrag. Zudem arbeitet sein Vater ebenfalls gelegentlich in der Fabrik. Was soll mir da schon passieren?« Nun, da sie sich etwas beruhigt hatte, nahm sie ein Stück Karotte von ihrem Teller und aß endlich weiter. Ihre Eltern wandten sich gleichfalls wieder dem Abendessen zu.

Nach dem Nachtessen begaben sich ihr Vater und ihre Mutter in den Salon, wo Maman ein Buch las und Papa in Ruhe das Tagesgeschehen in *Der Bund*, dem Berner Tagesblatt, verfolgte. Amelie überlegte kurz, ob sie ihnen Gesellschaft leisten sollte, entschied sich dann aber dagegen.

»Ich bin müde und lege mich jetzt schlafen«, erklärte sie, im Türrahmen stehend. »Ich wünsche euch eine gute Nacht.«

Als habe sie auf dieses Stichwort gewartet, legte Maman das Buch, das sie eben erst aus dem Regal geholt hatte, auf die Sofalehne und erhob sich. Sie trat zu Amelie in den Flur und schloss mit einer fließenden Bewegung die Salontür hinter sich.

»Hast du alles, was du brauchst? Möchtest du einen Tee mit auf dein Zimmer nehmen? Ich kann Elsa …«

»Danke, Maman, aber ich bin nicht mehr durstig«, unterbrach sie Amelie, auch wenn das unhöflich war.

»Na dann …« Ihre Mutter lächelte und umarmte sie. Länger als nötig. »Schlaf gut, *chérie*. Eine Sache noch.«

Sie räusperte sich und sah sich im Flur um. »Du fragtest beim Abendessen, was dir denn schon passieren könne.« Sie machte eine kurze Pause, trat einen Schritt näher und senkte die Stimme. »Sehr viel. Du hast viel zu verlieren. Das ist das Schicksal von uns Frauen. Wir haben noch immer viel zu verlieren.«

Die Mahnung erinnerte Amelie an das Gespräch mit Fanny im Dezember 1879.

»Mach dir deshalb keine Sorgen, Maman. Ich weiß, was ich tue.« Mit diesen Worten wandte sie sich ab und ging die Treppe nach oben in die erste Etage.

# 3

Johann Rudolf Lindt kontrollierte einige Schokoladentafeln, die er aus der Form genommen hatte. Fasziniert fuhr er mit dem Zeigefinger über die glatte, perfekt geformte Oberfläche. Dabei schweiften seine Gedanken – nicht zum ersten Mal – zu seinem Sohn Rodolphe, der im hinteren Teil des Raums an der Conche stand.

Dieser hatte ihn zu Beginn des Jahres vor vollendete Tatsachen gestellt und ihn über die Einstellung einer jungen Frau informiert, als wäre die Meinung seines Vaters gar nicht von Belang. Selbst Johanns Wutanfall hatte Rodolphe nur ein versöhnliches Lächeln und Kopfschütteln abgerungen. Der Junge war bei seinem Entscheid geblieben. Immerhin hatte er seinen väterlichen Rat in einem Punkt befolgt und die junge Chocolatière eine von ihrem Familienadvokaten aufgesetzte Verschwiegenheitsklausel unterzeichnen lassen. Durch dieses Mittel gelang es immerhin, das Risiko zu minimieren, wenn auch nie komplett auszuschließen. Möglicherweise sah sich Johann eines Tages genötigt, nebst dem Rechtsweg weitere Maßnahmen zu ergreifen, um die Torheit seines Sohnes auszumerzen. Er war lange genug ein geschätztes Mitglied der lokalen und regionalen Politik, um zu wissen, dass das Recht und alles, was damit einherging, formbar war ...

Zum wiederholten Mal fragte er sich, warum sein Ältester nicht wie August, sein Zweitjüngster, sein konnte. Trotz seiner vierzehn Jahre zeichnete sich dieser bereits durch ein hohes Maß an Pflichtbewusstsein und Moral aus. Kürzlich hatte er ihm und seiner Frau Eugenia sogar feierlich eröffnet, dass er in Johanns Fußstapfen treten und Apotheker lernen wolle. Er würde den Familienbetrieb in der Marktgasse übernehmen. Etwas, das Johann sich von Rodolphe stets gewünscht hatte. Stattdessen jedoch hatte sich dieser für ein hochgradig instabiles Betätigungsfeld wie die Schokoladenbranche entschieden, von der man nicht einmal wusste, ob sie überhaupt Bestand hatte oder bloß eine Modeerscheinung war. Den Visionär mimend, träumte er sich durch den Tag und ließ sich keines Besseren belehren. Deshalb hatten sich Eugenia und er auch darauf geeinigt, dass er seinen Sohn an manchen Tagen in der Woche in der Fabrik unterstützte, während sie, ihre fünf Töchter und August in der Apotheke nach dem Rechten sahen. Erneut wallte Verärgerung in Johann auf, allerdings nicht nur deshalb.

Vorsichtig beobachtete er, wie sich die Sirene, wie er sie insgeheim nannte, über einen Arbeitstisch beugte und irgendetwas auf ein Blatt Papier kritzelte. Dabei schnupperte sie an einigen Zutaten, die sie in kleinen Tonschalen vor sich aufgestellt hatte. Johann entging nicht, wie die Augen seines Sohnes, der vorgab, sich auf die Conchiermasse zu konzentrieren, immer wieder zu dem wohlgeformten Hinterteil seiner Angestellten schweiften. Man brauchte kein Sterndeuter zu sein, um zu erkennen, was hier vor sich ging. Johann verstand nicht, was an dieser Frau mit der ordinären Zahnlücke so faszinierend war. Sie entstammte zwar einem soliden Haushalt, doch gäbe es für seinen Sohn weiß Gott bessere Partien als die Tochter eines Lebensmittel- und Kolonialwarenhändlers. Da wäre die elfenhafte Isabella, das Töchterchen des Stadtpräsidenten mit den schwarzglänzenden Locken und den großen dunklen Augen wahrlich die präsentablere Variante. Diesen Umstand hatte er schon oft mit seiner Frau Eugenia diskutiert, die seine Einschätzung teilte.

Abgesehen jedoch von ihrem unerfreulichen Einfluss auf Rodolphe, besaß Amelie unverkennbar Erfahrung auf dem Gebiet der Schokoladenherstellung und hatte in den vergangenen sieben Monaten großen Fleiß bewiesen. Zudem war sie im Besitz des Betriebsgeheimnisses der Peter-Caillers, auch wenn sie sich beharrlich weigerte, dieses preiszugeben. Mit etwas Nachdruck ließ sich diese infantil-weibliche Sturheit bestimmt bearbeiten, da war sich Johann sicher. Pragmatisch gesehen waren dies insgesamt also Umstände, die er für seine Zwecke nutzen konnte. Zumindest bis sich eine bessere Lösung etabliert hatte.

Wie gelang es nun, Feuer zu legen und gleichzeitig einen Waldbrand zu vermeiden? Mit dieser kniffligen Frage hatten sich seine Gemahlin Eugenia und er seit Anfang des Jahres fast täglich beschäftigt. Kein Wunder, schrumpfte sein Weinbestand in dieser Zeit erheblich. Gottlob kam ihnen beiden aber letzten Endes eine wunderbare Idee ...

Im weiteren Verlauf des Tages öffnete Johann Kisten mit Rohstoffen, kontrollierte den Inhalt, sah abwechslungsweise mit seinem Sohn nach der Conche und besprach zusammen mit ihm neue Rezepte. Als seine Taschenuhr nach elf Stunden das Ende des Arbeitstages anzeigte und die Sirene ihre Schürze auszog und an den Haken neben der Eingangstür hängte, bereitete sich Johann innerlich auf seinen Einsatz vor. Er putzte seinen Arbeitstisch und staubte Regale ab, was er sonst bevorzugt Amelie überließ. Heute jedoch besaß er alle Zeit der Welt. Sein Sohn warf der jungen Frau einen langen Blick zu, und diese lächelte. Mehrmals sahen sie zu Johann herüber, was dieser geflissentlich ignorierte.

»Na, dann wünsche ich den Herrschaften einen angenehmen Abend«, verabschiedete sich Amelie endlich und verließ die Fabrik. Sofort eilte Rodolphe herbei und nahm seinem Vater den Putzlappen aus der Hand.

»Wir machen Feierabend, Papa. Überhaupt, was soll das denn? Überlass das Putzen doch bitte der Angestellten. Du weißt, dass Amelie das einmal in der Woche macht, am Samstag zum Ende der Arbeitswoche«, wies ihn sein Sohn zurecht. Sein Mund war ein schmaler Strich, und er schob dabei die Augenbrauen zusammen.

»Ach, entschuldige, ich war in Gedanken«, gestand Johann, was tatsächlich stimmte. »Hast du kurz Zeit für mich?«

Rodolphe strich sich zuerst über seinen Schnurrbart und anschließend über die Haare. Dabei zuckte sein

Blick zum Fenster und wieder zurück. Er verlagerte das Gewicht von einem Bein auf das andere.

»Bist du in Eile?« Johann musterte seinen Sohn und verschränkte die Arme vor der Brust. Dieser schüttelte bloß den Kopf, sah allerdings schon wieder aus dem Fenster.

»Gut, es gibt da nämlich etwas Geschäftliches, das ich gerne mit dir besprechen möchte. Es ist wichtig und duldet keinen Aufschub. Wollen wir uns setzen?« Er zeigte auf zwei Stühle, die an der Wand standen und normalerweise als Ablage für Hüte, Papiere oder anderen Kleinkram dienten.

Als sie sich gegenübersaßen und Rodolphe, mit dem Fuß wippend, darauf wartete, dass Johann etwas sagte, lehnte sich dieser gemütlich in seinem Stuhl zurück und fuhr fort: »Ich erwähne das nicht zum ersten Mal. Mit der Herstellung der Schmelzschokolade ist dir weit mehr gelungen als bloß ein Produkt, das sich leicht in die Form füllen lässt.« Damit sprach er die Tatsache an, dass alle anderen nach wie vor gezwungen waren, die Tafelschokolade mit viel Muskelkraft anzufertigen. »Du hast ein Verfahren erschaffen, das aus der Schokolade ein Genussmittel erster Güte macht.«

Mischte man nämlich Kakaobutter (ein Geheimtipp!), Kakaomasse, Zucker und Milchpulver auf herkömmliche Weise im klassischen *Mélangeur*, entstand eine krümelige, fast mehlige Schokoladentextur. Der mechanische Vorgang des Conchierens dagegen entzog der Schokoladenmasse nicht nur Feuchtigkeit, sondern auch Säuren und unerwünschte Aromastoffe. Dadurch veränderte sich der Geschmack der Kakaobohnen maßgeblich. Er wurde veredelt. Wie Johann als Weinliebhaber stets zu sagen pflegte: Sein Sohn hatte einen Gran Cru gekeltert.

»Ja, Papa, das haben wir in der Tat schon oft diskutiert. Ich dachte, diese Unterredung sei wichtig?« Rodolphe seufzte und machte Anstalten, sich zu erheben.

»Setz dich wieder. Das war bloß die Einleitung.« Johann wies auf den Stuhl.

»Die ich schon hundert Mal gehört habe«, schnaubte sein Sohn und verschränkte die Arme vor der Brust.

»Die du schon hundert Mal gehört hast, genau«, echote Johann und bedachte Rodolphe mit einem strengen Blick. Diese Ungeduld war ein Wesenszug, den sein Sohn nicht von ihm, sondern von seiner Gattin geerbt hatte. »Wenn wir erfolgreich sein wollen, müssen wir deine Erfindung vermehrt unter die Leute bringen.«

»Papa, ich verkaufe die Schokolade doch beispielsweise an die Zuckerbäckerei von Johann Jakob Tobler in der Länggasse. Worauf willst du denn hinaus?« Rodolphe strich sich die Hände an der Hose ab und wippte mit dem Fuß auf und ab. »In der Schweiz existiert derzeit kein Gesetz, das Erfindungen wie die meine schützt. Solange dieser Umstand vorherrscht, können wir unsere Produktion nicht steigern, weil es aus Geheimhaltungsgründen zu riskant ist, Hilfsarbeiter einzustellen.«

»Dafür finden wir zum gegebenen Zeitpunkt eine passende Lösung. Zudem hast du doch jetzt dieses Mädchen eingestellt und vertraust ihr, oder?«

»Ja natürlich!«, ereiferte sich sein Sohn. Dem Glitzern in seinen Augen nach zu urteilen, hatte Johann mit dieser Bemerkung ins Schwarze getroffen und war sich Rodolphes Aufmerksamkeit nun gewiss. Nicht nötig zu erwähnen, dass sich eine solche Vertrauensperson jederzeit durch eine neue ersetzen ließ. Zum Beispiel durch eine Dunkelhaarige mit ebenso geschickten Händen und gleichermaßen untadeligem Lebenslauf. Aber alles zu seiner Zeit ...

»Na siehst du. Ich finde, sie ist ausnehmend tüchtig und noch nicht ansatzweise ausgelastet. Zudem könnten deine Mutter und Schwestern ebenfalls in der Fabrik mithelfen und Fräulein Ammann unter die Arme greifen, sollte dies vonnöten sein. Ich brauche sie nicht alle in der Apotheke. Daher sehe ich nicht ein, weshalb wir unser Licht aufgrund eines nicht existierenden Gesetzes dauerhaft unter den Scheffel stellen sollten.« Er lächelte und faltete die Hände vor der Brust. »Nachdem wir das nun geklärt hätten, würde ich dir gerne den eigentlichen Grund unserer Unterredung erläutern.«

Rodolphe machte eine einladende Geste. Vermutlich hatte er zwischenzeitlich eingesehen, dass aus seinem Tête-à-Tête mit der Sirene nichts mehr werden würde. Die ständigen ruhelosen Blicke aus dem Fenster hatten endlich ein Ende gefunden, wie Johann zufrieden feststellte.

»Kürzlich habe ich mich auf eine Zigarre und ein Glas Branntwein mit deinem ehemaligen Lehrmeister Amédée getroffen«, leitete er seine Ausführungen ein. »Das Gespräch führte uns zu einer Sprachschule in Neuenburg, die Amédée und seine Söhne mit Nussschokolade aus eigener Produktion beliefern.«

Johann wusste, dass ihm Rodolphe bei der Erwähnung seines Mentors Gehör schenken würde. Charles Amédée Kohler junior, einem Freund der Familie, hatte sein Sohn nämlich nicht nur eine gute Ausbildung zu verdanken, sondern auch den Impuls zur Gründung einer eigenen Schokoladenfabrik. Aufgrund seines hohen Alters hatte sich Amédée jedoch früher als geplant aus dem neuen Abenteuer zurückgezogen.

Johann räusperte sich. »Jedenfalls äußerte er spontan die Idee, den Kindern derselben auch unsere Schokolade anzubieten. Selbstverständlich würde er ein gutes Wort für uns einlegen.« Johann wartete und gab seinem Sohn einen Moment Zeit, die Information zu verarbeiten. Dann fuhr er fort: »Laut Amédée handelt es sich bei den Kindern vorwiegend um den Nachwuchs gutbetuchter Familien aus Deutschland.«

Rodolphe schwieg.

»Findest du es keine gute Idee?«, hakte Johann nach. »Das wäre eine formidable Gelegenheit, deine Erfindung über die Landesgrenzen hinaus bekannt zu machen.«

»Und wo ist der Haken?«, fragte sein Sohn und musterte ihn mit zusammengekniffenen Augen. »Ist nicht Philippe Suchards Schokoladenfabrik in einem Vorort von Neuenburg? Immerhin gilt er als Erfinder des *Mélangeurs*.«

Johann zuckte die Schultern und lachte. »Es gibt keinen Haken. Suchard kommt uns nicht in die Quere, weil er stehen geblieben ist. Sein traditioneller Schokoladenmixer ist längst überholt. Du, mein Sohn, hast die Chocolat Fin erfunden, er nicht. Zudem ist er Freimaurer, das stößt manchen sauer auf.« Er machte eine kurze Pause und atmete tief ein. Um seinen Worten mehr Nachdruck zu verleihen, beugte er sich ein wenig nach vorne. »Der einzige Aufwand, den du betreiben müsstest, wäre, hin und wieder in die Westschweiz zu reisen und deine Schokolade abzuliefern. Allerdings, so sagte ich auch zu Amédée, dürfte das jetzt, so du Fräulein Ammann in deiner Fabrik hast, eigentlich kein Problem sein.« Er unterstrich seine Worte mit einem Lächeln und lehnte sich in seinem Stuhl zurück. »Sie kann die Fabrikation auch ohne dein Beisein weiterführen.«

Rodolphe musterte ihn lange, ehe er antwortete. »Ein Versuch ist es wert. Wenn du meinst, dass wir die zusätzlichen Bestellungen mit unserer Produktion abdecken können, warum nicht.« Er erhob sich und machte Anstalten, die Fabrik zu verlassen. »Sind wir dann fertig?« Sein Blick schweifte nach draußen. Das Sonnenlicht hatte einen goldenen Glanz angenommen, und die Schatten der umliegenden Häuser bedeckten die Wasserwerkgasse, in der die Fabrikkinder kreischend herumrannten und spielten.

Johann seufzte und nickte. Was das weibliche Geschlecht anbelangte, war sein Sohn stets voller Eigeninitiative.

# 4

Eine Ameise krabbelte über Amelies nackten Bauch und kitzelte sie. Die Augen geschlossen, lauschte sie dem Rascheln der Blätter des Laubbaumes über ihren Köpfen, dem Zwitschern der Vögel und dem Summen der Insekten. Rodolphe hatte den Arm um sie gelegt, sodass sie das Pochen seines Herzens an ihrem Ohr hörte. Seine Haut fühlte sich feucht an, wie ihre. Der Duft nach frischem Gras, Rinde und Erde vermischte sich mit dem dezenten Schokoladenaroma, das ihre Haare und die Kleidung verströmten, die achtlos verstreut neben ihnen am Boden lag. Das Rufen einiger Bauern drang von den Hügeln zu ihrer Rechten herüber. Sie nutzten das sommerliche Wetter und die langen Abende, um ihre Wiesen zu mähen und das Gras trocknen zu lassen. Damit Amelie und Rodolphe nicht unerwartet bei ihren heimlichen Treffen überrascht wurden, suchten sie sich stets einen Platz im Schatten eines lichten Wäldchens aus, das weit genug von den einheimischen Bauernhöfen und Weiden entfernt in einer flachen Talsenke lag. Das war ihr Zufluchtsort an den Sommerabenden.

Ein feines Lächeln zog Amelies Mundwinkel nach oben, als sie blinzelte und zu Rodolphe hinübersah. Er schien zu schlafen. Sie rappelte sich auf und holte ihn durch die Bewegung aus seinem Dämmerzustand.

»Ich bin kurz eingenickt«, entschuldigte er sich und streckte sich gähnend, wobei er jeden Muskel anspannte und die Gelenke knacken ließ.

Amelie beobachtete ihn dabei. Ihr Vater hatte sich ihr und ihrem Bruder Josef nie nackt gezeigt. Es war ihnen damals nicht erlaubt gewesen, das Zimmer der Eltern zu betreten, wenn Papa nicht angekleidet war. Auch Maman legte großen Wert auf hochgeschlossene und korrekte Kleidung. Hier mit Rodolphe völlig hüllenlos zu sitzen, über ihnen der blaue, mit Wolken gesprenkelte Himmel und auf ihrer Haut ein warmer Sommerwind ... das war Leben. Mit ihrem Körper tun und lassen zu können, was sie wollte, das war Freiheit. Wenn sie Mamans Erzählungen über deren Jugendjahre lauschte, erfasste sie stets Bedauern.

Ihr Dasein war geprägt gewesen von Regeln und Etappen, die es zu absolvieren galt. Maman hatte nie nach dem Sinn gefragt oder über sich selbst nachgedacht. »Die Dinge sind, wie sie sind, *chérie*«, hatte sie stets mit einem Lächeln gesagt. »Warum willst du sie ändern?« Ja, sie besaß die bewundernswerte Gabe, mit exakt dem glücklich zu sein, was ihr das Leben präsentierte. Mit dem Mann, den ihr die Eltern vorgeschlagen hatten, mit dem Beruf, der sich aus der Heirat mit Papa ergeben und mit der Rolle als Mutter, die man von ihr erwartet hatte.

Doch so sehr sich Amelie die Gelassenheit und den Frohsinn ihrer Mutter wünschte, es klappte nicht. Etwas in ihrem Inneren verlangte mehr, wollte erschaffen, begehrte die Essenz. So wie jetzt gerade. Mit Rodolphe.

»Ich habe den Eindruck, dass mich dein Vater nicht besonders leiden kann«, sprach Amelie einen Gedanken aus, der sie bereits länger beschäftigte.

Rodolphe sah sie an und lachte leise: »Dann sind wir schon zu zweit.« Er rappelte sich auf und stützte sich auf dem Ellenbogen ab, wobei seine hellbraunen Augen schalkhaft aufblitzten. »Gott sei Dank muss er uns nicht mögen.« Er schlang die Arme um sie und zog sie zu sich heran. »Wir hingegen, wir sollten Gefallen aneinander finden«, flüsterte er zwischen zwei Küssen.

Amelie lachte und erwiderte seine Umarmung. »Manchmal frage ich mich, warum wir uns heimlich treffen. Was ist an dem, was wir tun, so verwerflich? Niemand nimmt daran Schaden, keiner wird verletzt.« Dieser Umstand beschäftigte sie schon länger. Hatte sie das Verbotene in ihrem Tun anfänglich gereizt, so nagte das Schattendasein zunehmend an ihr. Rodolphe hingegen schien ihre Andeutung anders zu interpretieren.

Er hob ihr Kinn mit der Hand an und sah ihr in die Augen. »Das sind kühne Gedanken für eine junge Frau. Genau das liebe ich an dir.«

»Das alles steht den üblichen Traditionen ja nicht im Weg ...«, warf sie ein und beobachtete seine Reaktion. Während sie seine ebenmäßigen, kantigen Gesichtszüge betrachtete, durchzuckte sie unvermutet ein Gedanke. Mehr ein nebulöses Gefühl. Wie würde dieses Antlitz wohl aussehen, wenn es beträchtlich jünger wäre? Weicher, kleiner, pausbäckiger?

Amelies Träumerei wurde jäh unterbrochen.

»Wie meinst du das?« Rodolphe ließ die Hand sinken, lehnte sich zurück und musterte sie.

Sie zuckte die Schultern, sah kurz an ihm vorbei und hob den Blick dann erneut. »Na ja, wir könnten trotzdem heiraten und eine Familie gründen. So wie alle anderen. Bei uns wäre es im Gegensatz zu den meisten ein freier Entscheid und ...« Sie zupfte einen Grashalm aus und drehte diesen zwischen den Fingern. »Und ... wir würden wissen, worauf wir uns einlassen, und müssten nicht nach der Eheschließung feststellen, dass wir uns ... überhaupt nicht riechen können.« Beim letzten Teil des Satzes verfiel sie in ein heiseres Lachen. Zu ihrer Erleichterung stimmte Rodolphe in das Gelächter ein und erhob sich.

»Lass uns nach Hause gehen. Es wird bald dunkel.« Er reichte ihr die Hand und half ihr auf die Beine. Danach kleidete er sich an. Amelie tat es ihm gleich. Gemeinsam kehrten sie zur Stadt zurück. Sie beschloss, das Thema für dieses Mal ruhen zu lassen. Möglicherweise brauchte Rodolphe etwas Zeit, das Gesagte zu überdenken.

»In einem Monat fahre ich einige Tage nach Neuenburg. Vater wird mich begleiten«, erzählte Rodolphe und schlenderte neben Amelie her. Er sah sie von der Seite her an. »Du wärst dann allein für die Fabrik verantwortlich. Das heißt, meine Mutter wird dir als Hilfskraft zur Verfügung stehen.«

Amelie hielt an. »Davon hast du gar nichts erwähnt?«

Rodolphe zuckte die Schultern. »Das weiß ich noch nicht lange, und ich erzähle es dir jetzt.« Bevor sie weiterfragen konnte, fuhr er fort: »Wir besuchen dort eine Sprachschule mit Kindern aus Deutschland. Mein Mentor Amédée hatte die Idee, ihnen unsere Schokolade zu verkaufen.«

»Das ist ja fantastisch!« Amelie lief weiter. »Habt ihr schon ein Produkt?« Ihre Gedanken schweiften ab.

»Was für ein Produkt? Wir geben ihnen Schokolade, was denn sonst?« Rodolphe verstand nicht.

»Na, ihr müsst doch etwas Spezielles herstellen, etwas, das den Geschmack der Kinder trifft. Das haben Peter-Cailler auch gemacht.« Sie erinnerte sich daran, was Fanny ihr über die Entstehung der Milchschokolade erzählt hatte. Diese wurde im Kinderhaus der Nestlés getestet und nicht zuletzt deshalb erfunden, weil die herkömmliche Schokolade für die kindliche Geschmacksempfindung oft zu bitter war.

Da Rodolphe schwieg, redete sie weiter. »Ich meine, hast du schon einmal daran gedacht, die Schokoladenmasse mit Honig, Dörrfrüchten oder gerösteten Nüssen zu verfeinern? Hat nicht Amédées Vater die Nussschokolade erfunden? Immerhin vertreibt er sie seit 1830 erfolgreich. Zudem könnten wir versuchen, deine Schokolade mit Gebäckstücken zu mischen. Eigene Rezepte erfinden.« In Gedanken ging Amelie Varianten durch, vermischte Gelerntes mit Neuem. Am liebsten wäre sie gleich in die Fabrik gerannt, hätte sich eine Schüssel, Rührbesen und Zutaten geschnappt und losgelegt.

»Das ist korrekt. Fanny und Daniel Peter-Cailler haben beispielsweise die Milchschokolade auf den Markt gebracht, die Kindern besonders munden soll … aber darüber möchtest du ja nicht sprechen«, bemerkte Rodolphe nicht ohne eine gewisse Schärfe in der Stimme.

»Würdest du mir vertrauen, wenn ich ihr Geheimnis, kaum habe ich sie verlassen, preisgeben würde? Und dies, obwohl ich auf die Bibel und meine Familie geschworen habe? Was würde das über mich als Mensch aussagen, und wie sicher wäre dann wohl dein Betriebsgeheimnis in meinen Händen?« Amelie blieb erneut stehen, verschränkte die Arme vor der Brust und schaute Rodolphe mit vorgerecktem Kinn an.

Einige Sekunden wusste er darauf nichts zu erwidern. Ein Muskel zuckte an seinem Kinn, und er presste den Mund zusammen. Schließlich lief er weiter. »Dann lass uns etwas Eigenes erfinden.«

Von da an schwiegen sie beide. Amelie wusste, dass sie recht hatte. Und er wusste es auch!

Bevor sie in die Nähe der Häuser kamen, trennten sie sich. Rodolphe gab ihr einen leichten Kuss auf die Wange. »Bis morgen. Ich …«, es fiel ihm offenbar schwer, dies auszusprechen, »… freue mich. Lass uns gleich in der Früh mit den neuen Kreationen beginnen.« Dann wandte er sich ab. Sie sah ihm nach, bis er in eine Gasse einbog und hinter den Häuserfassaden verschwand. Ein schales Gefühl blieb zurück. Irgendwie war das Treffen mit Rodolphe nicht so verlaufen, wie Amelie es sich gewünscht hatte.

Zwischenzeitlich stand der Mond am Himmel, und die Dämmerung hatte eingesetzt. Als Amelie das schmiedeeiserne Tor vor ihrem Zuhause passierte, sah sie die Silhouette ihrer Mutter hinter den Gardinen. Wie vermutet wurde Amelie bei ihrem Eintreten gleich erwartet. »Schon wieder länger gearbeitet?«, fragte Maman in einem Ton, der verriet, dass sie ihr kein Wort glaubte, sollte sie die Frage erneut mit Ja beantworten. »Papa und ich haben bereits gegessen. Elsa wird dir eine Portion servieren.«

»Danke, Maman.« Amelie huschte an ihr vorbei ins Esszimmer. Ihr Vater war vermutlich schon im Salon beim Lesen der Zeitung. Ihre Mutter setzte sich hingegen unaufgefordert an den Tisch und wartete, bis Elsa das Nachtessen, bestehend aus Kartoffelsuppe, Brot und kaltem Braten vom Sonntag, serviert hatte. Sie bedankten sich beide bei der Hausangestellten, dann herrschte Schweigen. So raumfüllend, dass Amelie das Ticken der Standuhr neben dem Fenster hörte.

»Heute war Eugenia Lindt bei uns im Lebensmittelladen.« Maman sah sie an, als erwarte sie darauf eine Reaktion. »Es war nicht wegen der Schokolade.« Ihr Blick blieb weiterhin auf Amelie gerichtet.

»Trotzdem wäre es angemessen, wenn wir die Lindt-Erzeugnisse zusätzlich zu den Peter-Cailler-Produkten vertreiben würden.« Amelie spießte ein Stück Braten auf. »Immerhin arbeite ich dort. Dazu kommt, dass Tobler sie auch verkauft.«

»Selbstverständlich habe ich Madame Lindt genau das angeboten, nachdem sie uns zudem mit einer äußerst großzügigen Lebensmittelbestellung berücksichtigt hat.« Maman machte eine kurze Pause. »Sie plant ein Gartenfest mit einigen politischen Kollegen ihres Mannes sowie deren Familien.«

»Das klingt doch wunderbar«, kommentierte Amelie zwischen zwei Bissen. »Wenn eure Produkte schmecken, könnten daraus weitere Engagements in diesen erlauchten Kreisen folgen.«

Maman schwieg einen Moment und beobachtete sie. Dann meinte sie: »Ganz genau das erwähnte Eugenia auch. Sie betonte in diesem Zusammenhang, wie schade sie es finde, dass wir keinen Nachfolger für das Geschäft hätten. Im Zuge dessen entschuldigte sie sich für den Umstand, dass ihr Sohn dich ohne das Wissen von ihr und ihrem Mann eingestellt hat.« Maman wechselte die Sitzposition und schnippte ein paar unsichtbare Staubpartikel von der Tischdecke. »›Ich hoffe, Rodolphes derzeitige Leichtlebigkeit belastet sie nicht allzu sehr‹, sagte sie zudem.«

Amelie legte das Besteck endgültig beiseite. »Maman, das Letzte, was ich mir wünsche, ist ein Leben, wie du und Papa es führen. In dieser zwanghaften Zweckgemeinschaft, mit diesem langweiligen Lebensmittelgeschäft. Die Welt ist im Umbruch, und ich möchte ein Teil davon sein. Und alles andere …« Mit diesen Worten erhob sie sich, »… ist meine Sache.« Sie war über ihre harsche Reaktion und die aufkeimende Wut in ihrem Inneren selbst erstaunt.

Maman schwieg und lächelte. Ihre Augen glänzten feucht. »Wie du meinst.« Dann griff sie in die Tasche ihrer Schürze und reichte Amelie einen Umschlag. »Post für dich. Aus Vevey.«

Beim Anblick des Briefs, auf dem sie die verschnörkelte Handschrift ihrer Mentorin und Freundin Fanny Peter-Cailler erkannte, löste sich ihre innere Anspannung ein wenig. »Danke«, sagte sie, an ihre Mutter gewandt, und lächelte.

Kaum hatte sie die Tür zu ihrem Zimmer hinter sich geschlossen, setzte sie sich aufs Bett und riss den Umschlag auf. Mit angehaltenem Atem flog ihr Blick über die Zeilen. Sätze wie *Du fehlst …* und *Weißt du noch, wie wir stets zusammen …* trieben Amelie die Tränen in die Augen. Eine leise Stimme in ihrem Hinterkopf fragte sie flüsternd, ob es die richtige Entscheidung gewesen war, Vevey den Rücken zu kehren.

# 5

Dorette Ammann schloss die Tür zum Lebensmittelgeschäft auf. Die Glocke klingelte bei ihrem Eintreten. Draußen brannten noch die Gaslaternen, so früh war sie nur selten vor Ort. Mit einem Frösteln trat sie ein und stellte die Gasbeleuchtung an. Sofort machte sie sich daran, in dem gusseisernen Zimmerofen ein Feuer zu entfachen. Mittlerweile war es September geworden, und an den kühlen Morgen- und Abendstunden zeigte sich deutlich, dass der Sommer allmählich dem Herbst wich.

Auch ihr Mann Peter war heute ohne Frühstück direkt mit einem Fuhrwerk aufgebrochen, um für die Großbestellung der Familie Lindt jene Waren beim Bahnhofplatz abzuholen, die mit den Morgenkutschen ankamen. Etwas später würden dann die Bauern ihre Frischware abliefern. Dorette band sich eine gestärkte weiße Schürze um und stellte große Kisten und Körbe für die Lieferung an die Lindts bereit. Mit dem Verpacken musste sie auf ihren Mann warten. Sie wollten alles zusammen abzählen und bereitstellen, sodass auch wirklich nichts fehlte. Damit sie derweil nicht untätig herumstand, kontrollierte Dorette wie jeden Morgen die Verkaufsräumlichkeiten und staubte diese bei Bedarf sorgfältig mit einem feuchten Lumpen ab. Dabei musste sie so manche Büchse, Schachtel oder Flasche neu platzieren, weil Kunden sie am Vortag aus dem Regal genommen und achtlos wieder hingestellt hatten. In ihrem Laden hatte alles seinen Platz, im richtigen Winkel und in harmonischer Anordnung.

Ganz hinten neben der Tür, die ins angrenzende Treppenhaus führte, befand sich der Verkaufstresen aus Massivholz. Darauf standen eine Registrierkasse, eine Balkenwaage sowie eine Kaffeemühle. Rechts entlang der Wand erstreckte sich ein Regal mit Flaschen diversen Inhalts und auf der linken Seite ein Gestell mit zahlreichen Holzschubladen. Darin verstaute Dorette allerlei Kleinkram wie Gewürze, Bonbonvorräte oder Verpackungsmaterial. Eine Etagere enthielt die beliebtesten Kolonialwaren wie Zucker, Kakao, Reis, Tee und Tabak. In der Mitte des Raums, auf einem runden Holztisch mit Spitzendeckchen, präsentierten sie jeweils die Produkte des Zuckerbäckers sowie andere Süßwaren in bunten Schachteln. Das Trockenfleisch hing hinter der Verkaufstheke in einer Vertiefung der Wand, da diese teuren Handelsgüter nie unbeaufsichtigt sein durften. Diebe kamen so gar nicht erst auf die Idee, sie in ihren Taschen verschwinden zu lassen.

In Gedanken ging Dorette nochmals die heutige Bestellung der Lindts durch. Hatten sie auch wirklich an alles gedacht? Angeblich würde sogar der Stadtpräsident mit seiner Familie anwesend sein, da wollten

Dorette und Peter, dass sich ihre Lieferung tadellos präsentierte.

Während sie den Verkaufsraum auf Vordermann brachte, wobei sie sich keine einzige überflüssige Bewegung erlaubte, schaute sie immer wieder zur Wanduhr. Die Zeit schritt unerbittlich voran. Würde Peter rechtzeitig zurück sein, damit sie alles in Ruhe verpacken konnten?

In diesem Moment stolperte Dorette über den Saum ihres Kleides, fiel nach vorne und versuchte dabei, den präsentabel hergerichteten Tisch mit den Süßwaren nicht umzustoßen. Das hatte zur Folge, dass es ihr nicht mehr rechtzeitig gelang, sich abzustützen, und sie mit dem vollen Körpergewicht in einem unglücklichen Winkel auf ihren Unterarm fiel. Der stechende Schmerz, der sie augenblicklich durchzuckte, ließ sie aufschreien. Mit einem zischenden Geräusch die Luft einziehend, lag sie am Boden und hielt sich den Arm. Anfangs dachte sie noch, das Pochen würde nach einer Weile abklingen, doch der Schmerz hörte nicht auf und trieb ihr mit jeder weiteren Minute die Tränen in die Augen.

»*Zut alors*, das darf nicht wahr sein, nicht heute!«, murmelte sie mit zusammengebissenen Zähnen. Vorsichtig den verletzten Arm stützend, rappelte sie sich auf und lehnte sich mit dem Rücken an ein Regal. Sie musste auf Peter warten.

Nach einer gefühlten Ewigkeit, die gemäß der Uhr an der gegenüberliegenden Wand nur zwanzig Minuten gedauert hatte, kündete das Klingeln der Ladenglocke und ein gerufenes Hallo ihren Mann an. Er sah sie sofort am Boden kauern und rannte zu ihr hin.

»Dorette, was ist passiert?« Besorgt kniete er sich nieder und wollte ihren Arm berühren.

»Nicht!« So gut es ging, wich sie ihm aus. Doch diese Bewegung alleine reichte schon, um das Stechen in ihrem Arm erneut aufflammen zu lassen. »Ich glaube, er ist gebrochen, er schwillt bereits an.« Sie deutete auf den Unterarm, und ihre Lippen bebten. Nun, da Peter an ihrer Seite war, gelang es ihr nicht mehr, die Tränen zurückzuhalten. »Was machen wir denn jetzt?«, jammerte sie.

Ihr Mann schien zu überlegen. Dann hellten sich seine Gesichtszüge auf. »Warte hier auf mich. Ich versuche, Amelie abzufangen. Wenn ihr Arbeitgeber zustimmt, könnte sie dich zum Arzt bringen. Ich packe hier derweil alles ein. Falls du es vor der Lieferung zurückschaffst, kannst du mich immer noch beim Abzählen unterstützen. Beim Auf- und Abladen der Kisten und Körbe muss mir sowieso einer der Fuhrwerkjungen helfen, das ist ohnehin keine Arbeit für eine Frau. Was das Auspacken und Drapieren der Ware anbelangt ... darüber reden wir nachher.«

Ohne ihre Antwort abzuwarten, verließ er den Laden und stürmte davon.

Drei Viertelstunden später kehrte er mit Amelie im Schlepptau zurück. Leider war sie schon zur Arbeit aufgebrochen, weshalb er sie erst kurz vor der Lindt-Fabrik abgefangen hatte.

Mit weit aufgerissenen Augen sah sie ihre Mutter an und eilte herbei. »Was machst du nur für Sachen?

Wie geht es dir?« Ihre Tochter umarmte sie vorsichtig. Dorette beantwortete die Frage mit einem gequälten Lächeln und einem Ächzen, als die beiden ihr dabei halfen, aufzustehen und nach draußen zur Droschke zu laufen, mit der Amelie und Peter hergekommen waren.

»Danke, dass du so schnell gekommen bist«, sagte sie und berührte ihre Tochter am Arm.

»Das ist doch selbstverständlich, Maman. Rodolphe schafft es ohne mich, und wenn nicht, stehen die Maschinen halt einmal einige Stunden still. Das wäre angesichts deiner Gesundheit keine Tragödie.« Sie lächelte, und Dorette erinnerte sich daran, wie es früher zwischen ihnen gewesen war, bevor Amelie sich so verändert hatte und nach Vevey abgereist war.

Damals hatten sie das meiste gemeinsam verrichtet, sei es Kochen, Stricken oder Lesen. Sogar bei der Einrichtung des Hauses hatten sie dieselben Vorlieben geteilt. Heute fand Amelie ihre Farbwahl schrecklich. Das wusste Dorette, selbst wenn ihre Tochter nie etwas in dieser Richtung sagte. Sie sah es an ihrem widerwilligen Blick, wenn sie sich im Esszimmer auf den mit rotem Stoff bezogenen Stuhl setzte.

Zeit mit Amelie zu verbringen, auch wenn es unter diesen widrigen Umständen geschah, hatte Dorette gefehlt, wie sie nun erkannte. Das milderte ihre Schmerzen augenblicklich, und sie stieg bereitwillig in die Droschke ein, die sie beide zum Arzt bringen würde.

Peter winkte ihnen und verschwand dann eilig im Inneren des Ladens.

Doktor Wilhelm Sahlis Praxis lag im Erdgeschoss seines Wohnhauses im Kirchenfeld. Im Gegensatz zu den Ammanns bewohnte er ein dreistöckiges Haus, das eine sandsteinfarbene Fassade mit ziegelroten Eckpfeilern aufwies und von einem Garten umgeben war. Angeblich bewohnte der aus Basel stammende Witwer, den man etwa Mitte dreißig schätzte, das gesamte Anwesen alleine. Man erzählte sich, dass er an seinem herkömmlichen Wohnort keine Verwandten mehr besaß. Entweder waren sie gestorben oder lebten weit weg. Er war erst vor einem Jahr hierhergezogen, weshalb Dorette dem Besuch mit gemischten Gefühlen entgegensah. Jetzt allerdings noch bis in die Innenstadt zu reisen, wäre ihr nicht nur zu viel, sondern angesichts ihrer Zeitknappheit und Amelies Anstellung auch nicht angebracht gewesen. Einen simplen Knochenbruch würde der Neue bestimmt behandeln können, hoffte Dorette.

Doktor Sahlis Gehilfin öffnete ihnen die Tür und bat sie, im Wartezimmer, in dem bereits eine Mutter mit ihrem kleinen Töchterchen saß, Platz zu nehmen. Nach fünf Minuten wurde die Tür am anderen Ende des Zimmers geöffnet, und eine betagte Frau trat heraus und gesellte sich zu der jungen Mutter im Wartezimmer. Dicht hinter ihr erschien ein schlanker Herr mit kantigen Gesichtszügen, zurückgekämmten dunkelblonden Haaren, blassblauen Augen und sorgfältig kurz geschnittenem Bart. Er streckte ihnen eine sehnige Hand entgegen, begrüßte sie mit einem »Guten Morgen, die Damen« und lächelte flüchtig, als gehöre dies zu seinem Beruf und sei ein Teil der Untersuchung.

Kurz blieb sein Blick an Amelie hängen, dann wandte er den Kopf und musterte Dorettes Arm.

»Sie sind die Patientin«, bemerkte er und bedeutete ihnen einzutreten.

Dorette berührte Amelie, die der Mutter und deren Kind mit einem feinen Lächeln hinterhersah, sanft am Arm. Erschrocken zuckte ihre Tochter bei der Berührung zusammen und beeilte sich, ihr in den Behandlungsraum zu folgen.

Wilhelm Sahlis Praxisraum wies die Ausmaße eines gewöhnlichen Zimmers auf. Ein massiver Holzschreibtisch, auf dem sich zahllose Blätter stapelten, stand in der Ecke, daneben ein Regal mit Büchern. Davor hatte der Arzt zwei schlichte weiße Holzstühle gestellt. Im linken Teil des Raums wurden die Wände von Schränken mit Flaschen aus dunklem Glas flankiert, und dazwischen stand eine Untersuchungsliege, die Dorette an den Rüsttisch in der Küche erinnerte. Auf einem niedrigen Gestell mit Rollen neben der Liege lagen diverse Schalen und Geräte.

Doktor Sahli untersuchte Dorette mit routinierten Bewegungen. Dabei sah er sie nie an, stellte ihr jedoch zahlreiche, monoton formulierte Fragen. Manche davon beantworteten sich durch ihr schmerzhaftes Aufschreien selbst.

»Der Arm ist gebrochen«, bestätigte er ihre Vermutung und sah zum ersten Mal von seiner Tätigkeit auf. »Sie hatten allerdings Glück, der Knochen ist nicht verschoben. Möglicherweise leiden Sie bloß an einem Teilbruch, der die Knochenhaut nicht beschädigt hat.« Er erhob sich, wusch sich die Hände und trocknete sie an einem Tuch ab. »Ich werde Ihnen eine gepolsterte Schiene sowie einen Bindeverband anlegen. Danach fixieren wir das Ganze mit einer Schlinge an Ihrem Oberkörper. Es erklärt sich von selbst, dass Sie bis zur vollständigen Abheilung des Bruchs keine körperlichen Arbeiten verrichten dürfen, die Ihren rechten Arm in irgendeiner Weise miteinbeziehen oder anderweitig erschüttern könnten.«

Dorette nickte und schluckte leer. Sie dachte an das Fest der Lindts. Manches aus ihrer Lieferung an die feinen Herrschaften, wie beispielsweise die Gebäcke und Süßwaren, aber auch die exotischen Früchte und Nüsse, mussten unbedingt ansehnlich drapiert werden. Sie sah Amelie an.

»Papa hat kein Talent, wenn es darum geht, unsere Produkte schön zu präsentieren. Er kann die Rohstoffe und Konserven an den Koch weitergeben, aber der Rest ist mein Hoheitsgebiet.« Zur Unterstreichung ihrer unausgesprochenen Frage hob sie den bandagierten Arm, so gut es ging.

Ihre Tochter verstand. »Ich rede mit Rodolphe ... Allerdings wird er selbst bei dem Nachmittagsempfang dabei sein. Das würde bedeuten, dass wir die Produktion für einige Stunden einstellen müssten. So lange, bis ich wieder zurück bin.« Amelie erhob sich von ihrem Stuhl und reichte Doktor Sahli die Hand. »Haben Sie vielen Dank für Ihre wertvolle und vor allem rasche Hilfe, Doktor Sahli.«

Wilhelm Sahli musterte ihre Tochter und behielt deren Hand in seiner. »Das ist mein Beruf und meine Passion, Frau …« Er stockte. Da er es bei der Begrüßung versäumt hatte, nach ihrem Namen zu fragen und sich direkt um Dorette gekümmert hatte, sah er sie nun fragend an.

»Fräulein Ammann«, half ihm Amelie, und Dorette beeilte sich zu ergänzen: »Ammann, wie mein Mann und ich.« Sie unterstrich ihre Worte mit einem Lächeln.

Dieses Mal wirkte das Schmunzeln des Mediziners echt, seine Augen blitzten kurz auf. »Danke schön. Wie nachlässig von mir.«

Dorette winkte ab. »Ach, keine Ursache, machen Sie sich deshalb keinen Kopf, Herr Doktor. Sie haben bei Gott Wichtigeres zu tun, als sich den Namen zweier durchschnittlicher Damen zu merken.«

Herr Sahli holte kurz Luft, als wollte er etwas erwidern, nickte dann jedoch nur und vereinbarte mit ihnen, dass Dorette in einer Woche zu einem Kontrolluntersuch vorbeikommen solle.

Gemeinsam mit Amelie verließ sie das Haus des Arztes. Als sie in die Droschke stieg und sich setzte, warf sie nochmals einen Blick zurück zu dem Herrschaftshaus von Herrn Sahli. Täuschte sie sich, oder bewegte sich die Gardine in einem der Zimmer im Erdgeschoss? Der dunkle Umriss einer Silhouette zeichnete sich dahinter ab.

»Ist etwas, Maman? Du machst so ein seltsames Gesicht«, fragte ihre Tochter und setzte sich ihr gegenüber.

Dorette schüttelte hastig den Kopf und wandte den Blick ab, sodass sie Amelie ansehen konnte. »Alles bestens, ich war bloß in Gedanken.«

»Wie du meinst.« Ihre Tochter lächelte und streichelte kurz ihre unversehrte Hand. »Dann lass uns zu Papa zurückkehren und sehen, wie wir ihm helfen können. Am besten komme ich mit zu den Lindts und frage Rodolphe gleich vor Ort, ob er mir erlaubt, euch ein bis zwei Stunden zu unterstützen.«

Dorette nickte. »Er ist nett. Und sehr kompetent.«

»Rodolphe? Natürlich ist er das, wie kommst du denn darauf?« Amelie sah sie verwirrt an.

»Ich meine den Herrn Doktor Sahli«, berichtigte Dorette.

# 6

Es war kurz nach Mittag, als Rodolphe in der Wasserwerkgasse eine Droschke herbeiwinkte und sich nach Hause fahren ließ. Getreu der Jahreszeit herrschte ein gelbgoldenes Licht, die Bäume auf den Grünflächen der Stadt und auf den Hügeln rings um Bern färbten sich allmählich rot, gelb und orange. Heute obsiegte der Sommer noch einmal und brachte ihnen zur Tagesmitte Temperaturen um die fünfundzwanzig Grad. Das dürfte seine Mutter, die sich seit Wochen mit nichts anderem als der Festivität für Vaters Politikfreunde beschäftigt hatte, zufrieden stellen. Nicht zuletzt aus diesem Grund besaß ihr Anwesen einen gepflegten Garten mit Brunnen und Statuen, der einen vorzüglichen Ausblick auf die Altstadt bot. Auch das Wohnhaus wäre durchaus präsentabel gewesen; vom ursprünglichen bauplastischen Schmuck war derzeit allerdings nichts mehr zu sehen, weil seine Mutter darauf bestanden hatte, dass die Fassade der unteren zwei Geschosse von Kletterpflanzen bedeckt wurde. Warum sein Vater diesem Irrsinn zugestimmt hatte, verstand Rodolphe bis heute nicht.

Als die Droschke auf dem Vorplatz seines Elternhauses vorfuhr, erkannte er seine Mutter bereits von Weitem an ihrem buschigen, krausen dunklen Haar, das sie stets sorgfältig hochsteckte. Selbst wenn er ihre Stimme aufgrund des Ratterns des Gefährts nicht hörte, so hallte sie trotzdem durch seinen Kopf. Er konnte sich anhand ihrer herrischen Gesten und dem mürrischen Gesichtsausdruck bestens vorstellen, was sie den Angestellten und Lieferanten hinterherrief. Umso grotesker erschien ihm der Wandel, den seine Mutter bei seinem Anblick jeweils durchlief.

»Rodolphe ...« Ihre Stimme wurde weich, und ein Lächeln erhellte ihre Gesichtszüge, als sie ihn kurz in die Arme schloss, nachdem er ausgestiegen war. »Wunderbar, dass du es rechtzeitig geschafft hast. Los, geh und zieh dir etwas Anständiges an, und danach sieh zu, ob du dich nützlich machen kannst. Deine Schwestern sind schon im Garten und helfen beim Aufstellen.« Sie wedelte ungeduldig mit dem Arm und scheuchte ihn weg.

»Grundgütiger!«, rief sie als Nächstes aus, schlug sich die Hand vor ihre vollen Lippen und schob die markanten Augenbrauen zusammen. Eilig rannte sie auf einen Hausangestellten zu, der eine mit Blumen gefüllte Vase balancierte. Entsetzt riss sie ihm das Gefäß aus der Hand und drosch weiter mit Worten auf ihn ein. Rodolphe verzog sich mit einem Grinsen in seine Wohnung im Erdgeschoss.

Sein Reich bestand bloß aus einem Wohnzimmer, einem Schlafzimmer und einer spartanischen Kochgelegenheit, die er noch nie benutzt hatte. Die Räume waren nur mit dem Nötigsten ausgestattet. Ein Bett, ein Tisch mit Stühlen, zwei Sessel, einige Schränke und Kommoden. Ein abgewetzter Teppich verlieh dem Wohnzimmer eine rudimentäre Behaglichkeit. Seit Jahr und Tag war dieser Teppich Rodolphes Mutter ein Dorn im Auge, ebenso wie die Tatsache, dass es in seiner Wohnung weder Bilder noch andere Ziergegenstände gab.

Rodolphe zog sich, dem Wunsch seiner Mutter entsprechend, eine dunkle Hose, ein weißes Hemd mit Fliege und ein schwarzes Jackett mit Zylinder an, auch wenn er damit aussah, als wollte er auf eine Hochzeit oder eine Beerdigung. Was bei ihm beides ungefähr dieselbe Beklemmung auslöste wie das anstehende Fest seiner Eltern. Mama und Papa waren jedoch der Meinung, dass es sich für ihn als aufstrebenden Geschäftsmann ziemte, sich an diesem Anlass zu zeigen, Verbindungen zu knüpfen und seine Produkte anzupreisen. »Das gehört zu deinem Beruf«, hatte ihn Vater beim Abendessen vor einer Woche ermahnt. »Wenn du dich schon für diesen Weg entscheiden musstest, dann gehe ihn wenigstens mit Würde und wie es sich gehört.« Die gewohnten Vorwürfe schwangen dabei unterschwellig in Papas Worten mit.

Mit einem Seufzer zupfte Rodolphe das Jackett zurecht und strich sich ein letztes Mal mit Pomade über die Haare. Dabei sah er am Spiegel vorbei aus dem Fenster und beobachtete, wie eine Droschke und drei Fuhrwerke vorfuhren. Er erstarrte mitten in der Bewegung und trat näher an die Gardinen heran, die ihn vor Blicken schützten.

»Was macht die denn hier?«, murmelte er zu sich selbst und beeilte sich, nach draußen zu kommen.

»Amelie?«, rief er und eilte auf sie zu.

Erschrocken drehte sie sich um und sah ihn an. »Rodolphe! Ich wollte dich gerade suchen.« In knappen Worten erzählte sie ihm vom Unfall ihrer Mutter, die mit bandagiertem Arm neben ihr stand, und erklärte ihm ihr Problem mit der Produktpräsentation.

»Ich habe die Conche ohnehin ausgestellt, als ich die Fabrik vorhin verließ. Ich wusste nicht mit Sicherheit, wann du zurückkehren würdest, also … Ein paar Stunden mehr oder weniger werden uns schon nicht umbringen«, scherzte er und berührte sie flüchtig an der Schulter, was ihm einen irritierten Blick ihrer Mutter einbrachte. Sofort zog er die Hand zurück, räusperte sich und schlug vor: »Lass mich dir helfen, ich kenne mich hier bekanntlich recht gut aus.« Er grinste, was Amelie erwiderte.

Mithilfe einiger Angestellten waren die Fuhrwerke rasch abgeladen und die Fracht im Garten abgestellt, sodass Amelie unter der strengen Anleitung ihrer Mutter mit dem Aufstellen beginnen konnte.

»Fräulein Ammann, Sie hier?« Rodolphes Mutter baute sich vor ihnen auf und sah zuerst Amelie, dann Rodolphe an. Ihre hochgezogene linke Augenbraue verlangte nach einer Erklärung der Situation. Er beschloss, ihr ebenso kryptisch zu antworten, und wies stumm auf den einbandagierten Arm von Amelies Mutter, die auf einem Stuhl neben ihnen saß.

»Sie unterstützen heute also Ihre Eltern, wie ich sehe. Sehr vorbildlich«, lobte Mama und deutete mit dem

Finger auf die Auslage, die Amelie aufgestellt hatte. »Sie besitzen unverkennbar Talent. Ihre Eltern sollten Sie unbedingt öfters mit dieser Aufgabe betrauen. Man findet nicht alle Tage so begabte junge Menschen.« Sie unterstrich ihre Worte mit einem Lächeln, das ihre Augen nie erreichte.

»Ich bin nur zwei Stunden hier, bis alles erledigt ist, Frau Lindt. Danach werde ich selbstverständlich in der Fabrik nach dem Rechten sehen und an den Prototypen für Neuenburg weiterarbeiten«, antwortete Amelie spitz und sah nicht einmal von ihrer Arbeit auf.

»Ach, gutes Stichwort. Rodolphe, Schatz?« Seine Mutter wartete, bis er ihr die volle Aufmerksamkeit schenkte. »Wärst du wohl so freundlich und würdest uns mit den Schokoladensprenkel-Kuchen behilflich sein? Ich dachte, wir könnten sie auf Etageren anbieten. Ich bin gespannt, wie sie unseren Gästen schmecken.«

»Lassen wir das doch gleich Amelie erledigen. Schließlich hat sie nicht nur das Rezept kreiert, sondern sie auch gebacken. Sie weiß am besten Bescheid, welche Sorten wir haben und wie wir diese am wirkungsvollsten präsentieren und beschriften«, schlug Rodolphe vor.

»Wie du meinst, dann nehmen wir Fräulein Ammann mit.« Seine Mutter klatschte in die Hände. »Beeilung bitte, uns bleibt nicht mehr viel Zeit, und diese Arbeit hier muss auch noch fertig werden.« Sie wies mit ihrem dicken, beringten Finger auf den Tisch, an dem Amelie soeben arbeitete.

Rodolphe lächelte. »Mama, entspann dich. Kümmere du dich um die Blumen und das Gedeck.« Er wies mit einer Geste auf die langen Tische im Hintergrund, an denen sich seine Schwestern ungelenk zu schaffen machten. »Amelie und ich bewältigen das wunderbar alleine. Schließlich ist das unsere tägliche Arbeit, die wir hier präsentieren.«

In diesem Moment erklang ein lautes Scheppern und Klirren, als einem Hausangestellten ein Teller auf den Boden fiel.

»Himmelherrgott noch mal, muss man denn hier alles selber machen?«, schnauzte Mama. »Die Kuchen sind im Salon.« Mit diesen Worten marschierte sie davon und blaffte den jungen Mann mit dem hochroten Kopf neben der langen Tafel an. Schließlich scheuchte sie ihn mit einer energischen Geste davon.

»Ist sie immer so?«, fragte Amelie, als sie ins Haus gingen und die Treppe in die erste Etage erklommen. »Ich meine nur ... wenn ihr auf Geschäftsreise in Neuenburg seid und sie und deine Schwestern mit mir alleine in der Fabrik arbeiten, benimmt sie sich dann auch so?« Sie hielt den Blick geradeaus gerichtet, und ein Muskel zuckte an ihrem Kiefer.

»Sie hat den Auftrag, dir zu helfen.« Rodolphe öffnete ihr die Tür zum Salon, wo ihnen der Duft nach frischem Gebäck und Schokolade entgegenschlug. »Dennoch ist sie meine Mutter.«

Amelie blieb stehen, starrte ihn an und stemmte die Hände in die Hüfte. Ihr Mund war bloß noch ein blutleerer Strich. »Was willst du damit sagen?«

»Dass sie ist, wie sie ist. Nichts weiter, Amelie. Ich habe nicht über meine Worte nachgedacht. Falls du ihre Hilfe nicht brauchst, sag es einfach, dann ist das Thema ohnehin erledigt. Sie hat mit der Apotheke genug zu tun.« Er seufzte und sah ihr in die Augen. »Freuen wir uns jetzt daran, deine neuen Kreationen zu präsentieren!« Er fasste ihre Hände und zog sie zu sich heran. Zu seiner Erleichterung ließ sie ihn gewähren und schlang ihre Arme um seine Mitte.

»Rodolphe? Vielleicht ...«, sie brach ab und sah zu ihm hoch.

»Was?«

»Ach nichts«, sie winkte ab und wollte sich abdrehen.

»Warte.« Er hielt sie zurück. »Küss mich«, bat er. »Bitte.«

Es dauerte einige Sekunden, in denen sie ihn bloß stumm ansah. Dann drückte sie ihre weichen Lippen auf seine. Er begehrte den Geschmack ihres Kusses, das verbotene Spiel ihrer Zungen. Noch mehr aber liebte er ihren Duft, der stets einen Hauch Kakao in sich barg, den verträumten Blick ihrer Augen, ihr heiseres Lachen und ihre verrückten Ideen. Stundenlang konnte er ihren Gedanken über das Leben und die Schokolade lauschen, es wurde nie langweilig. Wenn sie in ihre Arbeit vertieft war, nachdachte, Zutaten zwischen ihren Zeigefingern verrieb, daran schnupperte oder sie mit ihrer Zungenspitze kostete, vergaß sie die Welt um sich herum, und ihr Blick verlor sich in einer unbekannten Ferne. Rodolphe genoss es, ihr Gesicht zu beobachten, wenn sie neben ihm einschlief, nachdem sie sich geliebt hatten. Ihre Gesichtszüge zeigten dann das Kind, das sie einmal gewesen war. Keine seiner weiblichen Bekanntschaften hatte jemals in seiner Gegenwart geschlafen. Entweder war er gegangen oder sie.

Weil sie einander nicht vertraut hatten.

Entsetzt über seine Gedanken beendete Rodolphe seinen Kuss und löste vorsichtig Amelies Umarmung. »Wir sollten uns beeilen und achtsam sein«, murmelte er, wich ihrem bohrenden Blick aus und lief zum Tisch mit den Etageren und den Gebäcken, die sich noch in den Körben befanden, in denen sie hergebracht worden waren.

»Welche Sorten haben wir denn?«, fragte er, auch wenn er die Antwort kannte. Schließlich war er bei der Produktion dabei gewesen. Entsprechend verstimmt und misstrauisch sah ihn Amelie an, beschloss dann aber offenbar, sein seltsames Gebaren zu ignorieren.

»Alle diese Törtchen haben fingernagelgroße Schokoladensplitter. Die schmelzen beim Essen auf der Zunge.« Sie schloss genießerisch die Augen. Dann fuhr sie geschäftig fort: »Diese hier sind zudem mit Honig verfeinert, und diese mit gedörrten Johannisbeeren, Nüssen, Chili.« Sie wies der Reihe nach auf die verschiedenen Teilchen in den Körben.

»Chili? Das hast du gar nicht erwähnt.« Rodolphe hatte noch nie Schokoladenkuchen mit Schärfe gegessen, und diese Politiker sicher auch nicht. »Die ... hast du als Probestücke für Neuenburg gemacht? Für die Kinder? Wir wollen sie doch nicht umbringen.«

Nun lachte Amelie. »Meine Güte, Rodolphe. Natürlich sind die nicht für die Schüler. Die habe ich speziell für heute kreiert. Ich finde, dass die Süße der Schokolade und die scharfe Exotik der Chili ausgezeichnet zusammenpassen. Ein bisschen wie im echten Leben.« Sie zwinkerte ihm zu und schüttelte immer noch ungläubig den Kopf.

Plötzlich erklang ein Poltern aus dem Eingangsbereich im Erdgeschoss. Dicht gefolgt von einem hysterischen »Rodolphe? Wo seid ihr?«

»Mama«, seufzte er und sah Amelie entschuldigend an. Laut genug, dass sie es unten hören konnte, rief er: »Was ist denn? Wir sind dabei, die Etageren zu befüllen!«

Kurz darauf polterte seine Mutter mit Rodolphes Schwestern Anna und Emma im Schlepptau auch schon mit hochroten Wangen in den Salon. Schwer atmend und wild gestikulierend sagte sie: »Schnell, füllt mir eine Etagere. Es gab ein Missverständnis. Der Stadtpräsident mit Frau, Sohn und Tochter ist soeben vorgefahren!« Sie hielt sich die Hände an die Stirn, um sie zu kühlen. »Der Garten ist noch nicht bereit, und ich muss sie irgendwie beschäftigen. Was steht ihr so rum und glotzt? Wird das bald etwas mit den Küchlein? Ich kann sie unmöglich da warten lassen, ohne ihnen etwas anzubieten.«

Amelie, die schneller aus der Starre erwacht war als Rodolphe, befüllte mit flinken Handbewegungen eine Etagere. Von jeder Sorte einige Stückchen.

»Hier, bitte sehr, Madame.« Eilig wies sie mit dem Finger auf die verschiedenen Geschmacksrichtungen und zitierte deren Geschmäcker. Mamas Augen weiteten sich, und sie öffnete den Mund, um zu einem erneuten Donnerwetter anzusetzen.

»Vertrauen Sie mir, es wird den Herrschaften schmecken«, versicherte Amelie mit einem Lächeln, als sie das offenkundige Entsetzen im Gesicht von Rodolphes Mutter erkannte. Seine beiden Schwestern kicherten. Eine Weile schien es, als ringe seine Mama mit sich. Ihre Kiefermuskeln zuckten, und die Nasenlöcher weiteten sich. Widerspruch war sie nicht gewohnt, und von einer Angestellten schon gar nicht. Schließlich atmete sie hörbar aus, musterte Amelie mit einem eigenartigen Ausdruck, den Rodolphe nicht zu deuten vermochte, und sagte knapp: »Gut, folgen Sie mir.« Sie wandte sich ruckartig um, wedelte gebieterisch mit der Hand und verschwand, dicht gefolgt von Emma und Anna, im Flur. Amelie warf Rodolphe einen düsteren Blick zu, presste die Lippen zusammen und ging mit erhobenem Haupt an ihm vorbei die Treppe hinunter ins Erdgeschoss. Rodolphe folgte ihnen.

Auf dem Vorplatz ihres Hauses herrschte rege Betriebsamkeit. Mamas Stimme echote über das Anwesen, als sie den Herrn Stadtpräsidenten Heinrich Scheidegger sowie seine Gattin Elisabeth, deren Sohn Friedrich und die Tochter Isabella gestenreich begrüßte. Auch Papa klopfte seinem Politikerkollegen kameradschaftlich auf die Schultern und unterhielt sich lachend mit ihm. Emma und Anna standen wie Zwillinge in ihren rosafarbenen Kleidern daneben und sahen mit geröteten Wangen zu Boden. In diesem Augenblick eilten Rodolphes andere Schwestern, alle in ebenso kindisches Pastell gehüllt, herbei. Ein paar Schritte hinter ihnen betrat August im dunklen Anzug und mit ernstem Gesichtsausdruck den Platz. Wie eine Schar Enten reihten sich seine Geschwister neben Mama auf und warteten auf weitere Anweisungen. Bei Anna und Emma, die kaum jünger waren als Rodolphe, wirkte es besonders grotesk.

Er trat näher.

Scheidegger war ein Mann von knapp sechzig Jahren wie sein Vater. Bevor er sich hauptberuflich der Volksvertretung verschrieben hatte, war er einer von Berns bekanntesten Bankern gewesen. Es waren denn auch vornehmlich die Industriellenfamilien, die ihm ihre Stimme gegeben und ihn zum Stadtpräsidenten befördert hatten.

»Herzlich willkommen, Heinrich«, begrüßte ihn Rodolphe förmlich per Handschlag. Ob ihm der Stadtpräsident, als er den Gruß erwiderte, ein Lächeln schenkte oder nicht, konnte er aufgrund des dichten Bartes und des ebenso buschigen Schnurrbarts nicht erkennen. Wie immer trug er seine graumelierten Haare zudem wie mit dem Lineal gezogen in der Mitte gescheitelt und mit Pomade fixiert. Abgesehen von seinem weißen Hemd war alles reichlich düster an seiner Erscheinung, oder war es vielmehr seine Ausstrahlung? Rodolphe wusste es nicht. Ganz anders verhielt es sich bei dessen Tochter Isabella, die Rodolphe, wie es der Anstand und seine Position als Gastgeber erforderten, mit einem galanten Handkuss begrüßte. In Kontrast zu ihrem schwarzglänzenden Haar und den dunklen Augen trug sie ein königsblau schimmerndes Kleid mit dunkel abgesetzten Spitzenrüschen. Ihr Mund verzog sich zu einem Schmunzeln, und sie senkte den Blick, als er ihre Hand hielt. Rodolphe sah, wie sie errötete, was ihr das Aussehen einer Porzellanpuppe verlieh. Grundsätzlich sah sie aus wie eine jüngere Ausgabe ihrer Mutter Elisabeth, doch fehlte ihr die Schwermut, die in deren dunklen Augen lag. Über Elisabeth wusste Rodolphe nicht viel, außer dass sie immer das tat, was Heinrich von ihr verlangte. Ein Umstand, den er aus seinen eigenen Familienverhältnissen nicht kannte.

Hinter den dreien stand Friedrich, Isabellas älterer Bruder. Rodolphe hatte ihn einige Male im Klötzlikeller angetroffen, sich jedoch nie mit ihm unterhalten, weil Friedrich sich inmitten seiner Kommilitonen stets für etwas Besseres gehalten hatte. So ganz schaffte er es auch heute nicht, die Arroganz aus seinem Blick und seiner Mimik zu wischen.

»Ich bin untröstlich, dass es bei der Kommunikation der Ankunftszeit ein Missverständnis gab«, übernahm Mama die Konversation und rang die Hände. »Leider sind wir mit den Vorbereitungsarbeiten im Garten noch nicht fertig, weshalb ich euch allen gerne schon mal ein Glas Weißwein und ein süßes Häppchen anbieten möchte.« Sie wandte sich um und winkte zwei Angestellte herbei, die sich mit einer Flasche und Gläsern abmühten. Wortlos wies sie mit dem Kopf und herrischem Blick auf die Gäste, woraufhin die beiden Bediensteten sofort ans Werk gingen. Als ahnte er, was gleich kommen würde, beschleunigte sich Rodolphes Herzschlag.

»Fräulein Ammann? Worauf warten Sie denn noch?« Die Stimme seiner Mutter klang alles andere als freundlich. Ihre buschigen Augenbrauen hoben sich auffordernd. Amelie warf Rodolphe einen verärgerten Blick zu, straffte die Schultern und trat auf die Stadtpräsidentenfamilie zu. Anders als die übrigen Diener trug sie keine Arbeitsuniform, sondern die verschmutzte Kleidung, die sie am Morgen für die Arbeit in der Schokoladenfabrik angezogen hatte. Das alles war so nicht geplant gewesen. Mit steigendem Unbehagen beobachtete Rodolphe, wie die Scheidegger-Frauen Amelie mit abschätzigen bis entsetzten Blicken musterten und die Häppchen dankend ablehnten. Rodolphe sah seine Mutter an. Deren Lippen umspielte ein feines, aber wissendes Lächeln.

»Nun, ich muss gestehen, Fräulein Ammanns Stückchen sind gewöhnungsbedürftig. Selbstverständlich haben wir nachher auch noch die allseits beliebte und bekannte Schokolade aus der Fabrikation meines Sohns«, entschuldige sie sich bei den Gästen. »Darf ich euch ein wenig herumführen? Ich habe neue Kunstgegenstände erworben, Statuen und Bilder von einzigartiger Schönheit aus Südafrika, die ich euch gerne zeigen würde.« Sie machte eine einladende Geste in Richtung des Hauses. »Danach ist der Garten, so hoffe ich, so weit hergerichtet, dass wir es uns dort bei Speis und Trank gemütlich machen können.«

Bevor Rodolphe noch etwas sagen konnte, wandten sich die Scheidegger-Damen ab und folgten seiner Mutter und seinen Schwestern, in höfliche Konversation vertieft, zum Eingang. Auch die Herren bewegten sich in Richtung des Hauses. Bloß er blieb wie angewurzelt stehen und sah Amelie an. Er holte gerade Luft, um sich bei ihr für das Verhalten seiner Mutter zu entschuldigen, als deren Stimme zu ihm herüberhallte.

»Rodolphe? Kommst du? Wo bleibst du denn?«

»Ich muss ... Das ist wichtig fürs Geschäft,« setzte er zu einer Erklärung an und deutete in Richtung des Hauses, wo bereits alle im Inneren verschwunden waren.

# 7

Johann Lindt sah kurz aus dem Fenster des Eisenbahnwagens und ließ den Blick dann erneut durch ihr Abteil schweifen. Dieses war, wie in der ersten Klasse üblich – einem Salon nachempfunden. Weiße Vorhänge und breite, in roten Samt gefasste Polstersessel füllten den gedrungenen Raum. Die Wände zierten vergilbte Bilder mit Landschaftsmalereien und kleine runde Spiegel mit Messingrahmen.

Seit September war dies ihre siebte Reise in die Westschweiz zu der Sprachschule der deutschen Kinder. Die Fahrt nach Neuchâtel war nur auf Umwegen zu bewältigen, da es keine direkte Bahnverbindung von Bern in die im Mittelalter begründete Stadt gab.

Zwischenzeitlich hatte sich die vorbeiziehende Landschaft draußen verändert. Das bunte Kleid des Herbstes war dem kargen weißen Gefieder des Winters gewichen. Bald stand das Jahresende vor der Tür.

»Ich bin ausgesprochen neugierig auf das Nachtessen mit dem deutschen Gesandten«, sagte Heinrich Scheidegger. »An dieser Stelle möchte ich mich erneut herzlich für die Einladung bedanken, werter Johann.«

Er nickte ihm kameradschaftlich zu. »Nicht wahr, Isabella?« Auffordernd sah er seine Tochter, die neben ihm saß, an.

»Aber ja, Vater, in der Tat. Ich war noch nie in Neuchâtel und bin auf die Sprachschule gespannt.« Sie hielt die Hände im Schoß gefaltet, sah kurz auf, ließ den Blick beiläufig über Rodolphe schweifen und schaute dann mit flatternden Lidern zu Boden. Eine leichte Röte färbte ihre Wangen, wie Johann zufrieden feststellte.

Zu Johanns Verärgerung starrte sein Sohn jedoch vollkommen unbeteiligt aus dem Fenster des Bahnwagens und schien in Gedanken weit weg zu sein. Er hatte sich über ihre erneute Reise in die Westschweiz erstaunt und irritiert gezeigt.

»Vater, das ist meine Fabrik, und ich finde, wir waren jetzt oft genug in der Sprachschule«, hatte er ihm geantwortet. Nicht zuletzt deshalb, weil die Laune der Sirene mit jeder weiteren Geschäftsreise düsterer wurde. Auch das nahm Johann mit wachsender Zufriedenheit zur Kenntnis, denn es entsprach exakt seinem und Eugenias Plan.

»Meine Philosophie ist es stets, das Angenehme mit dem Nützlichen zu verbinden«, erwiderte Johann diplomatisch und unterstrich seine Worte mit einem Lächeln. »Rodolphe und ich haben bereits sechs Reisen in diese wunderbare Stadt am Neuenburgersee unternommen. Zwischenzeitlich ist uns der Gesprächsstoff ausgegangen«, scherzte er und lachte trocken. »Es ist uns daher eine große Freude und Bereicherung, dass wir euch beide als Begleitung gewinnen konnten. Wenn es uns zudem nebenher gelingt, ein paar nützliche politische Bande zu knüpfen, dienen wir mit dieser Reise nicht nur uns selbst und unserer Manufaktur, sondern zusätzlich unserer Heimatstadt und dem Kanton Bern.«

Heinrich quittierte diese Aussage mit einem langen Blick in Johanns Richtung und einem wohlwollenden Nicken. Dabei erinnerte sich Johann an ihre kurze Unterredung vor einigen Wochen im Salon der Scheideggers.

»Rodolphe und ich sind gestern aus Neuchâtel zurückgekehrt. Du erinnerst dich: Wir beliefern die Sprachschule mit Schokolade«, hatte Johann das Gespräch eingeleitet. Heinrich hatte ihn stumm und aufmerksam gemustert und einen Schluck von seinem Branntwein genommen.

»Zufälligerweise sind wir dort auf den Vater eines Mädchens getroffen. Er hat sich uns als deutscher Gesandter vorgestellt. Ein Mann unseres Schlags also«, fuhr Johann fort und gönnte sich nun seinerseits ebenfalls einen Schluck Schnaps. Vorsichtig beobachtete er seinen Freund über den Rand seines Glases hinweg. Heinrich verzog keine Miene. Aus Erfahrung durfte sein Schweigen hingegen als Aufmerksamkeit oder Zustimmung aufgefasst werden.

»Nun ... wir sind sofort ins Gespräch gekommen, und ich habe ihm von meinen politischen Verbindungen hierzulande berichtet.« Johann lächelte und stellte sein Glas betont langsam zurück auf den Salontisch.

Nun würde sich zeigen, ob seine Herleitung überzeugte oder sein Anliegen zu offenkundig war. »Mir kam die Idee, euch beide miteinander bekannt zu machen. In unserer Funktion schadet es schließlich nie, das Netzwerk zu erweitern, so dachte ich mir. Als Ehrenmann mit deiner gesellschaftlichen Stellung schienst du mir die richtige Wahl dafür zu sein.« Johann leckte sich über die Lippen, verschränkte die Hände und lehnte sich in seinem Sessel zurück. »Und ... nun ja. Möglicherweise könnte sich Isabella dazu durchringen, dich zu begleiten? Der Gesandte möchte sich in Begleitung seiner Gattin mit uns zum Abendessen treffen. Sie ist ungefähr in Isabellas Alter und wäre um etwas Gesellschaft bestimmt dankbar.«

Stille folgte seinen Worten, die nur durch das regelmäßige Ticken der Standuhr im Hintergrund unterbrochen wurde. Johann fürchtete bereits, dass sein Vorhaben gescheitert war, als sein Freund einen ausgiebigen Schluck Hochprozentigen nahm und nickte. »Eine gute Idee, Johann. Wie immer«, war alles, was er dazu zu sagen hatte.

Mit dieser Aktion war es Johann gelungen, elegant gleich mehrere Fliegen mit einer Klappe zu schlagen. »Wie du siehst, mein Sohn«, hatte er zu Rodolphe gesagt, als er ihn über die gemeinsame Reise unterrichtet hatte, »öffnet die Politik Türen und baut Brücken. Wer weiß, zu welchen weiteren Geschäftsbeziehungen uns der Gesandte verhelfen kann.« Er hatte seinen Sohn eindringlich angeschaut, bevor er fortfuhr: »Auf die Gefahr hin, dass ich mich wiederhole: Es wäre auch für dich eine Überlegung wert, dich politisch zu engagieren. Als Unternehmer kannst du nur profitieren. Beziehungen sind das Alpha und Omega der Geschäftswelt.« Doch Rodolphe hatte ihn nur eisern angeschwiegen und sich mit einem Augenrollen abgewandt.

Für den Moment würde Johann dieses unreife Verhalten akzeptieren, aber nicht mehr lange. Ja, die Fabrik gehörte auf dem Papier seinem Sohn. Doch es war Johanns Geld gewesen, das sie überhaupt erst möglich gemacht hatte. Auch arbeitete er oft in der Schokoladenfabrik, ohne dafür eine Entlohnung zu verlangen. Von daher dürfte Rodolphe sich ruhig etwas kooperativer zeigen und seinen jugendlichen und völlig unreifen Trotz endlich ablegen. Dieser Meinung war auch Johanns Frau Eugenia, die sonst eher dazu neigte, Partei für den Jungen zu ergreifen.

»Nächster Halt: Neuchâtel«, verkündete der Schaffner, als er ihr Abteil betrat, um sie über das Ende ihrer Reise zu informieren. Draußen dämmerte es, obwohl es erst gegen siebzehn Uhr war. Nach ihrer Ankunft blieben ihnen noch rund zweieinhalb Stunden, um sich in ihrer Unterkunft, einem komfortablen Hotel unweit des Bahnhofs mit Blick auf den Neuenburgersee, einzurichten und sich frisch zu machen. Normalerweise residierten Johann und Rodolphe in einer schlichten Herberge, die bei Reisenden aufgrund ihrer zentralen Lage und des erschwinglichen Komforts sehr beliebt war. Dem Stadtpräsidenten wollte Johann jedoch das Allerbeste bieten, das sich in Neuchâtel derzeit finden ließ, wusste er doch um dessen exquisite Lebensweise bestens Bescheid. Zudem sollte Isabella von Rodolphes Lebensstil einen guten Eindruck erhalten. Entsprechend hatten sie sich auf Empfehlung von Johanns deutschem Bekannten Adolf Schmidt dazu entschlossen, das gemeinsame Abendessen in einem erstklassigen Restaurant in der Altstadt einzunehmen. Dieses war für seine exzellente französische Küche und seine hervorragenden Weine bekannt. Der Sprachschule würden sie am darauffolgenden Tag einen Besuch abstatten.

Als die Bahn zum Stehen kam, erhoben sie sich und griffen nach ihren Mänteln. Immerhin besaß Rodolphe genug Anstand, Isabella mit ihrem zu helfen, und bot sich überdies an, ihren Koffer zu tragen. Der Stadtpräsidententochter blieben bei so viel Galanterie die Worte weg, und erneut errötete sie ein wenig.

Schneeflocken tanzten durch die Luft, als sie aus dem Bahnwagen ausstiegen und den überdachten Bereich bei den Geleisen des Bahnhofs verließen. Ein trüber Himmel spannte sich über ihren Köpfen. Vom See her wehte ein kühler Wind und zerrte an ihren Kleidern. Johann beobachtete, wie Heinrich und Isabella die Umgebung mit Blicken abtasteten und den Zauber der für sie fremden Stadt auf sich wirken ließen.

»Na, Isabella, willst du unserer Begleitung nicht erzählen, was dich deine Lehrerin in Vorbereitung auf diese Reise über Neuchâtel gelehrt hat?«, forderte Heinrich seine Tochter mit einem aufmunternden Lächeln auf.

Isabella starrte ihren Vater überrascht an, dann flatterte ihr Blick kurz zu Rodolphe. Da ihr die Aufforderung ihres Vaters sichtlich unangenehm zu sein schien, beschloss Johann, ihr ein wenig entgegenzukommen.

»Das würde uns sogar ausnehmend interessieren, nicht wahr, Rodolphe?«, sagte er und bedachte seinen Sohn mit einem auffordernden Blick. »Selbst wenn wir schon zahlreiche Male hier waren, so muss ich doch gestehen, dass uns die Stadt und ihre Geschichte stets fremd geblieben sind.« Er hob entwaffnend die Arme. »So ist das leider, wenn man geschäftlich unterwegs ist; man findet kaum Zeit, sich umzusehen.«

Trotz Johanns Versuch, Isabella von ihrem Unwohlsein zu befreien, nagte sie an ihrer Unterlippe. Schließlich straffte sie die Schultern, holte tief Luft und tat, was man von ihr verlangte.

»Meinetwegen. Auf die Gefahr hin, Sie, meine Herren, zu langweilen, berichte ich gerne, was ich als Vorbereitung auf meine Reise gelernt habe.« Sie sah ihren Vater kurz an, und dieser legte ihr sanft die Hand auf die Schulter.

»Prächtige, aus lokalem Sandstein erbaute Gebäude verleihen dem Ortsbild einen charakteristischen Charme, der Neuchâtel von anderen Schweizer Hauptstädten unterscheidet«, rezitierte sie förmlich. »Eingebettet zwischen dem Neuenburgersee, einem Teilstück der Jurakette, das bis zum Gebirgskamm des Chaumont hinaufreicht, sowie der Seyon-Schlucht weist die Stadt eine reichhaltige kulturelle und architektonische Vergangenheit auf.«

Johann, der seinen Sohn während Isabellas Vortrag unauffällig im Auge behalten hatte, sah, wie dieser sie zum ersten Mal seit Beginn ihrer Reise aufmerksam studierte. Allerdings nicht, wie Johann gehofft hatte, mit Bewunderung. Viel eher sah er im Blick seines Sohnes Mitleid aufflackern.

»Gegründet wurde die Stadt im Jahr 1101, als der Burgunderkönig Rudolph III. seiner Angetrauten Irmengard diese ›Neue Burg‹ zum Geschenk machte«, fuhr Isabella fort.

Es war also – so dachte Johann – keine neuzeitliche Erscheinung, dass die Herren beim Anblick einer Dame den Verstand verloren. Bis heute erinnerte das Wahrzeichen von Neuchâtel, ein gleichnamiges Château auf einem Felsvorsprung, an eben diese Tatsache.

Heinrich winkte ihnen eine Droschke herbei und erlöste seine Tochter endlich, indem er ihr beim Einsteigen half. Um sie nicht unbeaufsichtigt zu lassen, setzte er sich sogleich zu ihr. Schließlich wusste man dieser Tage nie, was in so einem Fuhrmann vorging. Johann hatte schon von Fällen gehört, in denen das Gefährt mit der wertvollen Fracht davongefahren war, bevor jemand Weiteres hatte zusteigen können.

Nachdem alle Koffer sicher auf der Droschke verstaut waren, stiegen auch Johann und Rodolphe ein. Während der kurzen Fahrt zum Hotel schwiegen sie. Das laute Rattern des Fuhrwerks und das Knallen der Peitsche hätten eine Konversation ohnehin sehr mühsam gemacht.

Nach wenigen Minuten tauchte die Unterkunft, die Johann bei ihrem letzten Besuch in der Stadt ausgesucht hatte, vor ihnen auf.

»Das ist es.« Er wies mit einem Finger aus dem Fenster der Droschke, während sich Heinrich und Isabella vorbeugten, um einen Blick zu erhaschen.

Das Erdgeschoss eingerechnet, wies das Hotel stattliche fünf Etagen auf, zwei davon verbargen sich unter einem Mansardendach. Die blassblaue Fassade war mit kunstvollen und dekorativen Schnitzereien und Reliefarbeiten verziert und mit filigranen Balkonen ausgestattet.

Durch eine zweiflügelige Eingangstür gelangten sie ins Innere, wobei sich ein Angestellter um ihr Gepäck kümmerte. Gleichmäßiges, sanftes Licht, das von einem Kristallkronleuchter herrührte, empfing sie.

»Das ist absolut atemberaubend!«, kommentierte Isabella den eleganten und großzügigen Eingangsbereich des erst kürzlich eröffneten Hotels. Ein Lächeln erhellte dabei ihr Gesicht. Rodolphe hingegen wirkte, als hätte er weder den Glanz der Unterkunft noch die Schönheit seiner Begleitung bemerkt.

Zu Johanns Freude erkannte er jedoch eine milde Reaktion in der sonst ausdruckslosen und bloß formell höflichen Mimik seines Sohns, als Isabella eineinhalb Stunden später im Abendkleid in der Empfangshalle des Hotels erschien.

Sie trug ein bodenlanges, enganliegendes Kleid in Aubergine, dessen Rock aus verschiedenen mit Spitzen verzierten Lagen bestand. Die Erscheinung wurde durch passenden Schmuck und weitere Accessoires komplettiert. Johann konnte sich beim besten Willen keine anmutigere Schwiegertochter vorstellen. Wenn man zudem bedachte, aus welchem Haus sie stammte, konnte sich sein Sohn wahrlich nicht beklagen. Trotzdem schienen diesem eine ordinäre Zahnlücke und die schmutzstarren Kleider einer Fabrikarbeiterin begehrenswerter zu sein. Denn nichts anderes war die Sirene in Johanns Augen. Er beschloss, das Nachtessen vorüberziehen zu lassen – er wollte nicht riskieren, dass sich sein Sohn aus Missmut danebenbenahm –, und Rodolphe dann im Hotel bei einem Schlummertrunk auf dem Zimmer sozusagen von Mann zu Mann auf diesen unerquicklichen Sachverhalt anzusprechen.

Nachdem sie sich eine Droschke gerufen hatten, fuhren sie ins Stadtzentrum, wo sie mit dem Gesandtenehepaar verabredet waren.

Adolf Schmidt, ein großgewachsener Weltmann um die fünfzig mit spitz zulaufendem Kinn, dunkelblondem Bart und einem immerwährenden Lächeln auf den Lippen, stieg fast gleichzeitig mit ihnen aus der Droschke.

»Das nenne ich beispielhafte Pünktlichkeit«, kommentierte er ihr zeitgleiches Aufeinandertreffen, während er seiner Frau Lisa beim Aussteigen half. Diese gesellte sich nach der Begrüßung sofort zu Isabella. Anders als die Stadtpräsidententochter hatte die Gesandtengattin flachsblondes Haar und blaue Augen, die aufgrund der gesunden Röte auf ihren Wangen hervorstachen.

»Beeindruckend«, lobte Johann, als sie das Lokal betraten. Adolf hatte ihnen mit seiner Empfehlung des Restaurants nicht zu viel versprochen. Johann sog anerkennend die Luft ein, als sie das von Säulen getragene Gewölbe durchquerten. Schwere Vorhänge, glänzendes Kristall und poliertes Silber zogen seine Aufmerksamkeit auf sich. Die Tische waren mit Porzellangeschirr gedeckt, der Raum in gedämpftes Licht getaucht. Ein Mann im schwarzen Frack spielte auf einem Flügel sanfte Melodien, die sich mit den Gesprächen der Gäste vermischten.

Sie verbrachten einen ausgesprochen geselligen Abend mit exquisiten Speisen, hochkarätigem Wein und vielversprechenden Geschäftsgesprächen. Nicht nur gelang es Johann und Heinrich, ihr politisches Netzwerk bis ins Nachbarland auszuweiten, das Ehepaar Schmidt beabsichtigte überdies, befreundete Familien in Deutschland mit der Lindt-Schokolade beliefern zu lassen.

»Eine Freundin von mir betreibt ein Delikatessengeschäft in Berlin«, erklärte Lisa lächelnd, wobei sich zwei Grübchen in ihrem runden Gesicht bildeten. »Ich könnte mir zudem vorstellen, dass wir Hannes ebenfalls für die Chocolat Fin begeistern könnten, was meinst du?« Sie berührte ihren Mann sanft an der Hand und hob die Augenbrauen. »Hannes ist der Direktor eines altehrwürdigen Gymnasiums«, fügte sie noch erklärend, an die übrigen gewandt, an.

Johann hätte Grund genug gehabt, sich über die Entwicklung des Abends zu freuen. Alles lief exakt so, wie er es sich vorgestellt hatte. Fast jedenfalls.

Das alleinig Unerfreuliche war Rodolphes Verhalten. Immer wieder musterte Isabella verstohlen seine

Gesichtszüge und versuchte, ihn in eine Konversation über Neuchâtel, die Sprachschule und letztendlich sogar die Musik zu verwickeln, Rodolphes Antworten jedoch waren einsilbig, und er vermied es, ihr in die Augen zu sehen. Auch die Gespräche über die Politik quittierte er bloß mit einem stummen, teilnahmslosen Lächeln. Stattdessen starrte er mit verklärtem Blick auf sein Weinglas, schnippte imaginäre Fusseln von der Tischdecke oder beobachtete das Spiel des Schattens, das entstand, wenn er sein Besteck im Licht hin und her bewegte.

Einzig als sich Lisa nach der Zukunft der Schokolade erkundigte, schien ein wenig Leben in ihn zu kommen.

»Wir werden in größeren Dimensionen denken müssen«, begann er und rang sich tatsächlich zu einem Schmunzeln durch. Die Gesandtengattin beugte sich nach vorne, die Augen weit geöffnet, ein Lächeln auf den schimmernden Lippen. »Schokolade sollte jedem zugänglich sein«, fuhr er fort. »Sie ist ein hochwertiges, nährstoffreiches Nahrungs- und Genussmittel. Sie macht Medizin genießbarer und Genuss gesünder«, philosophierte er und spielte dabei auf den Umstand an, dass viele Apotheken die Schokolade mit Heilmitteln versetzten, um deren teils bitteren Geschmack bekömmlicher zu gestalten. Ohne konkrete Geheimnisse preiszugeben, berichtete Rodolphe von weiteren Visionen, wie man Schokolade vielfältiger und zum Genuss aller einsetzen könnte. Insgeheim wusste Johann natürlich, dass so manche dieser Ideen von Amelie stammten oder durch den (wortwörtlich) fruchtbaren Austausch mit dieser zustande gekommen waren. Das behielt er jedoch selbstverständlich für sich.

»Das ist mein Junge«, sagte er stattdessen und klopfte ihm auf die Schulter. »Manche halten ihn für einen Träumer, ich dagegen sehe in ihm einen Visionär«, lobte er Rodolphes kurzen Beitrag an diesem etliche Stunden andauernden Abendessen.

Mäßig zufrieden, wenn auch immerhin satt, betrat Johann gegen elf Uhr in Begleitung seiner Gefolgschaft die Empfangshalle ihres Hotels. Nachdem sie sich von Isabella und Heinrich verabschiedet hatten, legte er seinem Sohn kameradschaftlich die Hand auf den Rücken. »Wie wäre es, wenn ich dich zu einem Schlummertrunk auf mein Zimmer einlade? Meine Verdauung könnte etwas Hochprozentiges vertragen«, scherzte er. Was nicht stimmte, denn sie hatten sich bereits in Gesellschaft der Schmidts einen Digestif genehmigt.

»Warum nicht?« Rodolphe zuckte die Schultern und lächelte.

Johann ging voran und bestellte im Vorbeigehen an der Rezeption zwei Gläser Vieux Marc aus der Region. Beim Zimmer angekommen, bedeutete er seinem Sohn, einzutreten und sich zu setzen. Kurze Zeit später klopfte es an der Tür, und ein Angestellter brachte ihre Getränke.

Mit einem Ächzen ließ sich Johann in einen der Ohrensessel fallen und hob das Glas mit der leuchtend bernsteinfarbenen Flüssigkeit. »Zum Wohl, Rodolphe.«

»Prost, Papa.« Rodolphe unterstrich seine Worte mit einem müden Lächeln und nahm einen zaghaften Schluck aus seinem Glas.

Johann genoss das angenehme Aroma von geräuchertem Holz, Zimt und Lebkuchengewürz, das geschmeidig seine Kehle hinabrann und sich wärmend in ihm ausbreitete.

»Isabella ist zauberhaft, nicht wahr?«, sagte er, denn er hatte beschlossen, dass es um diese Tageszeit angebracht war, die Dinge direkt anzusprechen. Schließlich wollte er sich auch bald einmal schlafen legen.

»Ein nettes Mädchen.« Sein Sohn starrte an ihm vorbei aus dem Fenster.

»Sie wäre eine angemessene Ehegattin für dich, Rodolphe. Isabella bietet alles, was eine Frau braucht. Sie ist schön, tugendhaft, kommt aus gutem Hause und bringt dir geschäftlich wichtige Verbindungen«, fuhr Johann hartnäckig fort.

Unverhofft sah Rodolphe ihn an, ein amüsiertes Aufblitzen in den Augen. »Deine Beschreibung klingt genauso langweilig und altmodisch, wie ich das Mädchen wahrnehme, Papa. Ein willenloses, hübsches Ding ohne Charakter, das tut, was man ihm befielt. Sie ist eine wässrige Suppe ohne Salz.« Er schmunzelte und schürzte abfällig die Lippen. »Fehlt nur noch, dass du von mir verlangst, dass ich Apotheker lerne und Politiker werde.« Rodolphe nahm einen großzügigen Zug aus seinem Glas.

Johann verschluckte sich an seinem Vieux Marc. »Hüte deine Zunge, Sohn«, antwortete er und spülte die Wut, die in ihm aufwallte, mit einem weiteren Schluck hinunter. »Immerhin toleriere ich es stillschweigend, dass du hinter unserer Angestellten her bist wie ein paarungswütiger Stier!«

»Lass Amelie aus dem Spiel, das ist meine Sache. Und hör endlich damit auf, mein Leben für mich zu planen. Es ist mein Leben!« Rodolphe lehnte sich in seinem Sessel nach vorne, die Augen zu zwei schmalen Schlitzen verengt. Eine Ader pochte an seiner Schläfe, den Mund hielt er zusammengepresst.

»Aber es ist mein Geld, das dich finanziert, also ...«, erwiderte Johann kalt und starrte ihn, ohne mit der Wimper zu zucken, an. Der Junge benahm sich wie ein trotziger Halbwüchsiger, dabei war er schon sechsundzwanzig. In diesem Alter hatte Johann Eugenia kennengelernt und sie zwei Jahre später geheiratet. »Hättest du bloß etwas mehr von deinem Bruder August in dir, dann läge dir eine glorreiche Zukunft zu Füßen. Du aber schlägst zielsicher alle Türen zu, die dir das Leben öffnet«, schnaubte er.

»Ach ja? August wäre es nie gelungen, die Chocolat Fin zu erfinden, weil er immer bloß das getan hätte, was alle tun! Was du von ihm erwartest!« Nun erhob auch Rodolphe die Stimme.

»Genau das ist die Sünde, Rodolphe. Du hast eine gottgegebene Gabe, bist aber nicht in der Lage, etwas daraus zu machen. Wäre es nach dir gegangen, wären wir niemals nach Neuchâtel gereist, und schon gar nicht so oft. Deine Schokolade hätte das Atelier in der Wasserwerkgasse nie verlassen. Wem soll sie denn dort etwas nützen?«, polterte Johann. »Zusätzlich zu deiner verschwendeten Begabung bist du mit einer unverschämten Attraktivität gesegnet, die du ebenfalls nicht zu nutzen weißt. Manch einer wäre dankbar, deine Privilegien zu genießen. Du aber wirfst sie weg, als wären sie dir lästig.« Dabei dachte Johann insgeheim an seinen jüngeren Sohn, dessen Erscheinung niemals ein Frauenherz würde höher schlagen lassen. Möglicherweise vermochte sein tadelloses Wesen eine Dame davon zu überzeugen, ihn gernzuhaben und zu schätzen, in Leidenschaft entflammen würde jedoch keine von ihnen, da war er sich, bei aller Vaterliebe, sicher.

Johann holte tief Luft und seufzte. Leiser, bedeutend leiser, fuhr er fort. »Du stehst dir selbst im Weg, Rodolphe. Das Leben wird dich für deine Nachlässigkeit bestrafen. Eines Tages wirst du dich an meine Worte erinnern.«

# 8

Amelie ließ sich von Rodolphe in die Arme schließen und sog mit geschlossenen Augen seinen herben Duft ein, der sich mit dem der Schokolade um sie herum vermischte. Stille umgab sie, die nur vom Zischen und Schnauben der Conchiermaschine und dem gelegentlichen Vorbeirattern einer Droschke vor dem Fenster unterbrochen wurde. Langsam tasteten sich seine Lippen ihren Hals hinab, und seine Hände zogen sie näher zu sich heran. Sie genoss jede seiner Berührungen, die pulsierende Wärme seines Körpers und das Spiel seiner Muskeln unter dem Stoff seiner rauen Kleidung. In dieser Nacht gelang es ihr jedoch nicht, sich auf dieses heimliche Spiel, diese verborgene Leidenschaft, einzulassen. Zu sehr beschäftigten sie ihre eigenen Gedanken, die sich in den vergangenen Monaten Stein um Stein zu einem Berg aufgebaut hatten, der ihr sprichwörtlich die Sicht nahm.

Heute hatten sie sich, wie schon öfters, zu später Stunde in der Fabrik in der Wasserwerkgasse getroffen. Amelies Eltern glaubten, sie schlafe längst, war sie doch, um den Schein zu wahren, ins Bett gegangen und hatte gewartet, bis alle im Haus eingeschlafen waren. Dann hatte sie sich durch die Küche hinaus in den Garten und von dort davongeschlichen. Im Schneegestöber der letzten Dezembertage hatte sie sich, in ihren Wollmantel gehüllt, einige Straßen weiter eine Droschke gerufen und in die Nähe der Lindt-Fabrik fahren lassen. Aus Vorsicht stieg sie stets ein paar Häuser entfernt aus dem Fuhrwerk. Dort wartete ihr Geliebter für gewöhnlich im Schatten eines Hauseingangs auf sie. Hand in Hand rannten sie dann, der Dunkelheit folgend, zu ihrem geheimen Liebesnest, das sich derzeit mangels Alternativen in den Fabrikräumlichkeiten befand.

Amelie war sich bewusst, dass sie mit dem Feuer spielte, wenn sie sich nachts allein in den düsteren Gassen Berns herumtrieb. Deshalb trug sie zur Sicherheit stets ein scharfes kleines Küchenmesser bei sich.

Zwei Jahre ging das nun schon so. Zu Beginn hatte Rodolphes Leidenschaft sie mit Stolz erfüllt und in ihrer Weiblichkeit bestätigt. Die Droge der Rebellion hatte sie berauscht. Schließlich waren sie die Kinder der neuen Zeit, jene, die die Zukunft gestalteten. Das Letzte, was Amelie sein wollte, war eine Kopie ihrer Eltern, die in den Zwängen verstaubter Konventionen lebten und ihrer Meinung nach ein trauriges Dasein fernab jeder Ungezwungenheit fristeten. Denn das war es, was Amelie allem voran anstrebte: Freiheit. In der Liebe, im Ausdruck ihres Körpers, in ihren Gedanken und Gefühlen. Schon immer war sie ihrem Herzen gefolgt, seit sie vor beinahe fünf Jahren ohne den Segen ihrer Eltern nach Vevey abgereist war. *Heldinnenreise* hatte sie es insgeheim genannt.

Aber nicht nur das: Sie hatte nebst der sinnlichen Welt der Schokolade auch ihre eigene Lust und die Macht der Verführung entdeckt. Einmal entfesselt war sie nicht mehr aufzuhalten gewesen. Was war daran falsch? Gott hatte die Menschen in diese Körper gesteckt und sogar zu ihnen gesagt: »Seid fruchtbar und mehret euch.« Was sie und Rodolphe taten, war also nichts Unrechtes.

Dennoch nagten Zweifel an Amelie. Immer wieder dachte sie an die eindringlichen Worte ihrer Mentorin und Freundin Fanny, die sie damals davor gewarnt hatte, für die Liebe alles auf den Kopf zu stellen.

»Was ist los?« Rodolphes raue, heisere Stimme riss Amelie aus ihren Grübeleien. »Du scheinst abwesend.« Er trat einen Schritt zurück und ließ seinen Blick über ihr Gesicht gleiten.

»Ich weiß nicht, Rodolphe.« Sie seufzte und zuckte die Schultern. »Seit fast drei Jahren kennen wir uns nun, und seit zwei Jahren treffen wir uns heimlich, um ...« Sie brach ab und sah ihn an. »Uns zu lieben. Im Verborgenen, als wäre es ein Verbrechen. Wir reden über die Schokolade, die Fabrik, nur was uns beide anbelangt, da schweigen wir.« Sie setzte sich auf eine Werkbank und rückte ihr Kleid zurecht.

»Was wir tun, ist leider gesellschaftlich nicht akzeptiert«, erwiderte er. »Ich kann die Regeln ignorieren, aber die Welt kann ich nicht ändern.« Rodolphe setzte sich neben sie und griff zärtlich nach ihrer Hand.

Es gab allerdings noch mehr, das Amelie zu schaffen machte. »Du warst in den letzten Monaten kaum hier, warst ständig auf Reisen.«

»Du wolltest ja nicht, dass meine Mutter und meine Schwestern dir in der Fabrik helfen. Das habe ich respektiert und dir deinen Freiraum gelassen.« Er drehte sich zu ihr um, doch sie hielt den Blick starr geradeaus gerichtet.

»Darum geht es mir nicht. Wir sehen uns nur noch selten, und wenn, dann lieben wir uns, und zum Reden bleibt kaum Zeit.« Amelie hatte Mühe, die Kontrolle über ihre Stimme zu behalten. »Manchmal frage ich mich, ob meine Eltern nicht doch recht hatten.« Sie biss sich auf die Lippen.

»Recht? Womit denn?« Rodolphe erhob sich und stellte sich vor Amelie hin. Behutsam hob er ihr Kinn an und zwang sie, ihm in die Augen zu sehen. »Womit, Amelie?«

Zum Schweigen war es jetzt zu spät. So oder so nagte dieser Gedanke bereits zu lange an ihr, als dass sie ihn erneut in die hinterste Ecke ihres Bewusstseins verdrängen wollte. »Dass du mich nur eingestellt hast, weil ich dir gefallen habe. Dass ich dabei auch noch deine körperlichen Bedürfnisse stille, wissen meine Eltern gottlob nicht. Aber sie befürchten, dass dieser Tag kurz bevorsteht.«

Rodolphe schwieg und presste die Lippen zusammen, Verärgerung blitzte in seinen hellbraunen Augen auf. Dann holte er tief Luft und lachte bitter. »Meine Bedürfnisse, ja? Wer hat denn damit angefangen? Hast du das schon vergessen? Wer wollte unbedingt mit mir ins Fischerstübli und hat mich danach sogar noch zu sich nach Hause eingeladen? Wer schwingt seit zwei Jahren unentwegt Reden über die freie Liebe?«

»Ich, ja ich, Rodolphe!«, gab Amelie zu und stand ebenfalls auf. »Das war aber, bevor du ständig verreist bist und nur noch zu mir kamst, um dich zu paaren wie ein Tier!« Sie schniefte und blinzelte. »An Orten wie diesen!« Sie machte eine alles einschließende Bewegung, die keine Zweifel daran ließ, was sie davon hielt. All die aufgestauten Gefühle stiegen explosionsartig in ihr hoch und sprudelten über ihre Lippen. »Wir waren einmal Gefährten, mit derselben Leidenschaft. Die Erfolge da draußen, die feierst du hingegen allein.« Sie hob die Hände in die Luft. »Der große Rodolphe Lindt, der Schokoladenpionier. Von mir und meinen Ideen spricht niemand. Du auch nicht. Oder hast du jemandem erzählt, dass ich am Erfolg an der Sprachschule in Neuchâtel maßgeblich beteiligt war?« Sie machte eine Pause und spürte, dass sie am ganzen Körper zitterte. »Nein, ganz im Gegenteil. Ich erinnere dich an die Festivität im Garten deiner Eltern, bei der alles, was Rang und Namen hat, anwesend war. Wo war da der Rodolphe, der seinem Vater sonst rebellisch die Stirn bietet? Wo warst du, als ich vor versammelter Menge bloßgestellt wurde?« Trotz der Kühle, die in den ungeheizten Fabrikräumlichkeiten herrschte, schwitzte sie leicht. »Gelegentlich drängt sich mir die Befürchtung auf, dass ich für dich bloß das Instrument zur Auflehnung gegen deinen Vater bin. Denn in der Öffentlichkeit, da bin ich für dich nichts weiter als eine Angestellte.« Erwartungsvoll sah Amelie Rodolphe an.

Der starrte schweigend vor sich hin, bis ihm augenscheinlich dämmerte, dass sie auf eine Reaktion von ihm wartete. Ratlos sah er sie an. »Amelie ... was willst du von mir?«, fragte er. »Willst du mich auf meinen Geschäftsreisen begleiten, ist es das?« Er musterte sie eingehend, verschränkte dann die Arme vor der Brust und sagte: »Unsere Abmachung lautete, dass du die Produktion beaufsichtigst, während ich geschäftlich unterwegs bin. Du wusstest von Anfang an, dass ich hin und wieder fort sein würde.«

Einige Sekunden starrte sie ihn schweigend an und versuchte, das Chaos in ihrem Inneren zu ordnen. Die folgenden Worte auszusprechen, fiel ihr schwer. »Ich möchte mehr als das, Rodolphe. Ich bin das Versteckspiel leid. Wenn wir ... wenn wir ...« Sie brach ab und lauschte dem schneller werdenden Pochen ihres Herzens. Schließlich fasste sie all ihren Mut zusammen, hob den Blick und sah Rodolphe fest in die Augen. »Wenn wir heiraten würden, wäre vieles einfacher.«

Erleichterung breitete sich in ihr aus. Diese Worte hatten ihr schon so lange auf der Zunge gebrannt, und nie hatte sie sie ausgesprochen.

»Heiraten? Wir beide?« Rodolphe starrte sie mit weit aufgerissenen Augen an. »Aber ...«, er brach ab und fuhr sich mit den Händen durch die Haare. »Wieso willst du jetzt auf einmal heiraten? Wie unsere Eltern etwa? Wie hast du sie genannt? Spießer, traurige Marionetten gesellschaftlicher Gepflogenheiten?« Er schritt im Raum auf und ab, und Amelie beobachtete ihn dabei mit wachsendem Unbehagen. Das Gespräch lief komplett in die falsche Richtung. »Wollten wir nicht frei sein?«, donnerte er weiter.

»Du sagtest selbst, dass wir die Welt nicht ändern können, Rodolphe. Und die Welt, wie wir sie erleben, ist für uns beide nicht bereit. Wir können nicht ewig so weitermachen.« Amelie machte eine Pause und fuhr dann mit einem tiefen Seufzer fort: »Vor allem aber hat sie keinen Platz für jemanden wie mich. Dein Verhalten verzeiht die Gesellschaft, mir aber verpasst sie den Stempel der Demütigung und der Schande.« Sie schluckte leer, trat auf ihn zu, nahm seine Hand und suchte seinen Blick. »Was ist, wenn ich schwanger werde, Rodolphe? Würdest du dann zu mir stehen? An meiner Seite bleiben? Für immer?« Nun fröstelte sie. Lag es an der Kälte?

Lange schwieg Rodolphe und sah sie bloß an. Was hinter seiner Stirn vorging, konnte sie nicht erahnen.

»Male jetzt nicht den Teufel an die Wand. Du wirst nicht schwanger, Amelie. Wozu habe ich denn diese teuren Schafdärme erstanden? Wir haben immer aufgepasst. Wäre dem nicht so, wären wir längst Eltern.« Er drehte sich um und ging zur Conchiermaschine, wo er mit einem Werkzeug die Schokoladenmasse von den Seitenrändern kratzte, obwohl dies auch am Morgen noch früh genug gewesen wäre.

Ein Stechen breitete sich in Amelies Brust aus und schnürte ihr die Luft ab. Dennoch straffte sie die Schultern, schluckte den Kloß in ihrem Hals hinunter und folgte ihm. Dicht vor ihm blieb sie stehen und starrte ihn an.

»Wäre das denn so schlimm?«, fragte sie und versuchte, das Zittern in ihrer Stimme zu verbergen.

»Würdest du mich damit allein lassen, Rodolphe?« Sie lauschte dem Rauschen des Bluts in ihrem Kopf und wartete. Und wartete.

Schließlich, ohne sie dabei anzusehen, murmelte er: »Nein, ich schätze wohl nicht.«

Amelie atmete tief durch. »Gute Nacht, Rodolphe.« Sie ging zu ihrem Mantel, zog ihn an und knöpfte ihn zu. Ihre Hände zitterten leicht.

Erstaunt sah er hoch und ließ von der Conchiermaschine ab. »Du willst jetzt einfach gehen?«

»Wozu sollte ich denn noch bleiben? Dir scheint die Conche offenbar wichtiger als ein Gespräch mit mir.« Es gelang ihr nicht, die Verbitterung in ihrer Stimme zu verbergen. Vermutlich spielte das aber gar keine Rolle mehr.

»Amelie ... was ist denn heute los mit dir? Du benimmst dich außerordentlich seltsam. Was willst du denn noch mit mir besprechen? Haben wir nicht bereits über alles geredet?«

»Doch, wir haben alles beredet, und ich bin jetzt müde und möchte für mich sein.«

Mit diesen Worten verließ Amelie die Fabrik und betrat die Wasserwerkgasse, wobei sie das Messer in ihrer Tasche fest umklammert hielt. Schneeflocken tanzten im Schein vereinzelter Gaslaternen durch die Luft und verhedderten sich in Amelies Augenwimpern. Der frische Schnee knirschte bei jedem ihrer Schritte.

Plötzlich durchschnitt ein Poltern die Nachtruhe, und hastige Schritte näherten sich. Rodolphe packte sie am Arm.

»Himmelherrgott, Amelie, lass mich dir wenigstens eine Droschke rufen, damit du sicher nach Hause kommst.« Ohne auf ihre Antwort zu warten, winkte er einen Fuhrmann herbei und bezahlte die Fahrt.

»Danke«, war alles, was sie sagte, als sie einstieg. Während sie aus dem Fenster des Gefährts starrte, beobachtete sie, wie Rodolphes Gestalt im Schein der Laterne immer kleiner wurde.

Es hätte noch viel zu bereden gegeben. Das Gespräch hätte anders verlaufen sollen. Doch um jene Worte auszusprechen, die sie selbst in ihren Grundfesten erschütterten, hätte sie Rodolphes Unterstützung gebraucht.

Etwas hatte sich in ihr verändert, seit sie Rodolphe Lindt kennengelernt hatte. Die Erkenntnis, die anfangs unmerklich, dann immer deutlicher in ihr herangewachsen war, hatte sie zuerst erschreckt und beschämt, und letzten Endes ihrer gesamten Kraft beraubt. Es wäre alles bedeutend einfacher gewesen, hätte es diese Veränderung nicht gegeben.

In ihrer Rolle als selbstbestimmte Verführerin war das Leben Amelies Diener gewesen. Doch unmerklich hatte sich das Gleichgewicht verschoben, und nun beharrte das Leben darauf, dass sie *ihm* diente, indem es den Samen eines Wunsches in ihr Herz gepflanzt hatte.

Die Sehnsucht, eine Mutter zu werden, wurde mit jedem Tag stärker.

Doch Amelie wollte nicht irgendeine Mama sein, sondern die von Rodolphe Lindts Kind.

# 9

Gedankenverloren starrte Isabella Scheidegger aus dem Fenster der Kutsche und beobachtete das bunte Treiben in den Gassen. Heute war Dienstag, und sie begleitete ihre Mutter und Tante Magdalena zum Wochenmarkt, der sich in der Altstadt von Bern abspielte und auf zahlreiche angrenzende Straßen erstreckte. In Gedanken war Isabella jedoch weit weg von diesem Ereignis, auf das sie sich sonst stets freute. Generell hatten die Dinge in ihrem Leben seit einiger Zeit an Bedeutung verloren. Mit einer Ausnahme.

Drei Monate und fünf Tage war es her, seit sie Rodolphe Lindt und dessen Vater nach Neuchâtel begleitet hatten. Mittlerweile war es März, und der Frühling mit seinem Vogelgesang und den sprießenden Knospen an den Bäumen hielt Einzug in die Stadt. Seit diesem Ausflug im Dezember hatte Isabella immer mal wieder etwas über den jungen Lindt gehört, allerdings nie mehr die Gelegenheit gehabt, ihm persönlich zu begegnen. Ihr war schon bekannt, wo er anzutreffen war, jedoch verboten es ihr die Eltern, in den Klötzlikeller zu gehen. In der allseits beliebten Kellerwirtschaft traf sich ein durchmischtes Publikum, das nebst dem Bauernvolk an Markttagen auch Gelehrte, Ratsherren, Zünftler und Studenten umfasste – jedoch keine Frauen ihres Standes, wie ihre Eltern eindringlich erklärten. Friedrich, ihrem älteren Bruder, dagegen war ein Besuch derselben selbstverständlich erlaubt. Nicht zum ersten Mal erfasste Isabella Wut, wenn sie an diesen Umstand dachte. Während ihr Bruder, nicht zuletzt dank seines Studentenlebens, alle Freiheiten genoss, wurde sie wie ein exotischer Vogel im Käfig gehalten.

Sie wurde zuhause unterrichtet, abgeschottet von der Welt. Nebst der Organisation des Haushalts lehrte man sie die Regeln der Etikette und des gesellschaftlichen Umgangs, wozu auch tugendhaftes und frommes Verhalten zählten. Zusätzlich wurde sie genötigt, Klavier- und Gesangsunterricht zu nehmen und sogar Bilder zu malen. Wobei sie für Letzteres immerhin Talent besaß. Nebenher lernte sie Französisch und wurde mit literarisch bedeutenden Werken vertraut gemacht – um später eine gehaltvolle und gebildete Konversation zu führen.

Das alles hatte Isabella nie hinterfragt und mit großem Eifer und Pflichtbewusstsein zur alleräußersten Zufriedenheit ihrer Mentoren und Mentorinnen erfüllt. Doch dann hatte sie ihr Vater auf diese Reise nach Neuchâtel mitgenommen, und ihre Welt, die ihr vorher so bunt erschienen war, verblasste augenblicklich. Erst beim Anblick von Rodolphe Lindt bemerkte Isabella, zu welchen Gefühlen, zu welcher Lebendigkeit sie in der Lage war. Nie zuvor hatte sie vergleichbar empfunden. Hatte sie im Unterricht zuhause bisweilen Mühe, sich die Sachverhalte zu merken, so konnte sie sich an jedes noch so winzige Detail ihrer Bahnreise erinnern.

Die Staubpartikel, die im matten Tageslicht getanzt hatten, das durch das Bahnwagenfenster hereingeschienen hatte. Das sündhafte samtene Rot der Sitzbezüge. Der Duft nach männlichem Rasierwasser. Rodolphes ebenmäßig gemeißeltes Gesicht mit dem scharf geschnittenen Schnurrbart, der verträumte Ausdruck in seinen karamellfarbenen Augen und sein seltenes Schmunzeln, das ihren Herzschlag jedes Mal beschleunigt hatte.

Aber nicht nur das. Selbst heute noch, drei Monate und fünf Tage später, geschah etwas mit ihr, wenn sie an Rodolphe dachte. Er verfolgte sie bis in ihre Träume, in denen sie verbotene, unschickliche Dinge anstellten. Der Gedanke daran ließ Isabellas Puls schneller werden, und sie spürte, wie sich Wärme in ihrem Schoß sammelte. Plötzlich hatte sie das Gefühl, in ihrem Kleid zu ersticken. Hastig schob sie das Fenster der Kutsche ein wenig zur Seite, damit sie frische Luft einatmen konnte.

»Isabella, Schätzchen, du bist ja ganz rot, fühlst du dich nicht wohl?« Tante Magdalena beugte sich besorgt nach vorne und legte ihr eine Hand auf die Stirn. »Du glühst ja förmlich. Elisabeth, sieh es dir selbst an.«

Nun tastete auch Isabellas Mutter ihr Gesicht ab.

»Lass das, Mama!«, fuhr Isabella sie an und stieß ihre Hand unsanft beiseite. Als sie die weit aufgerissenen Augen und den Blicktausch ihrer Tante und Mutter erkannte, bereute sie den Gefühlsausbruch bereits bitterlich. »Es tut mir leid …«, murmelte sie und sah zu Boden. Erklärung für ihr Verhalten hatte sie keine, denn sie verstand es selbst nicht.

»Man spürt schon, dass das neue Kaufhaus dem Markt Konkurrenz macht«, wechselte Magdalena galant das Thema und sprach den Umstand an, dass letztes Jahr das Loeb eröffnet hatte. »Ich erinnere mich, dass sich das Markttreiben in Bern auf das gesamte Stadtgebiet im Zentrum erstreckt hat und es für jedes Lebensmittel eine eigene Straße gab. Heute ist das nur noch teilweise der Fall.«

Isabella hörte ihr nur mit halbem Ohr zu, kannte sie die nostalgischen Ausführungen doch schon von bisherigen Markttagen. Tante Magdalena trauerte gerne der Vergangenheit nach und sorgte sich ausgiebig um die Zukunft.

»Mit dem Bau des Bahnhofs 1860 hat sich vieles verändert, und das Kaufhaus trägt nun sein Übriges dazu bei, dass sich alte Traditionen schrittweise verabschieden«, monologisierte sie weiter.

»Ah, da sind wir. Von hier aus müssen wir laufen. Der Markt erfreut sich scheinbar immer noch großer Beliebtheit, was für eine Freude.« Mama sah ihre Schwester mit einem aufmunternden Lächeln an und bedeutete ihr auszusteigen, als die Kutsche angehalten hatte. Tatsächlich fanden sie sich nach kurzer Zeit inmitten einer Völkerwanderung in Richtung Marktgasse wieder, wo sie ihren Rundgang starteten. Verteilt auf ihre Gebiete in den verwinkelten Gassen standen

Bauern und Bäuerinnen mit Körben oder Kisten und boten ihre Ware an. Nebst den Frischprodukten wie Obst, Gemüse, Fisch und Fleisch wurde eine Vielzahl anderer Waren dargeboten, da die Straßen von zahlreichen Geschäften flankiert wurden. Während sich Mama gerne bei den Blumen und Pflanzen umsah, interessierte sich Tante Magdalena eher für die Haushaltsartikel und Handwerksarbeiten. Vor allem die dekorativen und kunstvoll gestalteten Holzarbeiten hatten es ihr angetan. Gewürze und Trockenwaren fielen in den Zuständigkeitsbereich der Haushaltsmitarbeiter.

Zum Ärger ihrer Mutter blieb Isabella an einem Stand mit Stoffen, Hüten und Schals stehen und berührte die dargebotene Ware mit den Fingern.

»Lass das, Kind, du weißt, dass wir dafür spezialisierte Geschäfte haben«, zischte sie und sah die Marktfrau, die sich schon Hoffnungen gemacht hatte, entschuldigend an.

»Trotzdem finde ich, dass es auf dem Markt manchmal Einzelstücke hat, die man so bei den Schneidern mit ihren konventionellen Schnittmustern nicht findet«, entgegnete Isabella. »Vom Hutmacher ganz zu schweigen.«

Magdalena starrte sie mit steigender Verwirrung – um nicht zu sagen Empörung – an und wechselte einen Blick mit Mama. »Das Kind hat vielleicht eine Meinung, Elisabeth ...«

Isabella zuckte die Schultern. Wenn man hier nicht einmal seine Überzeugung äußern durfte, fragte sie sich, warum man sie denn zuhause im Diskurshalten unterrichtete. Bloß damit sie in Zukunft alles fromm abnickte? Wie auch immer, sie wollte sich heute nicht streiten. Im Grunde genommen war ihr der Markt ohnehin gleichgültig. Zumindest war das seit diesem Jahr so. Es gab auf dem gesamten Marktgebiet für gewöhnlich nur noch eine Sache, die Isabellas Interesse wecken konnte: Wer betreute den Stand der Lindt-Schokolade? Bisher hatten sich Isabellas Hoffnungen, auf Rodolphe zu treffen, stets rasch in Luft aufgelöst, weil seine Angestellte – ihren Namen hatte sie vergessen – die Produkte angepriesen hatte. Angeblich sollte sie etwas von Schokolade verstehen, hatte Mama ihr erzählt. Diesen Eindruck hatte Isabella allerdings nicht gehabt, als sie ihnen im September vergangenen Jahres diese seltsamen Häppchen beim Empfang der Lindts angeboten hatte. Deshalb hatten sie die Auslage an jenen Markttagen, an denen der Patron nicht selbst vor Ort war, stets gemieden. Sie hätten ohnehin nicht gewusst, worüber sie sich mit dieser Angestellten unterhalten sollten.

»Ach, sieh an, da ist Eugenia!« Ihre Mutter winkte jemandem und arbeitete sich durch das Gedränge nach vorne zum Schokoladenstand der Lindts. Isabella folgte ihr hoffnungsvoll. Doch ihre Euphorie wurde gleich wieder gedämpft. Statt Rodolphe stand auch heute dessen Angestellte neben Eugenia Lindt am Stand.

»Eugenia, was für eine Überraschung, dich hier heute anzutreffen!« Die beiden Frauen begrüßten Rodolphes Mutter. Isabella knickste leicht.

Frau Lindt stand vor der Auslage, mit der sie ganz offensichtlich nicht zufrieden war, wie ihr Blick und ihre geschürzten Lippen erahnen ließen. Die voluminösen Augenbrauen verliehen ihr zudem stets den Anstrich der Verärgerung, selbst wenn man sie hin und wieder mit guter Laune antraf, was an diesem Tag jedoch nicht der Fall zu sein schien.

»Ja, ich habe mich heute ausnahmsweise ins Gewühl gewagt und einmal mehr festgestellt, dass mir das so gar nicht zusagt. Aber jemand muss schließlich nach dem Rechten sehen, wenn mein Sohn geschäftlich unterwegs ist.« Sie tupfte sich mit einem Spitzentaschentuch die Stirn ab.

Die Angestellte hinter dem Tisch mit der Schokolade schob die Augenbrauen zusammen und presste die Lippen aufeinander. Es war ihr anzusehen, dass sie Eugenia Lindts Bemerkungen verärgerten.

»Er ist ein vielgefragter Mann, wie ich hörte«, lobte Mama und zauberte damit ein stolzes Lächeln auf Eugenias Lippen. »Ein ausnehmend faszinierendes Gewerbe, die Herstellung von Schokolade.« Isabellas Mutter nickte anerkennend und sah sich die Schokoladenstücke genauer an.

»In der Tat, das ist er«, antwortete Eugenia. Nachdenklich blieb ihr Blick an Isabella hängen. »Warum kommt ihr nicht einmal vorbei und seht euch die Fabrik an? Bestimmt würde sich Rodolphe darüber freuen. Er bekommt ja sonst nie Besuch.«

Isabellas Herz setzte einen Schlag aus, und sie spürte, wie ihr die Hitze in die Wangen stieg. Gottlob war Frau

Lindt dermaßen in ein Gespräch mit Mama vertieft, dass ihr das nicht auffiel. Wer sie jedoch unverhohlen anstierte, war die Angestellte.

»Rodolphe wünscht keinen Besuch in seiner Fabrik. Das Betriebsgeheimnis ist ihm heilig«, erklärte die Frau schließlich.

Eugenia erstarrte mitten in der Bewegung. Nach zwei Sekunden drehte sie sich langsam, sehr langsam, um und starrte ihre Angestellte an. »Wie bitte? Was haben Sie gerade gesagt, Fräulein Ammann?«

Dieses freche Ding besaß doch tatsächlich die Unverfrorenheit, die Schultern zu straffen und Eugenia mit vorgerecktem Kinn anzuschauen. »Bei allem Respekt, Frau Lindt, Sie kennen die Regeln. Es sind die Regeln Ihres Sohnes, und ich bin beauftragt, sie in seiner Abwesenheit zu wahren.«

Früher wäre Isabella an dieser Stelle in ein irrwitziges Kichern ausgebrochen. Heute jedoch musterte sie die fast gleichaltrige Frau mit wachsender Neugierde. Wie sie dastand, mit kerzengeradem Rücken, einem stolzen Schimmern in den blauen Augen und einer Frisur, aus der sich einige Strähnen gelöst und verselbstständigt hatten.

»Ich bespreche das mit meinem Sohn, wenn er zurück ist«, sagte Eugenia mit einem gequälten Lächeln, an Mama gewandt. »Verlasst euch darauf, dass ich es ermöglichen werde.«

Den Rest des Markttreibens bekam Isabella nicht mehr mit. In Gedanken malte sie sich den Besuch in der Fabrik aus. Rodolphe, der ihr lachend eine Maschine zeigte, sie von der Schokolade kosten ließ, sie am Arm weiterführte …

Als sie einige Stunden später wieder in ihrer Kutsche saßen und sich auf den Heimweg begaben, hatte Isabella keine Ahnung davon, was in der Zwischenzeit geschehen war. Dem fröhlichen Geplapper und den vollen Körben nach zu urteilen, hatten ihre Mutter und Tante einige Einkäufe getätigt.

»Isabella, Liebes, ich mache mir heute ein wenig Sorgen. Du wirkst so abwesend und hast so ein fiebriges Antlitz. Sollen wir auf dem Heimweg vielleicht lieber rasch bei Doktor Sahli vorbeifahren?« Ihre Mutter beugte sich nach vorne und strich ihr erneut über die Stirn, als wäre sie ein kleines Mädchen.

»Mir geht es gut«, wehrte Isabella ab. »Die Aufregung und die vielen Leute haben mir nur ein wenig zugesetzt«, log sie. Das Allerletzte, was sie heute noch brauchte, war, diesem Arzt zu begegnen. Irgendetwas in seinem Blick irritierte sie.

In dieser Nacht tat Isabella kein Auge zu, und es gelang ihr bis in die Morgenstunden nicht, die brennende Energie, die durch ihren Körper jagte, zu beruhigen.

Zwei Wochen später war es tatsächlich so weit. Eugenia hatte sich durchgesetzt und einen Besuch in Rodolphes Fabrik organisiert. Als die Kutsche in der Wasserwerkgasse anhielt und Isabella und ihre Mutter ausstiegen, fielen ihr als Erstes die Kinder auf, die überall auf der Straße spielten und lachend herumtollten. Ihre Gesichter und Kleidung waren ebenso schmutzig wie die heruntergekommenen, mit Unrat und Müll übersäten Hinterhöfe und Hauseingänge. Ringsherum an den Hausfassaden hingen Kleider oder Bettlaken zum Trocknen auf kleinen, überdachten Balkonen, was darauf schließen ließ, dass viele der Fabrikarbeiter nicht nur ihren täglichen Lebensunterhalt hier verdienten, sondern auch in diesem Quartier wohnten. Aus den Erzählungen ihres Vaters wusste Isabella, dass sich die Ober- und zwischenzeitlich sogar die Mittelschicht in die Außenquartiere der Stadt zurückgezogen hatten, wo es blühende Parks und Gärten und genug Platz für ihre Villen gab. Angeblich gab es in den Unterschichtwohnungen nach wie vor keine Frischluftzufuhr, und nebst der Tatsache, dass meist mehrere Leute ein Zimmer gemeinsam bewohnten, nahmen sie zusätzlich Untermieter auf, um sich finanziell über Wasser zu halten. Isabella schauderte beim Gedanken an so ein Leben und war plötzlich dankbar für ihren goldenen Käfig, wie sie es insgeheim oft schimpfte. Kaum vorstellbar, wie es sein musste, an einem Ort wie diesem hier zu leben. Nicht umsonst wurde die Matte auch »Das schwarze Quartier« genannt. In früheren Zeiten war es für seine offen zur Schau getragene Sittenlosigkeit und seine Badehäuser, in denen teilweise Bordelle betrieben worden waren, bekannt gewesen. Das hatte ihr Alma, eine ihrer Privatlehrerinnen, erzählt.

»Isabella, kommst du? Ich möchte Eugenia nicht warten lassen«, sagte ihre Mutter und holte sie damit zurück in die Realität. »Und starr diese Kinder bitte nicht mit offenem Mund an, das gehört sich nicht«, raunte sie ihr zu und hakte sich bei ihr unter.

Noch bevor sie die mit Glasfenstern versehene Eingangstür zu den Fabrikräumlichkeiten öffnen konnten, wurde diese schon von innen aufgerissen, und Eugenia Lindt, das krause Haar sorgfältig hochgesteckt, stand mit ausgebreiteten Armen vor ihnen.

»Meine Lieben, da seid ihr ja! Was für eine Freude, euch heute hier begrüßen zu dürfen! Tretet bitte ein«, sagte sie mit klingender Stimme und bedeutete ihnen mit einer einladenden Geste, hereinzukommen.

Isabella ließ ihrer Mutter den Vortritt und betrat dann ebenfalls die Schokoladenfabrik. So viele Tage hatte sie diesen Moment herbeigesehnt, und nun, da er gekommen war, verschlug es ihr vor lauter Aufregung die Sprache.

»Hier befindet sich ein kleines Büro«, erklärte Eugenia und wies auf einen gedrungenen Raum, der gerade Platz für einen Tisch, einen Stuhl und ein Regal bot. Auch der angrenzende Produktionsraum war in seinen Ausmaßen erheblich bescheidener, als Isabella sich das bei einer Manufaktur vorgestellt hatte. Viel eher erinnerte der Raum an ein Wohnzimmer, das man zur Fabrik umfunktioniert hatte. Nebst einigen Werkbänken und Tischen aus massivem Holz, Schränken mit Glasfenstern und Produktionsapparaten füllten bloß Säcke und Kisten mit Rohstoffen die Ecken und Nischen des Raums.

Außer Johann Lindt, der Fabrikangestellten und Rodolphe schien zudem überhaupt niemand hier zu arbeiten, was Isabella von allem am meisten erstaunte. Bei Rodolphes Erfolg müssten doch hier viel mehr Leute beschäftigt sein? Hieß es nicht, dass er sogar ins Ausland lieferte? Und einige einheimische Lebensmittelhändler in Bern boten seine Schokolade ebenfalls an. Nicht zu vergessen das Geschäft mit Neuenburg.

»Rodolphe!«, sagte Eugenia mit scharfer Stimme. Doch ihr Sohn, der soeben dabei war, eine Maschine mit einem Tuch abzudecken, hob nur kurz den Kopf und ignorierte sie dann schlicht. »Wärst du so freundlich und würdest unsere Gäste begrüßen?« Ihr Tonfall nahm an Strenge zu. Sie stemmte die Hände in die Hüfte, sah Isabella und ihre Mutter dann entschuldigend an und erklärte: »Diese Männer und ihr Geschäft, sie sind schwer abzulenken.« Das Lächeln, das sie ihnen schenkte, wirkte bemüht, und in ihren Augen blitzte Unwillen auf.

Endlich ließ Rodolphe von seiner Arbeit ab und trat zu ihnen. Isabella stockte der Atem. Wie in Zeitlupe sah sie ihn, der ihre Gedanken und Träume monatelang heimgesucht hatte, auf sich zukommen. Ihr Herzschlag beschleunigte sich, und sie strich sich die feuchten Handflächen am Rock ihres Kleids ab. Sie schluckte, doch ihr Mund war staubtrocken.

Ein Lächeln erhellte sein kantiges Gesicht und ließ seine Augen honigfarben leuchten. Nachdem er Isabellas Mutter förmlich begrüßt hatte, wandte er sich ihr zu und hauchte ihr einen Kuss auf den Handrücken. Sofort schlug Isabella den Blick nieder. Sein Aroma, würzige Männlichkeit vermischt mit einem Hauch Schokolade, drang in ihre Nase und löste in ihrem Inneren ein bisher nie gekanntes Sehnen aus. Sie wollte diesen

Duft verschlingen, mit ihren Lippen schmecken, seinen Atem in ihrem Ohr hören ...

»Isabella?« Ihre Mutter schaute sie besorgt an. »Rodolphe hat dich gefragt, ob er dir ein paar seiner neuesten Kreationen zur Degustation vorführen darf?«

Isabella spürte, dass sie nichts mehr dagegen unternehmen konnte. Es war zu spät, die Röte musste ihre Wangen bereits verräterisch gefärbt haben. »Gerne. Liebend gern«, stammelte sie und beeilte sich, Rodolphe zu folgen. Seltsamerweise blieb ihre Mutter mit Eugenia beim Eingang des Produktionsraums stehen.

»Das ist Amelie Ammann«, stellte Rodolphe seine Mitarbeiterin monoton vor, die die Besucherinnen bislang ignoriert und einfach weitergearbeitet hatte. »Sie ist Chocolatière«, ergänzte er, wobei er es vermied, Fräulein Ammann anzusehen. Und auch die schien überhaupt nicht auf ihn zu reagieren. Ein seltsames Gebaren, wie Isabella fand. Unhöflich noch dazu.

Jetzt sah das Fräulein doch kurz von ihrer Tätigkeit auf, zwang ein Lächeln auf ihr Gesicht und nickte. »Guten Tag, Fräulein Scheidegger.«

Da sie keine Anstalten machte, ihre Arbeit erneut zu unterbrechen oder sich in irgendeiner Weise zu erklären, räusperte sich Rodolphe und sah Isabella an.

»Fräulein Ammann unterstützt mich in der Produktion«, erklärte er vage, woraufhin seine Chocolatière den Mund verzog, sich jedoch eines Kommentars enthielt. »Nun ja, viel gibt es hier nicht zu sehen. Das meiste ist leider ein Betriebsgeheimnis.« Eine Weile schwiegen sie beide und sahen sich bloß an.

»Das habe ich deiner Frau Mutter bereits vor ein paar Wochen am Markttag versucht beizubringen«, murmelte Fräulein Ammann. »Aber was ich sage und tue, ist hier ja nicht von Belang«, fügte sie noch an und warf ihm einen zornigen Blick zu.

»Das stimmt nun wirklich nicht, Amelie.« Rodolphe lachte blechern und tat, als habe seine Mitarbeiterin einen Scherz gemacht. Er bedachte sie mit einem flehenden Blick. Dieses Verhalten schien sie allerdings noch mehr in Rage zu bringen.

»Tut es wohl!« Sie knallte einen Löffel auf den Holztisch, wischte sich energisch die Hände an ihrer Schürze ab und trat so nahe an ihn heran, dass sich ihre Nasenspitzen beinahe berührten. »Tut es wohl! In vielerlei Hinsicht!«, flüsterte sie. Dann wandte sie sich ab, lief erhobenen Hauptes an einer konsterniert dreinblickenden Eugenia vorbei durch den Produktionsraum und verschwand im Büro, wo sie die Tür hinter sich schloss.

Die vier Verbliebenen sahen ihr nach. Isabella allerdings beschäftigte weniger das Verhalten der Chocolatière als vielmehr der Blick, mit dem diese Rodolphe bedacht hatte. Ihr Verstand brauchte zwar noch einen Moment, die Situation einzuordnen, der schmerzhafte Stich in ihrer Brust jedoch sendete bereits eine deutliche Botschaft.

Diese Frau begehrte Rodolphe. Ob es umgekehrt wohl auch so war?

# 10

Rodolphe saß in der Weinstube des Klötzlikellers und trank Rotwein. Rauch umhüllte ihn, sodass er – ob deshalb oder aufgrund des Alkohols – alles wie durch einen Nebel wahrnahm. Wie immer war der kleine, schummrige Raum mit den gewölbten Putzdecken zum Bersten voll. Nur rund fünf Tische fanden nebst dem Kachelofen Platz in dem Gewölbe. Die Gaslaternen spendeten nur wenig Licht; normalerweise kam man allerdings auch nicht hierher, um gesehen zu werden.

»Nun mach nicht so ein Gesicht, alter Knabe«, spottete Jakob, Rodolphes Freund aus Kindertagen, den er schon monatelang nicht mehr getroffen hatte. Da er seine gesamte Freizeit außerhalb der Fabrik mit Amelie verbracht hatte und zudem oft auf Reisen gewesen war, hatten sie sich im vergangenen Jahr kaum gesehen. Das, obwohl Jakob seine Gerberei ebenfalls im Mattequartier betrieb.

»Ich sage dir, das ist normal. Früher oder später blüht jedem von uns die Knechtschaft des Rings«, brüllte Jakob über den Lärm hinweg und nahm einen kräftigen Schluck seines Weins. Die Wangen des Freundes waren gerötet und glühten förmlich in seinem sonst porzellanfarbenen Teint, der von schwarzen Locken umrahmt wurde. »Das muss uns ja nicht davon abhalten, außereheliche Freuden zu genießen.« Er klopfte grölend auf den Tisch. »Nimm dir ein Beispiel an unseren Vätern. Soweit ich weiß, konnte keiner von ihnen die Hosen lange anbehalten, wenn sie außer Haus waren.«

»Denkst du, ich will so ein Leben führen wie mein Vater? Das ist das Letzte, was ich begehre«, murrte Rodolphe. »Es ist so verlogen. Papas gesamtes Dasein ist eine Lüge. Und warum? Weil er sich für Macht und Geld selbst verkauft.«

Einige Minuten schwiegen er und Jakob, denn sein Freund wusste, dass er Recht hatte.

»Es ist nicht nur, dass Amelie überraschend beabsichtigt, genauso konventionell zu leben wie alle anderen«, fuhr Rodolphe schließlich nach einer Weile fort. »In einer Ehe! Ich habe sogar die Befürchtung, dass sie auch noch eine Familie gründen möchte.« Rodolphe leerte sein Weinglas und ließ sich von Jakob, der bloß mitfühlend die Augenbrauen hob, nachschenken.

»Das erstaunt mich«, sagte sein Freund. »Ich dachte, sie unterscheidet sich von anderen Frauen. Das sagtest du zumindest.«

Rodolphe schnalzte mit der Zunge. »Dieser Meinung war ich auch. Ich war in dieses verrückte, hemmungslose und freigeistige Mädchen vernarrt und stehe gegenwärtig vor einer Frau, die ihre gesamte Attraktivität aufgegeben hat und das spießige Leben unserer Vorfahren anstrebt. Wir waren einmal Rebellen, wir beide, doch jetzt ... Ich weiß nicht, was passiert ist«, seufzte Rodolphe. Er verstand es wirklich nicht.

»Noch etwas Wein, ihr zwei?« Rosa Klötzli kam neben ihnen zum Stehen. Die karottenroten Locken hatte sie notdürftig hochgesteckt, doch blieben die nur selten an Ort und Stelle. Dunkle Augen, umrahmt von Sommersprossen, musterten sie beide und verharrten etwas länger auf Rodolphe. Die Jungfer Klötzli, wie sie gemeinhin genannt wurde, trug ein hochgeschlossenes schwarzes Kleid, das ihre Kurven umschmeichelte wie ein Liebhaber. Nur dass sie nie einen hatte, daher der Name. Mit einer Ausnahme, und das war Rodolphes Geheimnis, das nur sein langjähriger Freund Jakob kannte. Man mochte Rodolphe schon in eindeutiger Gesellschaft vieler Frauen gesehen haben, doch nie in jener von Rosa. Dennoch war sie die Beste von allen gewesen. Bis zu jenem Tag vor drei Jahren, als er bei den Ammanns unverhofft auf deren Tochter getroffen war.

»Gerne, ja, wir nehmen noch eine Flasche«, Rodolphe lächelte und stellte ihr die leere Rotweinflasche hin.

»Lange nicht mehr hier gesehen«, antwortete sie, während sie den Tisch mit einem Lumpen säuberte. Ihr Duft – Rosenseife, vermischt mit frischem Schweiß –, stieg Rodolphe in die Nase.

»Ich bin oft geschäftlich unterwegs.« Das war nicht einmal gelogen.

»Ist das so?« Rosa lächelte, wandte sich ab und verschwand.

Jakob hob vielsagend eine Augenbraue, doch Rodolphe reagierte nicht. Er sehnte sich nach Amelie, ihrem

Geruch, ihrem Körper und dem, was sie gemeinsam damit anstellten. Seit sein Vater ihn jedoch ständig zu diesen mühsamen Geschäftsreisen drängte und Amelie so seltsame Wünsche äußerte, hatten sie sich nicht mehr berührt. Er konnte sich schon kaum noch an das letzte Mal erinnern.

»Sie ist zudem eifersüchtig«, sagte Rodolphe, nachdem Rosa ihnen eine neue Flasche Wein gebracht und sich mit dem Einschenken ordentlich Zeit gelassen hatte.

»Wer, Rosa?« Jakob starrte ihr hinterher, als sie die Weinstube verließ.

Rodolphe winkte ab. »Aber nein doch, Amelie.« Er schüttelte nachdenklich den Kopf. »Auch das entspricht überhaupt nicht ihrer Art. Sie betrachtete die Dinge stets mit Stolz und Humor.«

»Vielleicht hat sie dir die ganze Zeit bloß etwas vorgespielt, um dich gefügig zu machen. Und jetzt kommt die Wahrheit ans Licht«, mutmaßte Jakob, zuckte jedoch hilflos die Schultern. Was die Psyche von Frauen anbelangte, wusste sein Freund noch weniger Bescheid als er. Rodolphe ignorierte seinen Kommentar daher, zu sehr beschäftigten ihn seine eigenen Gedanken.

»Stell dir vor, sie ist gestern wutentbrannt aus dem Produktionsraum davongelaufen, weil ich – wie sie mir später an den Kopf warf – mit der Tochter des Stadtpräsidenten geschäkert hätte.« Er schlug mit der Faust auf den Tisch, dass die Gläser klirrten. »Du weißt schon, die biedere, verklemmte Isabella!« Rodolphe schüttelte den Kopf und lachte bitter. »Wie kommt sie denn bloß auf so eine Idee? Meine Mutter hat Isabella in die Fabrik geschleppt. Ist wegen jedem noch so kleinen Wort kirschrot angelaufen.«

Jakob grinste und schnalzte mit der Zunge. »Dann ist sie reif, gepflückt zu werden, mein Freund.«

»Das würde mir gewaltigen Ärger bescheren. Sie ist keine, die man einfach so folgenlos pflückt, glaub mir.« Rodolphe schauderte beim bloßen Gedanken daran. Heinrich Scheidegger war ein mächtiger Mann, einflussreicher noch als sein Vater. Sie würden ihm beide die Hölle heißmachen. Ihm war durchaus bewusst, warum man ihm Isabella immer wieder vorführte; was das anbelangte, war sein Vater deutlich genug gewesen.

Eine Weile saßen sie sich ratlos gegenüber und tranken ihren Wein. Rosa ließ sich immer wieder blicken und schien Rodolphe mit jedem Mal schöner zu werden. Bisher war ihm noch gar nicht aufgefallen, wie rosig ihre Wangen glühten, wie rot und feucht ihr Mund schimmerte und wie perfekt sich ihr Busen unter dem enganliegenden Kleid wölbte.

»Und warum heiratest du deine Amelie in Dreiteufelsnamen nicht einfach?«, meinte Jakob schließlich. »Du magst sie doch, oder?«

»Ja, natürlich mag ich sie«, stieß Rodolphe aus. »Aber reicht Mögen aus, um jemanden das gesamte Leben an seiner Seite haben zu wollen? Zudem: Vielleicht macht es gar keinen Spaß, wenn es nicht mehr verboten ist, verstehst du? Der ganze Zauber wäre augenblicklich dahin. Sie wäre dann eine gewöhnliche Frau.« Er trommelte mit den Fingern auf die Tischplatte. »Aber nicht nur das. Sie verlangt auch in der Fabrik mehr Anerkennung. Jedenfalls habe ich ihre Vorwürfe so verstanden.«

Jakob stellte sein Glas wieder auf den Tisch und vergaß zu trinken. »Wie meint sie das?«

Rodolphe zuckte die Schultern und lehnte sich in seinem Stuhl zurück. »Sie wünscht sich, dass wir uns den Ruhm teilen.«

»Puh ... das ist ...« Jakob raufte sich die Haare. »Und zusätzlich fordert sie, deine Ehefrau zu sein und vielleicht deine Kinder großzuziehen, oder beabsichtigt sie etwa, das ebenfalls zu teilen?« Er lachte schallend, und Rodolphe stimmte mit ein.

Jakob hatte recht. So ausgesprochen klang das alles ausnehmend absurd. Und das Wichtigste an allem: Das funktionierte im Moment nicht einmal, weil sie sich ihm nicht mehr hingeben wollte! Sie ließ ihn körperlich verhungern und nahm ihm mit ihrer Eifersucht die Luft zum Atmen. Letzten Endes verlangte sie, dass er sich ihrem Willen beugte, wenn er sie je wieder genießen wollte.

Rodolphe trank einen kräftigen Schluck Rotwein und winkte Rosa zu sich heran, damit sie ihnen nochmals eine Flasche holte. Dabei zwinkerte er ihr verschwörerisch zu, was sie mit einem feinen Lächeln quittierte.

»Sie gedenkt, mich zum Gespött der Nation zu machen«, lallte er, da seine Zunge langsam schwer wurde. »Was glaubt sie eigentlich, wer sie ist?«

Jakob hob zustimmend das Glas. »Zum Teufel mit den Weibern.«

»Zum Teufel mit den Weibern ... es leben die Verführerinnen«, prustete Rodolphe, und sein Kamerad lachte mit ihm. Sie wussten beide, worauf er anspielte.

Sein bester Freund harrte bis zu später Stunde mit ihm aus, wobei sie gelegentlich nach Wasser verlangten, um ihren Geist etwas zu klären. Als sich der Klötzlikeller allmählich leerte, erhob sich Jakob, tippte sich an einen imaginären Hut und flüsterte: »Rodolphe, du Glückspilz, dir laufen die Frauen hinterher, ich muss mir jetzt noch eine kaufen.« Er zuckte die Schultern. »Aber die sind auch nett.« Sie umarmten sich zum Abschied, und gemeinsam mit Jakob verließen die letzten Gäste die Gastwirtschaft.

Als Ruhe einkehrte, näherten sich Schritte. Rodolphe sah hoch und erblickte Rosa, ein feines Lächeln auf den vollen Lippen. Sie setzte sich ihm gegenüber an den Tisch, trank einen kräftigen Schluck aus seinem halbvollen Weinglas und sagte: »Und jetzt? Was machen wir mit dem angebrochenen Abend?«

Rodolphe grinste, erhob sich und griff nach ihrer Hand. »Ich wüsste da etwas.«

# 11

Dorette Ammann saß im Salon und blätterte in einem Buch über gesunde Ernährung, das sie in der Stadtbücherei erstanden hatte. Das Thema war derzeit in aller Munde, hauptsächlich bei den besser gestellten Gesellschaftsschichten, zu denen sie sich und ihren Mann ebenfalls zählte. Einige Mediziner, die in dem Buch zitiert wurden, waren von einem für den Körper gesunden Idealgewicht überzeugt und stellten sich gegen das bisher geltende Schönheitsideal, wonach Korpulenz ein Zeichen von Wohlstand sei.

Das Zuschlagen der Haustür ließ Dorette zusammenzucken. Da es kurz vor dem Abendessen war, ging sie davon aus, dass Amelie von der Arbeit zurückkehrte.

Während sie sich mit einer Mischung aus Stolz und Zufriedenheit in dem Raum umsah, lauschte sie dem Geräusch von Schritten, die sich der Salontür näherten. Egal, wer nach Hause kam und wen derjenige mitbrachte, der Salon der Ammanns war stets auf den Empfang von Gästen vorbereitet. Dabei hatte sich Dorette durch den Stil des gehobenen Bürgertums, den sie in Fachzeitschriften entdeckt hatte, inspirieren lassen. Die Wände hatte sie in einem beruhigenden Schokoladenbraun streichen lassen, das über ihren Köpfen von einer Decke in Weiß und Hellblau unterbrochen wurde. Sowohl die cremefarbenen Stühle als auch die ebenfalls braunen Vorhänge und das Muster der Zimmerdecke wurde mit goldenen Verzierungen veredelt. Wie es der gängigen Mode entsprach, waren die Möbel zudem mit Quasten und Bordüren verziert. Ein bodenlanger Spiegel mit einem Messingrahmen ließ das Zimmer größer erscheinen, als es war. Die Fensterfront an der rechten Seite neben dem Sofa zeigte auf den Garten hinter dem Wohnhaus, den Dorette stets in tadellos gepflegtem Zustand hielt. Auf dem Tisch und auf den Kommoden hatte sie einige Kunstgegenstände aufgestellt, um den guten Geschmack des Hauses Ammann zu unterstreichen. Am meisten jedoch freute sie ihre neueste Errungenschaft, ein Sofa mit Sprungfedern. Was für eine formidable Erfindung!

»Guten Abend, Maman.« Amelie erschien im Türrahmen, ein erschöpftes Lächeln auf dem Gesicht.

»Amelie, *chérie*, du siehst müde aus. Wie war dein Tag?« Dorette bedeutete ihr mit einer Geste, sich doch zu ihr aufs Sofa zu setzen. Zu ihrem Erstaunen kam Amelie der Aufforderung nach und ließ sich mit einem Seufzer auf das weiche Polster fallen. Die letzten Monate, seit Beginn des Jahres, um genau zu sein, war ihre Tochter ihr gegenüber wieder ein wenig umgänglicher geworden. Insgesamt jedoch wirkte sie niedergeschlagener und ausgelaugter.

»Gut«, antwortete Amelie matt. »Anstrengend. Rodolphe ist kaum noch in der Fabrik, es bleibt alles an mir hängen.«

So offen sprach sie sonst nie. Im Gegenteil, Amelie versuchte oft, das Thema Lindt vor Dorette und Peter schönzureden oder zu umgehen, damit es keine weiteren Diskussionen gab.

Gerne hätte Dorette dem heimlichen Techtelmechtel ihrer Tochter mit dem Lindt-Sprössling ein Ende gesetzt. Denn auch wenn Amelie glaubte, dass ihre Eltern zu alt und zu unaufmerksam seien, um gewisse Umstände zu bemerken, so war es Dorette natürlich nicht entgangen, dass Amelie oft vorgab, länger zu arbeiten, oder sich nachts aus dem Haus schlich. Ihrem Mann schien es bislang zum Glück entgangen zu sein, und Dorette hatte auch nicht vor, es ihm zu sagen. Sie fürchtete, er könnte zornig werden und einen Eklat heraufbeschwören, der am Ende dazu führte, dass sie ihre Tochter endgültig verloren, so wie schon einmal, als Amelie ihren Willen durchgesetzt hatte und in die Westschweiz aufgebrochen war. Letzen Endes war es sogar diesem Lindt zu verdanken, dass Amelie wieder in ihrer Nähe weilte, wo sie sie notfalls beschützen konnten.

»Das tut mir leid, Liebes.« Dorette tätschelte tröstend ihre Hand. »Wenn es dich überfordert, solltest du es Rodolphe sagen, damit er dir Unterstützung besorgt.«

Amelie lachte bitter auf. »Du weißt, wen er dann holen würde ... Eugenia und seine Schwestern. Nein danke, das würde nicht funktionieren.«

Da hatte ihre Tochter mit ihrer Einschätzung wahrscheinlich recht. Dorette kannte Eugenia Lindt nicht gut, doch reichten ihr die wenigen Begegnungen mit der Matrone, um zu vermuten, dass sie sich wohl kaum von einem Nichtfamilienmitglied sagen ließ, was sie zu tun hatte. Selbst wiederum fehlte ihr das Wissen über die Materie, was insgesamt eine explosive Mischung ausmachte. Kurz: Es würde nicht funktionieren, da stimmte Dorette Amelie insgeheim zu.

»Vielleicht sollte er sich doch einmal mit dem Gedanken auseinandersetzen, fremde Fachkräfte einzustellen?«, schlug Dorette vor, auch wenn sie von früheren Erzählungen über die Fabrik wusste, was Amelie darauf erwidern würde. Daher gab sie sich die Antwort gleich selbst. »Aber das wird wohl aufgrund des Betriebsgeheimnisses nicht möglich sein, schätze ich.«

Amelie nickte zustimmend. So war es.

Dorette räusperte sich vorsichtig. Sie hatte schon befürchtet, der richtige Moment würde niemals kommen, doch schien ihr die heutige Vertrautheit, wenn man es denn so nennen wollte, angemessen, um ein anderes Thema anzusprechen, das ihr seit ein paar Tagen auf dem Herzen lag.

»Wir haben wieder einen großen Auftrag erhalten«, begann sie zögerlich und musterte Amelie dabei. Zu ihrer Freude drehte sich diese um und fragte interessiert: »Ach ja? Was denn?«

Dorette faltete die Hände im Schoß. »Wilhelm Sahli, unser Hausarzt, hat mich bei meinem letzten Routinebesuch gefragt, ob wir auch andere größere Anlässe beliefern und betreuen würden. Natürlich hat er das von den Lindts damals mitbekommen.«

Seit sie im September vergangenen Jahres aufgrund ihres gebrochenen Arms bei ihm in der Praxis gewesen war, hatte sie den aus Basel stammenden Mediziner kurzerhand zu ihrem neuen Hausarzt auserkoren. Er erschien ihr kompetent und freundlich.

Da ihre Tochter ihr zwar aufmerksam zuhörte, jedoch keine Anstalten machte, etwas zu sagen, fuhr sich fort: »Herr Sahli erkundigte sich zudem explizit nach dir.«

Dorette ließ einige Sekunden verstreichen und wartete.

»Ach ja, inwiefern?«, wollte Amelie wissen.

»Nun, er hat aus irgendeinem Grund Kenntnis von deinen speziellen Gebäckstücken, die ihr nur erlesenen Kunden liefert. Da er Geburtstag feiert, würde er diese seinen Gästen ebenfalls gerne anbieten. Er hat sogar gefragt, ob es möglich wäre, dass du sie präsentierst.« Dorette unterstrich ihre Worte mit einem stolzen Lächeln. »Natürlich würden Papa und ich das mit Rodolphe alles in die Wege leiten und die Verantwortung und Organisation gegenüber dem Kunden übernehmen«, fügte sie hastig an. Sie und ihr Mann hatten das bereits diskutiert.

Amelie zuckte bloß nichtssagend die Schultern. »Was sollte Rodolphe schon dagegen haben? Das wäre eine willkommene Plattform für seine Produkte.«

»*Deine* Produkte, Amelie. Lindt vertreibt sie zwar, aber du hast sie erfunden. Wilhelm Sahli scheint das zu wissen und bietet dir nun die Möglichkeit, dich und deine Kreationen zu präsentieren.« Womit ihre Tochter endlich die Anerkennung bekäme, die ihr schon lange zustünde.

Zu Dorettes größtem Erstaunen erhellten sich Amelies Gesichtszüge, und sie nickte. »Das mache ich sehr gerne, Maman. Wann findet die Festivität denn statt? Rodolphe sollte Ende der nächsten Woche zurück sein, dann werde ich ihn fragen.«

»Anfang Mai, in einem Monat also. Er möchte die Veranstaltung unbedingt in seinem schönen Garten abhalten, wie er mir erklärte.«

»Hm«, meinte Amelie nachdenklich. »Dann werde ich mir vorab einige Häppchen überlegen, damit wir zeitlich nicht in Not geraten, wenn Rodolphe erst Freitag in einer Woche wieder ansprechbar ist ...«

»Tu das, meine Liebe«, pflichtete ihr Dorette bei. »Diese Arbeit kann Rodolphe ohnehin nicht für dich erledigen, weil es dein Hoheitsgebiet ist.« Mit diesen Worten erhoben sie sich, und Dorette erklärte: »Ich werde mit Doktor Sahli auf den Samstag in einer Woche gleich einen Termin vereinbaren, an dem wir alles mit ihm besprechen können. Ich werde ihn wissen lassen, dass wir noch auf Rodolphe Lindt warten müssen ...« Den letzten Teil des Satzes betonte sie so, dass kein Zweifel über ihren Unmut darüber bestand, dass ihre Tochter, die eigentlich das kreative Genie hinter dem Ganzen war, auf die Zustimmung ihres Chefs warten musste.

An besagtem Freitag im April, als Rodolphe von seinen Geschäftsreisen zurückkehrte, kam Amelie erneut später von der Arbeit nach Hause. Draußen war es dunkel, und das Abendessen war längst vorüber, bloß ihr Teller stand noch auf dem Esstisch, damit sie sich bei ihrer Rückkehr etwas Wurst und Brot zubereiten konnte. Dorette trug bereits ihr Nachthemd, und Peter, der einen anstrengenden Tag mit Besuchen auf den Bauernhöfen hinter sich hatte, war sogar schon zu Bett gegangen.

»Hallo, Maman«, begrüßte sie Amelie und schloss die Eingangstür. Sie bemühte sich um ein Lächeln, wobei dieses nicht über die geröteten und geschwollenen Augen hinwegtäuschen konnte.

»Alles in Ordnung bei dir, *chérie*?«, fragte Dorette, obwohl sie annahm, dass Amelie nicht mit ihr darüber reden würde.

»Alles bestens, Maman, ich bin nur müde. Wir hatten erst gegen Ende des Arbeitstags Zeit für die Besprechung wegen Wilhelm Sahlis Veranstaltung, daher dauerte es etwas länger.« Amelie vermied es, ihr in die Augen zu sehen, und gab vor, Staub von ihrem Kleid zu klopfen.

»Und? Wie hat Rodolphe darauf reagiert?«, lenkte Dorette das Thema daher auf ein unverfängliches Gebiet.

»Gut. Er hat es sehr freudig aufgenommen. Ich habe freie Hand und die Erlaubnis, die Veranstaltung als Vertretung der Firma Lindt zu betreuen.« Sie lief in Richtung Treppe und machte Anstalten, nach oben zu gehen.

»Es hat Wurst und Brot für dich, bestimmt hast du Hunger?« Dorette wies mit dem Finger zur Tür des Esszimmers, wo immer noch Amelies Teller auf dem Tisch stand.

Ihre Tochter blieb stehen, eine Hand auf dem Handlauf der Treppe, drehte sich jedoch nicht um. »Ich habe keinen Hunger, danke trotzdem, dass du daran gedacht hast. Ich lege mich jetzt schlafen.« Mit diesen Worten stieg sie hinauf und verschwand in ihrem Zimmer.

# 12

Amelie hatte die ganze Nacht kaum geschlafen. Wut und Schmerz über den Verlauf der Dinge waren wie Sturmböen über sie hinweggefegt. Mehr als einmal verharrten ihre Gedanken dabei bei Fanny und deren freundschaftlich mahnenden Worten. Sie hatte so lange geweint, dass sich die Spuren ihres Kummers in ihr Gesicht gekerbt hatten und selbst am nächsten Morgen noch zu sehen waren, als sie sich vor dem Spiegel wusch. Doch das spielte nun auch keine Rolle mehr. Mit einem Seufzer verdrängte sie die Erinnerung an den gestrigen Abend.

An diesem Samstag trafen Amelie und ihre Eltern sich wie vereinbart mit Wilhelm Sahli in dessen Haus, das nur eine kurze Kutschfahrt von ihnen entfernt lag. Es war ein sonniger Apriltag, und als sie ausstiegen, empfing sie der sorglose Gesang der Vögel in Herrn Sahlis Vorgarten. Amelie entdeckte zahlreiche Insekten, die durch die klare Luft schwirrten. Geblendet von der grellen Sonne, kniff sie die brennenden Augen zusammen. Es fühlte sich an, als verspotte sie die Natur mit ihrer aufdringlichen Fröhlichkeit.

Doktor Sahli erwartete sie schon und öffnete ihnen bereits die Tür, ein feines Lächeln auf den Lippen.

»Treten Sie ein, die Damen … und Herren«, sagte er und wandte sich auch Papa kurz zu. Am längsten verharrte sein Blick jedoch auf Amelie, obwohl sie vermutlich einen erschreckenden Anblick bot. Sollte dies Herrn Sahli aufgefallen sein, so besaß er augenscheinlich die Höflichkeit, sich nichts anmerken zu lassen.

Er bat sie in seinen Salon im Obergeschoss, der sich maßgeblich von jenem der Ammanns unterschied. Amelie bemühte sich, ihr Staunen zu verbergen.

Ein opulenter Kronleuchter mit zahlreichen Ketten und verschnörkelten Armen füllte die Mitte des Raums aus. Unüblicherweise war der Salontisch nicht darunter, sondern daneben platziert. Gleich unter dem Lüster stand, beinahe die gesamte Wand einnehmend, ein Stativ mit dem lebensgroßen Ölgemälde einer jungen Dame, das zusätzlich noch von weiteren gemalten Porträts umgeben war.

Ein Blick in das Gesicht ihrer Mutter verriet Amelie, dass sich diese ebenfalls wunderte, jedoch aus Anstand davon absah, irgendwelche Fragen zu stellen.

»Meine Frau, als sie zwanzig war«, beantwortete Herr Sahli die unausgesprochene Frage. »Daneben meine Eltern mit meinem Bruder Anton und weitere Ahnen. Links mütterlicherseits, rechts väterlicherseits.« Er machte eine entsprechende Handbewegung. »Alle verstorben, Anton lebt in Deutschland.«

Auf beiden Seiten des Frauenporträts standen zwei schrankähnliche kleine Möbel, auf denen Kerzen platziert und in deren Regalen diverse Gegenstände wie ein Fingerhut, Schmuck, ein Kamm und weiterer Zierrat ordentlich drapiert zur Schau gestellt wurden.

»Habseligkeiten meiner Frau«, führte Wilhelm Sahli aus.

Vor dem Fenster stand ein wuchtiger, mit Papierkram übersäter Schreibtisch, daneben ein geschlossener Schrank. Komplettiert wurde das Ganze mit einigen strauchähnlichen Zimmerpflanzen.

Papa hatte den Ausführungen des Arztes gar nicht zugehört; er interessierte sich vor allem für den Waffenschrank am anderen Ende des Raums.

»Sind Sie Jäger?«, fragte er unvermittelt und drehte sich um.

Herr Sahli schüttelte lachend den Kopf. »Mein Großvater war Metzger, mein Vater Jäger und ich ... Arzt.« Er lachte trocken. Amelies Vater bemühte sich, über den Scherz zu lachen, und ihre Mutter entrang sich ein höfliches Kichern. Bloß Amelie starrte das Bild der jungen Frau nach wie vor unentwegt an und schwieg. Mit ihren blauen Mandelaugen, dem vollen Mund und dem hellen, kunstvoll aufgetürmten Haar erinnerte sie an eine Dame bei Hofe.

»Hübsch haben Sie es hier«, log Maman derweil, und sie setzten sich, nachdem der Doktor ihr bedeutet hatte, es sich doch am Tisch gemütlich zu machen. Amelie tat es ihr gleich, wobei ihr Blick immer noch fasziniert durch den Raum glitt. Kurz darauf kam eine Dame mittleren Alters mit gestärkter Schürze herein und servierte ihnen Tee, Kaffee und Plätzchen.

»Ich feiere meinen fünfunddreißigsten Geburtstag«, erklärte Doktor Sahli. »Normalerweise mache ich deshalb nicht so viel Aufhebens. Fast zur gleichen Zeit starb vor fünf Jahren allerdings meine Frau ... Sie liebte es, Gäste einzuladen, sich hübsch herzurichten und es zu genießen. Ich dachte, beides zusammen ist Grund genug für eine Veranstaltung.« Er seufzte leise und lächelte wehmütig.

»Das tut mir leid zu hören ... ich meine, das mit Ihrer Frau, Herr Sahli.« Maman warf Papa einen unsicheren Blick zu. Amelie schwieg; auch sie wusste nicht so recht, wie mit dieser widersprüchlichen Information umzugehen war.

»Wir werden Ihnen die wertvollsten Köstlichkeiten liefern, die wir haben. Ihre Küchenangestellten dürfen sich freuen«, versicherte Amelies Vater und nahm einen Schluck Kaffee. Sie diskutierten über die einzelnen Lebensmittel, die Doktor Sahli wünschte, und darüber, dass sie beispielsweise Bestandteile wie Früchte, Nüsse und Süßigkeiten für ihn herrichten würden, wie sie es bei den Lindts getan hatten. Auch Tabakwaren, Wein und Spirituosen wünschte er, und Papa bestätigte ihm, dass er sich damit bestens auskannte.

Amelie hörte ihnen nur mit halbem Ohr zu.

»Und was werden Sie mir liefern, Fräulein Ammann?« Nachdem alles besprochen war, wandte sich Wilhelm Sahli ihr zu. Sie zuckte kurz zusammen, hatte sie bisher doch geschwiegen und gedankenverloren Zucker in ihrer Teetasse herumgerührt. Zwischenzeitlich dürfte dieser allerdings aufgelöst sein.

»Ach so, ja, die Gebäckstücke.« Amelie setzte sich ein wenig aufrechter hin, straffte die Schultern und lächelte. »Ich habe mir ein paar Klassiker überlegt, die jeden Geschmack treffen, und einige spezielle Kombinationen für die Experimentierfreudigen unter Ihren Gästen.«

Wilhelm Sahli musterte sie lange. Schließlich schmunzelte er und fragte: »Und welches wären Ihrer Meinung nach die Experimente?«

»Ich mische gerne Süßes mit Saurem, Salzigem oder gar Bitterem und experimentiere mit exotischen Gewürzen und Aromen wie Zimt, Nelken, Ingwer, Chili und Vanille. Die Kombination macht es aus. Als Grundlage nehme ich Butterkekse, Haferkekse oder Kekse aus anderen Mehlsorten.« Amelie holte Luft und fuhr fort: »Veredelt wird das Ganze mit Schokoladensplittern, Nüssen, Karamell oder Honig. Die Kombinationsmöglichkeiten sind schier unendlich. Gerne überlasse ich Ihnen in den kommenden Tagen einige Probehäppchen. Der Geschmack ist ein Erlebnis, das man durch Worte nur unzureichend beschreiben kann.« Sie hielt sich die Hände aufs Herz. »Man muss es fühlen, schmecken, riechen, die innere Explosion des Glücks erleben.«

Doktor Sahli schwieg und schaute Amelie mit seinen blassblauen Augen an. Er schwieg so lange, dass Maman und Papa schon mehrmals die Sitzposition wechselten und sich fragende Blicke zuwarfen. Amelie kannte ihre Mutter gut genug, um zu wissen, dass diese sich bereit machte, mit Papas stummer Zustimmung einzugreifen und die Situation zu retten, als ein feines Lächeln die Mundwinkel des Arztes nach oben zog. Mit einem eigentümlichen Schimmern in den Augen sagte er: »Ich merke, wir verstehen uns, wir beide.«

Vor Erleichterung entfuhr Amelies Mutter ein damenhaftes Kichern. »Tja, sie hat eigenwillige Ideen, unsere Tochter, nicht wahr, Peter?« Mit einem Schmunzeln und einem entschuldigenden Schulterzucken pflichtete Papa ihr bei. Doch Doktor Sahli hatte seinen Blick noch immer nicht von Amelie abgewendet, und sie hielt ihm mühelos stand. Sie war nicht wie ihre Mutter, sie entschuldigte sich nicht für ihre unkonventionellen Ideen. War das nicht der Grund, warum man sie hergebeten hatte?

»Ich würde es nicht Eigenwillen nennen, Frau Ammann. Ihre Tochter besitzt Temperament und empfindet Leidenschaft für ihr Werk. Und Leidenschaft ist der Götterfunke in uns Menschen.«

Langsam wanderte sein Blick zum Bildnis seiner verstorbenen Frau, und ein feines Lächeln erhellte sein Gesicht.

# 13

Wilhelm Sahli lief mit hinter dem Rücken verschränkten Händen durch seinen Garten. Er trug heute einen seiner schönsten Anzüge mit Fliege dazu. Er hatte ihn damals zur Verlobung mit Katharina gekauft, und jetzt schien ihm die Gelegenheit passend, ihn wieder hervorzuholen. Zufrieden beobachtete er, wie einige Angestellte die lange Tafel, die unter zwei Obstbäumen neben dem Gartenschuppen aufgebaut worden war, mit weißen Tischtüchern deckten und mit Schnittblumen verzierten. Am Abend würde der Garten mit Fackeln und Kerzen beleuchtet werden, und ein Streichtrio, bestehend aus Violine, Harfe und Kontrabass, würde für angenehme Hintergrundmusik sorgen. Wilhelm hatte an alles gedacht. Sogar an Wolldecken und Schaffelle, sollte den Gästen, insbesondere den Damen, zu später Stunde kühl werden.

Er holte seine Taschenuhr hervor. Bald würden die Ammanns mit den Lebensmitteln kommen, und die Küchenbrigade konnte mit dem Zubereiten der Speisen beginnen. Zudem hatte er Fräulein Ammann gebeten, bereits am Vormittag zu erscheinen, selbst wenn das streng genommen, was ihre Gebäcke anbelangte, nicht nötig gewesen wäre.

Er wollte sie einfach hier haben. Sie besaß ein gutes Auge und einen erlesenen Geschmack, das erkannte er nicht nur an der Art, wie sie Keksrezepte kreierte, sondern ebenso an ihrer Aufmachung. Selbst wenn sie in einer Fabrik arbeitete, war sie doch stets ordentlich frisiert, obwohl ihr eine gewisse Wildheit nicht abzusprechen war. Sie erinnerte ihn in ihrem Wesen an Katharina, die in ihrer Mischung aus Anmut und Widersetzlichkeit einen untrüglichen Sinn für die perfekte Ordnung der Dinge besessen hatte. Fräulein Ammann attestierte er denselben Instinkt. Von der Qualität und Kreativität ihrer Arbeit hatte er sich bereits hinlänglich überzeugen können, und er wusste aus den Erzählungen ihrer Mutter, dass sie auch sonst zahlreiche Talente besaß.

Abrupt blieb er stehen. Die Fuhrwerke der Ammanns kamen an, hoch beladen mit Waren. Er sah das Fräulein schon von Weitem, leuchtend wie ein junger Spross. Sie trug ein schlichtes, hochtailliertes Kleid mit langen Ärmeln und – wie er beim Näherkommen erkannte – einer aufwendigen Verzierung an Ausschnitt und Ärmeln sowie dunkelbraunen Hornknöpfen auf der Vorderseite. Das saftige, frische Grün des Kleids ließ Amelie Ammann strahlen wie eine Nymphe. Es dauerte einige Sekunden, bis Wilhelm aus seiner Starre erwachte und sie und ihre Eltern begrüßte.

»Herzlich willkommen. Ich bin furchtbar aufgeregt und hoffe, dass alles klappt. Wie gesagt, es ist das erste

Mal, dass ich so einen Anlass organisiere«, gestand er und strich sich fahrig über die zurückgekämmten Haare.

»Herzlichen Glückwunsch zum Geburtstag, Herr Doktor Sahli«, erwiderte Frau Ammann die Begrüßung mit einem strahlenden Lächeln, und ihr Mann schüttelte ihm herzhaft die Hand. Als die Reihe an Fräulein Ammann war, fühlte sich sein Mund schlagartig trocken an, und es war, als klebten seine Augen an ihren Lippen, diesen rosigen, feuchten Kissen ... Was auch immer sie gerade zu ihm gesagt hatte, er quittierte es mit einem höflichen Lächeln.

So sehr er es auch zu vermeiden suchte, sein Blick zuckte doch wiederholt zu Fräulein Ammann hinüber, während er die Gesellschaft hinters Haus in den Garten führte und ihnen alles erklärte. Er zeigte ihnen zudem die Küche und das Esszimmer im Hausinneren, die sie ebenfalls zur Lagerung und Vorbereitung ihrer Köstlichkeiten nutzen konnten. Das galt insbesondere für Amelie, deren schokoladige Delikatessen unmöglich den ganzen Tag an der Sonne liegen durften.

Die Familie Ammann machte sich an die Arbeit, und kurz nach Mittag verabschiedeten sich die Eltern, nachdem sie ihren Teil der Arbeit erledigt hatten. Amelie dagegen würde den gesamten Abend über bleiben, wie sie es Wilhelm zugesichert hatte, um ihre schokoladigen Köstlichkeiten ansprechend zu präsentieren und etwaige Fragen zu beantworten.

Gegen siebzehn Uhr schließlich trafen die ersten Gäste ein. Wilhelm Sahli begrüßte sie freundlich und achtete sorgsam darauf, mit jedem ein wenig zu plaudern. Als der Abend jedoch voranschritt, verfiel er zunehmend in ein unangenehmes Grübeln, nicht zuletzt ausgelöst durch den köstlichen Wein. Er hatte gehofft, die gesellige Fröhlichkeit des Festes würde ihn ein wenig von seiner inneren Leere und Einsamkeit nach dem Tod seiner geliebten Gattin ablenken. Zumindest war das die Idee seiner Freunde gewesen, die ihm zu dieser Veranstaltung geraten hatten. Und er hatte auf sie gehört und dieses Fest organisiert, obwohl ihm überhaupt nicht danach zumute gewesen war. Doch da er das Fest nicht nur zum Anlass nahm, um seinen Geburtstag zu feiern, sondern auch, um das fünfte Todesjahr seiner geliebten Katharina zu betrauern, erhielt das Ganze für ihn dann doch einen annehmbaren Rahmen. Allerdings schürte es auch die Melancholie, die stets in seinem Wesen mitschwang, selbst wenn er sie tagsüber geschickt überspielte.

Immer öfter zuckten seine Augen jetzt allerdings zum Buffet der Köstlichkeiten. Nicht der Kulinarik wegen, sondern aufgrund der zartgrünen Nymphe, die dort stand, die Gäste lächelnd bediente, ihnen geduldig Fragen beantwortete und sich hin und wieder eine lose Strähne aus dem Gesicht strich. Wie ein Licht in dunkler Nacht erschien ihm diese Gestalt.

»Sie gefällt dir, hm?«, raunte Hans, Wilhelms Cousin und einer seiner besten Freunde, und schob sich eine Weintraube in den Mund. Er lebte ebenfalls in Bern und war nach dem Tod von Wilhelms Frau und Eltern einer der Hauptgründe für dessen Umzug hierher gewesen. Dank Hans war es Wilhelm auch gelungen, hier ein soziales Netzwerk aufzubauen. Dennoch vermochte das seine Einsamkeit nicht wirklich zu lindern.

»Sie hat etwas«, gab er zu, nahm einen großzügigen Schluck Wein und trommelte mit den Fingern auf den Tisch.

»Warum fragst du sie nicht, ob sie mit dir tanzt? Sie ist hübsch angezogen, da wäre es doch eine Schande, wenn sie in diesem Kleid bloß herumstünde«, ermunterte ihn Hans und legte ihm kameradschaftlich die Hand auf die Schulter.

Wilhelm sah sich um. Zwischenzeitlich schwangen viele der Gäste das Tanzbein zu den teils fröhlichen, teils sehnsuchtsvollen Klängen des Streichtrios. Er gab sich einen Ruck und lief zu der Auslage der Speisen hinüber.

»Fräulein Ammann? Hätten Sie Lust, eine kleine Pause einzulegen und mit mir zu tanzen? Bestimmt kann mein Küchenteam Sie ein paar Minuten entbehren.« Er machte eine einladende Handbewegung und lächelte sie an. Erstaunt sah sie von ihrer Arbeit hoch und starrte ihn einige Sekunden lang verwirrt an.

»Ich? Ähm …« Sie sah sich um. »Ja, warum nicht? Gerne.« Sie strich sich die Hände an ihrer Schürze ab, knüpfte diese auf und legte sie hinter sich auf einen Stuhl. Dann umrundete sie die Tische mit den Speisen und blieb vor Wilhelm stehen. Sie reichte ihm bis zur Nase. Obwohl sie lächelte, sah er, dass in ihrem Blick noch etwas anderes mitschwang. Erschöpfung? Wilhelm war weiß Gott kein Experte, wenn es um Gefühle ging, und noch weniger, was Frauen anbelangte. Ihm fiel lediglich auf, dass ihre Augen das zarte Schmunzeln nicht ansatzweise aufgriffen.

Fräulein Ammann nahm seine dargebotene Hand und ließ sich von ihm zur Tanzfläche in der Mitte des Gartens führen. Im Schein der Fackeln legte er ihr vorsichtig einen Arm um die Taille und zog sie zu sich heran – natürlich nur so nahe, wie es der Anstand erlaubte.

Eine Weile drehten sie sich schweigend zu der Musik im Kreis. Fräulein Ammann war eine begabte Tänzerin, die leichten Schrittes all seine Bewegungen mitmachte, als schwebte sie an seiner Seite. Ihr blumiger Duft drang in seine Nase. Die Haut an ihren Fingern fühlte sich weich und zart an, obwohl sie in einer Fabrik arbeitete. Allerdings veredelte sie Schokolade, was etwas anderes war, als wenn sie Leder gerben oder Fleisch verarbeiten würde ...

»Ich danke Ihnen herzlich für Ihren Einsatz heute Abend, Fräulein Ammann«, unternahm Wilhelm den Versuch, ein Gespräch zu starten. »Ich weiß, ich bezahle Sie dafür, dennoch hätten Sie ablehnen können, schließlich haben Sie ja einen Beruf und eine Anstellung.«

»Es hat mich sehr gefreut, dass Sie meinen Kreationen so viel Wertschätzung zuteilwerden lassen und mir die Möglichkeit bieten, sie selbst vorzustellen.« Sie verzog den Mund. »Meistens arbeite ich im Hintergrund und werde kaum wahrgenommen, wissen Sie?«

Wilhelm hätte geschworen, dass leise Verbitterung in ihren Worten mitschwang. Da war er zudem wieder, der eigentümliche Schimmer in ihren Augen, der das Lächeln Lügen strafte. Und diesmal ahnte er, woran es lag.

»Ich gehe davon aus, Sie werden in der Manufaktur der Lindts anständig behandelt?«, hakte er daher vorsichtig nach.

»Aber ja, bestimmt.« Fräulein Ammann wich seinem Blick aus und gab vor, die anderen Tanzenden zu beobachten.

»Warum machen Sie sich nicht selbstständig? Bei Ihrem Talent?« Wenn man sie nicht wertschätzte und nicht annehmbar behandelte, was hielt sie dann noch bei den Lindts?, fragte sich Wilhelm.

»Nun ... ich besitze keine Schokoladenfabrik. Natürlich kann man mit wenigen Apparaturen Blockschokolade herstellen. Das Problem allerdings ist, dass ich bei zwei Pionieren gelernt habe und nicht befugt bin, deren Geheimnisse in einem eigenen Werk anzuwenden. Das wäre Diebstahl. Ohne diese modernen Formen der Schokoladenherstellung wäre ich jedoch nicht konkurrenzfähig. Die Zeit der Urschokolade ist längst Vergangenheit.« Sie zuckte die Schultern und seufzte. »Aber ich könnte die Schokolade einkaufen und etwas Eigenes damit anfertigen, so wie heute Abend.«

Wilhelm liebte es, ihr dabei zuzusehen, wie ihr Mund Worte formte. Erst jetzt fiel ihm auf, dass sie, wenn sie breit lachte, eine ausgeprägte Zahnlücke zwischen den Schneidezähnen besaß.

»Ich würde Ihr Vorhaben jedenfalls bedenkenlos unterstützen«, antwortete er und sah ihr in die Augen.

Dieses Mal hielt sie seinem Blick mühelos stand. Das Blau ihrer Iris wirkte auf ihn hypnotisierend. Vielleicht hätte er mit dem Wein etwas zurückhaltender sein sollen. Andererseits: Was spielte das schon für eine Rolle? Da feierte er ein Fest, was selten genug vorkam, und gönnte sich nicht einmal einen gepflegten klitzekleinen Rausch? Während er sich mit Fräulein Ammann im Kreis drehte, erhaschte Wilhelm Hans' Blick, der ihm eine stumme Frage zu stellen schien.

Ja, dachte Wilhelm, vielleicht hatte sein Cousin recht. Möglicherweise war es an der Zeit, dass er seine Insel der Einsamkeit verließ ...

»Ich habe einige Kunstgegenstände aus Übersee – da, wo die Kakaobohnen herkommen. Darf ich Sie Ihnen zeigen?«, hörte er sich zu seinem eigenen Erstaunen sagen. »Natürlich nicht jetzt, aber später.« Als er die Verwirrung in ihrem Blick bemerkte, erkannte er, dass er sich äußerst ungeschickt ausgedrückt hatte. »Selbstverständlich nicht heute«, beeilte er sich anzufügen. »Ein anderes Mal ... wann immer Sie wollen.« Das musste am Wein liegen, der hatte seine guten Manieren ausradiert.

»Gerne« war alles, was sie darauf erwiderte, bevor das Musikstück endete und sie mit einem höflichen Knicks erklärte: »Vielen Dank für den schönen Tanz.«

»Ich habe für die nette Gesellschaft zu danken, Fräulein Ammann«, antwortete Wilhelm und bot ihr seinen Arm an, um sie zu den Tischen mit den Gebäcken zurückzugeleiten. Nachdem er sich mit einem Kopfnicken von ihr verabschiedet hatte, mischte er sich erneut unter seine Gäste, wobei sein Blick auch während der folgenden Stunden immer wieder zu dem attraktiven Fräulein in ihrem grünen Kleid hinüberglitt.

Als gegen Mitternacht endlich die letzten Gäste gegangen waren und Wilhelms Angestellte mithilfe von Fräulein Ammann alles wieder aufgeräumt hatten, entließ er sie dankend nach Hause. Er wollte auch Fräulein Ammann soeben eine Droschke rufen, als er eine angefangene Flasche Wein entdeckte und sich umentschied. Ihm graute vor der bedrückenden Stille in seinem Haus, und vielleicht gab es ja eine Möglichkeit, ihr noch ein Weilchen zu entkommen.

»Trinken Sie mit mir auf meinen Geburtstag, Fräulein Ammann«, sagte er deshalb. »Und auf Ihren großartigen Erfolg. Ich bin sicher, einige meiner Bekannten werden schon bald nach Ihnen und Ihren Kreationen fragen.« Er reichte ihr ein Glas Rotwein und prostete ihr zu.

»Das ist lieb.« Sie lächelte müde und strich sich eine Haarsträhne aus dem Gesicht, nahm das Glas jedoch dankend an. Zu seinem Erstaunen leerte sie es in einem Zug. »Das war nötig. Entschuldigen Sie meine schlechten Manieren.«

Wilhelm zuckte bloß lächelnd die Schultern, schenkte ihr nach und prostete ihr erneut zu. »Geht es Ihnen gut?«, fragte er.

»Aber ja ...«, antwortete Fräulein Ammann etwas schleppend und versuchte sich an einem Lächeln.

»Sie haben ein charmantes Lächeln, hat Ihnen das schon mal jemand gesagt?« Wilhelm ließ den Blick über ihr Gesicht gleiten, die vollen Lippen, die mandelförmigen Augen, die markante Nase, die aber eine perfekte Balance herstellte.

Fräulein Ammann nahm erneut einen kräftigen Schluck Wein. »Ja, das hat mir tatsächlich schon mal jemand gesagt. Allerdings ...« Sie brach ab, stellte ihr Weinglas hin und streckte die Hand aus. »Möchten Sie tanzen, Herr Sahli? Mir ist gerade danach.«

Erstaunt stellte Wilhelm sein Glas ab und leistete ihrer Aufforderung Folge. »Wenn Sie meinen. So ohne Musik?« Dieses Mal zog er sie bedeutend näher zu sich heran. Ihm war einfach danach.

»Die Musik ist in meinem Kopf«, lachte sie und drehte sich zu den imaginären Klängen. Eigentlich wäre es Wilhelms Part gewesen, die Führung zu übernehmen, aber da er die Melodie nun einmal nicht hörte ...

Nach einiger Zeit bemerkte Wilhelm, dass Fräulein Ammann zitterte. »Sie frieren ja, meine Liebe.«

»Das tue ich. Körperlich ... und seelisch«, murmelte sie und blieb vor ihm stehen – so nah, dass er ihren Atem auf seinem Gesicht spüren konnte. Ihre Augen waren geschlossen, ihre rosigen Lippen ganz leicht geöffnet.

Der letzte Rest seines Verstandes ermahnte ihn dazu, den Anstand zu wahren. Doch es war zu spät. Im Grunde genommen war es schon seit dem ersten Glas Wein zu spät. Wilhelm zögerte kurz. Dann zog er Fräulein Ammann zu sich heran, drückte seinen Leib an ihren und fühlte die Explosion der Hitze in seinem

Inneren. Ohne sie um Erlaubnis zu bitten, presste er seine Lippen auf ihre, drängte seine Zunge gierig in ihren Mund und sog ihren Duft mit geschlossenen Augen in sich auf. Und dieses wunderschöne Wesen überraschte ihn ein weiteres Mal. Ungestüm krallte sie ihre Finger in seine Haare und erwiderte seinen leidenschaftlichen Kuss. Entsetzt und fasziniert gleichermaßen über den Hunger, den er in ihren Bewegungen erkannte, zog Wilhelm sie mit sich ins Haus und nach oben in den Salon.

Es war lange her, seit er eine Frau nackt gesehen und berührt hatte. Nach Katharinas Tod hatte er geglaubt, nie wieder dazu in der Lage zu sein. Doch jetzt öffnete er hastig Amelies Hornknöpfe, entblößte ihren Oberkörper und griff gierig nach dem weißen, zarten Fleisch darunter. Was er tat, schien ihr zu gefallen, jedenfalls hielt sie die Augen geschlossen und ließ ihn gewähren. Zwischendurch kicherte sie eigentümlich, doch Wilhelm begriff, dass es jetzt für ihn kein Zurück mehr gab. Ohne dass er irgendeine Kontrolle darüber hatte, drehte er Fräulein Ammann grob um, legte sie bäuchlings auf den Tisch im Salon, schob ihre Röcke hoch und drang in sie ein. Ob der kehlige Laut, den sie von sich gab, Zustimmung oder Protest ausdrückte, konnte er nicht erraten, und es war ihm auch einerlei. Sein Körper stand in Flammen. Nach ein paar wütenden Zuckungen bäumte sich Wilhelm ein letztes Mal auf und erschlaffte über ihrem halbnackten Körper. Schweiß rann ihm in die Augen, und er atmete schwer.

Aber es ging ihm jetzt besser. Besser als die vergangenen Jahre.

Nach einer Weile zog er sich aus Amelie zurück, schloss seine Hose und räusperte sich.

»Entschuldigung«, murmelte er und war dankbar, dass sie sich noch nicht umgedreht hatte.

Langsam, sehr langsam richtete Amelie sich auf, strich ihre Röcke glatt und knöpfte ihr Kleid zu. Erst dann drehte sie sich um. Sie sah grauenhaft aus. Der Ausdruck ihrer Augen fuhr wie ein Messer in Wilhelms Brust.

»Ich ... bin nicht immer so«, versuchte er sein Verhalten zu rechtfertigen.

»Gut« war alles, was sie dazu sagte. Dann straffte sie die Schultern und ging zur Tür. Dort blieb sie stehen, wandte sich jedoch nicht mehr um.

»Schlafen Sie wohl, Doktor Sahli.« Die Worte entbehrten nicht einer gewissen Ironie.

»Amelie ... und bitte nenn mich Wilhelm ...« Er seufzte und strich sich über die Haare. »Das ... ich weiß auch nicht, was das war«, gestand er, und das entsprach der Wahrheit. Sie blieb stehen, die Hand auf dem Türknauf, drehte sich aber immer noch nicht um.

»Ich hätte dich nicht küssen dürfen, es gehört sich nicht. Wahrscheinlich hätte ich auch keinen Wein trinken sollen«, versuchte er es erneut mit einer Entschuldigung. Oder war es eher eine Rechtfertigung?

Völlig unerwartet wirbelte sie herum und bedachte ihn mit einem wilden Funkeln in den Augen. »Ich wollte es auch, *Wilhelm*, aber nicht so! Das Einzige, was ich gerade nicht bereue, ist hingegen der Wein!« Mit diesen Worten stürmte sie endgültig aus der Tür und schloss diese mit einem hörbaren Knall.

# 14

Amelie verließ das Haus des ehrenwerten Herrn Doktor Sahli, wie sie ihn in Gedanken spöttisch nannte, und übergab sich prompt in dessen Vorgarten.

Danach fühlte sie sich etwas besser.

Sie trocknete sich den Mund mit einem Taschentuch, schniefte und rief sich eine Droschke, die sie nach Hause fuhr. Hätte sie doch bloß die Finger von dem verdammten Wein gelassen, sie war ihn nicht gewohnt. Immerhin half ihr der gnädige Nebel des Alkohols dabei, das Erlebte besser zu ertragen.

Sahli hatte sie bestiegen wie eine Ziege. Währenddessen hatte Amelie im Dunkeln auf das Bildnis seiner verstorbenen Frau gestarrt. Und diese hatte sie ebenfalls angesehen, da war sie sich sicher. Sie konnte es immer noch nicht fassen. Ja, sie hatte seinen leidenschaftlichen Kuss erwidert, sie hatte sich seine Nähe in diesem Moment gewünscht – nein, tatsächlich hatte sie diese sogar bitterlich gebraucht. Was dann aber geschehen war, hatte nichts mehr mit einem gemeinsamen Vergnügen zu tun gehabt. Nicht einmal mit Hingabe. Sie hatte Sahli falsch eingeschätzt.

Schnaubend und kopfschüttelnd stieg Amelie vor dem Haus ihrer Eltern aus der Droschke, bezahlte den Fuhrmann und ging hinein. Nachdem sie sich mit einem Lappen notdürftig gewaschen hatte, streifte sie ihr langes weißes Nachthemd über und legte sich ins Bett, um dann stundenlang mit offenen Augen an die Zimmerdecke zu starren. Noch immer schwirrte ihr der Kopf vom Wein, und es war unmöglich, ihre Gedanken sinnvoll zu sortieren. Was war bloß geschehen?

Vor einigen Wochen hatte sie Rodolphe endlich wieder einmal zu Gesicht bekommen, weil er gezwungen gewesen war, sich aufgrund der Besprechung von Wilhelms Anlass mit ihr auszutauschen. Dabei war sie nachgiebig geworden. Er hatte ihr so furchtbar gefehlt. Sein Duft, die Berührung seiner rauen Hände, die Hitze seiner Haut auf ihrer. In der irrigen Annahme, dass die Monate der Zwietracht und des Abstands eine neue Nähe bewirken würden, hatte sie sich ihm hingegeben. Und als der Schweiß auf ihrer Haut erkaltet war und sie friedlich nebeneinander auf einer Decke lagen, wagte sie es erneut, sich ihm anzuvertrauen.

»Rodolphe ...«, flüsterte sie und fuhr die Innenfläche seiner Hand nach. »Ich wünsche mir eine Hand wie die deine, nur kleiner. Eine, die wir gemeinsam erschaffen haben. Du und ich.«

Er schwieg. Viel zu lange. Irgendwann murmelte er: »Ich weiß nicht, ob ich dafür schon bereit bin.«

»Das verstehe ich. Aber weißt du, für ein Kind ist man nie bereit. Es ist ein Abenteuer, das wir nicht planen können, aber gemeinsam erleben dürfen.« Sie machte eine Pause und ließ ihre Worte wirken. »Auch ich habe manchmal Angst davor, glaub mir. Mit dir an meiner Seite aber möchte ich es wagen.« Sie stützte sich auf einen Ellenbogen, um ihn anzusehen. Rodolphe hingegen starrte mit glasigem Blick ins Leere.

»Ich glaube nicht, dass das das Richtige für mich ist, Amelie.« Er wandte sich ihr zu. »So zu enden wie meine Eltern. Und das, was du ansprichst, würde unweigerlich dahin führen. Früher oder später.«

»Was ist es denn, was du willst?«, fragte sie eine Spur schärfer, denn seine Worte hatten ihr einen schmerzhaften Stich versetzt. »Ewig so weitermachen?« Sie machte eine alles einschließende Handbewegung.

»Vielleicht ja, Amelie. Vielleicht ist es genau das, was ich möchte. Warum musst du unser Leben planen und die Dinge kaputtreden? Weshalb willst du das, was wir haben, unbedingt zerstören?« Er wandte sich wieder ab und starrte mit zusammengepressten Lippen an die Decke.

»Für dich ist das alles ganz simpel, oder? In den Tag hineinleben, ohne sich Gedanken machen zu müssen. Nur für mich ...« Sie schluckte leer. »Für mich ist es etwas anders, Rodolphe.« Amelie holte tief Luft und erhob sich. Dann sammelte sie ihre Kleidung ein und zog sich an.

»Ich habe viel zu verlieren.«

Mit diesen Worten verließ sie die Manufaktur, die ihnen einmal mehr als geheimes Liebesnest gedient hatte. Draußen in der Wasserwerkgasse stiegen ihr die Tränen in die Augen, und sie wischte sie wütend fort. Sie hasste es, ihre Mutter zitieren und ihr Recht geben zu müssen. Schließlich hatte sie sich das Leben in einer modernen Welt anders vorgestellt.

Auch jetzt stiegen ihr wieder die Tränen in die Augen und rannen heiß ihre Wangen hinab aufs Kopfkissen. Eigentlich war Rodolphe an allem schuld. Hätte sie sich von ihm nicht dermaßen verletzt und im Stich gelassen gefühlt, hätte sie bei Wilhelms Fest nicht so undamenhaft viel getrunken, um ihren Schmerz und die bittere Einsamkeit zu betäuben. Die Leere in ihrem Inneren und das Gefühl der Zurückweisung wären niemals so groß gewesen, dass sie sie in Wilhelms Arme getrieben hätten. An einen Ort und in einen Zustand fernab jeglicher Sittlichkeit.

Als Amelie nämlich sein stilles Interesse und seine Faszination an ihrer Person bemerkt hatte, hatte sie sich zum ersten Mal seit Anfang des Jahres wieder lebendig und wirklich wahrgenommen gefühlt. Sein Kuss, so verzweifelt und leidenschaftlich zugleich, hatte sie an ihre eigene Entbehrung erinnert – und so führte eines zum anderen. Auf der Suche nach ein wenig zwischenmenschlicher Wärme und Hingabe war sie in Wilhelms Salon gelandet, wo er die Kontrolle über sich selbst verloren hatte. Im Angesicht seiner verstorbenen Frau wohlgemerkt, was Amelie geradezu sarkastisch erschien.

Und als wären all diese quälenden Gedanken und unschönen Ereignisse nicht schon Bürde genug, gab es noch etwas, das seit einigen Wochen an ihr nagte und sich wie Rost allmählich in ihr Herz fraß.

Isabella Scheidegger. Schließlich war Amelie weder blind noch blöd. Das unerfahrene junge Fräulein, das sinnbildlich wie ein Kind am Rockzipfel seiner Eltern hing, hatte sich über beide Ohren in Rodolphe verliebt. Dafür machte ihr Amelie keine Vorwürfe, im Gegenteil, sie verstand es sogar. Was sie aber aufhorchen ließ, waren die sich häufenden zufälligen Begegnungen, die sich in letzter Zeit zwischen den beiden ergaben.

Zuerst wurde das Mädchen zusammen mit ihrem Vater nach Neuchâtel eingeladen, danach in die Fabrik. Auch sonst tauchte ihr Name immer häufiger auf. Eine Sonderlieferung Schokolade für die Scheideggers, ein beliebiges Aufeinandertreffen hier und dort ... Amelie wusste den lauernden Blick des alten Lindt bestens zu deuten und war sich sicher, dass er hinter all den Zufälligkeiten steckte. Sie war ihm von Anfang an ein Dorn im Auge gewesen, nicht angemessen für seinen Sohn.

Würde Rodolphe, wie es sich nach all der Zeit gehörte, endlich offen zu ihr und ihrer Liebe stehen, wäre nicht nur sein Vater Amelie gegenüber machtlos, auch die ständigen Besuche und schmachtenden Blicke der Jungfer Scheidegger hätten endlich ein Ende. Statt ihr jedoch beizustehen, fand ihr Geliebter seit Beginn des Jahres plötzlich auffallend Gefallen an den von seinem Vater arrangierten Geschäftsreisen. Und damit nicht genug: Man erzählte sich überdies, dass er wieder regelmäßig im Klötzlikeller gesehen wurde, wo er oft bis in die grauen Morgenstunden sitzen blieb.

Sie konnte so nicht weitermachen, etwas musste sich in ihrem Leben dringend ändern.

Mit dieser wenig erbaulichen Gewissheit schlief Amelie irgendwann vor Tagesanbruch ein.

Rodolphe hatte Amelie den Tag nach dem Einsatz bei Wilhelm Sahli frei gegeben, und so erwachte sie denn erst kurz vor Mittag – mit stechenden Kopfschmerzen, pelziger Zunge und einem Gefühl der Enge in der Brust. Nachdem sie sich gewaschen und angekleidet hatte, ging sie nach unten, wo ihre Mutter bereits das Mittagessen hatte auftragen lassen.

»Meine Güte, du siehst ja aus wie ein Gespenst!«, waren ihre wenig schmeichelhaften Begrüßungsworte.

Amelie quittierte sie mit einem müden Lächeln. »Ich fühle mich auch nicht besonders lebendig«, gestand sie und setzte sich. Doch schon beim bloßen Geruch der servierten Speisen drehte sich ihr der Magen um, und sie schob den Teller von sich.

Ihre Eltern wechselten einige besorgte Blicke, ließen den Umstand aber unkommentiert.

»Und? Wie war es gestern bei Herrn Sahli? Haben sich deine Gebäckstücke großer Beliebtheit erfreut?«, versuchte ihr Vater das Schweigen durch ein unverfängliches Thema zu unterbrechen.

Amelie nickte. »Wunderbar, es lief wunderbar.« Vermutlich strafte ihre Miene diese Worte Lügen, dennoch unterließen es ihre Eltern, weitere Fragen zu stellen, und lächelten bloß höflich, während sie weiteraßen.

Kaum hatten sie das Mittagessen beendet, wurde der Türklopfer betätigt. Amelie und ihre Eltern sahen sich fragend an und baten dann Elsa nachzusehen. Kurze

Zeit später erschien diese atemlos in der Türschwelle zum Esszimmer.

»Herr Doktor Wilhelm Sahli ist hier. Er möchte sich für den gestrigen Einsatz bedanken und seine Schulden begleichen.«

Sofort schob Maman ihren Teller von sich, tupfte sich mit der Serviette den Mund ab und erhob sich.

»Bitte ihn doch in den Salon, Elsa, und biete ihm schon einmal Kaffee, Tee und Kekse an. Wir leisten ihm gleich Gesellschaft.« Hastig drehte sie sich zu Amelie um. »Wärst du so freundlich und würdest unseren Gast in Empfang nehmen, bis Papa und ich uns frisch gemacht haben?« Damit sprach sie die Tatsache an, dass Amelie sich nach dem Aufstehen gerade erst frisch gemacht und bei Tisch nichts gegessen hatte. Somit bestand für sie im Gegensatz zu ihren Eltern keine Notwendigkeit, sich nach der Mahlzeit die Hände zu waschen und mit Parfüm zu besprühen, um etwaige üble Gerüche zu vertreiben, bevor sie Besuch empfingen.

Mit einem Seufzer erhob sich Amelie vom Tisch, strich sich das Kleid glatt und ging hinüber in den Salon. Wilhelm Sahli stand mit dem Rücken zur Tür am Fenster und starrte hinaus in den Garten.

»Guten Tag, Herr Doktor Sahli«, begrüßte ihn Amelie bewusst formell.

Er drehte sich ruckartig um und trat auf sie zu. »Immer noch Wilhelm, wenn ich bitten darf«, sagte er und deutete eine Verneigung an. »Guten Tag, Amelie.« Sein Blick huschte über ihren Kopf hinweg zur Tür. Als er sie beide allein wusste, senkte er die Stimme zu einem Murmeln. »Es tut mir furchtbar leid, Amelie. Darf ich dich dazu überreden, mich nachher auf einen kurzen Spaziergang zu begleiten, damit wir über die Geschehnisse reden können?«

Wenn sie ehrlich war, gab es von ihrer Seite aus nichts zu besprechen, doch wollte sie allein schon ihrer Eltern wegen keinen Eklat mit Wilhelm provozieren. Es blieb ihr also nicht viel anderes übrig.

»Wenn das dein Wunsch ist, begleite ich dich selbstverständlich«, antwortete sie steif, und zum Glück betraten endlich auch ihre Eltern den Salon und begrüßten Wilhelm überschwänglich. Er bat auch sie, ihn doch mit Vornamen anzusprechen, und Maman und Papa willigten gerne ein.

Amelie hörte nur mit halbem Ohr zu, als sie sich über den gestrigen Abend und die Komplimente der Anwesenden unterhielten. Sie dachte daran, wie absurd es war, hier im Haus ihrer Eltern mit einem Mann Tee zu trinken, der ihr auf so ungehobelte Art nahegekommen war.

Nachdem alles geklärt war, bat Wilhelm um die Erlaubnis, Amelie auf einen Spaziergang zu »entführen«, wie er es nannte, was ihre Eltern natürlich nur zu gern gestatteten.

»Aber selbstverständlich, was für eine ausgezeichnete Idee«, sagte Maman sofort, und Papa nickte wohlwollend.

»Wunderbar. Wollen wir dann, Amelie?« Wilhelm erhob sich und bot ihr seine Hilfe beim Aufstehen an.

Amelie stand auf, ohne nach seiner Hand zu greifen, und begleitete ihn nach draußen.

Eine Weile liefen sie schweigend nebeneinander her. Amelie sah keinen Anlass dazu, es Wilhelm einfacher zu machen, und überließ es daher ihm, die Konversation zu starten.

Schließlich räusperte er sich.

»Wie gesagt bin ich untröstlich über mein ... ungebührliches Verhalten, Amelie.« Er machte eine Pause, die sie ungenutzt verstreichen ließ. »Auch wenn es dafür keine Entschuldigung geben mag, so gibt es immerhin eine mögliche Erklärung.« Sie schwieg weiterhin eisern. »Seit meine Frau vor fünf Jahren gestorben ist, habe ich kaum am gesellschaftlichen Leben teilgenommen, habe mich in meine Arbeit geflüchtet und mich in Trauer und Einsamkeit gesuhlt.« Zum ersten Mal sah er sie von der Seite her an, doch war ihr nicht danach, seinen Blick zu erwidern. »Auch habe ich kaum Alkohol getrunken in all den Jahren. Insgesamt, wenn man es pragmatisch betrachtet, war der gestrige Abend also ein wenig so, als sei ich als Junggeselle das erste Mal mit Rebensaft und den Vorzügen des weiblichen Geschlechts in Kontakt geraten.« Er ließ einige Sekunden verstreichen.

Immerhin hatte er sich in der kurzen Nacht seit gestern die Zeit genommen, sich und sein Verhalten zu reflektieren. Amelie warf ihm einen kurzen Blick zu, wandte ihn jedoch sofort wieder ab.

»Da ich weder das eine noch das andere gewohnt war, habe ich die Kontrolle verloren. Genau wie ein unbedarfter Jüngling, der von der Naturgewalt seiner Empfindungen übermannt wird und dem die Erfahrung im Umgang mit der Damenwelt fehlt.« Er lachte blechern und strich sich über die sorgsam mit Pomade fixierten Haare.

Selbst wenn sie sein Verhalten nach wie vor nicht guthieß, so respektierte Amelie doch die Tatsache, dass er wie ein souveräner Erwachsener über sein Fehlverhalten sprach und Verantwortung dafür übernahm. Ganz im Gegensatz zu Rodolphe, dessen Gebaren jegliche Reife vermissen ließ.

»Ich kann mich nur wiederholen«, setzte er erneut an, als sie immer noch schwieg. »Es tut mir unendlich leid, was passiert ist, und wenn ich es irgendwie ungeschehen machen könnte, würde ich das tun. Gibt es eine Möglichkeit, dass wir nochmals von vorne anfangen?« Seine blassblauen Augen musterten sie, und dieses Mal hielt sie seinem Blick stand, bis er ihn selbst abwandte.

»Ich möchte in Ruhe darüber nachdenken«, antwortete sie.

# 15

Amelie beobachtete Johann Lindt dabei, wie er einige Schokoladentafeln in Kisten verpackte. Auch heute spiegelte sich eine milde Zufriedenheit auf dessen Gesicht. Das erkannte sie an dem feinen Lächeln, das seine Mundwinkel umspielte, und dem leisen Summen, das seine Handgriffe begleitete.

Aufgefallen war ihr der Gemütswechsel bei Rodolphes Vater zum ersten Mal zu Beginn des Jahres, als sich die Dinge zwischen ihr und Rodolphe verkompliziert hatten. Zwischenzeitlich war es Ende Juni, der Sommer stand vor der Tür, und die Stimmung zwischen Amelie und Rodolphe war dermaßen frostig, dass es dem Senior unmöglich entgangen sein konnte. Dazu kam, dass sich Rodolphe noch im vergangenen Herbst wiederholt gesträubt hatte, seinen Vater auf Geschäftsreisen zu begleiten, weil er lieber in Amelies Nähe bleiben wollte, zwischenzeitlich aber jede Gelegenheit, die Manufaktur zu verlassen, gerne ergriff. Da sie sonst keine Angestellten beschäftigten, war es nicht schwer zu erraten, wer die Ursache dieses plötzlichen Reisedrangs war.

Heute befand sich Rodolphe ausnahmsweise in der Fabrik und bediente die Conche, wobei er Amelie seit dem Morgen keines Blickes gewürdigt hatte.

Bestimmt war der Senior jetzt zufrieden. Sein sorgfältig geschmiedeter Plan und seine wohldurchdachten Intrigen trugen endlich Früchte, dachte sie nicht ohne Verbitterung.

Ihre Gedanken wurden jäh unterbrochen, als sie unverhofft von einem Gefühl der Übelkeit übermannt wurde und den Geschmack von Galle auf der Zunge schmeckte. Ruckartig warf Amelie ihr Werkzeug auf den Tisch, raffte ihre Röcke und stürmte aus dem Produktionsraum. Erstaunt starrte Johann Lindt sie an, als sie an ihm vorbeieilte und die Tür zur Straße aufriss. Sie stolperte hinaus und übergab sich mit einem unschönen Würgen in die Straßenrinne.

»Amelie?«, hörte sie Rodolphe hinter sich sagen, bevor er sie an der Schulter berührte.

»Lass mich«, zischte sie und stieß seine Hand weg. »Mir geht es gut!« In diesem Moment erfasste sie ein weiterer Würgeanfall und ließ sie Galle und Speichel ausspucken. Am gesamten Leib zitternd, richtete sie sich wieder auf. Rodolphe bot ihr ein Taschentuch an, das sie zwar entgegennahm, jedoch nicht, ohne ihn mit einem bitterbösen Blick zu strafen. Neben ihm war nun zu allem Übel auch noch dessen Vater aufgetaucht.

»Vielleicht sollte sich Fräulein Ammann ein wenig hinlegen, bis sich ihr Kreislauf beruhigt hat«, mischte er sich ein und trat ein wenig vor. »Im Büro hat sie Ruhe. Zudem hat es da einen Abfalleimer – für alle Fälle.«

Zuerst musterte ihn Amelie erstaunt, dann keimte Misstrauen in ihr auf. Gerade wollte sie sein Angebot ausschlagen, als sie erneut einen heißen Strahl in der Kehle spürte und sich entsetzt die Hand vor den Mund hielt. Ohne ein weiteres Wort schritt sie an den beiden Männern vorbei ins Büro und schloss die Tür hinter sich.

Während sie sich zitternd und schwitzend über den Abfalleimer im Büro beugte, dachte sie beschämt daran, was ihre Freundin in Vevey wohl über sie denken würde, könnte sie sie nun so sehen. Was würde sie ihr wohl raten?

Als sich ihr revoltierender Magen so weit beruhigt hatte, dass sie ein wenig durchatmen konnte, vernahm sie im Vorraum vor dem Büro leise Stimmen. Offenbar waren Rodolphe und sein Vater dem Lärm im Produktionsraum ausgewichen und unterhielten sich jetzt im Eingangsbereich der Fabrik. Nicht ahnend, dass man, wenn man sein Ohr ans Schlüsselloch der Bürotür presste, jedes ihrer Worte verstehen konnte.

»Vielleicht hat sie etwas Falsches gegessen«, vermutete Rodolphe.

Der Senior entgegnete trocken: »Tatsächlich? Das wage ich zu bezweifeln.«

»Denkst du, sie ist krank? Müssen wir uns Sorgen machen? Du weißt schon ... die Cholera?« Bestürzung schwang in Rodolphes Stimme mit.

Dieses Mal brach Johann Lindt in donnerndes Gelächter aus. »Möglicherweise wäre es angezeigt, einmal mit der Dame zu sprechen«, erwiderte er sarkastisch.

Entsetzt wich Amelie von der Tür zurück, streckte sich am Boden aus und hielt sich eine Hand auf die Stirn, die andere auf den gurgelnden Magen.

Und tatsächlich, wenige Augenblicke später klopfte es an der Tür, und Rodolphe trat ein. Er bedachte Amelie mit einem finsteren Blick. »Können wir kurz reden?«

Sie nickte, rappelte sich auf, lehnte den Rücken gegen die Wand.

Rodolphe sah sie schweigend an, seine Kiefer mahlten. »Ich gehe davon aus, es ist nicht die Cholera«, mutmaßte er schließlich, der Bemerkung seines Vaters Folge leistend. »Bekommst du ein Kind, ist es das?«

»Vermutlich«, war Amelies knappe Antwort.

»Ist es von mir?« Etwas Lauerndes flackerte in Rodolphes Blick auf.

»Um ehrlich zu sein ...«, Amelie musterte ihre Fingernägel, dann hob sie den Blick erneut und sah Rodolphe unverwandt an: »Ich weiß es nicht.«

»Immerhin wagst du nicht, mich anzulügen.« Er schnalzte mit der Zunge und schnaubte verächtlich. »Wer kommt sonst noch in Frage?«

»Doktor Wilhelm Sahli.« Amelie starrte ihn herausfordernd an. Sie erhob sich, verschränkte die Arme vor der Brust und straffte die Schultern. Schweiß brach ihr aus allen Poren, doch sie riss sich zusammen und bewahrte Haltung.

Rodolphes Miene sprach Bände, doch er schwieg lange. »Wie lange verheimlichst du mir das schon?«, fragte er schließlich gepresst.

Amelie berichtete ihm in knappen Sätzen von der Übelkeit, die sie seit zwei Wochen plagte und die sie anfänglich für eine Magenverstimmung gehalten hatte. »Meine Blutung ist schon länger ausgeblieben«, beendete sie ihren Bericht.

»Hast du das Wilhelm Sahli auch erzählt? Weiß er davon?«

Amelie schüttelte den Kopf. Sie hatte schließlich noch nicht einmal Gewissheit, ob sie wirklich in Erwartung war.

Wutentbrannt stierte Rodolphe sie an. »Schämen solltest du dich!«, spie er. »Ich war stets vorsichtig. Nebst den verwendeten Schafdärmen, die nebenbei bemerkt ein Vermögen gekostet haben, habe ich den Akt stets früh genug unterbrochen. Was du eigentlich wissen solltest.«

»Wenn es so einfach wäre, würden nicht so viele Kinder schicksalhaft zur Welt kommen«, konterte Amelie, sah ihn durchdringend an und hob eine Augenbraue.

Rodolphe starrte zurück. Dann beugte er sich vor und flüsterte mit einem seltsamen Lächeln: »Was hat denn der ehrenwerte Doktor unternommen, um unerwünschten Nachwuchs zu vermeiden?«

Amelie spürte, wie sie erbleichte, und verfluchte sich innerlich dafür.

Rodolphe nickte langsam. Dann schritt er zur Bürotür, wandte sich nochmals um und zischte: »Ich ertrage deinen Anblick gerade nicht, ich muss hier raus.« Und mit diesen Worten lief er hinaus und verschwand auf der Straße.

Eine Weile herrschte betretene Stille. Johann Lindt, der ihnen vom Produktionsraum aus zugesehen hatte, deutete auf einen Stuhl. »Möchten Sie sich vielleicht setzen, damit wir reden können?«

Auch wenn er sich hütete, sich seine Zufriedenheit anmerken zu lassen, so entging Amelie die Andeutung seines selbstgefälligen Grinsens dennoch nicht.

Mehr aus Neugierde denn aus Fügsamkeit setzte sie sich. Dabei presste sie die Lippen zusammen und warf Rodolphes Vater einen düsteren Blick zu. Sie sparte sich die Mühe, so zu tun, als hätten sie je auch nur einen Funken Sympathie füreinander empfunden.

»Ich erwarte ein Kind. Ihr Sohn ist möglicherweise der Vater.« Amelie beschloss, es kurz und schmerzlos zu halten. »Deshalb hat Ihr Sohn die Beherrschung verloren und ist davongestürmt«, fügte sie spitz hinzu.

»Aus Ihren Worten schließe ich, dass Sie nicht mit Sicherheit wissen, wer der Vater des Kindes in Ihrem Leib ist?« Johann Lindt, der ihr offenbar sehr genau zugehört hatte, musterte sie abwartend. Erwartete er etwa, dass sie nun vor Scham errötete? Diesen Gefallen würde sie ihm nicht tun.

»So wie Ihr Sohn es umgekehrt wohl auch nicht mit Gewissheit sagen könnte, Herr Lindt. Bei all den mutmaßlichen Bekanntschaften, die er pflegt.« Er sollte bloß nicht glauben, dass sie von den Gerüchten nichts gehört hatte.

»Um Hypothesen geht es jetzt nicht, Fräulein Ammann, sondern darum, ein existierendes Problem zu lösen«, erwiderte er knapp.

Der Umstand, dass er nicht näher auf ihre Aussage eingehen wollte und selbige sogar als Spekulation abtat, war Amelie Antwort genug. Daher zuckte sie die Schultern und starrte ihn mit kaltem Blick an. »Gut, wie Sie meinen. Wie gesagt, das Kind könnte von beiden sein. Was schlagen Sie vor?« Sie reckte herausfordernd das Kinn.

Johann beugte sich nach vorne und sah ihr in die Augen. »Zwei also. Der andere Kandidat ist ...?«

»Ein Allgemeinmediziner aus der Stadt«, beendete sie seinen Satz ungeduldig.

»Somit muss er einiges älter sein als mein Rodolphe«, konstatierte Lindt.

Sie nickte. »Er feierte soeben seinen fünfunddreißigsten Geburtstag.«

Johann Lindt verkniff sich ein Lächeln. »Na sehen Sie. Ein Mann im besten Alter mit gesichertem Einkommen, und angesehen noch dazu.« Er machte eine kurze Pause. »Mein Sohn hingegen ist noch keine dreißig, unreif und ... wie Sie selbst gemutmaßt haben, kein verlässlicher Partner.« Er lehnte sich in seinem Stuhl zurück, ließ sie jedoch nicht aus den Augen. »Das ist kein stabiles Fundament, um darauf eine Familie zu gründen, da stimmen Sie mir gewiss zu.«

Zögerlich nickte Amelie, und zum ersten Mal fühlte sie ihre zur Schau getragene Rüstung wanken.

Rodolphes Vater musste ahnen, dass er einen wunden Punkt getroffen hatte, denn er faltete die Hände und sah sie väterlich an. »Machen wir es uns allen also nicht unnötig schwer, meine Liebe. Ziehen Sie den

Arzt zur Verantwortung. Als Mediziner dürfte er genug Fachkenntnis besitzen, um anzuerkennen, dass er an der Zeugung nicht unschuldig ist. Ist er ein Mann von Ehre, wovon ich ausgehe, wird er Sie unter seine Fittiche nehmen.« Lindt hustete, räusperte sich und fuhr dann ungerührt fort: »Was Ihre Anstellung in der Fabrik betrifft, muss sich meines Erachtens nichts ändern, solange wir alle vernünftig bleiben und uns wie Erwachsene benehmen. Wenn es Ihr zukünftiger Ehemann erlaubt, dürfen Sie meinen Sohn weiterhin bei der Schokoladenproduktion unterstützen. Fragt sich allerdings, ob Sie die Größe besitzen, dies unter den gegebenen Umständen auch zu tun.«

Amelie sah ihn eine Weile forschend an und dachte nach. Welche Optionen hatte sie? Zum jetzigen Zeitpunkt war das noch nicht klar. Also nickte sie nur stumm, erhob sich und verließ ebenfalls die Fabrik.

# 16

Rodolphe meldete sich vom Abendessen ab, das er für gewöhnlich zusammen mit seinen Eltern und Geschwistern einnahm. Mamas Stirnrunzeln und ihren fragenden Blick ignorierte er. Mit einer müden Handbewegung lehnte er auch ihr Angebot, ihm einen Teller herrichten zu lassen, ab. Er war nicht hungrig. Ohne ein weiteres Wort drehte er sich um, ging die Treppe hinab ins Erdgeschoss und betrat seine Wohnung.

Tröstende Stille empfing ihn. Kurz überlegte er, ob er sich eine Droschke in die Innenstadt rufen sollte. Bekanntermaßen war der Klötzlikeller die beste Medizin, wenn das Leben auseinanderbröckelte. Doch Rodolphe entschied sich dagegen. Heute ertrug er keine lachenden Gesichter und noch weniger das von Rosa, die sicherlich versuchen würde, ihn aufzuheitern. Zuerst musste er etwas Ordnung in sein inneres Chaos bringen, damit er überhaupt verstand, was da eben geschehen war und was das für ihn bedeutete.

Mit einem tiefen Seufzer ließ er sich in einen Sessel fallen und starrte aus dem Fenster, bis das Licht schwand und er in der Dunkelheit saß. Erst dann stand er auf, goss sich einen kräftigen Schluck Rotwein ein und kramte in der Küchenschublade nach einer Kerze. Heute Abend ertrug er das grelle Licht der Gaslampen nicht. Nachdem er endlich einen halb abgebrannten Kerzenstummel gefunden und angezündet hatte, nahm er erneut in seinem Sessel Platz und starrte weiter vor sich hin.

Fremde Hände hatten seine Amelie berührt. Ein fremder Mann war ... Entsetzt brach Rodolphe diesen Gedanken ab und spülte ihn mit einem kräftigen Schluck Wein fort. Sie war doch noch immer seine Amelie, oder nicht? Trotzdem er ihren Anblick gerade nicht ertrug? Zugegeben, es lag eine mühevolle Zeit hinter ihnen. Rodolphe hoffte noch immer, dass Amelies veränderte Ansichten bloß eine vorübergehende Entwicklung waren. Mit der fortschreitenden Zeit, so vertraute er, würden sich die Wogen schon wieder glätten. Natürlich hatte ihn ihr Verhalten gelegentlich verärgert und er in der Distanz seine Ruhe gesucht. Doch war das Grund genug, sich einem anderen regelrecht in die Arme zu werfen? Rodolphe bezweifelte das stark.

»Rodolphe?«, durchschnitt die Stimme seines Vaters seine Grübeleien.

Fast hätte Rodolphe seinen Wein verschüttet, so erschrocken war er zusammengefahren. Er wandte den Kopf zur Tür.

»Ich möchte mich kurz mit dir unterhalten.« In typischer Manier hatte sein Vater keine Frage formuliert, sondern die Tür hinter sich geschlossen und den kleinen Raum durchquert.

»Setz dich«, bot ihm Rodolphe überflüssigerweise an und zeigte auf einen Sessel, doch sein Vater hatte es sich bereits bequem gemacht.

»Bist du hergekommen, um mit mir über Amelie zu sprechen?« Rodolphe musterte seinen Vater teilnahmslos. »Da gibt es nichts mehr zu bereden. Sie hat das Bett mit einem anderen Mann geteilt.« Er griff nach seinem Weinglas und beschloss, seinem Vater kein solches anzubieten.

»Offensichtlich. Fräulein Ammann gestand mir dasselbe.« Papa räusperte sich. »Es erstaunt mich allerdings, dass dich ihr Verhalten dermaßen stört, hatte ich doch in letzter Zeit eher den Eindruck, dass sie dir zur Last fällt.«

Rodolphe schwieg.

»Ich habe ihr eine pragmatische Lösung vorgeschlagen«, fuhr sein Vater schließlich fort und beugte sich leicht nach vorne.

Rodolphe hätte ahnen müssen, dass er sich in diese Angelegenheit einmischen würde. Aus Neugierde tat er ihm den Gefallen und fragte: »Und welcher Art war dein Vorschlag?«

Papa lehnte sich mit einem zufriedenen Lächeln in seinem Sessel zurück und schlug die Beine übereinander. »Ich habe ihr geraten, den Arzt zur Verantwortung zu ziehen, und ihr selbstverständlich angeboten, weiterhin bei uns zu arbeiten.«

Er machte eine kurze Pause, als erhoffe er sich, dass ihm sein Sohn vor Dankbarkeit um den Hals fiel. Rodolphe jedoch nickte bloß stumm. Vermutlich war das wirklich das Beste, dachte er bei sich. Abgesehen von dem unerfreulichen Umstand, dass er dann dabei würde zusehen müssen, wie sich ihr Bauch wölbte.

Sein Vater war allerdings noch nicht fertig. »Es liegt natürlich auf der Hand, dass sie die Arbeit spätestens nach der Geburt des Kindes niederlegen wird. Einen wohlhabenden und in seinem Umfeld bekannten Arzt, der seine Frau trotz eines Kleinkindes in einer Fabrik schuften lässt, müssen wir wohl kaum befürchten. Das widerspräche jeglicher gängigen Moral.« Er gab ein trockenes Lachen von sich. Offenbar schien ihn das Wort Moral in diesem Zusammenhang zu erheitern. Rodolphe verzog keine Miene und trank einen Schluck Wein.

»Der einzige Wermutstropfen an der Sache ist, dass wir aufgrund der unglücklichen Entwicklung der Geschehnisse niemals erfahren werden, wie die Peter-Caillers ihre Milchschokolade herstellen«, sagte Papa und hob seufzend die Hände.

Rodolphe musterte ihn. War sein Vater tatsächlich hergekommen, um ihm zu sagen, wie formidabel er die ganze Situation gerettet hatte? Erwartete er jetzt etwa Dankbarkeit? Doch wenn Rodolphe ehrlich war, dann war ihm all das vollkommen gleichgültig.

»Wäre das dann alles?« Er schloss kurz die Augen und massierte seine Schläfen, um das Hämmern in seinem Schädel zu beruhigen.

Doch sein Vater ignorierte ihn. »Weiß es der andere eigentlich schon?«, fragte er.

Rodolphe schüttelte den Kopf, und plötzlich wallte Zorn in ihm auf. »Das ist es ja gerade! Sie beabsichtigte wohl, mir den Balg unterzujubeln! Dabei habe ich sie darauf hingewiesen, dass ich stets vorsichtig war.« Er schlug mit der Faust auf die Armlehne seines Sessels. »Zudem haben wir uns seit Monaten kaum angerührt. Das letzte Mal war Mitte April, das weiß ich noch genau. Da ich von früheren Gesprächen her befürchtete, dass sie wieder mit dem leidigen Thema der Familiengründung und Heirat daherkommen würde, war ich damals so blockiert, dass ich nicht einmal ...« Er brach ab. »Du weißt schon.« Er wich dem Blick seines Vaters aus. »Ich habe ihr meine Lust am Ende bloß vorgetäuscht.« Um den peinlichen Moment zu überspielen, nahm er erneut einen kräftigen Schluck Wein.

Papa schwieg. Er musste das Gehörte wohl erst verdauen. Es sollte ihm nicht besser ergehen als Rodolphe selbst. »Zudem wich alle Farbe aus ihrem Gesicht, als ich sie darauf ansprach, ob dieser Wilhelm Sahli auch darum bemüht gewesen sei, eine Zeugung zu vermeiden«, fügte er noch an und schnaubte. »Das war mir Antwort genug.«

»In der Tat«, pflichtete ihm sein Vater bei. »Dann soll der Schwerenöter, der offenbar sogar einen Namen hat, für seine Taten büßen, nicht wir. Immerhin ist er Mediziner und sollte von solchen Angelegenheiten weit mehr verstehen als wir.« Mit diesen Worten erhob sich Papa. »Gute Nacht, Rodolphe.«

Stumm nickte er seinem Vater zu. Und dann saß er noch lange ebenso stumm in seinem Sessel. Als die ersten Sonnenstrahlen durchs Fenster drängten, konnte Rodolphe es nicht länger leugnen.

Nebst der anfänglichen Taubheit, die gelegentlich von Wut durchbohrt wurde, waberte nun noch etwas Drittes.

Schmerz.

# 17

Wilhelm beklagte sich nicht. Dennoch fragte er sich insgeheim, wie oft er diesen Ausflug wohl noch durchführen musste, bis Amelie ihm eine verbindliche Antwort gab. Zwar hatte sie eingewilligt, mit ihm regelmäßige Spaziergänge zu unternehmen, jedoch klargestellt, dass sie sich erst an ihn als Mensch gewöhnen müsse, ehe sie weitere Entscheide treffen könne.

Das war vor bald zwei Monaten gewesen. Offenbar nahm sie diese Aufgabe sehr ernst.

Zwischenzeitlich hatten sie alle namhaften Orte mehrmals besucht: die Altstadt, die Aare-Promenade und den Bärengraben am Kopf der Nydeggbrücke.

Vor rund fünfundzwanzig Jahren waren die Bären zum vierten und letzten Mal umgezogen, und zwar hierher. Der Bärengraben, der von der Optik her an eine Arena erinnerte, wurde aus Sandsteinblöcken erbaut. Vom Kirchenfeld, wo sie beide wohnten, dauerte es bis zu diesem beliebten Ausflugsziel nur wenige Minuten mit der Droschke. Wilhelm wusste, dass Amelie es liebte, den Bären beim Fläzen, Spielen oder sogar Schlafen zuzusehen. Besonders angetan hatte es ihr das kürzlich zur Welt gekommene Bärenjunge, das seiner Mama auf Schritt und Tritt folgte.

Aufgrund des großen Besucherandrangs gab es seit einiger Zeit Sitzgelegenheiten und einen senfgelben Pavillon, wo Erfrischungen und kleine Zwischenmahlzeiten wie Kekse, Kuchen oder Schokolade angeboten wurden.

Es war Ende Juni, und die Sonne, die heute von einem makellos blauen Himmel auf sie niederbrannte, gewann täglich an Stärke. Um sie herum zwitscherten Vögel in den Bäumen, Insekten schwirrten durch die Luft, und das Lachen der Kinder, die mit ihren Eltern hier waren, komplettierte die bunte Geräuschkulisse. Für Wilhelm, der die Stille bevorzugte, war all das schon zu viel des Guten.

Während Amelie sich über die Steinbrüstung lehnte und dem Bärenjungen entzückt bei seinen tapsigen Schritten zusah, schwenkte Wilhelms Blick zum schwarzen Quartier, der Matte, hinunter. Nicht zum ersten Mal befiel ihn ein ungutes Gefühl, wenn er diese Gegend sah. Lindt. Dort stand seine Manufaktur, viel mehr als diese war ihm jedoch deren Besitzer ein Dorn im Auge. Wilhelm kannte die Gerüchte über ihn zwischenzeitlich ebenso wie andere Einheimische und war sich sicher, dass sein Umgang mit Amelie nicht korrekt war. Mal abgesehen davon, dass ihre Leistungen für die Manufaktur in keiner Weise öffentlich von Lindt gewürdigt wurden, obwohl viele Kreationen auf ihr Konto gingen, spürte Wilhelm auch sonst stets einen Stich in der Brust, wenn er daran dachte, dass die beiden während oder nach der Arbeit womöglich allein in der Fabrik waren … Zu vertraut klang das »Rodolphe dies« und »Rodolphe das« jeweils aus Amelies Mund.

Wilhelm berührte Amelie sanft an der Schulter. Sie sah heute wieder bezaubernd aus, selbst wenn sie bloß einen schlichten dunklen Rock, eine helle, hochgeschlossene Bluse und einen schwarzen Hut dazu trug.

»Möchtest du etwas essen oder trinken?«, fragte er und wies lächelnd auf den Pavillon hinter ihnen.

»Etwas Wasser bitte, danke.«

»Hast du keinen Hunger?«, hakte er nach. In letzter Zeit war es um ihren Appetit nicht zum Besten bestellt. Bei ihrem letzten gemeinsamen Ausflug hatte sie sich gar übergeben müssen, woraufhin er ihr eine Tinktur zur Beruhigung des Magens zusammengestellt hatte.

Erneut schüttelte sie den Kopf. Wilhelm nahm es zur Kenntnis und kehrte wenig später mit zwei Porzellanbechern Wasser zurück.

»Ist er nicht unfassbar süß?« Mit verträumtem Blick sah sie dem kleinen Bären beim Herumhopsen zu.

»Alle Jungtiere sind lieblich. Das ist ihr biologischer Sinn. Es soll das Mitgefühl und den Beschützerinstinkt der Erwachsenen aktivieren.« Wilhelm nahm einen Schluck seines Wassers.

Mit einem nachdenklichen Gesichtsausdruck drehte sich Amelie zu ihm um. »Denkst du das wirklich? Magst du Kinder?«, fragte sie.

Er musterte sie und versuchte, in ihrem Gesicht zu lesen, was sie mit der Frage bezweckte. Wollte sie ihn testen? »Warum möchtest du das wissen?«, fragte er.

Sie errötete leicht und wandte den Blick ab. Während sie mit den Schuhen über den sandigen Pflasterstein scharrte, murmelte sie: »Nun ja, ich finde, eine Frau sollte Klarheit darüber haben, wie ein Mann zu Kindern steht.« Sie machte eine Pause und holte erneut Luft. »Bevor sie sich auf ihn einlässt.«

Katharina und Wilhelm hatten sich immer Nachwuchs gewünscht, jedoch nie welchen bekommen. Sonst hätte immerhin ein Teil seiner geliebten Frau weitergelebt. So aber ... war sie für immer verschwunden.

»Der biologische und christliche Sinn von Mann und Frau ist die Fortpflanzung. Also ...« Er machte eine Pause. »Ein jeder Mann müsste somit eine natürliche Motivation haben, Kinder zu zeugen, um sein Erbgut weiterzugeben.«

Amelie sah sich um. In der Zwischenzeit hatten noch mehr Familien und Pärchen den Bärengraben erreicht. »Vielleicht führen wir dieses Gespräch besser bei dir zuhause fort?«, schlug sie vor.

Wilhelm starrte sie perplex an.

Schließlich zuckte er die Schultern und bemühte sich um ein unverfängliches Lächeln. »Aber sicher doch, warum nicht. Ich glaube, Greta hat gestern einen Kuchen gebacken. Sie erwähnte etwas in dieser Richtung.«

Den Fußweg und die Droschkenfahrt zu seinem Heim bewältigten sie schweigend, jeder seinen eigenen Gedanken nachhängend. Wilhelm ließ es sich jedoch nicht nehmen, sich dabei in einigen Fantasien über den weiteren Verlauf des Tages zu verlieren. Wie musste sie sich unter seinen Händen anfühlen, wenn er bei klarem Verstand war? Ihre Rundungen schienen ihm heute praller und weniger mädchenhaft als vor ein paar Wochen. Beim bloßen Gedanken daran sammelte sich in seiner Lendengegend verräterische Wärme. Sofort lenkte er seine Gedanken in eine andere Richtung. Er musste sich zusammenreißen.

Sorgfältig darauf bedacht, nicht übereilig zu wirken, half Wilhelm Amelie aus der Droschke und führte sie in den Salon. Dann bat er Greta, ihnen Tee, Kaffee und Gebäck herzurichten und sie danach nicht mehr zu stören.

Während sie auf die Angestellte und die Erfrischungen warteten, musterte Amelie das Bildnis seiner Frau.

»Sie ist hübsch«, kommentierte sie. »Bestimmt fehlt sie dir.«

Er stimmte zu, was mehr ein Murren war als eine konkrete Antwort. Dieses Thema besprach er nicht gerne. Katharinas Tod hatte seinem Leben den Sinn genommen. Dennoch war er gezwungen weiterzuleben, im ständigen Spannungsfeld zwischen Schmerz, Verzweiflung und dem Drang, am Leben teilzunehmen.

Endlich brachte Greta die Getränke und den von Wilhelm angekündigten Kuchen. Nachdem sie alles auf den Tisch gestellt hatte, verschwand sie wortlos wieder und schloss die Tür hinter sich.

»Kaffee?«, fragte Wilhelm und schickte sich an, Amelie eine Tasse einzuschenken.

»Nein, lieber Tee«, beeilte sich diese zu antworten.

»Worüber wolltest du mit mir reden?«, fragte er, goss ihr von dem Tee ein und stellte ihr einen Teller mit Kuchen hin. Während er auf ihre Ausführungen wartete, spürte er ein nervöses Kribbeln in sich.

Amelie schob Tasse und Teller ein Stück weit von sich und sah ihn geradewegs an. »Meine Blutung blieb aus. Es dauerte eine Weile, bis ich es bei dem alltäglichen Wirrwarr bemerkt habe. Doch dann fing auch die Übelkeit an.« Sie schluckte, verbarg die Hände unter dem Tisch und sah ihn unentwegt an.

Wilhelm wusste nicht, was er darauf antworten sollte. Schließlich reagierte er, wie er es bei seinen Patientinnen tat: »Soll ich dich untersuchen, damit du Gewissheit hast?«

Sie musterte ihn mit einem eigenartigen Ausdruck in den Augen. »Damit *wir* Gewissheit haben, Wilhelm. Wir beide.«

Wilhelm erwiderte ihren Blick und schwieg lange. »Nun ... das sind ja mal Neuigkeiten«, war alles, was er schließlich mit einem trockenen Lachen herausbrachte. »Damit habe ich nicht gerechnet. Normalerweise haben die Dinge eine etwas andere Reihenfolge.«

»Warum so überrascht? Dir als Mediziner sollte doch hinlänglich bekannt sein, wie so was zustande kommt«, erwiderte sie scharf.

»Willst du damit andeuten, dass ich willentlich ein Kind mit dir gezeugt habe?«, fragte er ungläubig. »In jener Nacht? Sturzbetrunken?« Er starrte sie an. »Ich sagte dir doch bereits, dass ich komplett die Kontrolle verloren habe, und das tut mir furchtbar leid.«

»So sehr, dass du vergessen hast, welche Vorsichtsmaßnahmen man ergreifen sollte, wenn man mit einer

Frau schläft?« Sie sah ihn herausfordernd an. Was war bloß los mit ihr?

Er lachte verlegen und strich sich über den kurz geschnittenen Bart. »Die Sache ist die …«, begann er. »Ich hatte nie außerehelichen Kontakt zu einer Frau, und Katharina und ich bemühten uns damals, ein Kind zu *bekommen*, nicht ein solches zu *vermeiden*.« Er musterte sie eine Weile nachdenklich, ehe ihm einfiel, was ihm an der Frage so befremdlich erschien. »Du hingegen scheinst dich mit derlei Praktiken auszukennen, wie ich deinen Ausführungen entnehme.«

Dass sie keine unberührte Jungfer mehr war, war ihm selbst im Nebel des Alkohols aufgefallen, hatte er doch dazumal mit Katharina eine solche geheiratet und kannte den Unterschied. In diesem Moment war das für ihn aber nicht von Bedeutung gewesen; er hatte Amelie begehrt und sie ihn. Nicht jede Frau wäre zudem gewillt, ein Leben im Schatten seiner großen Liebe anzutreten. Denn die Präsenz seiner verstorbenen Gattin, die sich nicht nur in ihrem Bildnis, sondern zusätzlich in zahlreichen Hausgegenständen und seiner allgegenwärtigen Trauer widerspiegelte, war für ihn nicht verhandelbar. Im Tausch für seinen Makel war er allerdings bereit, auch seinem Gegenüber einen Schönheitsfehler zuzugestehen. Eine Dame wie Amelie hätte sich sonst nie für ihn interessiert. Und so sehr er sich auch dagegen gewehrt hatte: Er brauchte eine Frau. Das Leben war zu lang, um es allein zu verbringen. Einmal Blut geleckt, war es ohnehin schwierig, zu seinem alten Dasein zurückzukehren. Doch sein

Herz ... das verschenkte ein Mann nur ein einziges Mal.

»Das geht nur mich etwas an«, gab ihm Amelie mit leicht geröteten Wangen zur Antwort. »Wir jungen Menschen sind gut informiert«, fügte sie noch an. Damit wollte sie wohl andeuten, dass er über zehn Jahre älter war als sie. »Solltest du an meinem Wort zweifeln, werde ich jetzt aus dieser Tür gehen und nie mehr wiederkehren.«

Ihr Stolz war betörend. »Das wird nicht nötig sein«, sagte er. »Als Arzt ist es mir durchaus möglich, eine Grobschätzung des Schwangerschaftsfortschritts vorzunehmen. Somit dürfte sich der Zeitpunkt der Zeugung in etwa abschätzen lassen.« Er erhob sich. »Folge mir.«

Im Grunde genommen war es nicht einmal wichtig, ob er tatsächlich der Vater des Kindes war oder nicht. Genau feststellen ließe sich das ohnehin nicht. Da die Wölbung des Bauchs nicht sichtbar war, war die Schwangerschaft nicht so weit fortgeschritten, dass er als Erzeuger ausgeschlossen werden konnte. Zudem: Wenn ihm dieser zufällige Umstand eine Ehefrau und ein Kind bescherte, sollte ihm das recht sein. Nur etwas war ihm nicht einerlei, und dieser Gedanke verfolgte ihn hartnäckig. Mit einem unmerklichen Kopfschütteln schob er ihn beiseite.

Wilhelm schloss den Behandlungsraum auf und bat Amelie, sich auf die Liege zu legen. »Das wird jetzt etwas unangenehm«, kündigte er die nächsten Schritte an. »Wenn nicht ich die Begutachtung vornehme, wird es ein Fremder tun müssen.«

Nachdem sich Amelie hingelegt hatte, schob er ihren Rock hoch und tastete ihren Bauch ab. Danach führte er die übliche vaginale Untersuchung mithilfe eines Spekulums durch, um Veränderungen am Gebärmutterhals und dessen Muskulatur sowie den Schleimhäuten festzustellen. Dabei sog Amelie erschrocken die Luft ein und hielt diese an, als er das entenschnabelförmige Metallinstrument einführte und es behutsam spreizte, um einen Blick in ihren Unterleib zu erhalten.

»Tut es weh?«, fragte er vorsichtshalber. Sie schüttelte den Kopf, die Anspannung jedoch blieb. Wilhelm beeilte sich, die Anzeichen waren ohnehin eindeutig.

»Du bist in Erwartung«, schlussfolgerte er, entfernte das Gerät, schob ihren Rock wieder herunter und wusch sich die Hände. »Noch nicht sehr lange«, fügte er an und erkannte die Erleichterung in ihrem Gesicht. Sie rappelte sich auf und blieb auf der Liege sitzen. Wilhelm stand davor. Nach einer Minute des Schweigens gab er sich einen Ruck. »So das nun geklärt wäre: Wollen wir im Salon weiterreden? Dort ist es gemütlicher als hier.«

Sie nickte dankbar und folgte ihm zurück ins Wohnzimmer, wo er ihr frischen Tee eingoss und noch einmal den Teller mit dem Kuchen hinschob. Doch sie schüttelte den Kopf.

»Wie geht es jetzt weiter?«, durchbrach sie schließlich die Stille.

»Ich dachte, das hätten wir bereits geklärt«, antwortete Wilhelm und rührte Zucker in seinen Kaffee. »Sagtest du nicht, dass wir *beide* Gewissheit wünschen?

Nun, die haben wir jetzt.« Erneut machte er eine Pause und ließ sie bewusst ein wenig zappeln. »Davon ausgehend, dass dies mein Kind ist, das in deinem Bauch heranwächst, wäre es angemessen, dass ich dich zur Frau nehme.« Erst jetzt sah er von seiner Tätigkeit auf und musterte sie erwartungsvoll. Aus ihrem Blick war nicht zu entnehmen, ob sie erleichtert oder resigniert war, Freude jedenfalls stellte sich Wilhelm anders vor. Das war aber vermutlich angesichts der Umstände etwas viel verlangt. Insbesondere wenn man bedachte, wie das Kind zustande gekommen war.

»Ich weiß, das klingt jetzt nicht besonders romantisch. Wie ich bereits sagte: Normalerweise ist die Reihenfolge eine andere. Ich hoffe trotzdem, du hattest unterdessen ausreichend Gelegenheit, dich an mich zu ›gewöhnen‹«, griff er ihre Wortwahl auf. »Denn wie es scheint, wird unser Weg in Zukunft ein gemeinsamer sein.« Er nahm einen kräftigen Schluck von seinem Kaffee und sah zu Katharina hinüber.

Sie wäre einverstanden gewesen, da war er sich sicher.

# 18

Amelie ließ den Blick durch Wilhelms Garten schweifen. Blumen, Laternen und eine lange, festlich gedeckte Tafel schmückten die Grünfläche hinter dem Haus. Während sie die Gäste betrachtete, die diesen besonderen Tag mit ihnen feierten, wanderten ihre Gedanken nach Vevey.

In einem mehrseitigen Brief hatte Amelie ihre Mentorin Fanny über die überraschende Wendung in ihrem Leben informiert. Sie hatte die Geschehnisse in versöhnlichem Ton geschildert, sodass sich ihre Freundin ihretwegen nicht grämte. Vielleicht aber auch, weil es Amelie im Moment noch nicht möglich war, ihre Gefühle in offenere, ehrlichere Worte zu kleiden. Einen kurzen Augenblick lang hatte sie darüber nachgedacht, Fanny und Daniel zu ihrer Hochzeit mit Wilhelm einzuladen, die Idee jedoch rasch wieder verworfen. Abgesehen davon, dass ihre Freunde aus der Westschweiz sicher nicht so kurzfristig hätten nach Bern reisen können, hätten sie sich unter all den fremden Gesichtern wohl kaum wohlgefühlt.

Plötzlich blieb Amelies Blick an ihrer Mutter hängen, die sich, um der Augusthitze zu trotzen, etwas Luft zufächelte. Aus Erfahrung wusste Amelie, dass die steigenden Temperaturen ihren Kreislauf lähmten. Besorgt ging sie zu ihr hin und hakte sich bei ihr unter.

»Setz dich doch in den Schatten der Laubbäume, und gönn dir ein Glas kühlen Weißwein«, schlug Amelie vor.

Diese entschuldigte sich bei ihren Gesprächspartnern und nahm das Angebot lächelnd an. »Meine Beine fühlen sich an, als wären sie mit Blei beschwert, und der Schweiß schießt mir aus allen Poren«, klagte sie.

Amelie führte sie zu einem Stuhl. Dabei beobachtete sie Papa, der sich unter die anderen Gäste gemischt hatte. Er unterhielt sich lebhaft, hob gelegentlich sein Glas und lachte.

»Trotzdem finden wir Wilhelms Idee entzückend, die Hochzeit im intimen Rahmen in seinem Garten zu feiern«, betonte Maman, während sie sich umständlich hinsetzte.

Zwar heirateten noch immer viele Paare vor oder nach der Erntezeit, doch auch hier war der Wandel der Zeit spürbar. Zunehmend entschieden sich werdende Eheleute für eine Heirat im Sommer, wenn das Wetter angenehm war und die Natur in voller Blüte stand.

In Amelie und Wilhelms Fall hatte die Wahl des Datums allerdings wenig mit persönlichen Vorlieben als vielmehr mit Amelies Schwangerschaft zu tun gehabt. Lange würden sie ihren Bauch nicht mehr vor der Öffentlichkeit verbergen können, dachte sie und schluckte.

Angesichts der Tatsache, dass Wilhelm schon einmal geheiratet hatte, empfand es gottlob keiner der eingeladenen Gäste als seltsam, dass keine kirchliche Trauung stattfand. Im Gegenteil, vermutlich wäre es vielen von ihnen eher befremdlich vorgekommen, wenn er nochmals eine Braut zum Altar geführt hätte. Eine standesamtliche Trauung mit anschließendem Fest schien in diesem Fall den meisten angemessen. Dabei ahnten sie nicht, dass auch das noch einen weiteren Grund hatte.

Vor rund einem Monat hatte Amelie Maman alles gestanden. Dabei hatte sie bitterlich geweint, sich furchtbar geschämt und es nicht einmal gewagt, ihre eigene Mutter anzusehen.

»Du hattest Recht, Maman«, schluchzte sie. »Wir Frauen haben noch immer viel zu verlieren. Ich hätte auf dich hören sollen.«

Statt ihr jedoch Vorhaltungen zu machen, setzte sich Maman neben sie auf das Sofa im Salon, nahm sie in den Arm und strich ihr liebevoll über die Haare, bis sie sich ein wenig beruhigt hatte. »Ihr solltet schnellstmöglich heiraten«, riet sie Amelie. »In den Augen vieler Leute ist es schlicht ein Sakrileg, mit einem Kind im Bauch vor Gottes Angesicht zu treten.« Maman seufzte und sah Amelie mit einem verständnisvollen Lächeln an. »Ich weiß, ihr jungen Leute messt solchen Gepflogenheiten nicht mehr den gleichen Stellenwert bei wie unsere Generation. Trotzdem bitte ich dich darum«, sagte sie. »Tu es meinetwegen. Du ziehst sonst Gottes Zorn und grauenhaftes Unheil auf dich. Denk an die Gesundheit deines Kindes!«

Amelie hatte bloß stumm genickt. Nach allem, was geschehen war, fühlte sie sich nicht mehr berechtigt, die Ansichten ihrer Mutter zu kritisieren.

»Es ist nicht so, dass ich mir nicht vorstellen kann, wie du dich fühlst«, hatte ihre Mutter plötzlich gemurmelt. »Auch ich habe eine Jugend erlebt. Entgegen deiner Annahme« – sie lachte leise – »war ich nicht immer eine überzeugte Sittenwächterin. Auch ich habe geglaubt, die damals moderne Welt läge mir zu Füßen, und so habe ich mich in einen Arbeiter aus der Tabakfabrik verliebt. Ein verruchter Kerl, der jeder Schürze hinterherjagte.« Sie seufzte und sah Amelie an. »Was ihn umso anziehender machte.« Eine leichte Röte färbte ihre Wangen.

»Maman!«, stieß Amelie überrascht aus und setzte sich auf.

Ihre Mutter wackelte mit dem Kopf und seufzte. »Ich hätte mich beinahe von ihm verführen lassen, doch er brach mir das Herz, indem er nicht zum vereinbarten Treffpunkt erschien. Später erfuhr ich, dass er mir eine andere Frau vorgezogen hatte.« Schmerz flackerte in ihren Augen auf, und Amelie drückte mitfühlend ihre Hand.

»Meine Eltern mussten gespürt haben, dass ihr kleines Küken langsam flügge wurde, und haben mir daraufhin einen passenden Ehemann, deinen Papa, ausgesucht.« Maman strich ihr eine Haarsträhne hinters Ohr. »Das Glück, das ich in seinen Armen erlebte, die Geborgenheit, die ich bis heute an seiner Seite empfinde, hatte ich niemals erwartet. Damals habe ich verstanden, dass die Regeln nicht unbedingt dazu da sind, die Menschen zu knechten, sondern sie vor Unheil zu bewahren.«

Amelie schluckte leer. Hätte sie all das doch bloß früher gewusst. »Was wird Papa dazu sagen?«

Ihre Mutter sah sie an und lächelte. »Gar nichts, *chérie*. Denn wir werden es ihm nicht erzählen. Er soll ruhig glauben, dass Wilhelm voller Stolz und aus Liebe um deine Hand angehalten hat. Und ich denke, am Ende hat er das auch.« Sie unterstrich ihre Worte mit einem Lächeln und drückte Amelie an sich. »Du hattest eben einen Schutzengel.«

Wilhelms Arm, der sich um Amelies Taille legte, holte sie aus ihren Gedanken zurück zum Hochzeitsfest. Er maß sie mit einem bewundernden Blick.

Dem Anlass entsprechend trug Amelie heute ein schlichtes rosa Brautkleid mit langen Ärmeln aus Spitze und einem fließenden Rock, dessen Taille bewusst hoch angesetzt und mit einer schlichten Schleife verziert war.

Plötzlich ging ein Raunen durch die Menge.

Wilhelms Blick schweifte ab. Maman verschluckte sich an ihrem Weißwein und hustete, und erneut schoss ihr der Schweiß ins Gesicht. Amelie vergaß jedoch vollkommen, sich um sie zu kümmern. Wie versteinert starrte sie in dieselbe Richtung wie Wilhelm.

Denn durch das Tor und geradewegs auf sie zu trat kein Geringerer als Rodolphe Lindt – angezogen wie ein Bräutigam.

Die Gespräche im Garten erstarben. Alle Blicke ruhten auf dem jungen Mann im dunklen Anzug mit passender Weste, weißem Hemd und Kragen sowie einer Fliege. Auf dem Kopf trug er einen Hut; komplettiert wurde der Aufzug durch einen Gehstock und Handschuhe. Rodolphe strahlte Amelie selbstbewusst an, ein keckes Lächeln auf den Lippen, das ihr einen schmerzhaften Stich versetzte.

Amelie fühlte alle Farbe aus ihrem Gesicht weichen, als sie ihren Ehemann verdutzt ansah. »Wer hat ihn eingeladen?«, flüsterte sie und strich sich die Hände an ihrem Kleid ab. Ihr Mund fühlte sich staubtrocken an. Trotz ihres gedämpften Tonfalls konnte jedermann ihre Worte hören, weil noch immer alle den Atem anhielten. Amelie konnte es ihnen nicht verübeln, denn Rodolphe erfüllte das gesamte Gelände sprichwörtlich mit seiner Anwesenheit.

»Ich«, durchbrach Wilhelm die betretene Stille. »Ich habe ihn eingeladen. Wir haben doch darüber gesprochen, erinnerst du dich?« Er sah Amelie an und versuchte sich in einem Lachen. Einige der Gäste griffen es anstandshalber auf.

Amelie fühlte einen eisigen Schauer ihren Rücken hinabrieseln. Die Art, wie er sie dabei ansah, versprach nichts Gutes, so viel stand fest.

»Aber ja, natürlich, wie unbeholfen von mir«, stotterte sie verwirrt. »Selbstverständlich wollte ich meinen Patron an diesem besonderen Tag in meinem Leben dabeihaben.« Sie spielte Wilhelms Schauspiel mit und zwang sich zu einem Lächeln.

Dann ging sie auf Rodolphe zu. »Herzlich willkommen, Rodolphe. Entschuldige mein unhöfliches Verhalten. Das ganze Chaos rund um die Organisation des Anlasses hat mich verwirrt.«

Er nahm ihre Hand und hauchte einen Kuss darauf. »Wenn sich hier jemand zu entschuldigen hat, dann ich«, begann er und unterstrich seine Worte mit einem charmanten Lächeln. »Schließlich bin ich zu spät gekommen, weshalb vermutlich niemand mehr mit meiner Teilnahme an der Veranstaltung gerechnet hat.« Er stützte sich lässig auf seinen Gehstock und richtete seinen Hut. »Und bitte, nenn mich nicht Patron, das ist mir unangenehm. Ich würde unsere Beziehung eher als die von Komplizen bezeichnen. Wenn man dieselbe Leidenschaft teilt, existiert keine Hierarchie.« Er betrachtete Amelie mit eindringlichem Blick, immer noch ein leichtes Schmunzeln auf den Lippen.

»Nun denn, schön, dass du dir die Zeit genommen hast.« Wilhelm klatschte in die Hände. »Genießen wir den herrlichen Tag!« Er bedeutete einer Angestellten, Rodolphe mit einem Glas Weißwein zu bedienen.

Mit zitternden Beinen gesellte sich Amelie wieder zu ihrer Mutter und gab vor, die Gäste im Garten zu beobachten. Sie redeten beide kein Wort. Zwischenzeitlich hatte sich auch Papa durch die Menge zu ihnen durchgearbeitet und legte Maman eine Hand auf die Schulter.

»Das ist aber nett, dass sich Rodolphe extra die Zeit nimmt, bei deiner Hochzeit dabei zu sein. Damit bekundet er dir großen Respekt, Amelie. Das hätte ich ihm gar nicht zugetraut«, sagte Papa. Dabei beobachtete er Rodolphe wohlwollend.

»Ja …«, pflichtete ihm Maman zaghaft bei und richtete unnötigerweise ihre Röcke.

Papa lächelte seiner Frau freundschaftlich zu, und Amelie sah, wie ihre Mutter bemüht zurücklächelte.

Den übrigen Gästen mochte es nicht auffallen, doch für Amelie hatte Rodolphes Anwesenheit einen Schatten auf die Hochzeit geworfen. Seit seinem Auftauchen war Mamans Lächeln nicht mehr echt. Und so sehr sich Amelie innerlich dagegen sträubte: Ihr Blick zuckte wiederholt in Rodolphes Richtung. Und jedes Mal schien er genau das zu erwarten, denn wann immer sie in seine Richtung schaute, trafen sich ihre Blicke.

Nachdem sich alle zu Tisch gesetzt und gegessen hatten, schlug Rodolphe unverhofft mit dem Löffel gegen sein Weinglas und bat um Ruhe. Als alle verstummt waren, erhob er sich, zupfte sein Jackett zurecht und räusperte sich.

»Geschätztes Brautpaar, werte Hochzeitsgäste, ich möchte die Gelegenheit nutzen, ein paar Worte loszuwerden.« Er nahm einen Schluck Wein, ehe er weitersprach. »Ich kenne Amelie nun schon einige Jahre. Bereits während ihrer Zeit in Vevey waren wir uns bekannt. Die enge Zusammenarbeit in meiner bescheidenen Fabrik hat in mir große Faszination ausgelöst. Amelies Talent, ihr Wissen und ihre Virtuosität haben nachhaltig zum Erfolg der Lindt-Schokolade beigetragen. Tag und Nacht haben wir gemeinsam an der Perfektionierung unserer Rezepturen gearbeitet.« Er lachte, als erheitere ihn diese Erinnerung außerordentlich. »Dass sich eine derart schöne und kluge Frau wie sie nicht bis in alle

Ewigkeit damit zufriedengeben wird, für mich Schokolade zu produzieren, war mir immer bewusst.« Er senkte lächelnd den Blick, nahm einen Schluck Wasser und fuhr dann erhobenen Hauptes fort. »Dennoch hoffte ich, dass der Tag, an dem sie zu neuen Ufern aufbricht, nicht so schnell kommen würde.«

Zwischenzeitlich wechselten einige der Anwesenden fragende Blicke. Wilhelm verzerrte den Mund zu einem verkrampften Lächeln und trommelte mit den Fingern auf den Tisch. Amelie wagte es nicht, nach seiner Hand zu greifen, und studierte stattdessen den Fadenlauf des Tischtuchs.

»Nun steht eine neue Etappe in ihrem Leben bevor, und ich weiß nicht, was das für mich bedeutet. Deshalb ...« Er sah Wilhelm an, »... bitte ich ihren Ehemann und zukünftigen Gebieter, sie mir nicht wegzunehmen.« Niemand stimmte in sein scherzhaftes Lachen ein. »Wenn sie weiterhin mit mir zusammen Schokolade kreieren darf, bin ich ein gesegneter Mann. Und nun ...« Er holte tief Luft und schaute das Brautpaar an. »... wünsche ich euch beiden nur das Allerbeste für die Zukunft. Glück, Gesundheit und viele Kinder, geboren aus Leidenschaft. Herzlichen Dank.« Und damit ließ er sich wieder auf seinen Stuhl sinken.

Nach kurzem Schweigen klatschte Wilhelm, und die Gäste taten es ihm sofort gleich. »Vielen Dank, Rodolphe, das war bei Gott eine Rede, der es nicht an Theatralik mangelte.« Er lachte trocken. »Sollte ich Fragen zu meiner Frau haben, weiß ich jetzt, wen ich kontaktieren muss, denn du scheinst sie wesentlich länger – ich hoffe allerdings nicht besser – zu kennen als ich.« Er untermalte seine Worte mit donnerndem Lachen, jedoch wirkten seine blassblauen Augen dabei völlig unberührt. Er legte den Arm um Amelie, zog sie näher zu sich heran und drückte ihr einen Kuss auf die Wange.

# 19

Amelie winkte ihren Eltern zum Abschied, die das Hochzeitsfest als Letzte gegen Mitternacht verließen. Es war schon seltsam, dass Wilhelms Entourage einzig aus seinem Cousin Hans sowie seinen neu gewonnenen Freunden aus Bern bestanden hatte. Nicht einmal seinen Bruder in Deutschland hatte er über die Hochzeit informiert.

»Ich habe seit Jahren keinen Kontakt mehr zu ihm«, hatte ihr Wilhelm erklärt. »Die meisten meiner Verwandten sind entweder tot oder weit weg.«

Amelie erinnerte sich, dass er das schon einmal gesagt hatte. Es führte ihr deutlich vor Augen, wie wenig sie Wilhelm Sahli eigentlich kannte. Sie wusste so gut wie gar nichts über ihn. Ganz im Gegensatz zu Rodolphe Lindt. Auch er hatte die Gesellschaft vor rund einer Stunde verlassen und es sich dabei nicht nehmen lassen, zuerst mit ihr zu tanzen und ihr dann zum Abschied einen viel zu lange andauernden Kuss auf die Hand zu hauchen.

Amelie sah ihren Ehemann von der Seite her an. Kaum waren ihre Eltern mit der Droschke in der Nacht verschwunden, rutschte das Lächeln aus seinem Gesicht. »Lass uns reingehen, ich bin müde.« Ohne auf eine Antwort zu warten, ging er an ihr vorbei und ins Haus. Sie beeilte sich, ihm zu folgen. Weder hielt er ihr die Haustür auf, noch wartete er, bis sie zu ihm aufgeschlossen hatte. Wortlos stieg er die Treppe hinauf zum Schlafzimmer. In der Tür zur Kammer blieb Amelie unschlüssig stehen. Mit ausdrucksloser Mimik entkleidete sich Wilhelm und vermied es dabei, sie anzusehen.

»Es ist nicht meine Schuld, dass er aufgetaucht ist«, sprach Amelie Rodolphes unangemessenes Erscheinen an, von dem sie annahm, dass dies der Grund für Wilhelms Verstimmung war. »Hättest du diese Idee vorab mit mir besprochen, hätte ich dir davon abgeraten.«

Zum ersten Mal hielt Wilhelm in seiner Tätigkeit inne. Zwischenzeitlich trug er nur noch seine Leinenunterhose. Als sein Blick sie traf, erschrak Amelie. Eisige Kälte zeigte sich darin.

»Es ist nicht Rodolphes Verhalten, das mir sauer aufstößt. Sondern deines.« Bevor Amelie etwas sagen konnte, kam er näher und fasste sie grob am Arm. Sein Mund war ein blutleerer Strich.

»Au! Du tust mir weh!«, protestierte sie und versuchte, sich aus seiner Umklammerung zu befreien. »Ich weiß nicht, wovon du sprichst.« Das entsprach der Wahrheit. Hatte Amelie Rodolphe in seinem unangebrachten Auftritt etwa bestärkt? Nein, im Gegenteil, sie hatte ihn ignoriert und versucht, sich die Verärgerung nicht anmerken zu lassen. Welcher Teufel ihn an diesem Tag geritten hatte, wusste nur er selbst. Jedenfalls war Amelie nicht gewillt, dafür die Verantwortung zu übernehmen.

»Natürlich.« Wilhelm lachte blechern. »Dann will ich dich einmal aufklären, *Frau*!« Das letzte Wort betonte er dermaßen abfällig, dass sie leer schluckte.

»Es ist korrekt, dass ich Rodolphe ohne dein Wissen hergebeten habe. Und zwar mit der simplen Absicht, euer Zusammenspiel zu beobachten. Ich musste endlich Gewissheit haben.« Ihr Ehemann schnaubte und führte sie mit Nachdruck zum Bett, wo er sie auf die Kante setzte und sich bedrohlich vor ihr aufbaute. »Und die habe ich jetzt. Es war selbst für einen Blinden ersichtlich, dass Rodolphe weit mehr als dein Vorgesetzter ist, Amelie. Was mich zu der berechtigten Frage bringt, ob er über deine Schwangerschaft Bescheid weiß?«

Anstatt stehen zu bleiben und auf eine Antwort von ihr zu warten, lief er nun aufgebracht im Zimmer auf und ab. Das verschaffte Amelie ein wenig Zeit, sich einen Ausweg aus dem Dilemma zu überlegen. Wenn sie in den vergangenen Monaten nämlich eines gelernt hatte, dann, dass sich Ehrlichkeit nicht immer auszahlte. Manchmal wurde sie sogar bestraft, insbesondere bei Frauen.

»Weißt du, grundsätzlich ist es mir einerlei, von wem das Kind ist«, behauptete er, »und dass ich im weitesten Sinne eine Hure geheiratet habe. Was ich jedoch nicht ertrage, ist, wenn man mich für dumm verkauft.« Abrupt blieb Wilhelm wieder vor ihr stehen und starrte sie an. Ein Muskel an seinem Kiefer zuckte, und eine Ader pochte an seiner Schläfe.

»Ist das Kind in dir von Rodolphe Lindt? Holst du mir ein Kuckuckskind ins Haus?«, fragte er. Dabei hob und senkte sich sein Brustkorb hektisch. »Und noch wichtiger: Trefft ihr euch hinter meinem Rücken weiterhin? Lacht ihr über mich, den alten Arzt?« Sein Blick flackerte, und sein Mund zuckte verräterisch.

Nun erhob sich Amelie, um ihrem Gatten in die Augen zu sehen. Betont würdevoll strich sie ihr Hochzeitskleid glatt. »Das Einzige, was mich zu einer Hure macht, Wilhelm, ist die Art und Weise, wie du mich in jener Nacht im Mai behandelt hast.«

Er holte Luft, um etwas zu sagen, doch sie hob die Hand, um ihn zum Schweigen zu bringen. Wenn sie nicht untergehen wollte, musste sie kämpfen. Die Worte ihrer Mutter ermahnten sie dazu. Noch immer hatten Frauen viel zu verlieren. Doch Amelie war nicht bereit aufzugeben.

»Aber ich kann dein Befremden nachvollziehen«, sagte sie, und jetzt war sie es, die im Zimmer auf und ab lief. »Mir erging es schließlich nicht anders. Rodolphe Lindt, das weiß ganz Bern, ist ein Bonvivant, der es mit der halben Stadt treibt. Er ist ein reicher, verwöhnter Spross aus gutem Hause, der sich zu viel auf sein Äußeres einbildet.« Sie holte tief Luft und nutzte die kurze Unterbrechung, um ihre Gedanken zu ordnen. »Er versucht jede Frau, die nicht furchtbar hässlich ist, mit seinem lächerlichen Kavaliersgehabe für sich zu gewinnen. Diesbezüglich machte er auch bei mir keine Ausnahme. Allerdings war meine Reaktion darauf für ihn sicher überraschend.«

Amelie ging zurück zum Bett und setzte sich. »Ich habe seine Avancen stets höflich abgelehnt und meine Arbeit verrichtet. Meine Passion gilt nämlich nicht dem Schönling Lindt, sondern der Schokolade, die er produziert. Zudem ist er auf mich angewiesen, bringe ich doch eine Menge Wissen und Erfahrung mit.« Bemüht, das Zittern ihrer Hände zu verbergen, goss sie sich aus der Karaffe, die Greta auf dem Nachttisch deponiert hatte, etwas Wasser in ein Glas und nahm einen kräftigen Schluck, um ihre trockene Kehle zu befeuchten. »Rodolphe ist ein miserabler Verlierer, und darum war es ein Fehler, ihn auf unsere Hochzeit einzuladen. Was du wüsstest, hättest du mich gefragt.« Sie stellte das Glas wieder hin. »Es bestehen keine Zweifel darüber, dass du der Vater des Kindes bist.« Mit zusammengepressten Lippen starrte sie ihn an.

»Was macht dich da so sicher?«, hakte Wilhelm, der noch immer nicht vollkommen überzeugt schien, nach. »Meine Erfahrung lässt mich vermuten, dass ich nicht der erste Mann in deinem Leben bin. So etwas bemerkt man übrigens selbst dann, wenn man kein Mediziner ist.«

Amelies Herzschlag setzte kurz aus und beschleunigte sich dann. Wilhelm trat einen Schritt auf sie zu, bohrte seinen Blick in ihren und gewährte ihr somit nicht die Intimität, die sie zum Nachdenken gebraucht hätte. Bevor ihr Schweigen sie jedoch verraten hätte, fiel ihr der rettende Gedanke ein. Langsam erhob sie sich ein weiteres Mal von der Bettkante und berührte dabei beinahe die Nase ihres Ehemanns.

»Du hast es selbst erwähnt, mein Guter. Du warst es gewohnt, ein Kind zu zeugen, und nicht, ein solches zu vermeiden. Das war bei jenem Mann, der vor langer Zeit meine Unerfahrenheit als Mädchen ausnutzte, anders. Daher weiß ich über gewisse Praktiken Bescheid. Jetzt weißt du es!« Mit diesen Worten wandte sie sich ab und schälte sich aus ihrem Hochzeitskleid. »Und was Lindt betrifft, so werde ich die Anstellung bei ihm bei nächster Gelegenheit beenden. Nicht zuletzt aufgrund seines unangemessenen Auftritts heute«, fügte sie noch an.

Sie hoffte, ihren Ehemann damit besänftigt zu haben. Was ihre Tätigkeit in der Schokoladenfabrik betraf, hatte sie ohnehin bereits nach ihrer beschämenden Unterredung mit dem Senior Lindt beschlossen zu kündigen. Niemand konnte ihr ihr Talent und ihre Fähigkeiten nehmen, sie würde einen neuen Weg finden, ihren Traum zu verwirklichen. Vorerst jedoch würde ihr Leben ohnehin von etwas anderem als der Schokolade bestimmt sein.

Als sie sich nackt zu Wilhelm umdrehte, stand er wortlos und mit verschränkten Armen vor dem Bett. Er hatte die Augenbrauen zusammengeschoben und musterte sie mit in Falten gelegter Stirn.

»Das ist unsere Hochzeitsnacht«, murmelte er. »Lass uns wenigstens so tun, als wären wir normale Eheleute.« Mit einer fließenden Bewegung streifte er sich die Unterhose ab, kroch unter die Decke und wartete auf Amelie.

Sie holte tief Luft, griff erneut nach ihrem Wasserglas und tat ihre Pflicht.

Am darauffolgenden Tag saß Amelie allein bei einer Tasse Tee im Salon und nagte an einem Stück Kuchen. Ihr Gatte hatte seine Praxis zwar geschlossen, Greta hatte ihr jedoch mitgeteilt, dass er mit einer Droschke weggefahren sei, um Besorgungen in der Stadt zu machen; er sei zum Abendessen zurück.

Immer wieder schweifte Amelies Blick zu dem Bild von Wilhelms verstorbener Frau auf dem altarähnlichen Gebilde. Sie hatte erwartet, dass er den Schrein zu ihrer Hochzeit abbauen oder mindestens in einem separaten Zimmer unterbringen würde. Es störte sie, diesen zentralen Raum des Familienlebens mit Katharina zu teilen. Selbst wenn ihr klar war, dass dabei ihre Fantasie verrücktspielte, fühlte sie sich von den blauen Augen beobachtet.

Obwohl Amelie heute nicht in die Schokoladenfabrik zur Arbeit musste, beschloss sie, die Zeit zu nutzen und Rodolphe einen Besuch abzustatten.

Einen letzten.

Als die Droschke sie in der Wasserwerkgasse absetzte, blieb sie einige Sekunden unschlüssig stehen und starrte die Eingangstür zu Lindts Manufaktur an. Schließlich gab sie sich einen Ruck, straffte die Schultern und trat ein. Wie es schien, war Rodolphe heute allein bei der Arbeit, was Amelie ein wenig erleichterte.

Der Lärm der Maschinen war so laut, dass Rodolphe sie erst bemerkte, als sie vor ihm stand. Erschrocken zuckte er zusammen.

»Amelie?!«, stieß er überrascht aus. »Wolltest du heute nicht freimachen und dich von der Feier erholen?«

»Ich bin hergekommen, um mit dir zu reden, nicht, um zu arbeiten«, erklärte sie und sah ihm fest in die Augen.

Er erwiderte ihren Blick. »Lass uns ins Büro rübergehen, dort ist es ruhiger.« Er lief voran und hielt ihr lächelnd die Tür auf. Als ob das irgendwas geändert hätte. Amelie ignorierte die aufgesetzte Galanterie und nahm ohne Aufforderung auf einem Stuhl Platz.

»Heiß hier drin«, kommentierte Rodolphe, als er die Tür hinter ihnen schloss, und ging sofort zum Fenster, um es einen Spalt breit zu öffnen. »Aber was will man sich beklagen, es ist Sommer.« Er lachte trocken.

Amelie schwieg.

Nachdem er sich endlich gesetzt hatte, erklärte sie den Grund ihres Auftauchens. »Ich bin hergekommen, um dir mitzuteilen, dass ich meine Arbeit bei dir beenden werde.« Sie sah ihn emotionslos an.

Rodolphe nickte. »Wenn du das möchtest. Wie du weißt, spricht von meiner Seite aus nichts dagegen, dass du weiterhin hier arbeitest.« Er verschränkte die Arme vor der Brust und lehnte sich in seinem Stuhl zurück.

»Nach deinem äußerst unangebrachten Auftritt gestern sieht es mein Ehemann nicht mehr gerne, wenn ich fortan Umgang mit dir pflege.« Sie machte eine kurze Pause und fuhr dann fort: »Und ich möchte das ebenfalls nicht mehr.«

»Du hast dich von diesem alten Sack schwängern lassen, verflucht noch mal, was erwartest du denn da von mir? Dass ich auf die Hochzeit komme und euch unter Tränen der Rührung viel Glück wünsche?« Rodolphe lehnte sich in seinem Stuhl nach vorne. Eine leichte Röte kroch seinen Hals hinauf. »Warum habt ihr mich überhaupt eingeladen? Um mich zu demütigen?« Er ballte die Hand zur Faust.

»Wie kann ein Mensch bloß dermaßen egozentrisch sein! Als ob es bei alldem ausschließlich und wiederholt um dich ginge!«, schnaubte Amelie und schüttelte ungläubig den Kopf. »Du wolltest keine Verantwortung übernehmen, bist mir monatelang ausgewichen und hast mich mit der Schwangerschaft allein gelassen. Als ob du während der gesamten Zeit enthaltsam gewesen wärst!« Wütend wischte sie sich eine Träne aus den Augenwinkeln. »Die Spatzen haben es von allen Dächern gezwitschert!«

»Das sind dumme Gerüchte! Das ist doch kein Grund, sich dem erstbesten körperlich ausgehungerten Narren an den Hals zu werfen und von ihm schwängern zu lassen!«, donnerte Rodolphe. »Du hast mich unter Druck gesetzt, hast dich verändert, sodass ich dich kaum wiedererkannt habe. Ich habe mich damals in eine andere Amelie verliebt.«

»Gut«, antwortete sie kühl. »Dann dürfte es dir ja jetzt gleichgültig sein, dass diese dir fremde Person einen anderen geheiratet hat und mit ihm eine Familie gründet.«

Rodolphe schwieg und trommelte mit den Fingern auf sein Knie. Eine Weile wich er ihrem Blick aus, dann sah er ruckartig hoch und fixierte sie. »Bist du sicher, dass du nicht mein Kind erwartest? Ich muss es wissen.«

»Du bist doch der Meinung, dass dies ausgeschlossen ist, oder? Was soll die Frage dann noch?«, zischte Amelie unfreundlich und erhob sich.

In diesem Augenblick vernahm sie ein leises Schluchzen. Ihr Blick schoss zum Fenster, und Rodolphes Blick folgte ihrem. Sie sahen sich an. Amelie trat an die Scheibe und blickte hinaus, doch was auch immer sie glaubten, wahrgenommen zu haben, war verschwunden.

Rodolphe räusperte sich und nahm das Gespräch wieder auf.

»Undenkbar ist so was nie. Ich weiß nicht, ob ich den Gedanken ertragen würde, dass mein Fleisch und Blut bei diesem unheimlichen Kauz aufwächst.« Er erhob sich ebenfalls.

»Diese Erkenntnis kommt zu spät, Rodolphe Lindt. Viel zu spät.« Amelie wandte sich der Tür zu und griff nach dem Knauf. Doch dann drehte sie sich nochmals kurz um. »Das hier ist das Ende unseres gemeinsamen Abenteuers. Such dir jemand anderen.«

Und mit diesen Worten ließ Amelie nicht nur ihre erste große Liebe, sondern auch ihre lebenslange Passion, die Schokolade, hinter sich.

Wäre sie doch bloß in Vevey geblieben.

# 20

Mit pochendem Herzen und trockenem Mund legte Isabella die Hand auf die Türklinke der Lindt-Fabrik, als laute Stimmen sie mitten in der Bewegung erstarren ließen. Gleich neben dem Eingang befand sich das Büro der Herrschaften Lindt, das Fenster war, vermutlich aufgrund der anhaltenden Hitze, leicht geöffnet.

Langsam ließ Isabella die Hand sinken und presste sich mit dem Rücken an die Mauer neben dem Bürofenster. Da sie nicht zum ersten Mal hier war, erkannte sie sofort, um wessen Stimmen es sich bei der hitzigen Konversation handelte.

Rodolphe stritt sich mit seiner Chocolatière, wobei sich ihr verbaler Schlagabtausch erstaunlich informell anhörte.

»Ich habe mich damals in eine andere Amelie verliebt«, stieß Rodolphe gerade vorwurfsvoll aus. Isabella fühlte, wie ihre Beine unter ihr nachzugeben drohten. Sie bemerkte nicht einmal, dass sie den Atem anhielt. Erst als der Druck in ihrer Brust übermächtig wurde, sog sie keuchend die Luft ein. Zitternd krallte sie sich an die Hausmauer und versuchte, wieder zu Atem zu kommen. Und als wäre das nicht schon genug, wehten Rodolphes Worte erneut zu ihr heraus: »Bist du sicher, dass du nicht mein Kind erwartest? Ich muss es wissen.«

Das war zu viel für Isabella. Sie spürte, wie die Tränen zwischen ihren Wimpern hervorquollen. Wie beschämend, sich in jemanden zu verlieben, der ihre Gefühle nicht erwiderte! Was hatte sie sich bloß dabei gedacht? Dass ihr Name genügte, um all ihre Wünsche wahr werden zu lassen? Sie schalt sich innerlich eine naive, dumme Gans.

Schluchzend und halb blind rannte sie davon. Dabei hatte alles so vielversprechend angefangen ...

Isabellas Gedanken wanderten zurück zu der kurzen Kutschfahrt mit ihrer Hausangestellten Clara vor einer halben Stunde. Bemüht gelassen hatte Isabella während der Kutschfahrt auf die vorbeiziehenden Häuser gestarrt. Dabei hatte ihr Puls in Wirklichkeit gerast, weshalb sie sich immer wieder die feuchten Handflächen an ihrem blassrosa Kleid abgestrichen hatte. Clara, der das nicht entgangen war, hatte schelmisch gegrinst.

»Das hätte ich Ihnen gar nicht zugetraut, Fräulein Scheidegger«, sagte sie. »Aber keine Angst, Sie können sich auf mich verlassen. Ich werde schweigen wie ein Grab!« Und dann war auch Clara ein wenig errötet und hatte auf die Straße geblickt, während sie Isabella gestanden hatte: »Um ehrlich zu sein, habe ich kürzlich etwas ähnlich Verrücktes getan.«

»Und? Hat es sich wenigstens gelohnt?«, fragte Isabella neugierig.

»Ich denke schon, immerhin weiß der Herr nun, dass es mich gibt«, gestand die Hausangestellte. »Angeblich soll er meine Freundin sogar nach mir gefragt haben. Das ist doch ein gutes Zeichen, oder?« Sie sah Isabella mit ihren hellbraunen Augen an.

»Aber natürlich. Sollte sich Rodolphe je nach meiner Wenigkeit erkundigen, wäre ich überglücklich. Vielleicht hat er das sogar, und ich weiß es bloß nicht.« Isabella kicherte. »Oh, wir sind da!«

Sie griff nach ihren Röcken, noch ehe das Gefährt vollends zum Stehen gekommen war. Clara, die sich im Mattequartier bestens auskannte, führte Isabella zielsicher durch die Gassen. Sie hatten den Kutscher absichtlich gebeten, in einiger Entfernung ihres wahren Ziels anzuhalten.

»Dort vorne ist es. Meine Schwester wohnt gleich hier um die Ecke. Wir treffen uns in einer Stunde wieder hier, in Ordnung?«, schlug Clara vor und nahm Isabellas Hand in ihre. »Viel Glück!« Damit verschwand sie in einer der angrenzenden Gassen.

Mit einem feinen Lächeln auf den Lippen schlenderte Isabella die Wasserwerkgasse entlang und blieb vor Lindts Fabrik stehen. Sollte sie wirklich ohne Vorwarnung hineingehen und ihm ihre sorgsam zurechtgelegte Geschichte erzählen? Doch Klopfen würde bei dem in einer Manufaktur üblichen Maschinenlärm ohnehin nichts bringen. Also ...

Isabella hatte alles genau geplant. Da sich ihr Vater an diesem Nachmittag mit Johann Lindt zu einer Besprechung traf und sich die gestrige Hochzeit von

Herrn Doktor Sahli herumgesprochen hatte, wusste sie schon seit einigen Tagen, dass Rodolphe allein in der Fabrik sein würde. Jedenfalls war sie davon ausgegangen. Eine Gelegenheit, die nicht so schnell wiederkommen würde, hatte sie sich gedacht, und Clara ins Vertrauen gezogen. Ihrer Mutter hatte Isabella erzählt, dass sie beabsichtige, in Claras Begleitung einen Ausflug zum Bärengraben zu machen. Und da Claras Schwester im Mattequartier wohnte und erkrankt war, hatte sie ihrer Bediensteten erlaubt, der Schwester auf dem Rückweg einen kurzen Besuch abzustatten, um sie mit Lebensmitteln und Arzneien zu versorgen. Da bot es sich natürlich von selbst an, dass Isabella die Gelegenheit nutzen würde, um kurz bei Rodolphe vorbeizuschauen. Alles andere wäre schlicht unhöflich gewesen, nicht wahr?

Doch ihr grandioser Plan war gerade grandios gescheitert.

Atemlos blieb Isabella stehen und hielt sich die stechende Seite. Dabei wandte sie beschämt den Blick von der Straße ab, damit niemand ihr tränenüberströmtes Gesicht sehen konnte. Verstohlen wischte sie sich mit der Hand über die Wangen. Was für eine törichte Idee, ihre Mutter zu belügen, bloß um hierherzukommen!

Denn nun stand sie da, zitternd und mit gebrochenem Herzen. Bei ihrem ersten Besuch in der Lindt-Fabrik hatte sie es nicht wahrhaben wollen und angenommen, dass das gehässige Verhalten der Chocolatière in ihren unerwiderten Gefühlen gegenüber ihrem Chef begründet gelegen hatte. Wie sie nun jedoch dem Streit der beiden entnommen hatte, waren sie tatsächlich ein Liebespaar gewesen. Und zwar eines, das nicht einmal davor zurückgeschreckt war, Unzucht vor der Ehe zu treiben. Es war nachweislich eine Sache, unschickliche Gedanken und Sehnsüchte zu hegen, jedoch eine vollkommen andere, diesem Verlangen nachzugeben, versuchte Isabella, ihre eigenen verborgenen Wünsche zu rechtfertigen.

Ein Kind würde geboren werden, und Rodolphe Lindt konnte nicht mit Sicherheit ausschließen, dass er dessen Vater war. Was für eine Schande. Sie hatte ihn stets für einen Ehrenmann gehalten. Arglos und dumm, wie sie gewesen war, hatte sie sich in ihm getäuscht. So wie die gleichaltrige Chocolatière vermutlich auch. Nur dass diese nun mit den Konsequenzen leben musste.

In diesem Moment konnte Isabella nicht sagen, welches Gefühl im Zusammenhang mit Fräulein Ammann überwog: der Neid, dass sie die Leidenschaft in Rodolphes Armen genossen hatte, oder das Mitleid darüber, dass er offenbar nicht bereit gewesen war, sie zu heiraten. Erstaunlicherweise empfand sie keinen Funken Genugtuung.

»Es kann unmöglich als Errungenschaft angesehen werden, von einem Mann auserwählt zu werden, der unseresgleichen wie austauschbare Handelsware behandelt«, murmelte sie zu sich selbst. Ja, man hatte sie in all den einsamen Stunden des Privatunterrichts nicht nur das Auswendiglernen gelehrt, sondern auch das eigenständige Deuten moralischer Grundsätze, obschon das vermutlich ein unerwünschtes Nebenprodukt ihrer Ausbildung gewesen war.

Diese Gedanken vermochten das Loch in Isabellas Herzen freilich nicht zu schließen. Es brauchte Zeit, um zu heilen. Zu viele Stunden, zu viele durchwachte Nächte hatte sie in der süßen Fantasie der Verlockung geschwelgt.

Isabella unterließ es, Clara die gesamte Wahrheit über die Ereignisse in der Wasserwerkgasse zu erzählen. Schließlich hatte sie nur Gesprächsfetzen aufgeschnappt und wollte keine unwahren Geschichten über andere Leute verbreiten. Auch das gehörte sich nämlich nicht.

»Wie schade«, sagte Clara. »Vielleicht klappt es ein anderes Mal, wenn gerade kein Händler vor Ort ist.« Sie tätschelte Isabella tröstend die Hand, und die zwang ein Lächeln auf ihr Gesicht.

»Bestimmt. Gut Ding will bekanntlich Weile haben. Es wäre ein Zufall gewesen, wenn mein Plan aufgegangen wäre. Trotzdem danke ich dir, dass du mich begleitet hast, Clara. Deine Loyalität und dein Schweigen weiß ich sehr zu schätzen.«

Am späten Nachmittag lud die Kutsche die beiden Frauen wieder vor Isabellas Haus ab. Erstaunlicherweise fand diese ihre Mutter jedoch nicht wie um diese Tageszeit üblich im Salon. »Madame ist in der Küche, um letzte Anweisungen zu geben«, erklärte eine der Hausangestellten und hastete dann geschäftig davon.

Nanu, dachte sich Isabella, hatte sie etwas verpasst? Weshalb die Betriebsamkeit?

»Isabella, mein Schatz!«, stieß ihre Mutter mit geröteten Wangen aus, als sie in der Küche erschien. »Gut, dass du schon so früh zurück bist. Es bleibt uns nicht mehr viel Zeit. Bald kommen unsere Gäste. Rate mal, wer sich spontan zum Abendessen angemeldet hat?«

»Ich bin erschöpft, Mama, spann mich nicht auf die Folter, sag es mir einfach«, antwortete Isabella wenig begeistert. Sie hätte es bevorzugt, wenn sie nun etwas Zeit für sich gehabt hätte, um ihre Wunden zu lecken und über das Erlebte nachzudenken. Stattdessen verlangte man nun von ihr, sich herzurichten, gepflegte Konversation zu führen und die tadellose Tochter zu spielen. So war es nämlich immer, wenn sich Gäste ankündigten.

»Kind, was ist in letzter Zeit bloß los mit dir? Du solltest dich freuen ... Eugenia und Johann Lindt werden uns zusammen mit ihrem Sohn Rodolphe die Ehre erweisen. Das haben die beiden Herren heute bei ihrer gemeinsamen Sitzung aus dem Augenblick heraus beschlossen.« Sie zwinkerte Isabella zu, doch diese brachte es nicht über sich, zu lächeln.

»Fühlst du dich nicht wohl?« Ihre Mutter kam mit besorgter Miene näher und legte ihr eine Hand auf die Stirn.

»Könnte man sagen, ja«, antwortete Isabella und konnte dem Impuls, die Hand ihrer Mutter wegzustoßen, nur mit Mühe widerstehen.

»Das ist wirklich bedauerlich. Dennoch erfordern gewisse Situationen von uns Frauen, dass wir unsere Leiden hintanstellen und uns zusammenreißen. Lass dir einen

Tee kochen, leg dich kurz hin und ... du wirst das schon überstehen. Denk an Rodolphe. Er kommt deinetwegen.«

»Das wage ich zu bezweifeln«, murmelte sie mehr zu sich selbst.

»Was sagtest du?«, hakte Mama nach.

»Ach nichts.« Sie winkte ab und ging nach oben in ihr Zimmer.

Zwei Stunden später wurde der Türklopfer betätigt. Mama rief aufgeregt nach Isabella und bestand darauf, dass sie die Lindts an ihrer Seite begrüßte.

Sie tat, was sie tun musste, schließlich wollte sie ihren Eltern keine Schande bereiten. Also zwang sie sich zu einem freudigen Gesichtsausdruck, knickste und lachte sogar über einen von Rodolphes nicht lustigen Witzen. Sie trank Wein in kleinen Schlucken – nicht keinen, aber auch nicht zu viel –, aß sorgsam zurechtgeschnittene Häppchen und beteiligte sich mit eloquenten Kommentaren an der Diskussion über Politik und Wirtschaft.

Dachte sie an die vergangenen Gelegenheiten zurück, bei denen sie Rodolphes Gesellschaft genossen hatte – und sie erinnerte sich bekanntlich sehr detailliert –, so fiel ihr an diesem Abend eine markante Veränderung in seinem Verhalten auf.

Hatte sie früher auf jede noch so kleine Aufmerksamkeit und Regung seinerseits gehofft – und vermutlich allzu oft viel zu viel hineininterpretiert –, so war ihr seine Zugewandtheit an diesem Abend gewiss.

»Was hast du denn heute Interessantes gemacht, Isabella? Deine Mutter erwähnte, dass du etwas müde seist?«, fragte er.

Als sich Isabella an ihrem Braten verschluckte, starrten sie alle an, und Mama, die neben ihr saß, gab ihr unter dem Tisch einen sanften Tritt.

»Ich war beim Bärengraben«, antwortete sie und aß weiter.

»Tatsächlich? Hast du das Bärenjunge gesehen?«, wollte Rodolphe wissen.

»Selbstverständlich. Kinder, ob tierischen oder menschlichen Ursprungs, sind die Juwelen unserer Schöpfung, ohne sie hätten wir keine Zukunft«, sinnierte Isabella nicht ohne Hintergedanken.

»Hört, hört, weise Worte«, pflichtete Johann Lindt ihr bei und tupfte sich den Mund mit der Serviette ab.

»Schade, dass du unserem Rodolphe nicht gleich einen Besuch abgestattet hast, wo die Wasserwerkgasse doch so nahe ist«, kommentierte Eugenia.

»Ja, in der Tat unverzeihlich, dass mir das nicht eingefallen ist«, bemühte sich Isabella um eine höfliche Antwort. »Allerdings bin ich mir nicht sicher, ob ihm das angenehm gewesen wäre.«

Alle schwiegen, und schließlich durchbrach Rodolphe selbst die Stille. »Wie kommst du denn zu dieser Annahme? Natürlich wärst du willkommen gewesen, jederzeit sogar. Ich hätte mich über dein Erscheinen gefreut.«

Plötzlich wallte Wut in Isabella auf, heiß und so gewaltig, dass ihr dabei schwindlig wurde.

»Aber jemand anders mit Sicherheit nicht«, erwiderte Isabella, wobei sie sich bemühte, ihre Stimme unter Kontrolle zu halten. Mit zitternden Fingern griff sie nach ihrem Weinglas und nahm einen dezenten Schluck.

Nachdem kurz Stille am Tisch geherrscht hatte, lachte Rodolphes Vater plötzlich laut auf. »Ach du meine Güte, so offensichtlich ist es also schon!«, stieß er aus und klatschte in die Hände. »Fräulein Ammann hat ein Auge auf unseren Rodolphe geworfen. Ich darf an dieser Stelle jedoch zu unser aller Erleichterung verkünden, dass sich die Situation erledigt hat.« Er bedachte seinen Sohn mit einem eindringlichen Blick. »So groß sein Mitgefühl mit dieser Arbeiterin auch war, so musste Rodolphe nun doch eine längst überfällige Entscheidung im Sinne des Geschäfts treffen und Fräulein Ammann entlassen.« An Isabella gewandt erklärte er gönnerhaft: »Diese missmutige Person soll dich also nicht weiter davon abhalten, uns einen Besuch abzustatten, Isabella.« Nun griff er beherzt nach seinem Weinglas und trank es zur Hälfte leer.

Alle entspannten sich und gaben sich erneut der Konversation hin. Bloß Rodolphe musterte Isabella weiterhin mit deutlicher Skepsis im Blick. Sie wiederum gab sich keine Mühe, ihm durch oberflächliche Freundlichkeit und belanglose Gespräche Absolution zu erteilen. Sollte er ruhig grübeln, was sie mit ihren Worten tatsächlich gemeint haben könnte.

Er würde es nie erfahren.

Eine Woche später, es war ein Samstag, riefen Papa und Mama Isabella in den Salon. Sie saßen beide auf dem Sofa und baten sie, auf dem Sessel ihnen gegenüber

Platz zu nehmen. Die gesamte Anordnung erinnerte Isabella an ein Tribunal, und die feierlichen Mienen ihrer Eltern taten ihr Übriges, dass sich ihr Herzschlag augenblicklich beschleunigte. Das schwere, altmodische Gold, das die Brokatvorhänge sowie die Stoffbezüge der dunklen Holzmöbel dominierte, fühlte sich plötzlich erdrückend an.

Isabella setzte sich, schluckte leer und legte die Hände in den Schoß. Während sie ihre Eltern erwartungsvoll ansah, bot ihr ihre Mutter mit einem übertrieben freundlichen Lächeln eine Tasse Tee und einen Keks an. Beides lehnte Isabella mit einem Kopfschütteln ab.

»Nun …«, begann ihr Vater das Gespräch. »Deine Mutter und ich haben eine Ankündigung zu machen.« Er räusperte sich. »Gestern traf ich mich auf Einladung mit meinem guten Freund Johann Lindt auf ein Glas Wein in seinem Heim.« Er legte die Fingerspitzen aufeinander. »Ich möchte nicht lange um den heißen Brei herumreden, Isabella, aber sein Sohn Rodolphe gedenkt, dir einen Heiratsantrag zu machen.«

Isabella schwieg und verzog keine Miene.

Ihre Eltern tauschten beunruhigte Blicke, und als sie auch weiterhin nichts sagte, beschloss ihr Vater offenbar, dass es angezeigt war, ihr die Entscheidung abzunehmen. »Isabella, Liebes. Ganz überraschend kommt die Verkündung nun nicht. Rodolphe ließ dich kürzlich beim Abendessen nicht mehr aus den Augen und hing förmlich an deinen Lippen. Das ist dir bestimmt auch aufgefallen.«

»Sie fühlte sich an dem Abend nicht besonders wohl, Heinrich. Möglicherweise ist es ihr entgangen«, gab Mama zu bedenken und sah Isabella, um Zustimmung heischend, an.

Die jedoch schwieg weiterhin und saß noch immer da wie erstarrt.

Dieser verlogene Bastard, dachte sie insgeheim und erschrak selbst darüber, dass sie dieses Wort überhaupt in ihrem Repertoire führte. Gottlob hatte sie es nicht laut ausgesprochen, ihre Eltern hätten sie vermutlich der Hysterie bezichtigt.

»Tatsächlich überrascht mich das Ansinnen nicht im Geringsten«, sagte sie schließlich. »Es erstaunt mich bloß, dass es so spät und genau zum jetzigen Zeitpunkt kommt.«

Ihre Eltern sahen sich ratlos an. »Wie meinst du das?«, fragte Papa.

Isabella zuckte die Schultern. »Nun, bislang hatte ich nicht den Eindruck, dass ich ihn sonderlich interessiere. Man musste ihn geradezu zwingen, mich zu begrüßen. Ich wundere mich daher, woher der Sinneswandel kommt. Mir drängt sich das Gefühl auf, dass ich bloß als Lückenbüßer fungiere.« Bevor ihre Eltern darauf antworten konnten, fuhr sie fort: »Ich frage mich, wer wohl die erste Wahl gewesen wäre? Und noch bedeutsamer: Warum sie abgelehnt hat?«

Damit verschlug es ihren Eltern endgültig die Sprache. Mama nahm einen kräftigen Schluck Tee, und Papa knabberte mangels Alternativen an einem Keks. Nach einer Weile räusperte er sich, zupfte seine Weste zurecht und sagte: »Ich denke, dass das nicht unsere Angelegenheit ist. Wichtig scheint mir, dass wir jetzt angemessen reagieren.«

»Angemessen aus welcher Perspektive?« Isabella hatte nicht vor nachzugeben. Dieses Mal nicht. Der Schock über das Gehörte in der Wasserwerkgasse saß ihr immer noch in den Knochen.

»Möchtest du damit andeuten, dass du gedenkst, Rodolphes Antrag abzulehnen, Isabella?« Ihr Vater presste den Mund zusammen und legte die Stirn in Falten.

»Ich denke« – Isabella wählte ihre Worte mit Bedacht –, »dass ich niemanden heiraten möchte, der mich aus gesinnungslosen Überlegungen heraus anfragt.« Ihr Puls raste, und sie hatte Mühe, ruhig und regelmäßig zu atmen. Noch nie in ihrem gesamten Leben hatte sie ihren Eltern die Stirn geboten und war für sich selbst eingestanden. Diese ganze Situation war für sie nicht minder verstörend als für ihre Eltern, die sie jetzt mit halboffenem Mund anstarrten. Mama wandte zögerlich den Kopf und hoffte wohl, Papa würde jetzt ein Machtwort sprechen. Dieser jedoch musterte Isabella nur mit zusammengekniffenen Augen und versuchte offenbar, sich einen Reim auf ihr Verhalten zu machen.

»Gut«, sagte er schließlich und erhob sich. »Lassen wir das Thema für heute. Ich wünsche, dass du dir die Sache gründlich überlegst. Denke daran, welche Konsequenzen ein Nein für dich haben könnte. Solche Angelegenheiten sprechen sich in der Stadt herum. Eine unbelehrbare und eitle Jungfrau schreckt andere Männer ab. Du kannst zudem nicht ewig unter meinem Dach wohnen und von unseren Tellern essen. So ist das nicht gedacht im Leben.« Mit diesen Worten verließ er den Salon, und Mama folgte ihm einige Sekunden später mit traurigem Blick.

# 21

*Acht Jahre später*

»Wie lange dauert es denn noch, Mama?« Der siebenjährige Viktor rutschte auf seinem Sitz hin und her und starrte zum wiederholten Mal auf die vorbeiziehende Landschaft. Amelie beugte sich nach vorne und strich ihm liebevoll über die blonden verstrubbelten Haare. Sie wollte ihn gerade besänftigen und ein wenig ablenken, als der Schaffner das Zugabteil betrat und ankündigte, dass sie Vevey in fünf Minuten erreichen würden.

»Juhu, dann sind wir bald da!« Die fünfjährige Wilhelmine klatschte aufgeregt in die Hände, wobei ihre blonden Locken auf und ab wippten. Sofort versuchte sie, an ihrem größeren Bruder vorbei einen Blick nach draußen zu erhaschen. Die Siedlungsdichte nahm zu, was darauf hindeutete, dass sie sich der Stadt und deren Zentrum näherten. Je näher sie dem Bahnhof kamen, desto öfters ertappte sich Amelie dabei, wie sie die Hände an ihrem Kleid abstrich und nervös schluckte.

Fast zehn Jahre hatte sie ihre ehemalige Lehrmeisterin Fanny nicht mehr gesehen. Zwar hatten sie sich zahlreiche Briefe geschrieben, doch auch die waren nach Amelies Hochzeit mit Wilhelm und der Geburt ihrer Kinder immer seltener geworden. Das lag, wenn sie ehrlich zu sich selbst war, allerdings nicht nur daran, dass sie kaum noch Zeit und Muße fand, in Ruhe einen Brief an Fanny zu schreiben, sondern vor allem daran, dass sich ihr Leben auf eine Art und Weise verändert hatte, die sie nicht mit Stolz erfüllte. Weder war sie sich selbst noch ihren Träumen treu gewesen. Nichts war so gekommen, wie sie es sich als junges, dynamisches Mädchen erhofft hatte. Damals hatte sie so große Pläne für ihr Leben gehabt – nur um dann zusehen zu müssen, wie einer nach dem anderen scheiterte.

Die Bahn kam mit einem heftigen Ruck zum Stehen, der sie alle ordentlich durchschüttelte und die beiden Kinder zum Kichern brachte. Ein Herr mittleren Alters half Amelie freundlicherweise mit dem Gepäck, während sie ihre beiden Kinder aus dem Abteil und nach draußen begleitete.

Lauter Lärm schlug ihnen entgegen. Die Dampflokomotive zischte, Bahnangestellte riefen sich Befehle zu, und Reisende lachten, redeten und umarmten sich überschwänglich. Der Duft von gekochten Speisen lag in der Luft und bestätigte die Zeitanzeige auf der Bahnhofsuhr: Kurz nach zwölf Uhr mittags.

»*Merci beaucoup*, haben Sie vielen Dank.« Sie lächelte den Fremden freundlich an und war ein wenig stolz auf sich, weil sie die Sprache immer noch so gut beherrschte. Trotz der Tatsache, dass ihre Mutter aus Montreux stammte, unterhielt Amelie sich mittlerweile mit ihr nur selten auf Französisch.

»*Je vous en prie*, Madame, haben Sie einen schönen Aufenthalt in unserer Stadt«, antwortete er.

»Kommt, Kinder, gebt euch die Hände und haltet euch an meinem Rock fest.« Amelie griff nach den zwei Lederkoffern mit ihren Habseligkeiten.

»Das wird nicht nötig sein.« Eine Gestalt trat ins Licht der Mittagssonne, weshalb Amelie diese zuerst bloß als Schatten wahrnahm. Die Stimme ... die Stimme jedoch fuhr ihr mitten ins Herz. So vertraut und so sehr vermisst.

»Fanny«, flüsterte sie, sah hoch und schluckte die Rührung, die sie zu überwältigen drohte, tapfer hinunter.

»Amelie«, murmelte Fanny lächelnd und schloss sie in die Arme. Mehrere Sekunden verstrichen, bevor ihre Freundin und Mentorin sie endlich zögerlich losließ. Stumm musterten sie sich eine Weile. Die Zeit war nicht spurlos an ihnen vorübergezogen.

Amelie hatte die dreißig hinter sich gelassen, und ihre ältere Freundin hatte vor zwei Jahren ihren fünfzigsten Geburtstag gefeiert. Das Hellbraun ihrer Haare war von zahlreichen weißen Strähnen durchzogen. Das Leben hatte sich in ihr Antlitz eingekerbt; Glück und Leid hatten ihre Spuren hinterlassen.

Dann ließ sich ihre Mentorin in die Hocke sinken und reichte Viktor und Wilhelmine, die sie beide noch nie gesehen hatte, die Hand zur Begrüßung.

»Du, mein hübscher Junge, siehst genauso aus wie deine Mama«, sagte Fanny lächelnd und sah zu Amelie hoch.

Obwohl beide ihrer Kinder blonde Haare und blaue Augen besaßen, so wie Wilhelm und sie selbst, entdeckte Amelie in den Gesichtszügen ihres Sohnes keinerlei Ähnlichkeit mit ihrem Mann. Oder sonst jemandem. Wilhelmine hingegen war ihrem Vater wie aus dem Gesicht geschnitten. Das Temperament allerdings, das hatte sie von Amelie geerbt, was Wilhelm nicht selten an den Rand der Verzweiflung brachte. Es war ihm schleierhaft, wie ein fünfjähriges, derart zierliches Geschöpf dermaßen dickköpfig sein konnte.

»Lass Philippe das Gepäck tragen.« Fanny erhob sich und hakte sich bei Amelie unter. Jede von ihnen nahm eines der Kinder an die Hand. Der Angestellte der Familie Peter-Cailler hob die Koffer mühelos hoch und bahnte ihnen einen Weg durch die Menge zum Bahnhofsplatz, wo bereits eine Droschke auf sie wartete.

Während der Fahrt sahen Fanny und Amelie sich immer wieder lächelnd an, schwiegen jedoch. Wehmütig ließ Amelie den Blick über die Umgebung schweifen. Sie konnte sich noch an alles erinnern, auch wenn sich in Vevey in den vergangenen beinahe zehn Jahren vieles verändert hatte. Straßen waren umbenannt worden, man hatte endlich ein Theater gebaut, und zahlreiche Geschäfte hatten ihren Standort gewechselt oder waren dem Lauf der Zeit zum Opfer gefallen und verschwunden.

Als sie die Rue des Bosquets erreichten, schlug Amelies Herz schneller. Schmerz vermischte sich mit Freude. Es war so lange her, und doch fühlte es sich an, als wäre es gestern gewesen, als sie das erste Mal einen Fuß in dieses Industriequartier gesetzt hatte.

Als sie ausstiegen und Philippe ihr Gepäck ins Haus trug, blieb Amelie überrascht stehen. Fanny gesellte sich zu ihr, wusste sie doch genau, was sie so überraschte.

»Der Hochturm ist beinahe fertig«, erklärte ihre Freundin und wies auf die gegenüberliegende Nestlé-Fabrik, die dieser Tage um ein Vielfaches größer war als damals vor zehn Jahren. »Zweiundsechzig Meter hoch soll er werden. Letztes Jahr haben sie zudem einen eigenen Bahnanschluss erhalten.«

Ein Schatten legte sich über ihr Gesicht, und ihre Augen glitzerten. Während sie weitersprach, bebten ihre Lippen.

»Henri ist vor ein paar Tagen gestorben«, flüsterte sie und wischte sich beiläufig mit der Hand über die Augenwinkel. »Die Zeit vergeht so schnell.« Sie lächelte traurig.

Clémentine und Henri Nestlé waren viele Jahre lang Nachbarn und gute Freunde von Fanny und Daniel Peter-Cailler gewesen. Der aus Deutschland stammende Henri Nestlé, der ursprünglich das Apothekerhandwerk gelernt hatte, war zu Fanny und Daniels Zeit ein wahrer Tausendsassa gewesen. Aufgrund seines Erfindungsreichtums und seiner Fachkenntnisse war er im Laufe der Jahre in verschiedenen Branchen tätig gewesen. Er hatte Veveys Gaslampen unterhalten, Kunstdünger hergestellt und Steine für die Bauindustrie zerkleinert. In letzter Instanz war es ihm mit der Erfindung seines Kindermehls, einem Muttermilchersatz, gelungen, die moderne Gesellschaft zu revolutionieren.

Als Amelie damals ihre Arbeit als Chocolatière bei Fanny und Daniel aufgenommen hatte, waren Clémentine und Henri Nestlé bereits nach Glion in ein Haus umgezogen und hatten ihre Fabrik verkauft. Die enge Freundschaft der beiden Ehepaare jedoch war geblieben. Fanny hatte Amelie in ihren Briefen oft davon erzählt.

Tröstend legte Amelie ihrer Freundin eine Hand auf die Schulter. »Es tut mir sehr leid.«

Diese nickte nur und wischte sich erneut über die Augen. »Ich hatte keine Zeit mehr, es dir vorab zu erzählen, der Brief wäre nicht rechtzeitig vor deiner Abreise angekommen.«

»Kann ich irgendwas für euch tun?«, fragte Amelie besorgt und musterte ihre Mentorin. Fanny schüttelte jedoch nur den Kopf, sah sie an und sagte lächelnd: »Du tust bereits genug, indem du hier bist. Du kannst dir nicht vorstellen, wie viel uns das bedeutet.«

Nach einem letzten Blick auf den gigantischen Fabrikturm wandte sich Amelie ab und folgte ihrer Freundin zum Wohnhaus.

»Amelie!« Die Haustür wurde aufgerissen, und Daniel erschien in der Tür. Auch er umarmte sie innig. »Wie schön, dich endlich wieder einmal bei uns zu haben!« Er trat zur Seite und machte eine einladende Geste.

Philippe hatte ihr Gepäck bereits ins Gästezimmer gebracht – jenes, das Amelie schon bei ihrer ersten Ankunft in Vevey zugeteilt worden war. Damals war sie planlos am späten Nachmittag in der fremden Stadt angekommen. Hätten die Peter-Caillers ihr nicht ihre Gastfreundschaft angeboten, wäre sie ohne Unterkunft dagestanden. Heute schien ihr diese jugendliche Sorglosigkeit unverständlich. Würde eines ihrer Kinder so etwas machen, würde sie sich zu Tode grämen. Genau wie ihre armen Eltern damals. Zu dieser Zeit jedoch hatte sie keinen Gedanken daran verschwendet.

Nachdem sie ihre Habseligkeiten im Schrank verstaut und sich notdürftig frisch gemacht hatten, trafen sie sich im Salon zu einem verspäteten Mittagsimbiss.

Seit Amelies letztem Aufenthalt im Hause Peter-Cailler hatte sich hier viel verändert. Das Zimmer war mit Sesseln und einem Sofa ausgestattet, die alle um einen kurzbeinigen Salontisch herum gruppiert waren. Die Vorhänge sowie der Stoffbezug der Möbel bestanden aus einem sanften Altrosa, das wunderbar mit den Holztönen des Bodens und den übrigen Einrichtungsstücken korrespondierte. Ziergegenstände gab es, abgesehen von einigen Kerzenleuchtern, keine. In der Mitte des Raums, genau über dem Tischchen, hing ein Kronleuchter von der Decke. Die bodenlangen Fenster ließen jedoch genug Tageslicht hinein, sodass keine weitere Beleuchtung nötig war.

»Ich habe etwas umgestellt, als die Kinder erwachsen wurden«, gestand Fanny, die Amelies Blick bemerkt hatte. »Die Möbel waren in einem bemitleidenswerten Zustand.« Sie lachte leise und bot ihr mit einer Geste an, sich zu setzen. »Bitte bediene dich, es hat Süßes und Salziges«, erklärte ihre Freundin die Platten mit den dargebotenen Häppchen.

»Die berühmte Gala Peter«, kommentierte Amelie und griff zuerst nach dem Teller mit den Schokoladenstücken. Selbst wenn sie nach Bern zurückgekehrt war, so hatte sie die Geschehnisse in Vevey dennoch stets beobachtet und mitbekommen, dass ihre ehemaligen Arbeitgeber die Milchschokolade verfeinert und unter dem Namen Gala Peter 1887 neu auf den Markt gebracht hatten.

»Wie geht es den Kindern?«, fragte Amelie, der aufgefallen war, dass an der Garderobe nicht mehr so viele Mäntel hingen und kaum Stimmen im Haus zu hören waren. Plötzlich wurde ihr wieder bewusst, wie selten sie sich in den letzten Jahren brieflich ausgetauscht hatten. Amelie hatte keine Ahnung mehr, wie Fannys und Daniels Leben zwischenzeitlich aussah. Ebenso waren die beiden nicht im Bilde darüber, was Amelie seit ihrer Hochzeit und der Geburt der Kinder beschäftigt hatte.

»Ach die …«, seufzte Fanny und griff nach einem belegten Brot. »Es kam, wie es kommen musste.« Sie machte eine bedeutungsvolle Pause, holte tief Luft, und das Lächeln in ihrem Gesicht wich Wehmut. »Louise ist Schneiderin mit eigenem Atelier und lebt mit ihrem

Ehemann in Broc. François arbeitet bei der Eisenbahn als Lokführer, genau wie er es sich stets erträumt hat. Rose ist eine der ersten Lehrerinnen der Stadt, und die zwei Jüngsten wohnen noch hier. Jeanne ist Bäckerin, und Elisa absolviert eine Ausbildung in einer Glasbläserei. Tja …« Sie nahm einen Schluck Tee und starrte ins Leere.

Amelie spürte einen Kloß im Hals. Seit sie damals vor zehn Jahren Vevey verlassen hatte und wieder in ihre Heimat zurückgekehrt war, nagte das schlechte Gewissen an ihr. Die Peter-Caillers hatten ihr nicht nur viel Vertrauen und ihr gesamtes Wissen geschenkt, sondern auch große Hoffnung in sie gesetzt. Wäre nicht alles so furchtbar falsch gelaufen in ihrem Leben, wäre sie heute stolze Chocolatière und vermutlich sogar Fabrikbesitzerin in Vevey. Stattdessen … Schmerz wallte beim Gedanken an Rodolphe und ihre Zeit in seiner Fabrik auf. Damals hatte sie geglaubt, es würde mit der Zeit weniger wehtun. Sie hatte sich geirrt. Die Narben waren geblieben. Unsichtbar, aber spürbar.

Nachdem ihre Eltern das Lebensmittelgeschäft vor rund sieben Jahren, einige Monate nach Viktors Geburt, verkauft hatten, war Amelie nicht einmal mehr die Möglichkeit geblieben, sich in diesem Bereich etwas Eigenes aufzubauen.

»Ich vermisse die Schokolade«, flüsterte sie, und ihre Lippen zitterten. Entsetzt blinzelte sie das Brennen in ihren Augenwinkeln weg und warf ihren Kindern einen hastigen Blick zu. Zum Glück waren die jedoch so mit dem Essen beschäftigt, dass sie nichts bemerkten.

Fanny griff über den Tisch hinweg nach ihrer Hand und drückte sie. »Ich weiß, *ma chouchoute*, ich weiß. Lass uns später reden, wenn die Kinder schlafen.«

Amelie nickte, senkte den Blick und holte tief Luft, um sich zu sammeln.

»Und Alexandre?«, fragte sie, um ein anderes Thema bemüht.

Fannys Neffe Alexandre-François-Louis Cailler hatte schon als Kind Chocolatier werden wollen, und trotz der schwierigen Familienverhältnisse der Caillers und einer harten Konkurrenz der beiden Schokoladenmanufakturen Peter-Cailler et Compagnie und Cailler hatte Fanny ihm erlaubt, in ihrer Fabrik zu arbeiten und seine Fertigkeiten zu schulen, sodass Amelie ihn damals während ihrer Zeit in Vevey regelmäßig zu Gesicht bekommen hatte.

»Wie ich gelesen habe, hat er den Familienbetrieb 1887 von seinem Stiefvater übernommen.« Amelie konnte sich erinnern, dass es damals ein schriftliches Abkommen zwischen Fanny und Alexandres Mutter Marie-Louise Cailler gegeben hatte, das eine Verschwiegenheitsklausel sowie ein absolutes Konkurrenzverbot enthielt. Cailler durfte somit ohne Fannys und Daniels Erlaubnis keine Milchschokolade herstellen.

Fanny nickte, ein trauriges Lächeln auf den Lippen. »Alexandre ... Vielleicht ist es Ironie des Schicksals, aber ich habe den Jungen sehr geliebt.« Sie brauchte Amelie nicht zu erzählen, dass sowohl Fannys Bruder Alexandre, als er noch lebte, sowie dessen Ehefrau Marie und deren späterer Gatte Louis Gétaz zu ihren erbittertsten Kontrahenten zählten. Dazwischen war dieses Kind, das die Ordnung der Dinge durcheinanderbrachte und von seiner Tante lernen wollte, obwohl ihm das anfangs untersagt worden war.

»Doch auch diese Geschichte nahm eine andere Wendung«, fuhr Fanny fort. »Alexandre besuchte die Handelsschule in Lausanne und absolvierte eine Banklehre in Basel. Vermutlich inspiriert durch den früheren Beruf seines Stiefvaters, des Bankiers.« Sie spielte mit einer Ecke der Tischdecke. »1886 und 1887 begab er sich auf Reisen nach Deutschland und Italien, wo er seine Kenntnisse über die Schokoladenherstellung verfeinerte. Als er zurückkehrte, setzte er seinen Kindheitstraum doch noch um und wurde Chocolatier.« Sie schwieg ein weiteres Mal, den Blick gesenkt. »Allerdings nicht hier, in der Rue des Bosquets.«

Außer dem Erfolg war den Peter-Caillers demnach nicht viel geblieben, dachte Amelie und fühlte erneut einen Stich in der Brust. Daran war sie nicht unschuldig.

Den Nachmittag verbrachten sie mit einem Spaziergang entlang des Lac Léman. Bei sommerlichen Temperaturen von vierundzwanzig Grad gönnten sie sich mit den Kindern eine Eiswaffel und genossen den kühlenden Wind, der vom See herüberwehte.

Nach einem typisch einheimischen Eintopfgericht zum Abendessen, dem Papet Vaudois, brachte Amelie die Kinder ins Bett. Vor Aufregung gelang es ihnen lange Zeit nicht einzuschlafen, und als sie endlich friedlich schlummerten, war Amelie selbst beinahe eingeschlafen. Sie raffte sich jedoch nochmals auf und ging in den Salon, wo Fanny mit einem warmen Kräutertee auf sie wartete. Daniel hatte sich zurückgezogen.

Eine Weile saßen die beiden Frauen einträchtig schweigend da und hingen ihren Gedanken nach. Im Hintergrund knisterte ein Feuer im Kamin, und die zuckenden Schatten der Flammen tanzten über die Wände.

»Es tut mir leid, Fanny«, begann Amelie schließlich zögerlich, den Blick starr auf ihre Teetasse gerichtet. »Es tut mir leid, dass ich dich enttäuscht habe. Wenn ich die Zeit nochmals zurückdrehen könnte, würde ich vieles anders machen.« Sie knetete ihre Hände und überlegte, wie sie fortfahren sollte. »Es war nicht leicht für mich die letzten Jahre. Das Leben hat mich eingeholt und dermaßen beschämt, dass ich mich nicht getraute, dir im Detail davon zu berichten. Deshalb erzählte ich dir bloß von meinem Alltag, nicht aber von meinen Gefühlen.«

»Ich weiß.« Fanny sah sie kurz mit einem traurigen Lächeln an. »Ich habe es aus dem Schweigen zwischen deinen Zeilen herausgehört, und ich sehe den Kummer in deinen Augen. Willst du es mir erzählen?«

Amelie berichtete ihrer Freundin von der unliebsamen Wendung, die ihre Liebesgeschichte mit Rodolphe Lindt genommen hatte. »Ich war so jung, so leichtgläubig und ... verliebt«, gestand sie und fühlte das altbekannte Brennen in der Brust. »Obwohl ich glaubte, genau das nicht zu sein.«

»Aber dann kam die Schwangerschaft«, mutmaßte Fanny.

Amelie nickte und schluckte. »Rodolphe war nicht wie dein Daniel.« Sie sah ihre Freundin mit einem wehmütigen Lächeln an. »Er war mir kein Gefährte.«

»Hast du ihn je wiedergesehen?«, fragte Fanny.

»Nicht direkt. Gelegentlich von Weitem. Ich bin ihm, wo immer möglich, aus dem Weg gegangen, nachdem ich nicht mehr bei ihm gearbeitet habe. Es schmerzte zu sehr, ihn zu sehen. Das tut es immer noch.« Sie sah hinunter auf ihre Hände. »Bern hat jedoch seine Ohren und Augen überall, und so kam ich in den Genuss der ein oder anderen Geschichte über ihn.« Amelie zuckte die Schultern. »Nicht dass es mich sonderlich interessiert oder etwas geändert hätte. Trotzdem erfüllt es mich mit einer gewissen Genugtuung, dass er noch immer ein einsamer Wolf auf der Suche nach einer Herde ist.«

»Er hat nie geheiratet und keine Familie?« Fanny sah sie ungläubig an.

Amelie schüttelte den Kopf. »Ich hätte geschworen, dass er die Tochter des Stadtpräsidenten Scheidegger zur Frau nimmt. Das war zu offensichtlich. Doch dazu kam es nie. Isabella ist längst mit einem angesehenen Stadtpolitiker und Unternehmer verheiratet.«

»Und Wilhelm?«

Amelie vermied es, Fannys fragenden Blick, den sie deutlich auf sich spürte, zu erwidern. Als sie es endlich über sich brachte, ihre Freundin anzusehen, holte sie tief Luft und schwieg.

»So schlimm also« war alles, was Fanny dazu sagte. »Und was ist mit deiner anderen Liebe, der Schokolade?«

Selbst dieses Thema vermochte es nicht mehr, Amelies Stimmung zu heben. Sie seufzte, nahm einen Schluck Tee und erinnerte sich an die vergangenen Jahre. »Nachdem ich meine Anstellung bei Rodolphe gekündigt hatte, wollte Wilhelm, dass ich mich auf meine Rolle als Mutter konzentriere. Gelegentlich habe ich seiner Sekretärin in der Praxis mit den Patiendossiers oder der Inventur geholfen.« Sie machte eine Pause und lächelte gequält. »Zu diesem Zeitpunkt war mein Vater bereits sechzig, meine Mutter drei Jahre jünger, also verkauften sie das Lebensmittelgeschäft. Mit zwei oder mehr Kindern in meiner Verantwortung wäre es mir unmöglich gewesen, dieses allein zu führen. Zudem hätte Wilhelm diesem Vorhaben niemals zugestimmt. Also verblasste mein Traum von der Chocolatière mit jedem weiteren Jahr, bis ich einsah, dass ich ihn aufgeben musste.« Amelie schluckte und sah auf ihre Hände. Sie hätte es nicht ertragen, Fanny anzusehen.

»Ich schäme mich für mein Leben und was daraus geworden ist, Fanny«, flüsterte sie, den Blick immer noch gesenkt. »Du warst mir so ein leuchtendes Vorbild, eine Mentorin und Freundin gleichermaßen ... doch ich habe die Chance verpasst.« Amelie schniefte und zog ein Stofftaschentuch aus den Falten ihres Rocks.

»Und sie fehlt mir so unheimlich, die Schokolade und alles, was man damit machen kann.« Dabei dachte sie an ihre speziellen Gebäckkreationen, die sie für Lindt hergestellt hatte, und ihr Herz zog sich unwillkürlich zusammen.

Unverhofft griff Fanny nach ihrer Hand, ein warmes Glimmen in den Augen.

# 22

Er war kurz nach Mittag. Wilhelm untersuchte soeben eine Patientin, die an akutem Husten litt, als er das Geräusch einer Droschke vor dem Haus hörte. Er sah rasch aus dem Fenster und erkannte Amelie, die aus dem Gefährt stieg und den Kindern beim Aussteigen half. Derweil lud der Fuhrmann ihr Gepäck ab. Wilhelms Frau griff nach den beiden Lederkoffern und schleppte sie mühsam zum Hauseingang. Wilhelm konzentrierte sich wieder auf seine Arbeit.

Gegen achtzehn Uhr verabschiedete er den letzten Patienten mit einem freundlichen Lächeln und schloss die Eingangstür. Seine Sekretärin war bereits gegangen.

Ein würziger Duft lag in der Luft, als er den Wohnbereich im hinteren Teil des Hauses betrat. Zielstrebig ging er zum Esszimmer, dessen Tür bloß angelehnt war und aus dem Stimmen klangen. Mit seinen zweckmäßigen Holzmöbeln, dem abgewetzten Holzboden und dem gusseisernen Zimmerofen war es prädestiniert für die Mahlzeiten mit den Kindern. Wilhelm durfte gar nicht daran denken, wie sein geliebter Salon in der oberen Etage zwischenzeitlich aussehen würde, wäre es dem Nachwuchs erlaubt, sich regelmäßig dort aufzuhalten. Langsam öffnete er die Tür zum Speisezimmer und hielt die Luft an. Hoffentlich war es nicht zu laut. Lärm irritierte ihn.

»Papa!« Viktor und Wilhelmine stürmten auf ihn zu und schlangen die Arme um seine Mitte.

»Sch, sch ...« Wilhelm strich ihnen kurz über die Haare und begrüßte seine Frau dann mit einem Kopfnicken und einem Lächeln.

Amelie umrundete den ovalen Esstisch, kam auf ihn zu und hauchte ihm einen Kuss auf die Wange. »Grüß dich, Wilhelm. Bitte setz dich. Greta wird gleich das Essen servieren.«

Mit diesen Worten wandte sie sich wieder den Kindern zu und half ihnen dabei, sich anständig hinzusetzen. In diesem Augenblick betrat die Hausangestellte schnaufend den Raum und stellte einen Topf auf die Tischmitte. Einmal mehr fiel Wilhelm auf, dass ihr die Jahre nicht gut bekommen waren. Sie hatte an Leibesfülle zugenommen, und ihre Haut war aschfahl und das Haar struppig geworden.

»Wir haben heute eine Lufttram gesehen, Papa!«, erzählte Viktor eifrig. »Sie fährt fünfzehn Kilometer pro Stunde und hat Lufttanks mit komprimierter ...«

»Mund zu beim Essen«, befahl Wilhelm und pikste ein Stück Fleisch auf seine Gabel.

»Aber ich habe vorher geschluckt, ehrlich!« Viktor warf seiner Mutter einen hilfesuchenden Blick zu, und diese nickte, bedeutete ihm jedoch mittels Handzeichen, sich etwas im Zaum zu halten. Womit sie vollkommen recht hatte.

Die Lufttram, ein dampfbetriebener Omnibus, der kürzlich unter Aufbietung sämtlicher Größen aus Wirtschaft und Politik eingeführt worden war, fuhr noch nicht bis in ihr Quartier, war aber für alle Stadtbewohner eine Sensation. Er löste den in den vergangenen Jahren eingesetzten Pferdeomnibus ab.

»Schön. Ich meinerseits werde mich hüten, mit so vielen Menschen gemeinsam ein Gefährt zu benutzen. Mir sind eine Droschke und etwas Privatsphäre lieber«, erklärte Wilhelm und sah Viktor an. Dieser nickte nur und aß hastig weiter.

Den Rest des Abendessens verbrachten sie schweigend, wie es Wilhelm nach einem anstrengenden Arbeitstag am liebsten war. Nachdem Amelie die Kinder ins Bett gebracht hatte, trat sie zu Wilhelm, der es sich im Salon in einem Sessel gemütlich gemacht hatte und an einem Glas Branntwein nippte. Er sah, wie ihr Blick flüchtig zu einem Punkt hinter ihm strich, dort, wo noch immer das Stativ mit dem Bild und der Schrein seiner verstorbenen Frau platziert waren. Wortlos stellte sie ihre dampfende Teetasse auf den Salontisch, setzte sich in einen Sessel und drapierte ihre Röcke. Das Ticken der Wanduhr war das einzige Geräusch im Raum, jedoch ausnahmsweise eines, das Wilhelm als beruhigend empfand.

»Wie war dein Tag?«, fragte Amelie schließlich und sah ihn lächelnd an.

»Anstrengend, wie immer«, antwortete er.

Erneut schwiegen sie. Dann sagte Amelie: »Die Tage in Vevey waren sehr schön. Fanny und Daniel lassen dich unbekannterweise herzlich grüßen. Natürlich hätten sie dich gerne kennengelernt.«

»Ich hatte zu tun. Ich bin Arzt, kein Chocolatier«, gab er zurück. »Die Leute werden nicht nach Öffnungszeiten krank.« Wie oft musste er ihr das eigentlich noch erklären?

»Die Schokolade fehlt mir, weißt du«, begann sie zögerlich und griff nach ihrer Teetasse. Dabei vermied sie es, ihn anzusehen. »Ich hoffte, ich würde mich irgendwann daran gewöhnen, eine andere Erfüllung im Leben finden.« Vorsichtig nippte sie an ihrem Gebräu. Endlich sah sie ihn an und hob beschwichtigend eine Hand. »Versteh mich nicht falsch, Wilhelm. Das Leben mit dir und den Kindern fordert und erfüllt mich. Es ist bloß ...« Sie suchte nach Worten. »Manchmal, da fehlt mir etwas. Es ist, als hätte ich einen Teil von mir in eine dunkle Kammer gesperrt. Aber weg ist er damit nicht, verstehst du?«

Und ob Wilhelm das nachvollziehen konnte. Mehr, als ihm oder sonst jemandem lieb war. Daran wollte er heute jedoch nicht denken, das war ein anderes Thema.

»Du wünschst also, wieder als Chocolatière zu arbeiten«, sagte er. Dieses Gerede um den heißen Brei herum erschöpfte ihn. Er massierte sich die Schläfen und den Nacken.

»Das wäre etwas voreilig ausgedrückt.« Amelie lächelte. »Ohne die entsprechenden Maschinen kann ich keine hochwertige und moderne Schokolade herstellen, selbst wenn mir die Peter-Caillers ihr Rezept überlassen würden. Hingegen hat mir Fanny einen anderen Vorschlag unterbreitet, und ich würde dir gerne davon erzählen.«

Wilhelm machte eine einladende Handbewegung und nahm einen Schluck von seinem Schnaps. Er beobachtete, wie die zurückschwappende Flüssigkeit wie dickflüssige Tränen an der Glasinnenseite herabrann.

Amelie räusperte sich und setzte sich in ihrem Sessel auf. »Fanny schlug mir vor, mit ihrer verfeinerten Milchschokolade, der Gala Peter, Gebäckstücke oder andere schokoladige Kreationen herzustellen.« Hastig griff sie nach ihrer Teetasse und nahm einen Schluck. »Ich könnte diese Experimente hier bei uns in der Küche vornehmen und mir anschließend einen kleinen Laden hier im Quartier einrichten, wo ich die Köstlichkeiten an die Stadtbürger verkaufen kann.«

Wilhelm schwieg. Er war müde, und das waren viele Neuigkeiten auf einmal. Doch sein Schweigen wurde offenbar falsch verstanden, weshalb Amelie aufgeregt – und viel zu schnell – weiterredete.

»Damals, als wir uns kennenlernten, warst du ja von meinen Ideen und meinem Talent sehr angetan und meintest, dass in deinem Bekanntenkreis bestimmt eine entsprechende Nachfrage bestünde und du mich dabei unterstützen würdest.« Mit geröteten Wangen sah sie ihn an. »Wir haben die Idee nie weiterverfolgt, weil ich meine Anstellung bei Lindt aufgegeben habe und mich die Kinder gehörig auf Trab hielten.«

Nun stand sie sogar auf und lief im Raum auf und ab. Wilhelms Kopfschmerzen nahmen zu.

»Frieda müsste mich natürlich öfters mit den Kindern unterstützen. Ich wäre aber stets in der Nähe, falls etwas sein sollte.«

Wilhelm leerte sein Glas und erhob sich. Amelie kam auf ihn zu und ergriff seine Hand. Sie sah ihn flehend an.

»Bitte, Wilhelm, du würdest mir eine große Freude machen.«

Er widerstand dem Impuls, ihre Berührung abzuschütteln, und fixierte eine lose Haarsträhne neben ihrem Ohr. »Ich werde es mir überlegen. Jetzt werde ich mich allerdings schlafen legen.«

Mit diesen Worten ging er zur Tür des Salons und lief die Treppe hinauf zum Schlafzimmer. Er zog seine Kleidung aus, faltete sie sorgfältig zusammen und legte sie auf einen Stuhl – die Hose wie immer unten, anschließend das Hemd und am Schluss die Strümpfe. Das Jackett hängte er über die Stuhllehne und achtete darauf, dass es nirgends knitterte. Er spritzte sich etwas Wasser ins Gesicht und unter die Arme, dann zog er sein Nachthemd an.

Zwischenzeitlich hatte sich auch Amelie entkleidet. Sie stand mit dem Gesicht zum Waschtisch. Nachdenklich strich sein Blick über ihren Rücken und weiter hinab zu ihrem Gesäß und ihren Oberschenkeln. Wärme bildete sich in seinen Lenden, und als er an sich herabsah, erkannte er, dass es ihm noch nicht vergönnt war zu schlafen. Also wartete er, bis Amelie ihr Nachthemd übergestreift hatte. Dabei drehte sie sich kurz um, und Wilhelm erhaschte einen Blick auf ihre Brüste, die sich unter dem Stoff abzeichneten. Die Hitze in seiner Leibesmitte schwoll weiter an.

Schweigend glitt Amelies Blick über seine Erscheinung und blieb an der Ausbuchtung in seinem Nachthemd hängen. Ohne ein Wort lief sie zum Bett, legte sich auf den Bauch und wartete. Wilhelm kletterte über sie, schob ihrer beider Hemden hoch und drang in sie ein. Mit einem erleichterten Stöhnen ließ er nur wenige Minuten später von ihr ab.

»Gute Nacht, Wilhelm«, sagte sie und küsste ihn auf die Wange.

»Gute Nacht, Amelie«, antwortete er, während sie die Gaslampe löschte.

Normalerweise schlief Wilhelm nach dem Beischlaf direkt ein. Heute jedoch quälten ihn seine Gedanken.

Nachdem sich die Wogen zwischen ihm und Amelie damals nach der bedauerlichen Hochzeitsfeier gelegt hatten, hatte er tatsächlich fest daran geglaubt, mit ihr ein glückliches Familienleben führen zu können. So einfach sollte es jedoch nicht werden. Denn jedes Mal, wenn er seine ehelichen Pflichten erfüllte, schob sich Katharinas Gesicht vor Amelies. Gleichzeitig jedoch gelang es ihm nicht, diese animalischen Triebe zu unterdrücken, sonst wurde er wahnsinnig. Irgendwann schließlich hatte er seine Frau gebeten, sich bei dieser Angelegenheit auf den Bauch zu drehen und ihn nicht mehr anzusehen. Seither hatte er Ruhe vor den Dämonen der Vergangenheit, jedoch nicht vor seinen nagenden Zweifeln. Es war falsch, ein Knecht seiner Triebe zu sein. Falsch, seine verstorbene Frau durch eine andere zu ersetzen. Falsch, mit dieser Gattin jene Kinder zu zeugen, die Katharina ihm hätte gebären sollen ... Alles an dieser Situation war falsch. Aber nun war Amelie seine Ehefrau und er ihr und den Kindern gegenüber in der Verantwortung.

Lange noch lag Wilhelm wach und quälte sich mit seinen Gedanken. Wäre es am Ende nicht sogar besser, seine Triebe bei einer Fremden zu befriedigen?, fragte er sich. Mit jemandem, der keinen Namen hatte und nicht die Mutter seiner Kinder war?

# 23

*Zwei Jahre später*

Rodolphe stand neben einer Droschke am Bahnhof Bern und wartete auf seinen jüngeren Bruder August, der in Zürich einen Kongress für Apotheker besucht hatte. Die Bahnhofsuhr zeigte kurz nach Mittag.

Zwölf Jahre trennten die beiden Brüder voneinander. Zwischenzeitlich teilten sie sich die kleine Wohnung im Erdgeschoss des Lindt-Anwesens. Doch während Rodolphe nach wie vor ein Leben in Unabhängigkeit – ohne Ehegattin und Kind – bevorzugte, hätte sein Bruder sehr gern geheiratet und eine Familie gegründet. Zwischenzeitlich war August zudem stolzer Besitzer der Familienapotheke in der Marktgasse. Ihr Vater hatte ihn bei der Übernahme und dem Umbau derselben mit einer großzügigen Summe Geld unterstützt. Doppelt so viel, wie er Rodolphe für die Gründung der Schokoladenfabrik überlassen hatte.

Der lächelte, als er den schlaksigen August jetzt auf sich zukommen sah. Wenn man es nicht wusste, würde man sie beide niemals für Brüder halten. Das Antlitz des Fünfundzwanzigjährigen war eine eigenwillige, um nicht zu sagen unglückliche Mischung der markantesten Merkmale ihrer Eltern: Die lange Nase ihres Vaters, die schwulstigen Augenbrauen und vollen Lippen von Mama und blassblaue Augen, von denen niemand genau wusste, woher sie kamen.

»Was für eine Überraschung«, begrüßte August Rodolphe freudig und mit einem kameradschaftlichen Handschlag. »Ich hatte gar nicht erwartet, dass du mich abholen würdest.« Er kramte in seiner Hosentasche nach einem Stofftaschentuch und tupfte sich die verschwitzte Stirn ab. Der Spätsommer belohnte sie an diesem Tag nochmals mit einem wolkenlos blauen Himmel und sommerlichen Temperaturen. Tage wie dieser wurden jetzt im August immer seltener. Bald schon würden sich die Blätter der Stadtbäume bunt färben.

Der Fuhrmann nahm August den Koffer ab, was dieser mit einem dankbaren Lächeln quittierte. Umständlich stieg er in die verdecklose Droschke, blieb dabei mit einem Fuß an der Metalltreppe hängen und wäre beinahe der Länge nach hingeknallt.

»Geht schon«, versicherte er Rodolphe mit hochrotem Kopf und setzte sich.

»Wie war der Kongress?«, fragte Rodolphe, als das Gefährt sich in Bewegung setzte. Er hielt sich die Hand über die Augen, um seinen Bruder trotz des grellen Sonnenlichts ansehen zu können. »Hast du spannende neue Eindrücke in deinen Beruf erhalten?«

»Gut«, antwortete August knapp und schwieg einen Moment, bevor er Rodolphe gestand: »Ehrlich gesagt habe ich mir ein wenig mehr erhofft.« Er zuckte die Schultern.

»Tatsächlich? Inwiefern?«, fragte Rodolphe.

Während sein Bruder ihm von seinem langweiligen Alltag als Giftmischer berichtete und seine Zweifel darüber kundtat, ob er wohl die richtige Berufswahl getroffen hatte, glitt Rodolphes Blick umher und blieb plötzlich an einer blonden Hochsteckfrisur hängen. Hitze schoss durch seinen Körper, und er starrte auf die Gestalt. Doch dann wandte sie sich um, und die Enttäuschung holte Rodolphe wieder zurück in die Realität.

»... aufgrund der vielen Vorschriften zu wenig schöpferisch«, beendete August seinen Monolog.

»Verstehe.« Rodolphe lächelte und nickte. Zu blöd, dass er nun den relevanten Teil der Konklusion seines Bruders verpasst hatte.

Innerlich ärgerte er sich über sich selbst. Langsam grenzte sein Verhalten an Besessenheit. Zehn Jahre waren vergangen, seit Amelie aus der Tür seiner Schokoladenfabrik gegangen und nie mehr zurückgekehrt war.

Blind vor Eitelkeit hatte ihn dieser Entscheid anfangs mit Erleichterung erfüllt. All seine Sorgen und Ängste waren mit ihr aus dieser Tür und somit aus seinem Leben verschwunden. Ohne Gewissensbisse hatte er sich endlich mit Rosa aus dem Klötzlikeller vergnügt. Während seiner Zeit mit Amelie waren sie sich nur ein einziges Mal nähergekommen. Damals hatte Rodolphe seinen Kummer über die Probleme in der Beziehung dermaßen großzügig in Wein ertränkt, dass er der holden Maid noch vor dem eigentlichen Akt davongeschlafen war – möglicherweise nicht einmal ganz unabsichtlich. Danach hatte er sein Temperament im Zaum gehalten, auch wenn ganz Bern etwas anderes behauptet hatte.

Amelie wiederum hatte damals eindrucksvoll bewiesen, dass auf sie kein Verlass war.

Als die Zeit jedoch verging und die Wut über ihr Benehmen abflachte, dachte Rodolphe manchmal darüber nach, ob er ihr mit seinem Verhalten überhaupt eine Wahl gelassen hatte. So oder so war es jetzt allerdings zu spät. Schließlich hatte sie mit diesem Quacksalber zwischenzeitlich zwei Kinder. Rodolphe hatte gehofft, dass das erstickende Brennen in seiner Brust mit den Jahren nachlassen würde. Doch dem war nicht so. Die innig ersehnte Benommenheit blieb ihm verwehrt.

Sein Blick suchte sie überall, und sein Herz pochte stets schneller, wenn er glaubte, sie irgendwo in der Menschenmenge entdeckt zu haben. Ein- oder zweimal hatte er sie tatsächlich von Weitem auf dem Markt erblickt. Bevor er jedoch aus seiner Starre erwachen und zu ihr hingehen konnte, war sie auch schon verschwunden gewesen. Dennoch hatten diese kurzen Augenblicke gereicht, um ihn innerlich zersplittern zu lassen. Sie hatte selbst nach zwei Geburten nichts von ihrer Anmut eingebüßt. Im Gegenteil, die reife Weiblichkeit stand ihr sogar noch besser.

Die Schokoladenproduktion der Firma Lindt hatte sich seit Amelies Weggang maßgeblich verändert. Im

August 1891 nahm das neu erstellte Kraftwerk in der Matte, unweit von Rodolphes Fabrikstandort, die Stromproduktion auf. Zwei der drei Turbinen trieben Dynamos für die Stromgewinnung an, die dritte wurde für die Pressluftherstellung zum Antrieb der Lufttrams verwendet. Was für ein Glück, dass ausgerechnet seine Manufaktur eine der ersten Industriebetriebe war, die von der neuartigen Energiequelle profitierten.

Die Nachfrage nach Rodolphes Produkten war zweifellos groß, doch war er gezwungen, all das nun allein beziehungsweise mithilfe seiner Familie zu bewerkstelligen. An den Tagen, an denen seine Schwestern wie eine Schar aufgescheuchter Gänse in der Manufaktur mitarbeiteten, verlor er nicht selten die Nerven und jagte sie allesamt davon. Von Schokolade – so viel stand fest – hatten die alle keine Ahnung. Seine Eltern wiederum waren zwischenzeitlich zu betagt, um mitzuhelfen. Was ihn wieder zurück zum eigentlichen Grund dieser Kutschfahrt brachte.

Als er August erneut ansah, musterte dieser ihn mit fragend hochgezogenen Augenbrauen und einem misstrauischen Gesichtsausdruck.

»Ist bei dir alles in Ordnung? Du wirkst so abwesend«, erklärte er mit besorgtem Blick. »Ich habe dich schon zweimal etwas gefragt.«

»Alles bestens, ich bin nur ein bisschen müde. In der Fabrik gibt es furchtbar viel zu tun. Der alltägliche Wahnsinn«, lenkte Rodolphe mit einem beschwichtigenden Handzeichen ab. »Was war nochmals deine Frage?«

»Ich habe mich erkundigt, ob du direkt zurück in die Manufaktur fährst oder ob wir noch irgendwo gemeinsam etwas zu Mittag essen wollen. Warum hast du mich eigentlich am Bahnhof abgeholt? Ich hätte mir doch selbst eine Droschke rufen können?«

Das war tatsächlich eine berechtigte Frage.

»Nun, ich wollte in der Tat mit dir zu Mittag essen und bei dieser Gelegenheit einige Umstände besprechen«, sagte Rodolphe lächelnd. »Deshalb bringt uns die Droschke auch nicht direkt nach Hause, sondern in die Innenstadt.«

Das Mittagessen und der anschließende Nachmittag mit seinem Bruder August verliefen zu Rodolphes Zufriedenheit, dafür hatte er die Arbeit in der Fabrik gerne geopfert. In seiner Situation war es enorm wichtig, die richtigen Prioritäten zu setzen. Die größte Hürde hatte er allerdings noch vor sich, weshalb er seinem Bruder vorgeschlagen hatte, die Angelegenheit so rasch als möglich zu bereinigen.

Und zwar heute Abend.

»Lass mich zuerst reden, und sei daraufhin ehrlich hinsichtlich deiner Gefühle, August«, hatte er seinen Bruder angewiesen.

»Wie schön, dass wir wieder einmal alle zusammen zu Abend essen können«, freute sich Mama und lächelte, was bei ihrem Temperament selten genug vorkam. Diese Tage leistete ihnen bloß noch ihre jüngste Tochter Cäcilia Gesellschaft. Rodolphes andere Schwestern hatten längst geheiratet und einen eigenen Haushalt gegründet.

»Was verschafft uns denn die Ehre?«, murmelte Papa mühselig und musterte seine beiden Söhne nicht ohne Misstrauen. Mit seinen neunundsechzig Jahren hatte er zwischenzeitlich ein stattliches Alter erreicht. Lange hatte er den Eindruck erweckt, dem Einfluss seiner zunehmenden Lebensjahre gegenüber resistent zu sein. Seit einigen Monaten jedoch ging es mit ihm stetig bergab. Körper und Geist zerfielen allmählich, während die Gebrechen zunahmen. Dennoch durfte man ihn nicht unterschätzen, wie sein argwöhnischer Blick Rodolphe deutlich zeigte.

»Nun, August und ich beabsichtigen, etwas mit euch zu besprechen.« Rodolphe tupfte sich mit der Serviette den Mund ab und nahm einen Schluck Wein. Sofort legten seine Eltern das Besteck nieder und sahen ihn erwartungsvoll an.

»Wie ihr wisst, kämpfe ich zunehmend mit Produktionsengpässen. Die Toblers in der Länggasse sitzen mir täglich im Nacken. Da sie nach wie vor keine eigene Strom- und Wasseranbindung haben, sind sie auf Hersteller wie mich angewiesen.« Er machte eine kurze Pause, um sicherzugehen, dass er die volle Aufmerksamkeit insbesondere seines Vaters besaß. »Das ist einerseits hervorragend fürs Geschäft, andererseits brauche ich in meiner Fabrik zuverlässige Leute, die meine Arbeiter koordinieren. Ich schaffe das nicht mehr alles allein.« Immerhin ließ das Gesetz zwischenzeitlich zu, dass er seine Erfindung der Chocolat Fin unter Patentschutz stellen konnte. Somit war es ihm möglich, zusätzliche Arbeitskräfte einzustellen, ohne Angst haben zu müssen, dass sie sein Geheimnis an die Konkurrenz verraten und diese es dann kopieren könnte.

»Seit du weg bist, Papa, ist die Stelle des stellvertretenden Patrons unbesetzt«, versuchte es Rodolphe mit Schmeichelei. Dabei erwähnte er bewusst nicht, dass auch Amelies Kündigung maßgeblich zu seinem Problem beigetragen hatte. Anders als sein Vater es sich vorgestellt hatte, ließ sie sich nämlich nicht einfach durch irgendeine beliebige Person ersetzen. Diesen Gedanken schob er jedoch energisch beiseite; heute wollte er sich auf Wichtigeres konzentrieren als die Geister der Vergangenheit.

»Du weißt, dass meine Schwestern nicht geeignet sind, diese Verantwortung in meiner Abwesenheit zu tragen«, fuhr er behutsam fort.

Papas Augen verengten sich, und er presste den Mund zusammen. Er mochte alt und nicht bei bester Gesundheit sein, dennoch funktionierte sein Verstand offenbar noch gut genug, um seinen Ältesten zu durchschauen.

»Und da dachtest du an August?«, fragte er nicht ohne einen bissigen Unterton in der Stimme. Lauernd musterte er seine beiden Söhne.

August sah Rodolphe hilfesuchend an. Dieser lehnte sich in seinem Stuhl zurück und verschränkte die Arme vor der Brust. Er will also das altbekannte Spiel spielen, dachte Rodolphe. Kann er haben.

»Das ist korrekt. Da erinnerte ich mich an meinen Bruder, der mir stets durch seinen Fleiß und seine Rechtschaffenheit aufgefallen ist. Es gibt jedoch weitere, wichtigere Gründe, warum mir diese Idee kam.

Bitte, August, sag Papa, was du mir erzählt hast.« Er machte eine auffordernde Handbewegung und unterstrich diese mit einem aufmunternden Lächeln.

August griff hastig nach seinem Wein und nahm einen großen Schluck, ehe er hüstelte.

»Die Sache ist die …«, begann er und räusperte sich erneut. »Das Handwerk des Apothekers ist ein faszinierendes, nur frage ich mich, ob ich die richtige Person bin, es auszuüben.«

Papa bekam einen Hustenanfall, und Mamas Wangen färbten sich rot.

»Wie meinst du das? Du führst doch unsere Apotheke?«, fragte sie scharf, während sie Vater auf den Rücken klopfte und ihm dabei half, das Wasserglas an den Mund zu führen. »Papa hat dich dafür sogar mit einer großzügigen Summe unterstützt!«

August knetete zerknirscht die Hände. »Ich habe tatsächlich angenommen, dass dies mein größter Wunsch und meine Berufung sei. In letzter Zeit jedoch ertappe ich mich immer häufiger dabei, dass ich genau daran zweifle.« Er holte tief Luft. »Gerade der Kongress in Zürich hat mir erneut aufgezeigt, wie fremd ich mich unter meinesgleichen fühle. All die Vorschriften, der strenge Fokus auf das Rationale, das … das engt mich ein, es ist … so … einfallslos.«

»EINFALLSLOS?«, wiederholte Papa mit lauter Stimme, wobei sich sein Gesicht deutlich rot färbte. Mama nahm hastig einen Schluck Wein und enthielt sich weiterer Kommentare. Das Familienerbe war nicht ihr Hoheitsgebiet.

»Ja, uninspirierend, wenn man so will.« August sah auf seine Hände, und Rodolphe versetzte ihm unter dem Tisch einen Tritt, damit er weitersprach. »Wenn ich ehrlich sein darf, und das war ich bisher nur Rodolphe gegenüber, dann ... habe ich mich in diesem Beruf nie wohlgefühlt, Papa. Jung und unerfahren, wie ich war, dachte ich damals, es sei meine Pflicht, die Apotheke weiterzuführen. Jemand sollte in Vaters Fußstapfen treten, nachdem Rodolphe einen anderen Weg eingeschlagen hatte. Nur ...« Er schluckte und suchte Papas Blick. »Nur fehlt mir seit Beginn meiner Tätigkeit die Passion für diesen Beruf. Und zwischenzeitlich ist mir jeder Tag eine Qual.«

Gut, da hatte sein kleiner Bruder möglicherweise etwas dick aufgetragen, aber immer noch besser, als so zu tun, als wäre alles in Ordnung, befand Rodolphe. Von einer vagen Vorahnung geleitet hielt er die Luft an.

»Hast du jetzt komplett den Verstand verloren, August? Versuchst du mir etwa gerade beizubringen, dass du beabsichtigst, in die Schokoladenbranche zu wechseln, weil du keine Lust mehr hast, Apotheker zu sein? Ist es das?« Papa starrte ihn mit schmal zusammengekniffenen Augen an. Eine Ader pochte bedrohlich an seiner Stirn, und Speichel klebte an seinen Lippen.

»Im Prinzip ja, Papa.« August sah ihn an und schwieg. Nach einigen Sekunden senkte er den Blick und begutachtete seine sorgsam gepflegten Finger.

Vater erhob sich und wäre dabei beinahe über seinen Stuhl gefallen. Mama sprang entsetzt hoch und stützte ihn.

»Es geht im Leben nicht darum, wozu wir LUST haben!«, brüllte er. »Wir sind angehalten, das Richtige zu tun und Verantwortung zu tragen, darum geht es!«

»Das war vielleicht früher einmal so, Vater, zu deiner Zeit«, wandte Rodolphe nun ein und sah ihm direkt in die Augen. »Haben wir diese Diskussion nicht schon öfters geführt?« Er machte eine alles einschließende Handbewegung. »Lag ich mit meiner Einschätzung, in die Schokolade zu investieren, nicht richtig? Gibt mir der Erfolg nicht recht?« Er schnaubte. »Wir leben in Zeiten rasanten Fortschritts, Papa. Für uns junge Leute gibt es unzählige Alternativen, wie wir unser Brot verdienen können. Es geht nicht mehr bloß darum, Bestehendes zu erhalten. Wir haben zum ersten Mal in der Geschichte die Möglichkeit, unsere Zukunft selbst mitzugestalten.« Er machte eine kurze Pause, während der sich Papa mit Mamas Hilfe mühsam zurück auf seinen Stuhl setzte und mit zitternden Händen nach seinem Weinglas griff.

»Und genau das wünschen die meisten heute auch: selbst zu entscheiden, wie ihre Zukunft aussehen soll«, beendete Rodolphe seine Rede.

Einige Minuten herrschte Stille, dann schob Papa seinen Teller mit dem Essen von sich, krallte sich an der Tischkante fest und erhob sich erneut. Dabei zitterte er am ganzen Körper, und sein Gesicht wirkte aschfahl.

Bevor Mama ihn aus dem Raum begleitete, wandte er sich noch ein letztes Mal seinen Söhnen zu und erhob den knorrigen, gekrümmten Zeigefinger.

»Ihr beiden Dummköpfe ruiniert euch in eurer Naivität sämtliche Privilegien, die euch das Leben eingeräumt hat.«

Nach diesem Abend ging es mit seiner ohnehin angeschlagenen Gesundheit rasant bergab. Seine Kraft reichte bloß noch für wiederkehrende boshafte Verwünschungen.

»Ihr bringt ihn noch ins Grab!«, schalt Mama Rodolphe und August und schob ihre schwulstigen Augenbrauen zusammen. »Lasst ihn nicht so sterben. Er soll diese Welt nicht im Glauben verlassen, dass ihm die Schokolade gleich beide Söhne gestohlen hat.«

Also blieb August, dessen Rebellionsgeist ohnehin weit weniger stark ausgeprägt war als Rodolphes, Apotheker in der Marktgasse.

Im Mai 1893 erlag ihr Vater schließlich seinen Gebrechen.

Noch auf dem Friedhof berührte August Rodolphe am Arm. »Ich verkaufe die Apotheke«, sagte er halblaut.

Rodolphe nickte und sah hinüber zur frisch aufgehäuften Erde beim Grab seines Vaters.

»Wir werden dich trotzdem stolz machen, Papa. Auf unsere Art und Weise«, murmelte er.

# 24

Rudolf Sprüngli blickte hinaus auf die Frühlingslandschaft, die vor dem Fenster seines Abteils vorbeizog. Typisches Aprilwetter beherrschte die Szenerie. Dunkle Wolken ballten sich am Himmel, aus denen immer wieder kräftige Schauer auf die matschig braunen Felder niederprasselten, während nur wenige Hundert Meter entfernt die milde Frühlingssonne hinabschien. Auf seiner Bahnfahrt von Zürich nach Bern hatte Rudolf Sprüngli jede Menge Zeit, sich über die Vergangenheit und die gewünschte Zukunft Gedanken zu machen. In der ersten Klasse saßen heute neben ihm nur wenige Fahrgäste, sodass er genug Ruhe hatte, um seine Ideen zu sortieren. Rudolf, den alle nur Ruedi nannten, war den Umgang mit Menschen gewohnt, und normalerweise störte er sich auch nicht an deren Anwesenheit. An diesem Tag jedoch wollte er fokussiert bleiben.

Zwei Jahre waren vergangen, seit der Senior Lindt gestorben war und sein Junior das Zepter endgültig übernommen hatte. Es ärgerte Ruedi ein wenig, dass es der acht Jahre jüngere Lindt-Spross, ein Namensvetter noch dazu, offenbar nicht für nötig befunden hatte, seine briefliche Anfrage zu beantworten. Seit Januar wartete er auf eine Rückmeldung, ob man sich nicht einmal geschäftlich treffen und kennenlernen wolle. Vor über einem Monat hatte er zudem einen weiteren Brief mit der Ankündigung seines Aufenthalts in Bern versendet. Natürlich hatte er dabei so getan, als wäre er ohnehin dienstlich in der Metropole unterwegs, und ihn im vorgesehenen Zeitraum um eine Zusammenkunft gebeten. Von Patron zu Patron.

Schließlich war es nun bereits drei Jahre her, seit sein Vater die Geschicke seiner beiden Geschäftsfelder an ihn und seinen Bruder David Robert weitergegeben hatte. Während David die Confiserie im Haus Tiefenhof am Neumarkt, dem heutigen Paradeplatz, geerbt hatte, führte Ruedi die Schokoladenfabrik in der Werdmühle weiter.

»So geratet ihr euch nicht in die Haare«, hatte sein Vater den Entscheid, den man tatsächlich als weitsichtig bezeichnen konnte, begründet. Zumal sich eine solche Aufteilung ohnehin aufgedrängt hatte, da David das Talent ihres Vaters zur Herstellung edler Torten geerbt hatte. Ruedi seinerseits hatte zwar ebenfalls eine Konditorlehre im väterlichen Geschäft absolviert und anschließend als Konditorgehilfe in Wien und Paris gearbeitet, jedoch schnell gemerkt, dass ihm das Unternehmertum weit mehr entsprach als das Handwerk, weshalb er es vorzog, den Kochlöffel gegen Zahlen und Buchstaben einzutauschen.

Genau wie sein Vater gedachte auch Ruedi trotz seiner achtundvierzig Jahre noch nicht, kürzerzutreten und sich auf den Familienlorbeeren auszuruhen. Rudolf Sprüngli senior widmete sich nach seinem Rückzug aus der operativen Geschäftsführung nämlich zahlreichen Nebenschauplätzen des Alltagsgeschäfts. Mochten diese manchen auch nebensächlich oder sogar übertrieben perfektionistisch erscheinen, so waren sie doch von unschätzbarem Wert. Ruedis alter Herr veröffentlichte Texte, hielt Reden und rief immer wieder zu Innovation auf. Er propagierte neue Herstellungsmethoden, engagierte sich in verschiedenen Vereinigungen wie der Zunft und warb für den gesundheitlichen Mehrwert des Schokoladenkonsums. Als einer der Ersten forderte er zudem einen Importschutz mittels höherer Einfuhrzölle für Schokoladenerzeugnisse aus dem Ausland.

Von seinem Vater hatte Ruedi gelernt, dass man sich als Unternehmer stets weiterentwickeln musste, wenn man auf dieser Welt Spuren hinterlassen wollte. Denn, wie er sich stets vor Augen führte: Die Konkurrenz schlief nicht. Und da Ruedi prinzipiell Augen und Ohren offen hielt, hatte er vor einiger Zeit gehört, dass es in Bern einen aufstrebenden Chocolatier gab. Anfangs hatte man Rodolphe Lindt mit seiner Erfindung der zartschmelzenden Schokolade noch für einen arbeitsscheuen Sohn aus reichem Hause gehalten, doch seine Erfolge sprachen mittlerweile für sich. Zwischenzeitlich war angeblich auch sein Bruder August, ein ehemaliger Apotheker, in das Geschäft eingestiegen.

Ruedi war, ebenso wie sein Vater, stets der Ansicht, dass man sich mit seinen Mitbewerbern arrangieren oder gar eine Kooperation anstreben sollte. Insbesondere wenn sie dermaßen innovativ unterwegs waren wie Lindt. Davon profitierten alle Beteiligten, sofern man es denn richtig anging. Im Gegensatz dazu kostete ein erbitterter Kampf unter Widersachern weit mehr Ressourcen.

Ruedi war jedoch auch zu Ohren gekommen, dass der junge Lindt nicht aus demselben Holz geschnitzt war wie dessen verstorbener Vater. Als engagiertem Politiker waren diesem die Wichtigkeit und der unschätzbare Wert von Allianzen bekannt gewesen. Seinem Sohn … nun, Ruedi würde es demnächst erfahren. Möglicherweise waren seine Briefe ja bei der Post verloren gegangen. Auszuschließen war dies erst, wenn er Rodolphe gegenüberstand.

»Nächster Halt, Bern«, verkündete der Schaffner, lächelte den Reisenden im Zugabteil zu und verschwand durch die Tür im angrenzenden Wagon. Ruedi holte seinen Reisekoffer unter der Sitzbank hervor. Da er nicht abzuschätzen vermochte, wie lange er in der Stadt bleiben würde, hatte er vorsichtshalber einige Sachen eingepackt. Sollte Lindt heute außer Haus sein, würde er warten, bis er ihn erreichte.

Er betrachtete kurz seine Spiegelung im Fenster, um sicherzugehen, dass seine Haare noch immer ordentlich gescheitelt waren und das Krawattentuch sorgfältig im Ausschnitt der Weste drapiert war. Dabei fragte er sich, ob er zugenommen hatte. Nicht nur dass seine Kleidung an manchen Stellen zwickte, auch sein Gesicht ähnelte allmählich der Form eines Vollmonds, wie er fand. Allerdings lag das bei den Sprünglis in der Familie, weshalb es vermutlich sinnlos war, sich deshalb die köstlichen Gebäckstücke seines Bruders zu verwehren. »Schließlich befasse ich mich mit Schokolade, da kann ich nicht aussehen wie eine Stallgabel«, entschied Ruedi kurzerhand und schob das Thema beiseite. Zudem hatte sich seine Maria seit der Heirat vor über zwanzig Jahren nie über sein Äußeres beklagt. Allerdings beschränkte sich ihr körperlicher Kontakt zwischenzeitlich auf einen höflichen Kuss morgens vor und abends nach der Arbeit.

Die Bahn kam mit quietschenden Bremsen und einem ordentlichen Ruck zum Stehen. Ruedi war froh, dass er noch nicht aufgestanden war. Verärgert über dieses dilettantische Anhaltmanöver erhob er sich und stieg aus. Er kämpfte sich durch das Getümmel in der Empfangshalle und trat hinaus auf den Bahnhofsvorplatz, wo er von strahlendem Sonnenschein geblendet wurde. Ein Blick auf die Bahnhofsuhr zeigte ihm, dass es kurz vor Mittag war. Bevor er sich also auf die nächste Etappe seiner Reise begab, würde er sich erst noch ein kleines Mittagessen gönnen.

Er setzte sich auf die Terrasse des Restaurants Bahnhofbuffet, damit er das bunte Treiben rund um den Bahnhof beobachten konnte, während er aß, und entschied sich für eine Rösti mit Käse und Speck. Ein Glas Bier, das ebenfalls angeboten wurde, genoss er lieber in Gesellschaft.

Gestärkt und satt bezahlte Ruedi eine Stunde später seine Speisen. Obwohl ihn die Lufttram nahe ans

Mattequartier gebracht hätte, in dem Lindts Fabrik lag, entschied er sich gegen das öffentliche Transportmittel. Der bloße Gedanke, mit seinem Lederkoffer, eingepfercht in fremde Leute, die Stadt zu durchqueren, widerstrebte ihm. Zudem beabsichtigte er nicht, den Rest des Weges, der durch die Route der Lufttram nicht abgedeckt war, zu Fuß zu bewältigen. Man bedenke seinen Koffer ... Natürlich hätten ihm einige Schritte zu Fuß nicht geschadet, doch das Gepäcktragen hätte schon nach kurzer Zeit zu Rückenschmerzen geführt, und diese konnte er bei einem Geschäftstermin wahrlich nicht riskieren.

Also winkte Ruedi sich rasch eine Droschke herbei und genoss den Blick aus dem Fenster, während der Fuhrmann seine Pferde durch die Altstadt mit ihrem Labyrinth aus verwinkelten Gassen, den typischen Arkaden und am berühmt-berüchtigten Käfigturm vorbeilenkte. Vor einem Jahr hatten die Prozesse zur Aufarbeitung des Käfigturm-Krawalls, der die Berner im Sommer 1893 erschüttert hatte, stattgefunden. Davon hatte man selbst in Zürich gehört.

Angeblich waren rund sechzig einheimische Arbeiter ins Kirchenfeld und an die Schosshalde gezogen und hatten dort italienische Arbeitskräfte auf einer Baustelle verprügelt. Vorangegangen war ein lange schwelender Disput darüber, ob die Italiener, die meist geschickter, zuverlässiger und überdies noch billiger arbeiteten als ihre Schweizer Kollegen, diesen die Arbeitsplätze streitig machten. Schließlich hatte sogar die Polizei eingreifen müssen und einige der Aufrührer in den Käfigturm gesperrt, woraufhin deren aufgebrachte Kumpanen des Nachts versuchten, sie zu befreien. Säbel wurden gezückt, Schaulustige strömten in Scharen herbei, und der Konflikt gipfelte in einer veritablen Straßenschlacht. Die Zeitungen wurden damals nicht müde, die Vorkommnisse im Detail zu schildern. Zum guten Schluss bat die Stadtregierung gar das eidgenössische Militärdepartement um Hilfe, und so waren gegen Mitternacht Soldaten aus Thun eingetroffen, die dem Krawall ein Ende setzten.

Ruedi schüttelte amüsiert den Kopf und ließ den Blick schläfrig über die Altstadthäuser gleiten.

Endlich hielt die Droschke vor der Schokoladenfabrik, Ruedi bezahlte, griff nach seinem Koffer und stieg aus. Wie zu erwarten, herrschte vor dem Geschäftsgebäude rege Betriebsamkeit. Stimmen hallten durch die Gassen, Karren fuhren voll beladen vor und leer wieder weg, einige Arbeiter trugen die Produkte emsig ins Innere, und die Mattekinder, deren Eltern in den Fabriken ringsherum arbeiteten, beobachteten alles oder verdienten sich einen Batzen mit kleinen Hilfsdienstleistungen.

Vor dem Eingang zur Lindt-Manufaktur blieb Ruedi stehen und erkundigte sich bei einem Angestellten nach dessen Patron Rodolphe Lindt.

»Er ist drinnen«, gab dieser zur Antwort und wies mit dem Daumen hinter sich.

»Würden Sie mich zu ihm bringen?«, bat Ruedi schließlich, als der bärtige Mann mittleren Alters keine Anstalten machte, dies selbst vorzuschlagen.

Der Fabrikarbeiter zuckte stoisch die Schultern.

»Wie Sie wünschen. Aber meistens hält er nicht viel davon, wenn man ihn bei der Arbeit stört.«

»Ich habe meinen Besuch angekündigt«, erklärte Ruedi.

Ein feines Schmunzeln huschte über die Gesichtszüge seines Gegenübers. »Das macht beim Chef keinen Unterschied.« Trotzdem bedeutete er Ruedi, ihm zu folgen.

Gemeinsam betraten sie die Fabrik. Maschinenlärm und Stimmengewirr schlugen ihnen entgegen. In der Tür zum Produktionsraum blieb Ruedi stehen und sah sich staunend um. Er hatte sich die Räumlichkeiten komplett anders vorgestellt, selbst wenn ihm natürlich das ein oder andere Gerücht zu Ohren gekommen war. Insgesamt arbeiteten in dem mit wenigen Apparaturen ausgestatteten Raum bloß zehn Leute, was in deutlichem Gegensatz zu Lindts Erfolg in der Branche stand.

»Die meisten stellen es sich größer vor«, sprach der Bärtige das aus, was Ruedi dachte. »Der Chef sagt jedoch immer: ›Hier habe ich angefangen, und hier bleibe ich.‹« Er wies auf eine Gestalt im hinteren Teil des Raums. »Dort ist er übrigens.« Dann nickte er Ruedi zu und verschwand wieder.

Mit wachsendem Befremden stellte Ruedi seinen Koffer neben der Tür ab und bahnte sich seinen Weg zu Rodolphe Lindt. Dieser sah ihn, ignorierte ihn jedoch. Ruedi wartete geschlagene dreißig Sekunden, wobei er im Kopf mitzählte. Dann räusperte er sich, selbst wenn das niemand hörte, straffte die Schultern und zupfte sein Jackett zurecht.

»Rudolf Sprüngli, ich habe Ihnen geschrieben.«

Er streckte Lindt seine Hand hin. Dieser starrte zuerst ihn, dann die Hand und schließlich wieder die Schokoladenmasse vor sich an. Erst nach einer gefühlten Ewigkeit wandte sich Rodolphe Lindt schließlich mit einem erzwungenen Lächeln an Ruedi und schüttelte ihm die Hand.

»Herr Sprüngli. Ungünstiger Zeitpunkt. Wie kann ich Ihnen helfen?«, brüllte er über den Lärm hinweg.

»Können wir uns irgendwo in Ruhe unterhalten?«, fragte Ruedi ebenso laut.

Lindt verzog das Gesicht, zuckte die Schultern und führte ihn dann widerwillig in den Eingangsbereich der Fabrik. Dort öffnete er eine Tür und forderte Ruedi mit einer Geste auf einzutreten. Ruedi tat es und fand sich in einem kleinen Büroraum wieder, in dem ein Mann saß und sich durch diverse Papiere arbeitete.

Rodolphe Lindt schloss die Tür hinter ihnen und erklärte, als der Fabriklärm ausgesperrt und endlich ein normales Gespräch möglich war: »Das ist August Lindt, mein Bruder. Er ist für die Rezepturen sowie den Kundenkontakt zuständig. Das hier ist sein Büro und der einzige Ort, an dem man sein eigenes Wort versteht.«

Anders als sein älterer Bruder erhob sich der Angesprochene sofort von seinem Stuhl, kam mit einem Lächeln auf Ruedi zu und begrüßte ihn. Die beiden wiesen keinerlei äußerliche Ähnlichkeiten auf. Tatsächlich, dachte Ruedi bei sich, als er in August Lindts blassblaue freundliche Augen sah, schienen die Gene in dieser Familie ein wenig ungerecht verteilt worden zu sein.

Im Gegensatz zu seinem Bruder musterte Rodolphe

Lindt Ruedi bloß mit vor der Brust verschränkten Armen und zuckenden Kiefermuskeln, also wiederholte Ruedi seine Worte von vorhin.

»Ich habe Sie brieflich kontaktiert, Herr Lindt.« Er wartete und beobachtete sein Gegenüber. Doch bevor dieser etwas sagen konnte, platzte sein Bruder dazwischen.

»Aber natürlich! Die Briefe aus Zürich, du erinnerst dich, Rodolphe? Ich habe sie dir vorgelesen.«

Der Angesprochene verzog keine Miene und schwieg. Schließlich murmelte er: »Schon möglich. Ich kann mich nicht mehr erinnern.«

»Tja, immerhin ist die Nachricht angekommen. Ich habe bereits mit der Zuverlässigkeit der Post gehadert.« Ruedi faltete die Hände und beschloss, in seinem Monolog fortzufahren, denn von seinem Gegenüber durfte er in dieser Hinsicht anscheinend nicht allzu viel erwarten. Und da er kein Geschichtenerzähler war, sondern Geschäftsmann, kam er auch direkt zur Sache.

»Ich wollte Sie unbedingt persönlich kennenlernen, da wir beide die Passion der Schokoladenherstellung teilen.« Er ließ seine Worte wirken, jedoch ohne Erfolg. Lindt sah ihn an und wartete. Sein Gesichtsausdruck verriet nichts. »Nun. Als Unternehmer bin ich der Meinung, dass es sich stets lohnt, ein Miteinander anzustreben, anstatt das Gegeneinander zu kultivieren.«

»Tatsächlich?« Es war das erste Mal, dass Lindt antwortete. Ruedi konnte nicht sagen, ob seine Antwort ernst oder spöttisch gemeint war. »Was schwebt Ihnen denn konkret vor?« Lindt warf seinem Bruder einen kurzen Blick zu, den Ruedi ebenfalls nicht zu deuten wusste.

»Gar nichts, Herr Lindt, ich habe keine Vorstellungen. Vielmehr bin ich hier, um im Austausch mit Ihnen herauszufinden, ob wir Synergien hätten, die uns beide weiterbringen könnten.« Ruedi lächelte.

»Warum ich?«, beharrte sein Berufskollege und musterte ihn durchdringend. »Weil ich etwas erfunden habe, das Sie nicht haben?« Er lachte trocken.

Verärgerung wallte in Ruedi auf, doch er presste die Kiefer zusammen und bemühte sich um ein halbwegs glaubhaftes Lächeln. Nach einer Weile, die er als strategische und rhetorische Pause nutzte, antwortete er ohne Hast: »Weil wir ebenfalls etwas haben, das Sie nicht besitzen.«

Zugegeben, das war ein wenig gewagt. Seine unternehmerische Einschätzung verriet ihm jedoch, dass Lindt zwar virtuos und visionär gehandelt, hingegen von Betriebswirtschaft keine Ahnung hatte. Mehr als zehn Jahre waren seit seiner bahnbrechenden, branchenverändernden Erfindung vergangen, und noch immer produzierte er in diesen abgenutzten Räumlichkeiten unter äußerst beengten Platzverhältnissen und mit einer überschaubaren Belegschaft. Ein tüchtiger Geschäftsmann hätte längst ein Imperium aufgebaut, so viel erkannte Ruedi selbst ohne genaue Kenntnis der Sachlage.

»So? Und was wäre das Ihrer Meinung nach?«

Immerhin hatte er die Neugierde des jungen Lindt geweckt.

»Ganz einfach«, begann Ruedi selbstbewusst. »Ich

bin in der Lage, aus Ihrer Erfindung etwas wahrhaft Großes zu erschaffen.« Er legte eine Pause ein und ließ seine Worte wirken. »Sie beherrschen das Handwerk. Meine Kernkompetenz ist das Strategische.«

Einige Sekunden herrschte betretene Stille. August Lindt hielt sichtlich den Atem an und musterte seinen Bruder erwartungsvoll. Seine Wangen waren gerötet wie bei einem eifrigen Kind.

Dann durchbrach Rodolphe Lindts blechernes Lachen das Schweigen. Er trat einen Schritt auf Ruedi zu. Dieser wich nicht zurück.

»Mache ich auf Sie einen dermaßen minderbemittelten Eindruck, Herr Sprüngli? Glauben Sie tatsächlich, dass ich auf jemanden wie Sie gewartet habe? Dass ich nicht bemerke, was Sie mir hier so geschickt abzuhandeln versuchen?« Er legte den Kopf schief, und Ruedi sah ein boshaftes Funkeln in seinen Augen. »Kehren Sie nach Zürich zurück und verkaufen Sie Ihre eigenen Produkte. Lindt braucht Sie nicht.«

Ruedi hob beschwichtigend die Arme. »Es war nicht meine Absicht, Sie vor den Kopf zu stoßen oder zu beleidigen, Herr Lindt. Nichts lag mir ferner. Ich bin tatsächlich in ehrlichem Bestreben und aus geschäftlichem Interesse hergekommen. Nichts weiter.«

»Natürlich«, schnaubte sein Gegenüber. »Aber wissen Sie was? Sie sind nicht der erste *Geschäftsmann*, der hinter meinem Geheimnis her ist. Männer wie Sie belagern mich schon seit Jahren. Und nun wünsche ich Ihnen einen angenehmen Tag und eine behagliche

Rückreise.« Er ging zur Tür und öffnete sie demonstrativ.

Ruedi holte tief Luft und trat in den Eingangsbereich, wo er seinen Koffer ergriff. Man hatte ihn vor dem unsäglichen Temperament des jungen Lindt gewarnt. Dennoch war es einen Versuch wert gewesen. Er bot seinem Konkurrenten die Hand an, doch dieser machte keine Anstalten, ihn höflich zu verabschieden. Also neigte er bloß den Kopf und trat in die Wasserwerkgasse.

Manch einer wäre an dieser Stelle demoralisiert gewesen. Nicht so Ruedi Sprüngli. Er würde wiederkommen. Und zwar so lange, bis er sein Ziel erreicht hatte.

# 25

Amelie warf einen Blick auf die Tischuhr neben der Kasse und band sich die gestärkte weiße Schürze um. Sie lag gut in der Zeit. Es war sechs Uhr, und ihr blieb noch rund eine Stunde bis zur Öffnung der Konditorei.

Die braunrot lackierte Uhr mit dem Gehäuse aus Holz und goldenen Zierdetails war ein Erbstück ihres Vaters, der leider vor zwei Jahren von ihnen gegangen war. Damals hatte Maman darauf bestanden, dass Amelie dieses Andenken an ihren Papa erhielt. Und da er sie in ihrer Geschäftstätigkeit stets unterstützt hatte, schien es Amelie richtig, die Uhr in ihrer Konditorei aufzustellen. Dadurch hatte sie das Gefühl, ihn weiterhin auf gewisse Weise in ihrer Nähe zu haben. Zudem hätte ihm das gefallen.

Sorgfältig strich Amelie mit einem Lumpen über das geschwungene Gehäuse der Uhr und wandte sich dann ihren Vorbereitungsarbeiten zu.

Der unverkennbare Duft frischer Backwaren hing in der Luft und rang ihr, wie jedes Mal, wenn sie ihre Zuckerbäckerei für den Tag herrichtete, ein Lächeln ab. Die Röstaromen von karamellisiertem Zucker und knusprigen Kekskrusten vermischten sich mit der zartbitteren Note der Schokolade, die bei all ihren Backerzeugnissen die Hauptzutat bildete. Deshalb nannte sie sich auch unkonventionell *Amelies Schokoladen-Konditorei*.

Der gedrungene Raum mit holzgetäfelten Wänden und Regalen war vollgestopft mit bunten Gläsern, Töpfen und Schalen. Darin lagerte sie Bonbons und Blockschokolade in allen erdenklichen Farben und Formen. Diese stellte sie, im Gegensatz zu den Gebäckstücken, nicht selbst her. Kuchen, kunstvoll gestaltete Torten und Kekse hatte sie auf den Theken und Ausstellungstischen sowie im Schaufenster drapiert. Hinter der Haupttheke mit der Kasse lag zudem ein offener Küchenbereich, in dem sie an manchen Tagen ihre Süßwaren herstellte. Dort herrschte ein kreatives Chaos, dessen Ordnung nur Amelie selbst kannte. Große Rührschüsseln, Backformen, Ausstecher und Spritzbeutel zählten zu ihren wichtigsten Utensilien.

In den Anfängen ihrer Tätigkeit als selbsternannte Konditorin, zu Beginn des Jahres 1891, hatte sie die meisten Backwaren noch zuhause in der Küche hergestellt und dann in ihr Geschäftslokal transportiert. Dies nicht zuletzt deshalb, weil die Kinder damals noch kleiner gewesen waren. Heute, vier Jahre später, war Viktor zwölf und Wilhelmine mit ihren zehn Jahren ebenfalls kein Kleinkind mehr. Aus diesem Grund hatte Amelie ihre Wirkstätte letzten Frühling verlegt. Das schlichte Ladenlokal hatte zwar schon immer die Möglichkeit einer Backstube geboten, jedoch hatte Amelie den angrenzenden Raum zu Beginn bloß zur Zwischenlagerung und Aufbereitung ihrer Erzeugnisse benutzt. So war es mit Wilhelm vereinbart gewesen.

Sie erinnerte sich noch sehr gut an das erste Jahr ihrer bescheidenen Zuckerbäckerei. Damals hatte Bern sein 700-jähriges Bestehen seit Gründung der Stadt gefeiert. Die Festivitäten, die hauptsächlich auf dem Festplatz im Kirchenfeld stattgefunden hatten, waren mit der Betriebsaufnahme des ersten Elektrizitätswerks in Lindts Nachbarschaft in der Wasserwerkgasse zusammengefallen, und zur Feier des Fortschritts hatte man den Festplatz unweit von Amelies Confiserie sowie die Straßen zwischen Zeitglocken und Hirschengraben in der Altstadt erstmals elektrisch beleuchtet. Das war vielleicht ein Spektakel gewesen! Die neuartige Licht- und Energiequelle faszinierte und ängstigte alle gleichermaßen. Man konnte den »Blitz« oder »Strom«, wie sie es nannten, weder sehen noch riechen. Was, wenn das Teufelszeug explodierte? Keiner von ihnen hatte in der Schule etwas über dieses Phänomen gelernt, und eines stand fest: Kochen oder backen würde Amelie damit ganz sicher nicht.

Abgesehen von dieser Attraktion hatten die Festlichkeiten damals zahlreiche Schleckermäuler in ihr Geschäft gespült, und so war es ihr gelungen, auch Kunden außerhalb ihres Quartiers für ihre Produkte zu begeistern. Manche davon kamen bis heute regelmäßig wieder.

Mit einem Seufzer kehrte Amelie wieder in die Gegenwart zurück. Als sie alle Auslagen kontrolliert und selbst das letzte Staubkorn entfernt hatte, marschierte sie zur Tür und drehte das hölzerne Schild um, sodass nun die Worte *geöffnet* gegen die Quartierstraße prangten. Zuverlässig kamen um sieben Uhr ihre ersten Stammkunden, Frau Moser und das Ehepaar Steiner. Erstere, um die bestellte Ware für ihr Café abzuholen, Letztere, um sich den Lebensabend mit Leckereien zu versüßen. »Wir bekommen heute Besuch ...«, lautete dabei jeden Tag ihre Begründung für den großzügigen Einkauf, und jeden Tag nickte Amelie mit ernstem Gesicht und verkniff sich ein amüsiertes Schmunzeln.

Der Tag verging wie im Fluge und neigte sich schon bald wieder dem Ende zu, was Amelie am Stand der Sonne und den stetig länger werdenden Schatten auf der Straße erkannte. Sie hatte bereits die Gasbeleuchtung angeschaltet und bereitete sich darauf vor, ihren Laden alsbald zu schließen, als die Ladenglocke erneut klingelte. Da sie gerade mit dem Rücken zur Tür gestanden hatte, wandte Amelie sich mit einem routinierten Lächeln um – und erstarrte.

Der Mann, der gerade hereingekommen war, trat langsam auf sie zu und nahm den Hut vom Kopf. Ihr Puls beschleunigte sich.

»Guten Abend, Amelie.« Er blieb unschlüssig stehen, drehte die Hutkrempe durch Daumen und Zeigefinger und lächelte. Silberne Fäden hatten sich in seinen Schnurrbart und das dunkelbraune Haupthaar geschlichen, und Amelie sah feine Fältchen um seine Augen und auf seiner Stirn. Trotzdem hatten seine karamellfarbenen Augen nichts von ihrer Anziehungskraft eingebüßt.

»Guten Abend, Rodolphe«, antwortete sie heiser und strich sich die Hände an der Schürze ab.

Dreizehn Jahre waren vergangen, in denen Amelie ihn in Gedanken nie ganz losgelassen hatte. Dreizehn Jahre, in denen sie jedes Mal, wenn sie eine männliche Gestalt mit dunkelbraunen Haaren auf der Straße entdeckte, zusammenzuckte, nur um gleich darauf von herber Enttäuschung erfasst zu werden, wenn der Mann sich umgedreht und als Fremder entpuppt hatte.

Sie straffte die Schultern und schluckte. »Kann ich dir behilflich sein?«, fragte sie, so wie sie es bei anderen unbekannten Kunden oder Passanten auch zu tun pflegte. Einzig das formelle Sie ließ sie weg.

Rodolphe sah sie an. »Wie geht es dir?«, fragte er.

»Gut.« Sie wechselte die Position von einem Fuß auf den anderen und verschränkte die Arme hinter ihrem Rücken. »Suchst du etwas Bestimmtes?«

»Wie ich hörte, hast du mit deinem Geschäft großen Erfolg.« Er sah sich im Raum um. »Zwischenzeitlich reicht deine Bekanntheit weit über die Quartiersgrenzen hinaus.« Er sah sie wieder an und lächelte.

Amelie wusste nicht, was er von ihr hören wollte. Schließlich zuckte sie die Schultern. »Ich bemühe mich.«

»Man nennt dich die Schokoladenbäckerin. Eine Kunst, die in dieser Form in Bern niemand anbietet. Was mich nicht weiter verwundert. Nur wer sich mit Schokolade perfekt auskennt, kann sie effektvoll weiterverarbeiten.«

Amelie schwieg. »Weshalb bist du hier, Rodolphe?«, fragte sie schließlich. Sie verschränkte die Arme vor der Brust und musterte ihn mit unverhohlenem Misstrauen.

»Ich weiß, dass du den Peter-Caillers nahestehst, und verstehe daher, dass du ihre Schokolade vertreibst und in deine Backwaren einfließen lässt. Nur ...« Er brach ab und sah sich erneut in ihrem Verkaufsraum um.

»Du willst, dass ich deine Schokolade verkaufe? Ist es das?«, fragte sie kühl.

Er schüttelte den Kopf. »Ich wünsche mir, dass du mit meiner Schokolade experimentierst, so wie früher und so wie jetzt mit der Gala Peter.« Er begann, im Verkaufsraum auf und ab zu laufen. »Du könntest sogar wieder bei mir in der Fabrik arbeiten. Mein alter Herr, Gott hab ihn selig, weilt nicht mehr unter uns, wie du vielleicht weißt.« Er blieb stehen und drehte sich zu ihr um. »Dafür hilft mir August. Aber ... er ist nun mal kein Chocolatier, und die Nachfrage nach meinen Produkten ist erheblich. Ich könnte dir für deine Kreationen eine größere Plattform bieten, als du sie hier hast. Weit über die Stadtgrenzen hinaus.«

»Wenn du Produktionsengpässe hast, warum suchst du dir dann nicht Hilfskräfte oder qualifizierte Arbeiter, darunter auch Chocolatiers?«, fragte sie. »Was hat das alles mit mir zu tun? Und aus welchem Grund sollte ich mehr Bekanntheit anstreben?« Sie holte kurz Luft und bekräftigte dann: »Ich bin glücklich hier und so, wie sich die Dinge präsentieren.«

Rodolphe legte die Stirn in Falten und sah sie an, als könne er nicht glauben, was er soeben gehört hatte. Eine Ader pochte an seiner Schläfe. »Es ist mir kein dringliches Anliegen, größer und kommerzieller zu werden; das war es nie, falls du dich noch erinnerst. Viel eher waren das die Strategie und das Wunschdenken meines Vaters. Ich möchte bescheiden, aber exquisit bleiben. Individuell. Zum entsprechenden Preis.« Er schob das Kinn vor und presste die Lippen zusammen. Dann murmelte er: »Das ist zudem nicht die Amelie, die ich kennengelernt habe. Die alte Amelie hätte diese Gelegenheit sofort ergriffen.«

Sie lachte. Es war ein bitteres Lachen. »Ach ja? Erstaunt dich das? Ich bin eine Mutter, Rodolphe. Diese Erfahrung verändert den Blickwinkel eines Menschen auf die Welt. Bekanntheit, Ruhm, Anerkennung und vieles mehr verlieren an Wichtigkeit, wenn man die Verantwortung für ein Kind trägt. Ich erwarte nicht, dass du das verstehst.« Sie ging zur Tür und drehte das Schild um. »Wir schließen gleich«, erklärte sie überflüssigerweise.

»Man muss doch nicht all seine Träume, sein gesamtes Leben für seine Kinder aufgeben«, versuchte es Rodolphe erneut und schüttelte ungläubig den Kopf. »Niemand bezweifelt, dass du eine gute Mutter bist. Trotzdem kannst du daneben zusätzlich eine erfolgreiche Geschäftsfrau sein, oder nicht? Warst nicht du immer diejenige, die genau das stets propagiert hat?«

Amelie wandte sich ruckartig um. Wut stieg in ihr auf. »Ich habe meine Träume nicht aufgegeben, Rodolphe. Ich bin bloß erwachsen geworden und betrachte sie nun in einem realistischeren Kontext. Es war und ist für mich kein Verlust, Zeit in meine Kinder zu investieren. Diese Aufgabe verschafft meinem Leben weit mehr Sinnhaftigkeit, als deine Angestellte und Mätresse zu sein!« Sie holte tief Luft und spürte, wie Wärme ihre Wangen pulsieren ließ. »Meine Liebe zur Schokolade findet hier ihren Ausdruck. Es ist mir schleierhaft, wie du denken kannst, all dies hier würde bloß eine Lücke füllen, die du und deine Fabrik hinterlassen haben.« Sie schnaubte, marschierte an ihm vorbei und machte sich an der Kasse zu schaffen. »Vielleicht wart ihr, du und deine Manufaktur, vielmehr ein Stachel in meinem Fleisch, den es loszuwerden galt.«

Rodolphes Nasenflügel bebten. »Gut, ich entschuldige mich für die unglückliche Aussage zu deinen Kindern.« Er hob entwaffnend die Hände. »Ich gebe zu, dass ich davon nichts verstehe und mir entsprechend kein Urteil zusteht.«

Womit er recht hatte, dachte Amelie grimmig und reinigte die Theke mit entschlossenen Bewegungen von nicht vorhandenen Gebäckkrümeln.

»Trotzdem wünsche ich mir aufrichtig, dass du über mein Angebot nachdenkst. Sie kreisen wie die Geier über meinem Kopf, gieren nach meinem Patent und versuchen, sich ein Stück des Kuchens zu sichern. Ich aber ...« Er trat einen Schritt zurück, zupfte sein Jackett zurecht und sagte leise: »Ich will dich.« Mit diesen Worten wandte er sich ab, lief zur Tür und legte die Hand auf die Klinke. »Weil du die Beste bist.«

Er war schon fast auf der Straße, als Amelie ihm antwortete. »Du weißt, dass Wilhelm das nie tolerieren würde.«

Rodolphe blieb stehen und erwiderte: »Da wäre ich mir nicht so sicher.«

Benommen sah Amelie ihm nach, bis er aus ihrem Blickfeld verschwunden war. Dann ging sie zur Tür und schloss ab. Ihre Hände zitterten. So konnte sie auf gar keinen Fall nach Hause zurückkehren. Mit wackligen Schritten lief sie an der Theke vorbei in die Backstube, wo sie nach einer Flasche Obstbrand kramte. Normalerweise benutzte sie diesen bloß zum Backen, heute jedoch goss sie sich ein Glas davon ein, wobei sie die Hälfte daneben schüttete. Sie setzte sich und trank den Schnaps in einem Zug. Heiß rann er ihre Kehle hinunter und beruhigte ein wenig ihre Nerven.

Rodolphe Lindt besaß tatsächlich die Dreistigkeit, nach dreizehn Jahren wieder in ihrem Leben aufzukreuzen und ihr vorzuschlagen, erneut bei ihm zu arbeiten. Ging es ihm wirklich bloß um eine professionelle Zusammenarbeit, oder war er auch ihretwegen hergekommen? Damals hatte Amelie damit gerechnet, dass er nach ihrem Ausscheiden aus der Schokoladenfabrik die hübsche Tochter des Stadtpräsidenten heiraten würde. Stattdessen war Rodolphe nach wie vor Junggeselle und das im stattlichen Alter von vierzig Jahren.

Amelie seufzte und goss sich erneut ein Glas Obstbrand ein. Gottlob musste sie weder heute noch an einem anderen Abend fürchten, dass ihr Ehemann ihr einen Kuss auf den Mund drücken und den Alkohol riechen könnte.

Nach einer Stunde hatte sich ihr Herzschlag so weit beruhigt, dass sie den Heimweg antreten konnte.

»Da sind Sie ja«, begrüßte Greta sie erleichtert, strich sich geschäftig die Hände an der Schürze ab und eilte in die Küche. Amelie ging in den Salon, wo sie ihre Kinder und Wilhelm vermutete.

»Guten Abend.« Sie drückte Viktor und Wilhelmine einen Kuss auf den Scheitel und berührte ihren Ehemann flüchtig an der Schulter. »Entschuldigt meine Verspätung, ein Stammkunde brauchte noch eine Beratung.«

Sie lächelte müde. Niemand stellte diese Begründung infrage, denn es kam tatsächlich gelegentlich vor, dass sich langjährige Kunden die weniger frequentierten Randstunden des Tages für ungestörte Besprechungen einer Bestellung aussuchten.

»Greta serviert demnächst das Abendessen, lassen wir sie nicht warten.« Mit diesen Worten wandte sie sich ab und ging zum Speisezimmer. Dabei wurde sie von ihren beiden Kindern, die offenbar sehr hungrig waren, überholt. Sie saßen bereits artig an ihren Plätzen, als Amelie, dicht gefolgt von ihrem Ehemann, eintrat.

Das Nachtessen verlief wie immer schweigend. Die Kinder hielten den Blick gesenkt und aßen möglichst geräuschlos ihr Abendbrot. Zwischenzeitlich wussten sie, dass Wilhelm nach einem anstrengenden Arbeitstag äußerst empfindlich reagierte.

Heute war jedoch etwas anders als sonst.

Amelies Mann rutschte auf dem Stuhl hin und her und zupfte sich immer wieder die Hose zurecht.

»Soll ich die Schneiderin kommen lassen, damit sie deine Hose anpasst?«, fragte Amelie daher. Es kam schließlich immer wieder vor, dass einen das Alter veränderte, der Leib an Fülle zulegte oder die Kleidung vom Waschen und Tragen verzogen war.

Er schüttelte den Kopf. »Geht schon.«

»Das ist doch keine große Sache. Ich könnte mich gleich morgen Nachmittag darum kümmern. Dann schließe ich die Bäckerei für zwei Stunden«, schlug sie vor.

Sein Kopf ruckte zu ihr herum. »Ich sagte, es ist nicht nötig!« Mit mahlendem Kiefer wandte er sich wieder seinem Essen zu. Die Kinder saßen wie erstarrt am Tisch. Erst als Amelie ihnen durch ein Nicken bedeutete weiterzuessen, griffen sie zögerlich nach dem Besteck.

Nachdem Wilhelm seinen Teller leergegessen hatte, erhob er sich, obwohl Viktor und Wilhelmine ihr Mahl noch nicht beendet hatten.

»Ich muss nochmals in die Praxis«, murmelte er und verließ das Esszimmer.

Fragend starrten Viktor und Wilhelmine Amelie an, doch die zuckte die Schultern. »Ich vermute, er hatte einen anstrengenden Fall in der Praxis, der ihn noch beschäftigt«, versuchte sie sich in einer Erklärung. »Ihr wisst ja, wie gründlich Papa ist. Er möchte helfen.«

Das entsprach tatsächlich der Wahrheit. Wilhelm war mit Leib und Seele Arzt. Als Bern vor einem Jahr im Januar von einer Blatternepidemie heimgesucht worden war, hatte er Tag und Nacht damit verbracht, Pockenfälle im Gemeindelazarett sowie in seiner Praxis zu behandeln. Ein Schneidergeselle aus La-Chaux-de-

Fonds hatte die Krankheit eingeschleppt, und sie verbreitete sich wie ein Lauffeuer zuerst in den verschiedenen Gaststätten und bald in der ganzen Stadt. Da half es auch nichts mehr, dass Der Schlüssel und Der Ochsen geschlossen wurden. Selbst der Theatermeister des Stadttheaters, der sich zu diesem Zeitpunkt gerade mitten in den Proben zu einer Aufführung von *Iphigenie* befand, hatte sich infiziert. Damals hatte sich Wilhelm zusammen mit dem Arzt des Gemeindelazaretts für die anerkannte Wirkung der Pockenimpfung eingesetzt – leider vergebens.

Nachdem Amelie die Kinder ins Bett begleitet hatte, machte auch sie sich bereit für die Nachtruhe. Am nächsten Morgen war Backtag, da musste sie bereits um drei Uhr aufstehen. Dass sie den Abend gemeinsam mit ihrem Mann verbrachte, kam seit Jahren ohnehin nur noch selten vor. An manchen Abenden verließ er nach dem Essen noch einmal das Haus und kehrte erst spät wieder zurück. Amelie war alt genug, diese Informationen in einen sinnvollen Zusammenhang zu bringen. Es störte sie nicht, dass ihr Mann seine körperlichen Bedürfnisse anderweitig stillte. Im Gegenteil: Sie war dankbar, dass er sie in Ruhe ließ und sie nicht wiederholt zwang, ihm etwas vorzuspielen.

Womit Amelie allerdings nicht gerechnet hatte, war die Tatsache, dass ihr die Berührungen eines Mannes fehlten. Nicht die ihres Gatten, aber die eines Mannes, den sie gleichermaßen begehrte wie er sie. War es nicht ungerecht, dass man den Herren außereheliche Kontakte zugestand, den Frauen jedoch nicht?

Amelie lag noch lange wach und dachte über Rodolphes Erscheinen heute im Laden und seine Worte nach. Es war schon fast Mitternacht, als sie endlich Ruhe fand. Kurz darauf jedoch wurde sie von Wilhelms Rückkehr erneut geweckt. Normalerweise kümmerte sie das wenig, und sie schloss die Augen gleich wieder. Heute jedoch war auch das anders.

Aufgeweckt durch das Scheppern des zu Boden fallenden Schrankschlüssels öffnete sie die Augen und musterte Wilhelm schlaftrunken. Er hatte sich entkleidet und stand mit dem Gesicht zu ihr. Erschrocken ergriff er ein Tuch, bedeckte den Unterleib, wandte sich ab und kramte nach dem am Boden liegenden Schlüssel. Danach blieb er mit dem Rücken zu ihr stehen, bis er sich das Nachthemd übergestreift hatte.

# 26

Natürlich hatte Rodolphe nicht erwartet, dass Amelie ihm gleich am darauffolgenden Tag die Tür einrennen würde. Zwischenzeitlich war es allerdings August, rund drei Monate waren also vergangen, ohne dass er sie gesehen oder etwas von ihr gehört hatte. Und als wäre dies noch nicht genug, hatte ihm dieser aufdringliche Sprüngli doch tatsächlich einen weiteren Brief geschrieben. Immerhin hatte er sich für sein ungebührliches Verhalten entschuldigt, doch schien er nach wie vor der Ansicht zu sein, dass Rodolphe seine Unterstützung bräuchte. Selbstverständlich hatte er es diplomatischer ausgedrückt und beharrte auf seinem Narrativ der gegenseitigen »Befruchtung« aufgrund ihrer unterschiedlich gelagerten Stärken.

Verärgert schüttelte Rodolphe den Kopf. Dieser Zürcher glaubte doch nicht allen Ernstes, er würde ihm diese Geschichte abkaufen, oder? Sie alle trachteten doch bloß nach seiner Erfindung, der zartschmelzenden Schokolade, das lag doch auf der Hand.

Gedankenversunken kratzte er die Schokoladenreste von den Wänden der Conche, damit diese nicht eintrockneten. Natürlich hätte dies auch einer seiner Angestellten vornehmen können, doch beruhigte Rodolphe diese Tätigkeit. Er hatte sich so weit in seine eigene Gedankenwelt zurückgezogen, dass er das Räuspern des Fabrikarbeiters gar nicht hörte und sich erst erstaunt umdrehte, als dieser ihm sanft auf die Schulter tippte.

»Da ist ein Herr für Sie.« Er wies mit dem Daumen hinter sich zur Eingangstür. Rodolphe kniff die Augen zusammen. Wer in Dreiteufelsnamen war denn dieser Jüngling mit dem schwarzen Anzug, dem Gehstock und der Melone auf dem Kopf schon wieder?

»Hat er gesagt, was er will?«

Der Angestellte schüttelte den Kopf. »Mit Ihnen reden, das war alles.«

Rodolphe seufzte und reinigte sich die Hände an einem Tuch. Ohne sich die Mühe einer freundlichen Miene zu machen, durchquerte er den Produktionsraum und blieb vor dem Fremden stehen. Rodolphe schätzte den jungen Herrn mit dem Schnauzbart auf um die zwanzig, mehr auf keinen Fall.

»Wie kann ich Ihnen helfen?«, rief Rodolphe über den Lärm der Maschinen hinweg.

Der Jüngling verzog den Mund zu einem kecken Lächeln und nahm den Hut vom Kopf. Da er sich auf einen Gehstock abstützte, war es ihm nicht möglich, Rodolphe die Hand zur Begrüßung anzubieten, was dem gerade gelegen kam.

»Theodor Tobler ist mein Name«, stellte sich der Bursche vor. »Ich bin Johann Jakob – bzw. Jean – Toblers Sohn.«

»Wir sind uns noch nie begegnet«, antwortete Rodolphe knapp.

Der Milchbart kräuselte die Lippen. »Das ist korrekt. Und exakt der Grund, weshalb ich dachte, dass es nun an der Zeit ist, mich Ihnen einmal persönlich vorzustellen. Können wir uns kurz irgendwo unterhalten, wo ich Sie nicht andauernd anbrüllen muss?«

Einige Sekunden lang starrte Rodolphe den Fremden entgeistert an. Er war es nicht gewohnt, in seiner eigenen Fabrik von anderen gesagt zu bekommen, was zu tun war. Dieser Narr von Sprüngli hatte es ebenfalls versucht; diese Allüren schienen in letzter Zeit überhandzunehmen.

Nachdem er die Wut, die in ihm aufstieg und seinen Herzschlag beschleunigte, wieder hinuntergeschluckt hatte, wies er auf die Tür zum Büro. Da sein Bruder August heute außer Haus auf Kundenbesuch war, konnte er sich immerhin die sinnlose Mühe ersparen, die beiden miteinander bekannt zu machen.

Er schloss die Tür hinter ihnen und verschränkte abwartend die Arme vor der Brust.

»Ich bin erst vor eineinhalb Jahren ins Geschäft meines Vaters eingestiegen und habe mich erst einmal im Hintergrund gehalten«, leitete Tobler die Konversation unaufgefordert ein. »Davor war ich auf Reisen, in Genf und Venedig, weshalb mich die meisten Berner wohl vergessen haben.« Er lachte trocken. »Wie Sie wissen, zählen nebst Ihrer Schokolade auch jene von Cailler, Suchard und Sprüngli zu unserem Sortiment.« Der junge Mann machte eine Pause, als wollte er Rodolphe die Gelegenheit geben, etwas zu erwidern. Der tat ihm den Gefallen allerdings nicht. Beim Wort Sprüngli beschleunigte sich sein Puls ohnehin gleich auf ein Neues.

»Nun denn«, fuhr Tobler schließlich fort und kam auch gleich zum Grund seines Besuchs, wie Rodolphe grimmig feststellte. »Bei den anderen bekommen wir eine bessere Verkaufsprovision, bei Ihnen sind es derzeit bloß 18 Prozent. Und das, obwohl Ihre Fabrik nur einen Katzensprung von unserem Geschäft entfernt ist. Vor dem Hintergrund, dass wir unsere Kunden wiederholt vertrösten müssen, weil Sie mit Ihren Lieferungen immer häufiger in Verzug sind, scheint mir das zunehmend unbegründet.«

Rodolphe konnte kaum glauben, was er da hörte. Zu einer dermaßen dreisten Aussage hätte sich der Senior Tobler niemals hinreißen lassen.

»Möglicherweise ist Ihnen entgangen, dass es sich bei meinem Produkt um einen Grand Cru der Schokoladenherstellung handelt«, erwiderte er schließlich bemüht ruhig. »Ein derart komplexes Herstellungsverfahren schließt eine Massenproduktion schlicht aus. Wir hier bei Lindt setzen auf Exklusivität, und diese hat verständlicherweise nicht nur Lieferfristen, sondern auch ihren Preis. Immerhin verkaufen Sie mein geistiges Eigentum, weshalb es nachvollziehbar sein dürfte, dass die Provision entsprechend tiefer ausfällt als bei handelsüblichen Produkten.«

Theodor Tobler trat einen Schritt auf ihn zu. Erst jetzt wurde Rodolphe bewusst, dass er fast einen Kopf kleiner war als er selbst. Den Burschen schien das hingegen nicht daran zu hindern, in seiner Dreistheit fortzufahren.

»Ich bin ein äußerst begnadeter Verkäufer, müssen Sie wissen, Herr Lindt.« Er lächelte und spielte dabei mit seinem Gehstock. »Ich kann dafür sorgen, dass Ihre Schokolade in aller Munde ist. Wörtlich gesprochen. Prominenter als alle anderen Schokoladenerzeugnisse. Dazu allerdings müssten Sie Ihre Produktionsengpässe in den Griff bekommen und mir eine anständige Provision ausrichten.«

Nun war es an Rodolphe zu lächeln. Was glaubte der Grünschnabel eigentlich, wer er war?

»Herr Tobler ... ich wiederhole mich ungern. Meine Schokolade ist kein Massenprodukt. Zudem sind Sie nicht der Einzige, der hier ankommt und sich ein Stück vom Kuchen sichern will. Ich sage Ihnen dasselbe wie allen anderen auch: Rodolphe Lindt braucht Sie nicht.«

Nun verrutschte das selbstgefällige Lächeln im Gesicht des jungen Tobler doch ein wenig. Seine Augen verengten sich. »Gut, wie Sie meinen, Herr Lindt. So viel sei einfach gesagt: Ich bin nicht mein Vater. Solange meine Kunden nach Ihrer Schokolade verlangen, sollen sie diese bekommen. Schließlich bin ich Geschäftsmann. Wenn sie darauf jedoch zunehmend länger warten müssen und sie nur in kleinen, überteuerten Mengen kaufen können, werden sie sich irgendwann anderen Produkten zuwenden. Und wenn das passiert, werde ich der Letzte sein, der sie davon abhält. Guten Tag.« Mit diesen Worten setzte er sich den Hut auf, drehte sich um und verließ das Büro und die Fabrik.

Rodolphe beobachtete, wie er, auf seinen Gehstock gestützt, die Wasserwerkgasse entlanglief und sich an der nächsten Ecke eine Droschke rief.

Wenn doch bloß Amelie hier wäre. In ihren talentierten Händen wäre eine Produktionserweiterung ohne Qualitätseinbußen möglich. Zudem wäre ihre Zuckerbäckerei ein zusätzlicher eigener Vertriebskanal, sodass Rodolphe sich die Frechheiten mancher Abnehmer nicht mehr gefallen lassen müsste. Er wäre nicht weiter auf sie angewiesen. Unschlüssig schritt er auf und ab.

Schließlich setzte er sich an den Schreibtisch seines Bruders und griff nach Federkiel, Tintenfass und Papier.

*Liebe Amelie*

*Ich habe nachgedacht, dreizehn Jahre lang. Es waren keine glücklichen Jahre, so viel sei gesagt. All die Zeit war ich ein Suchender, der nie gefunden hat, ein Wandernder, der nie Ruhe fand.*

*Unsere erste Begegnung 1879 im Lebensmittelgeschäft deiner Eltern ist in meinem Gedächtnis noch so bildhaft, als wäre es gestern gewesen. Ich erinnere mich an jedes Detail: dein verschmitztes Lächeln, deine mandelförmigen Augen, eine goldblonde Haarsträhne, die dir immer wieder ins Gesicht fiel. Die zahlreichen Spaziergänge und unsere philosophischen Gespräche sind mir ebenso in lebendiger Erinnerung wie unser erster Kuss und die Nacht nach unserem Abenteuer im Fischerstübli. Es war an diesem Wochenende, als es mir endlich (nach vielen Misserfolgen) gelungen ist, die zartschmelzende Schokolade zu erfinden. Dank dir. Hättest du mein Leben damals nicht ordentlich durcheinandergebracht, hätte ich wohl kaum vergessen, die Conche abzustellen.*

*Aber nicht nur daran denke ich zurück. Sondern ebenso an die vielen Nächte an deiner Seite, in denen wir über die Zukunft gerätselt und über unsere Träume gesprochen haben. Rückblickend begreife ich, dass dieser Zeit eine Magie innewohnte, die ich in meinem Leben nie wieder angetroffen habe. Damals, jung und unerfahren, erkannte ich den Wert dieser Momente nicht. Mir wurde so viel geschenkt, doch ich war nicht fähig es anzunehmen. Blind für das Offensichtliche, habe ich reichlich Fehler begangen. Aus Angst, aus Unwissenheit, aus verletztem Stolz und nicht zuletzt aus Dummheit.*

*Mir ist bewusst, dass meine Reue und Erkenntnis zu spät kommen. Dreizehn Jahre zu spät, um genau zu sein. Dennoch möchte ich, dass du eines weißt: Ich habe nie aufgehört, dich …*

Rodolphe legte den Federkiel nieder. Die Worte, die sich soeben in seinem Kopf geformt hatten, schockierten ihn. Das konnte er Amelie unmöglich schreiben. Ausgeschlossen. Er hatte kein Recht dazu. Also schrieb er:

*Dennoch möchte ich, dass du eines weißt: Ich habe nie aufgehört, dich für dein Talent und deine Fähigkeiten zu bewundern.*

*Du fehlst.*

*In Freundschaft, dein Rodolphe*

Er ballte die Hand zur Faust. »Mir«, dachte er, »du fehlst *mir.*« Doch dieses eine Wort verschwieg er. Wie hatte er es nur dreizehn verfluchte Jahre verdrängen und sich selbst dermaßen belügen können? War der Schmerz nicht allgegenwärtig gewesen?

Er liebte sie noch immer.

Er hatte nur einmal geliebt. Sie.

Und er hatte sie gehen lassen.

# 27

Wilhelm nahm Hut und Mantel vom Haken und verließ das Haus. Ein Blick zurück zum Schlafzimmerfenster bestätigte ihm, dass sich Amelie bereits schlafen gelegt hatte. Fröstelnd lief er zur Quartierstraße, die an sein Grundstück angrenzte und von einigen dieser neuen elektrisch betriebenen Straßenlampen beleuchtet wurde. Das spärliche Licht der an einem Draht aufgehängten Glühlampe reichte kaum aus, die Düsternis zu vertreiben. Normalerweise ärgerte sich Wilhelm über diesen Umstand, besonders wenn er nachts infolge eines medizinischen Notfalls zu seinen Patienten musste. Heute jedoch kamen ihm die beinahe mondlose Nacht und der wolkenverhangene Oktoberhimmel gelegen. Seine Mission erforderte Diskretion. Einige Straßen weiter winkte er sich eine Droschke herbei und ließ sich in die Altstadt bringen. Die Innenstadt, das Nordquartier sowie zahlreiche andere Quartiere waren seit vielen Jahren das Hoheitsgebiet des niedrigen Standes. Keiner aus Wilhelms Kreisen wollte dort wohnen – suchte man jedoch Unterhaltung und Vergnügungen, wurde man in den feinen Stadtvierteln der

Mittel- und Oberschicht nicht fündig, und das war auch gut so.

Wie die zahlreichen Male zuvor gab Wilhelm dem Kutschfahrer eine Adresse an, die einige Gehminuten von seinem eigentlichen Ziel entfernt lag.

Von außen wirkte das Etablissement wie ein herkömmliches Wohnhaus. Auch im Inneren stellte man zunächst nichts Verdächtiges fest. Die Empfangshalle mit den ausgetretenen Fliesen und den zwei Holztreppen, die sich beidseitig nach oben wanden, wirkte auf den ersten flüchtigen Blick ebenfalls recht gewöhnlich. In der Mitte des Raums stand ein massiver Holztresen, an dem eine Frau um die fünfzig saß, die in einem Papierstapel wühlte und mit Federkiel und Tinte irgendwelche Anmerkungen auf einige Blätter kritzelte.

In ihrem sittsam hochgeschlossenen, knöchellangen Kleid mit den sorgfältig hochgesteckten Haaren hätte sie leicht mit einer Hausangestellten, wie auch Wilhelm sie beschäftigte, verwechselt werden können. In Tat und Wahrheit war sie hier aber genau das Gegenteil: Man nannte sie »Madame«, und sie sorgte dafür, dass alle Zimmer in den oberen Geschossen besetzt waren und die Mädchen ordentlich bezahlt wurden.

»Herr Sahli«, begrüßte sie ihn, unterbrach ihre Schreibarbeit und sah ihn mit einem freundlichen Lächeln an. Kurz sah er Erstaunen in ihren Augen aufblitzen, als ihr Blick über seine Erscheinung glitt, doch war sie professionell genug, es sofort hinter einem geschäftigen Ausdruck verschwinden zu lassen. »Wer darf es denn heute sein? Immer noch Ir... Katharina?«, korrigierte sie sich.

Das fragte sie ihn jedes Mal, obwohl er seit Jahren dasselbe Mädchen, eine blonde Russin, die eigentlich Irina hieß, bevorzugte. Daher nickte er bloß stumm.

»Wunderbar. Setzen Sie sich bitte einen Augenblick. Darf ich Ihnen einen Drink anbieten? Katharina hat gerade einen Kunden, wird aber demnächst frei.« All dies sagte sie mit einer Selbstverständlichkeit, als wäre er bloß hier, um seinen Bart trimmen zu lassen.

Wilhelm lehnte den Drink ab, bezahlte unaufgefordert den ihm bestens bekannten Tarif und setzte sich auf das abgewetzte Sofa aus rotem Samt am Fuße der rechten Treppe. Statt eines Drinks hätte er jetzt eher einen Tee gebraucht, damit hätte er sich hier vermutlich aber lächerlich gemacht. Er fühlte sich abgeschlagen, seine Glieder schmerzten, und kürzlich hatte ihn sogar ein Fieber heimgesucht. Was ihn jedoch weit mehr beunruhigte als diese bei fast allen Infektionskrankheiten auftretenden Symptome, waren die roten Flecken, die sich an seinem Unterleib und bevorzugt auch in den Hautfalten am Bauch gebildet hatten. Und all dies, nachdem er vor rund sechs Wochen mehrere zwar schmerzlose und harmlos erscheinende Geschwüre an seiner Männlichkeit entdeckt hatte. Dazu kam – und das mochte Madame aufgefallen sein –, dass sein Haar fast täglich schütterer wurde.

Wilhelm war Arzt und kein unbedarfter Bürger. Daher wusste er: Bei manchen blieb es bei den Geschwüren, und mit deren Abheilen war auch die damit verbundene Sünde vergessen. Diese Gnade war ihm jedoch nicht zuteilgeworden. Deshalb war er heute hier.

Während er auf Katharina wartete, ließ er den Blick durch die Halle gleiten. Spätestens hier wurde deutlich, dass es sich bei diesem Haus nicht um ein normales Wohnhaus oder Hotel handelte. Die von wuchtigen Rahmen umgebenen Gemälde entlang der Treppe ins Obergeschoss zeigten allesamt unzüchtige Szenen, die aussahen wie eine Sammlung der sieben Todsünden. Der braunrote Treppenläufer war dermaßen abgewetzt, dass Wilhelm dessen Farbe bloß erraten konnte. Zwischenzeitlich kamen einige Herren aus den oberen Zimmern und stiegen die Treppe hinunter. Mit einem zufriedenen Nicken in Richtung der Madame strichen sie sich die verschwitzten Haare glatt und verließen das öffentliche Haus. Der Gestank der Sünde, vermischt mit blumigem, süßem Parfüm und Staub, lag in der Luft. Die Mädchen, die ebenfalls die Treppe hinunter in die Halle kamen, sahen Wilhelm fragend an, doch er schüttelte den Kopf. Die meisten von ihnen kannten ihn ohnehin und wussten, dass er jemand anderen bevorzugte.

Endlich erschien sein blonder Engel am oberen Ende der Treppe, um nachzusehen, ob weitere Kunden warteten. Ein Lächeln erhellte ihre Züge, als sie ihn erblickte. Sie ließ ihren Morgenmantel scheinbar zufällig ein Stück die Schulter herabrutschen, sodass Wilhelm einen Blick auf ihre rosa Brustwarze erhaschte. Wäre er nicht in derart miserabler Verfassung, hätte sich jetzt in seinen Lenden Hitze angesammelt, und bis er die oberste Treppenstufe erreicht hätte, wäre das Pochen zwischen seinen Beinen kaum mehr auszuhalten gewesen. Heute jedoch winkte er bloß mit einem müden Lächeln ab, schob Katharinas Morgenrock wieder dorthin, wo er alles bedeckt hielt, und sagte: »Ich muss mit dir reden, mein Engel.«

Die Zimmer der Mädchen erweckten einen ebenso alltäglichen Eindruck wie die Fassade des Gebäudes. Nebst dem Bett füllten den Raum noch weitere Möbel und Einrichtungsgegenstände wie Kerzenständer, Bilder oder gar Vasen mit Trockenblumen. Wilhelm vermutete, dass dem Kunden somit die Illusion eines trauten Heims vorgegaukelt werden sollte. Und tatsächlich musste er zugeben, dass es ihm bedeutend leichter fiel, seinen animalischen Trieben nachzugeben, wenn er sich dabei in einem heimeligen Ambiente wiederfand. Seine Fantasie flüsterte ihm dann zu, dass dies nicht eine gemeine Hure, sondern seine erste Frau Katharina sei, die ihn inbrünstig liebte und sich ihm auf diese Weise allein aus dem Grund hingab, um mit ihm ein Kind zu zeugen. So, wie es sich gehörte.

Irina, die Wilhelm rund zwanzig Jahre jünger als sich selbst schätzte, setzte sich mit gespreizten Beinen aufs Bett und legte den Kopf schief. »Du scheinst mir heute so bedrückt, mein lieber Wilhelm. Bestimmt kann ich das ändern, was meinst du?« Sie blickte ihn aus blauen, tiefschwarz umrandeten Augen an.

Er trat auf sie zu, schob ihre Beine wieder zusammen, drapierte ihren Morgenrock erneut so, dass er alles sittsam bedeckte, und zeigte auf das Sofa und den

Sessel vor dem Fenster. »Bitte, ich meine es ernst. Lass uns reden. Ich habe dich trotzdem regulär bezahlt, das versteht sich von selbst.«

Erstaunt tat Katharina, wie ihr geheißen wurde.

»Irina ...«, begann Wilhelm und beugte sich ein wenig nach vorne.

»Für dich Katharina, mein Liebster.« Die junge Frau lächelte und verstand offenbar immer noch nicht, dass er an diesem Tag nicht mit seiner verstorbenen Ehefrau sprechen wollte.

»Heute bin ich hier, um mit dir zu reden, und nicht, um Katharina zu treffen.« Er räusperte sich. »Wie du weißt, bin ich Arzt.« Er trommelte mit den Fingern auf die Lehne des abgewetzten blauen Sessels. Und als solcher hatte er wiederholt grob fahrlässig gehandelt, dessen war er sich durchaus bewusst.

»Du siehst müde aus«, bemerkte Irina. »Geht es dir nicht gut?«

Er schüttelte den Kopf. »Nein. Daher meine Frage: Kannst du dich erinnern, ob du jemals münzgroße, wenn auch schmerzarme Geschwüre im Genitalbereich hattest? Leicht gerötet und begleitet durch das Absondern einer farblosen Flüssigkeit?«

Irina kicherte und schürzte die herzförmigen, rotgeschminkten Lippen. »Mein Lieber, wenn das Zeug weder juckt noch schmerzt, woher soll ich denn das wissen?« Sie gluckste erneut. »Es ist nicht so, dass ich mir jeden Abend einen Spiegel zwischen die Beine halte. Und Flüssigkeiten fließen da unten jede Menge rein und raus.« Sie zuckte die Schultern.

»Ich kann es aber nur von dir bekommen haben«, erklärte Wilhelm und sah sie an. Bevor sie antworten konnte, fügte er an: »Es geht mir nicht darum, eine Schuldige zu finden, sondern dich darauf aufmerksam zu machen, dass du möglicherweise an einer Infektionskrankheit leidest, die sowohl für dich wie auch für andere tödlich enden kann.« Er legte die Fingerspitzen aufeinander.

»Sprechen wir von ...« Jetzt hatte er ihre Aufmerksamkeit. Sie setzte sich kerzengerade auf.

»Der Krankheit der Venus, auch Lustseuche genannt«, vervollständigte Wilhelm ihren Satz.

Irina erbleichte und strich sich mit zitternder Hand eine Strähne aus dem Gesicht. »Du denkst, ich bin infi...?« Sie suchte nach dem Wort.

»Infiziert. Ob du immer noch infiziert bist, weiß ich nicht. Mit Sicherheit kann ich bloß sagen, dass du es irgendwann warst. Manche überstehen die Krankheit, und es kommt nie wieder zu einem Ausbruch. In den allermeisten Fällen jedoch bleibt die Lustseuche ein lebenslanger Begleiter. Sie sucht dich in gewissen Abständen erneut heim, selbst nach vielen Jahren noch. Manchmal endet sie tödlich.« Er lehnte sich in seinem Sessel zurück.

»Dann ... willst du mich behandeln? Heilen? Nur zu«, sie machte eine einladende Geste, und Erleichterung zeigte sich auf ihrem puppenhaften Gesicht.

Doch Wilhelm schüttelte den Kopf. »Das kann ich nicht. Niemand kann das. Aber es ist meine Pflicht, das Ausbreiten der Seuche zu verhindern, das verstehst du doch, oder?«

Irinas Mund stand leicht offen, und sie starrte ihn an. Er konnte buchstäblich sehen, wie die Erkenntnis in ihr Bewusstsein sickerte. »Ich habe nichts, Wilhelm, nichts von all den komischen Sachen, die du mich gefragt hast. Aber du hast etwas. Wer garantiert mir, dass du es von mir hast? Ich kenne dich nicht, weiß nicht, was du den lieben langen Tag so treibst. Und mit wem.« Sie errötete, und ihre Nasenflügel blähten sich. »Wenn Madame denkt, dass ich die Krankheit der Venus habe, wird sie mich zum Teufel jagen wie Rudolfina letztes Jahr!« Sie erhob sich und lief im Zimmer auf und ab. »Du weißt, dass das nicht geht. Wo soll ich denn hin, wovon soll ich denn leben?« Sie begleitete ihre Worte mit aufgebrachtem Gestikulieren.

»Es wäre ein Verstoß gegen den Berufscodex und meine Ehre als Arzt, wenn ich zulassen würde, dass deinetwegen unzählige Menschen krank werden oder gar sterben. Das siehst du doch bestimmt ein, oder?«, versuchte Wilhelm an ihre Vernunft zu appellieren.

Doch er erntete bloß ein bitteres Lachen. »Hätte ich also keinen Arzt zwischen meine Schenkel gelassen, hätte ich jetzt keine Probleme, richtig?« Sie blieb vor ihm stehen und funkelte ihn böse an. »Für dich mag das alles ganz simpel klingen«, sagte sie bitter. »Codex und Ehre. So was könnt ihr feinen Leute euch ja leisten. Aber bei mir hängt meine gesamte Existenz an diesem Beruf. Also scheiß auf deine verfluchte Ehre! Davon kann ich mir kein Essen kaufen!« Sie ballte die Hände zu Fäusten, wandte sich ab und ging zum Fenster, wo sie ihm demonstrativ den Rücken zukehrte.

Wilhelm verstand ihren Unmut, doch musste sie auch einsehen, dass das Wohl zahlreicher Menschen über jenem eines einzelnen stand. Er selbst war fortan ebenfalls gezwungen, mit Einschränkungen zu leben und für sein sündhaftes Gebaren zu bezahlen.

Er hatte sich darüber informiert, wie man sich vor den Seuchen, die durch körperliche Liebe ausgelöst wurden, schützen konnte. Mithilfe dieser Schafsdärme und ähnlicher Utensilien. Doch davon abgesehen, dass sie oft mitten im Geschehen zerrissen, hatten sie Wilhelm zunehmend jeglichen Gefühls und jedweder Begehrlichkeit beraubt. Nicht selten war es daher vorgekommen, dass er, blind vor Lust, darauf verzichtet hatte. Nur so war es ihm möglich gewesen, Katharina wahrhaftig nahe zu sein. Nur so.

Es enttäuschte ihn allerdings, dass Irina so abwertend über ihn dachte. Möglicherweise mochten andere ihrer Kunden weniger ehrenhaft handeln, Wilhelm hingegen hatte für seine Sünden stets geradegestanden. Und für die Frauen, die er in unangenehme Situationen gebracht hatte. Oder nicht?

Er dachte an Amelie, die er geheiratet hatte, obwohl selbst heute noch gelegentlich Zweifel an ihm nagten, ob er tatsächlich Viktors leiblicher Vater war. Seit Katharina von ihm gegangen war, war von jenem Wilhelm, der er hatte sein wollen, nicht mehr viel übriggeblieben. Doch für das Monstrum, das zurückgeblieben war, übernahm er Verantwortung.

»Es erstaunt mich, dass du annimmst, ich würde dich mit deinem Schicksal allein lassen. Wie ich bereits zu erklären versuchte, bin ich ein Mann von Ehre. Wenn ich mich also gezwungen sehe, dir deine Existenzgrundlage zu nehmen, um andere Menschen vor Unheil zu bewahren, so werde ich dir eine Alternative bieten.« Das hatte er von Anfang an so geplant, schließlich war ihm durchaus bewusst, in welch unangenehme Lage er Irina brachte.

Endlich drehte sie sich zu ihm um, und ihre in Falten gelegte Stirn entspannte sich ein wenig. Die Hände vor der Brust verschränkt, musterte sie ihn stumm und wartete. Wilhelm erhob sich und ging zu ihr.

»Ich biete dir eine Anstellung in meinem Haus. Du kannst mich in der Arztpraxis unterstützen und unserer Hausangestellten bei der Reinigung, dem Kochen und diversen anderen Arbeiten behilflich sein. Niemand wird sich etwas dabei denken.« Er sah sie an. Sie legte den Kopf schief und betrachtete ihn misstrauisch. Schließlich seufzte er.

»Gut ... es besteht keine Pflicht, mir beizuwohnen«, fügte er hinzu. »Es ist nur ... Vielleicht könntest du dich trotzdem hin und wieder für mich erwärmen. Als Verseuchter möchte ich weder weiterhin ein Freudenhaus besuchen noch meine Ehefrau mit der Krankheit belasten. Das wäre grob fahrlässig und unrechtmäßig. Du hingegen ... du teilst mein Schicksal. Wir können einander helfen, wir beide. Uns gegenseitig Trost und Erleichterung verschaffen. Und es wäre kein Vergehen, verstehst du? Wir würden niemandem schaden.«

Weiterhin schweigend ließ sie ihren Blick über ihn gleiten. »Du erstaunst mich, Wilhelm, tatsächlich«, sagte sie schließlich. Und dann trat sie ohne ein weiteres Wort an ihr Bett, holte einen großen Lederkoffer darunter hervor und packte ihre wenigen Habseligkeiten zusammen.

Wilhelm räusperte sich. »Eine Sache noch«, begann er und strich sich übers Kinn. »Meine Frau darf nichts davon erfahren. Im Gegenzug werde ich Madame ebenfalls nicht verraten, weshalb ich dich mitnehme. Ich werde ihr sagen, dass ich mir eine dauerhafte Mätresse in meinem Heim wünsche.«

»Danke«, war alles, was Irina dazu sagte. Dann wandte sie sich wieder ihrer Tätigkeit zu. »Sie wird trotzdem Schweigegeld oder eine Kulanzsumme für den Verlust eines ihrer Mädchen von dir verlangen. Sie ist Geschäftsfrau, keine Romantikerin.«

Wilhelm nickte. Das war ihm bewusst, und das konnte er verkraften. Als Irina fertig gepackt hatte, zog er ein Stofftaschentuch aus seiner Westentasche.

»Bitte reinige dir damit das Gesicht und wisch dir die Schminke ab. Zieh das Kleid an, das du auch für Ausflüge in die Stadt wählst. Man sollte dir deine Herkunft nicht gleich ansehen«, murmelte er und hoffte, dass sie seine Worte nicht als Beleidigung auffassen würde.

Sie presste den Mund zusammen, tat jedoch, wie ihr geheißen wurde.

Die Bordellmutter stellte keine Fragen, verlangte aber tatsächlich eine ansehnliche Summe für Irinas Verlust. »Sie war eine meiner Besten«, behauptete sie, auch wenn sie das vermutlich über jede gesagt hätte.

Um dem Schauspiel endgültige Glaubwürdigkeit zu verleihen, brachte Wilhelm Irina in dieser Nacht in einem Gasthaus unter.

»Morgen früh kommst du mit deinem Koffer zu meinem Haus und bittest um Arbeit.« Er sah ihr tief in die Augen, um sicherzugehen, dass sie sich an die Abmachung halten würde.

Sie erwiderte seinen Blick. »Selbstverständlich. Und wir kennen uns nicht. Und ich heiße auch nicht Katharina, nehme ich an.«

Was hinter ihrer Stirn vor sich ging, konnte er nicht erraten. »Du wirst es gut haben bei mir«, versicherte er ihr daher.

»Alles ist besser als das hier.« Sie wies mit dem Kopf in Richtung des Bordells.

Wilhelm nickte und sah zu Boden.

# 28

Amelie stand am Fenster und verschränkte die Arme vor der Brust.

Die neue Angestellte war jung, höchstens fünfundzwanzig, mutmaßte sie, während sie ihr dabei zusah, wie sie Herbstlaub im Garten zusammenkehrte und unter einem Obstbaum anhäufte. Greta hatte sie dazu angewiesen, damit Igel und andere Tiere ein Quartier zum Überwintern hatten. Seit Wilhelm diese Irina eingestellt hatte, zeigte sich die ältere Hausangestellte offenkundig verstimmt. Niemand wusste, was diese junge Frau nach Bern verschlagen hatte, und sie verriet es auch nicht. Jedenfalls schien sie hier weder Familie noch Verwandte zu besitzen, und selbst über ihre Freunde – wenn es sie denn gab – verlor sie kein einziges Wort.

»Du hast doch nicht im Sinn, Greta allmählich durch eine Jüngere zu ersetzen?«, hatte Amelie ihren Gatten gefragt, weil sie vermutete, dass Greta genau das befürchtete und deshalb so irritiert war.

Erstaunt hatte Wilhelm die Zeitung beiseitegelegt. »Aber nein doch, im Gegenteil, ich dachte mir, dass wir jetzt, so Frieda nicht mehr hier ist, noch jemanden brauchen könnten. In der Praxis fällt immer mehr Arbeit an, Greta wird älter und sollte sich öfters schonen, und du bist aufgrund deiner Zuckerbäckerei nur an drei Nachmittagen zuhause.«

Letzteres schien ihn nicht einmal zu stören, denn es klang überhaupt nicht nach einem Vorwurf, eher wie eine nüchterne Feststellung. Seit sich Frieda, das Kindermädchen, eine andere Anstellung gesucht hatte und die Kinder größer geworden waren, durften diese Amelie gelegentlich in der Konditorei helfen, was beide mit bemerkenswertem Eifer taten.

Es stimmte zudem, dass ihr Mann mit der Arbeit in der Arztpraxis zunehmend überfordert schien. Er litt unter Abgeschlagenheit und wiederkehrenden Infekten, weshalb die Praxis mitunter sogar geschlossen blieb, was wiederum einen größeren Andrang in den Tagen darauf zur Folge hatte. In den vergangenen Monaten war Wilhelm um Jahre gealtert. Die Haare fielen ihm aus, seine Augen waren zeitweise gerötet, und er klagte über steife Muskeln, sodass er sich manchmal kaum bewegen konnte.

»Soll ich für heute Abend eine Suppe zubereiten?«

Gretas Stimme ließ Amelie zusammenfahren und aus ihren Gedanken hochschrecken. Ruckartig drehte sie sich vom Fenster weg und hielt sich die Hand auf ihr pochendes Herz.

»Entschuldigen Sie, Herrin. Ich sollte mich nicht so heranschleichen.« Die Hausangestellte kam näher und trat neben sie. Ihr Blick folgte Amelies. »Sie ist ein ungeschicktes und seltsames Mädel«, sagte sie.

»Wie meinst du das?« Amelie betrachtete Greta von der Seite her.

Greta zuckte bloß die Schultern. »Ich kann es nicht genau benennen. Sie hat von vielen Dingen keine Ahnung. Sie weiß nicht, welches Besteck man wofür benutzt, versteht nichts von Hausarbeit ... und pflegt bisweilen eine ordinäre Ausdrucksweise. Ich frage mich, woher sie stammt.«

»Aus Russland«, antwortete Amelie.

»Dann ist es wohl ihrer exotischen Ausstrahlung geschuldet, dass ihr sämtliche Männer, die sich dem Haus nähern, lüsterne Blicke zuwerfen.« Greta starrte aus dem Fenster und presste die Lippen zusammen. »Dann werde ich mich jetzt mal um das Abendessen kümmern«, verkündete sie, wandte sich ab und ging zur Tür. Dort blieb sie nochmals stehen und sagte: »Ich habe Ihren Schmuck vorsichtshalber in einem Geheimfach unter den Dielen untergebracht, Herrin.« Mit diesen Worten verließ sie den Raum und schloss die Tür leise hinter sich.

Es waren weniger Gretas Aussagen, die Amelie zum Nachdenken brachten, als vielmehr das, was unausgesprochen zwischen den Zeilen mitschwang. Und zwar deshalb, weil es bei dem diffusen Gefühl in ihrem Inneren auf Resonanz stieß.

Das alles war mit ein Grund, warum Amelie Rodolphes Brief, den er ihr vor rund zwei Monaten geschrieben hatte, zum gefühlt hundertsten Mal las. Sie hatte ihn seit seinem Spontanbesuch im Mai nicht mehr gesehen. Vergessen hatte sie seinen Besuch jedoch nicht.

Öfters, als ihr lieb war, schweiften ihre Gedanken zu Rodolphe. Manchmal besuchte er sie in ihren Träumen. Es waren keine harmlosen Illusionen, sondern intensive, aufwühlende nächtliche Fantasien von der Sorte, die sie häufig auch am Tag nicht losließen.

Vorsichtig strich sie mit den Fingerspitzen über die Tintenbuchstaben seiner Handschrift. Es stimmte, was er schrieb. Ihre Gespräche waren inspiriert, verträumt und visionär gewesen. Ebenso ihre gemeinsame Zeit in der Fabrik. Was war passiert? Wie kam es, dass sich zwei Liebende derart entfremdeten? Einiges war sicher dem Ungestüm der Jugend geschuldet gewesen. Und manchmal passte der Zeitpunkt nicht, die Zahnräder wollten nicht ineinandergreifen.

Bisher hatte sie mit niemandem über Rodolphe geredet, außer mit Fanny, aber auch dort hielt sie sich, was das Thema anbelangte, bedeckt. Seufzend legte sie den Brief wieder in die Schublade mit ihren Nachthemden und der Unterwäsche. Dort war er vor Wilhelm sicher, dachte sie nicht ohne Bitterkeit. Seit Jahren würdigte er sie keines Blickes mehr und vermied jegliche Berührung. Zärtlich war er nie gewesen, wenn er, auf seine eigene Lust fokussiert, über sie hergefallen war. Manchmal aber war selbst diese rohe Form der Körperlichkeit besser als gar keine. Erneut schweiften ihre Gedanken zu Rodolphe, der sie selbst als junger Mann mit mehr Hingabe geliebt hatte als ihr Ehemann nach jahrelanger Erfahrung.

Seufzend schloss sie die Schublade, wandte sich ab und ging in den Salon, um ein wenig Zeit mit Viktor und Wilhelmine zu verbringen, bis das Abendbrot serviert wurde. Heute jedoch hörte sie ihren Erzählungen vom Alltag in der Schule nur halbherzig zu. Stets schweiften ihre Gedanken ab.

Nach dem Abendessen, das wie meistens schweigend verlief, las Amelie ihren Kindern aus einem Buch vor. Selbst wenn die beiden das Lesen zwischenzeitlich natürlich beherrschten, genossen sie es immer noch, wenn Amelie ihnen vorlas. Anschließend umarmte sie beide und drückte ihnen einen Kuss auf den Mund. »Schlaft gut, meine Süßen, ich habe euch lieb«, flüsterte sie wie jeden Abend, ehe sie die Tür hinter sich schloss.

Müde lief Amelie anschließend den Flur entlang und strich sich eine Haarsträhne aus der Stirn, bevor sie noch einmal in den Salon schaute, um ihrem Mann eine gute Nacht zu wünschen, der in einem Anatomiebuch blätterte und einen Tee trank. Dabei streifte ihr Blick Katharinas Altar. Sie war immer noch da und ein Teil ihres Lebens. Jahre waren vergangen, doch ihr Gatte hatte sich konstant geweigert, das Andenken an seine erste Frau zu entfernen. Da thronte sie in ihrem Gemälde, mit ihren blauen Katzenaugen, dem vollen Mund und dem blonden hochgesteckten Haar, als wäre sie eine Dame bei Hofe.

Plötzlich zog sich Amelies Herz zusammen. Warum hatte sie das nicht eher bemerkt?

»Wo sagtest du nochmals, hast du diese Irina kennengelernt?«, fragte sie möglichst beiläufig, während sie noch immer auf das Gemälde starrte.

»Sie kam in der Praxis vorbei und bat um Arbeit. Angeblich hat sie vorher bereits als Haushaltshilfe gearbeitet«, antwortete er vage, ohne dabei von seinem Buch aufzusehen.

»Wo denn? Kennt man die Herrschaften?«, hakte Amelie nach.

Verärgert hob Wilhelm den Kopf. »Was fragst du mir hier Löcher in den Bauch? Genügt es dir nicht, dass ich sie für geeignet befunden habe?«, schnarrte er und widmete sich wieder den Abbildungen in seinem Buch.

»Greta sagt, sie sei nicht besonders talentiert, und geübt schon gar nicht. Viel eher macht es den Eindruck, als hätte sie nie ein gepflegtes Haus von innen gesehen.« Amelie wartete einige Sekunden auf eine Reaktion, doch Wilhelm gab vor, sie nicht gehört zu haben. Schließlich wandte sie sich seufzend ab und ging hinauf ins Schlafzimmer.

Lange lag sie da und starrte mit offenen Augen an die Decke. Als sie auch nach einer Stunde keinen Schlaf finden konnte, beschloss sie, noch einmal in die Küche zu gehen und sich einen Kräuteraufguss mit Baldrian zu kochen. Fröstelnd kroch sie aus ihrem warmen Bett, tappte zum Sessel vor dem Fenster und griff nach der Wolldecke, um sie sich um die Schultern zu legen. Vorsichtig, um bloß keinen Lärm zu verursachen, schlich sie im Halbdunkel der Nacht die Treppe hinunter. Unter der Tür des Salons in der ersten Etage war ein Lichtstreifen zu sehen, vermutlich war Wilhelm über seinem Buch eingeschlafen.

Sie nahm die Treppe hinab ins Erdgeschoss, kochte sich ihren Kräutertee und schlurfte wieder nach oben, um sich endgültig hinzulegen.

Doch plötzlich blieb sie wie angewurzelt stehen, wobei sie sich fast den heißen Tee über die Hand geschüttet hätte. Aus dem Salon drangen gedämpfte Geräusche. Amelie war erfahren genug, diese augenblicklich zuordnen zu können. Als das rhythmische Schnauben in einem erstickten Gurgeln endete, hielt sie kurz die Luft an. Es dauerte einen Moment, bis sie weiterlaufen konnte. Bewusst ruhig ein- und ausatmend ging sie hinauf ins Schlafzimmer, stellte den vollen Becher mit dem Tee auf die Kommode und legte sich ins Bett.

Einige Zeit später hörte sie, wie unter ihr eine Zimmertür ins Schloss fiel.

Amelie lag da und horchte in sich hinein. War sie verletzt? Traurig? Schockiert? Nein. Wenn da überhaupt ein Gefühl war, dann das scheue Aufkeimen von Erleichterung und ... Unabhängigkeit.

Wilhelm war nie frei gewesen. Er war der seelische Sklave eines selbsternannten Sukkubus. Amelie vermutete, dass er verzweifelt versuchte, das Richtige zu tun, was ihm jedoch niemals gelang. Und am allerwenigsten gelang es ihm, sie und die Kinder zu lieben.

Am darauffolgenden Tag verfasste Amelie in der Konditorei einen kurzen Brief, in dem sie Rodolphe dazu einlud, sich einmal bei ihr zu melden. Sie schlug ihm vor, gemeinsam nach passenden Rezepten für Gebäcke mit seiner Schmelzschokolade zu suchen. Zudem bot sie ihm wie Fanny und Daniel an, seine Schokoladentafeln zu verkaufen.

Am darauffolgenden Donnerstagmorgen um kurz nach fünf, als Amelie soeben ihre Schürze in der Backstube umgebunden und das Feuer im Standherd entfacht hatte, vernahm sie ein Klopfen an der Ladentür. Ihr Herzschlag beschleunigte sich, und das Blut rauschte in ihren Ohren, als sie sich erschrocken umwandte. Hinter der Glastür stand eine schattenhafte Gestalt.

»Mach auf, Amelie, ich bin es, Rodolphe«, drang eine gedämpfte Stimme durch die dünne Tür zu ihr herein. Er nahm den Hut vom Kopf, legte beide Handflächen auf die Scheibe und drückte die Nase gegen das Glas, um besser sehen zu können.

Mit klopfendem Herzen beeilte sich Amelie, den Verkaufsraum zu durchqueren. Es gelang ihr erst nach mehreren Versuchen, die Tür mit ihren zitternden Fingern aufzuschließen. »Rodolphe, Himmelherrgott, du hast mir vielleicht einen Schrecken eingejagt!«, schnauzte sie ihn an und verfiel sogleich in ein gelöstes Lachen, als die Anspannung von ihr abfiel.

»Es tut mir leid, ich wollte dir keine Angst machen. Ich hätte mich ankündigen sollen ... So war es wahrscheinlich auch gemeint in deinem Brief.« Er drehte die Hutkrempe zwischen den Fingern und lächelte entschuldigend. »Hast du überhaupt Zeit? Oder soll ich ein anderes Mal vorbeikommen?«

»Ich ...«, Amelie sah sich in der Backstube um. »Eigentlich wollte ich heute neue Backwaren produzieren, aber ...« Sie rang die Hände und strich sie an der Schürze ab. Dabei schweifte ihr Blick durch den Verkaufsraum. »Von den Keksen habe ich ohnehin noch genug, und Torten ... kann ich auch morgen backen. Daher ...« Sie machte eine einladende Bewegung. »Setz dich doch und lass uns über deine Schokolade reden.«

Rodolphe sah sich um und setzte sich anschließend auf einen freien Stuhl an Amelies Arbeitstisch. Amelie tat es ihm gleich, und nun saßen sie schweigend da. Rodolphe gab vor, sich neugierig im Produktionsraum umzusehen, und trommelte dabei mit den Fingern auf den Tisch. Amelie ihrerseits überlegte fieberhaft, wie sie das Gespräch beginnen sollte, fand jedoch in dem Chaos in ihrem Kopf keine vernünftigen Worte.

»Soll ich uns einen Kaffee kochen?«, fragte sie schließlich, weil ihr suchender Blick an dem Perkolator hängen blieb, der auf dem mit hellen Kacheln eingefassten Herd stand.

»Sehr gerne, um diese Tageszeit könnte ich einen Muntermacher gebrauchen«, stimmte Rodolphe ihr mit einem Lächeln zu. »Kann ich dir helfen?« Er erhob sich von seinem Stuhl, doch Amelie winkte ab.

»Sieh dich ruhig ein wenig in der Backstube oder dem Laden um, bis ich fertig bin«, schlug sie vor und griff nach einem Topf mit gemahlenem Kaffee. Gedankenversunken füllte sie das Kaffeemehl in den Filter und Wasser in den Perkolator. Dann setzte sie beides zusammen, verschloss es mit dem Deckel und stellte es auf den Herd. Nach zwanzig Minuten, in denen Amelie bloß untätig neben dem kochenden Kaffee gestanden und Rodolphe beobachtet hatte, erreichte das Gebräu endlich die gewünschte Stärke, weder zu dünn noch zu bitter, sondern perfekt genussfertig.

Vorsichtig, um sich nicht zu verbrühen, goss Amelie die dunkle Flüssigkeit in zwei Tontassen. »Trinkst du deinen Kaffee immer noch mit Milch und ohne Zucker?«, rief sie Rodolphe zu, der nun in die Backstube zurückkehrte.

»Tue ich. Dass du dich erinnerst ...« Er setzte sich wieder, nahm die dampfende Tasse an und bedankte sich. »Du hast ein äußerst liebevoll gepflegtes Geschäft«, sagte er anerkennend. »Man spürt deine Passion. Die ausgelegten Stücke sind mit Bedacht gewählt und effektvoll präsentiert.«

»Danke schön.« Amelie versteckte ihr Gesicht hinter der Kaffeetasse und nahm vorsichtig einen Schluck. »Mein Angebot steht ... wenn es in deinem Sinne ist, würde ich deine Schokolade ebenfalls an meine Kunden verkaufen.«

Rodolphe musterte sie stumm. »Das würde ich gerne so umsetzen, Amelie. Und noch mehr Freude würde es mir bereiten, wenn wir gemeinsam ein Gebäckstück mit meiner Chocolat Fin kreieren könnten. Eines, das es bisher noch nicht gibt.« Er machte eine Pause, schob die Hand nach vorne, wagte jedoch nicht, ihre Finger zu berühren. »So wie damals.«

Amelie schluckte leer und sah auf die Tischplatte. Offenbar hatte sie sich in ihrem Brief ein bisschen verwirrend ausgedrückt. Schließlich hob sie den Blick. »Die Zeiten haben sich verändert, Rodolphe. Vieles, was man mit Schokolade kombinieren kann, habe ich zwischenzeitlich im Angebot. Es dürfte schwierig werden, nochmals etwas Neues zu erfinden. Selbstverständlich aber kann ich deine Schokolade als Wahlmöglichkeit zu jener von Peter-Cailler ins Sortiment aufnehmen. Die Rezepte müssten natürlich angepasst werden, denn nicht jede Schokolade eignet sich gleichermaßen für dasselbe Endprodukt.«

»Das ist doch wunderbar, Amelie! Lass es mich wissen, wenn ich dir helfen kann oder wenn die Probehäppchen zur Verkostung bereit sind.« Seine Euphorie war durch nichts zu trüben. »Dann wäre da noch die zweite Sache, die es zu besprechen gilt.« Er räusperte sich und nahm vorsichtig einen Schluck Kaffee, wobei er sie mit seinen hellbraunen Augen fixierte. »Wirst du mir bei der Schokoladenproduktion helfen?«

Sie wussten beide, was Amelie damals im Mai auf diese Frage geantwortet hatte. Dass Wilhelm es niemals erlauben würde.

»Ich ... sah bisher keine Notwendigkeit, meinen Mann zu fragen. Schließlich konnte ich nicht wissen, ob du nach all der Zeit überhaupt noch an einer Zusammenarbeit interessiert bist.« Sie holte tief Luft. »Dazu kommt, dass die Zuckerbäckerei nur an drei Nachmittagen geschlossen ist. Diese verbringe ich aber stets mit den Kindern.«

Als habe er diesen Einwand erwartet, lehnte sich Rodolphe lächelnd in seinem Stuhl zurück. »Das ist überhaupt kein Problem, nimm die beiden doch mit in die Fabrik. Sie können dir helfen. In diesem Alter freuen sich Kinder bestimmt, wenn sie gebraucht werden, etwas lernen können und eine Aufgabe haben, richtig?«

Misstrauisch musterte ihn Amelie. Neulich hatte er noch ganz anders geklungen.

Als habe er ihre Bedenken und Gedanken erraten, murmelte er mit ernsthaftem Blick: »Ich bin mehrfacher Onkel, Amelie. Es mag vielleicht manchmal den Anschein erwecken, als sei ich ein herzloser Eigenbrötler, doch ich hatte viele Jahre Zeit nachzudenken.« Er erhob sich und setzte seinen Hut wieder auf. »Ich möchte dich nicht länger aufhalten, du hast bestimmt viel zu tun. Vielen Dank für den köstlichen Kaffee. Rede mit deinem Mann. Es eilt nicht.« Dann ging er zur Tür, trat auf die Straße und verschwand.

# 29

Wilhelm führte gemächlich den Löffel mit der Rinderkraftbrühe zum Mund, blätterte in der *Schweizerischen Medizinischen Wochenschrift* und starrte zwischendurch aus dem Fenster des Esszimmers. Schneeflocken tanzten im Licht der Straßenbeleuchtung. Jedoch war dies nicht der einzige Indikator, dass Weihnachten vor der Tür stand. Man merkte es auch den Menschen an. Sein Terminkalender in der Praxis war nie voller als kurz vor Heiligabend. Während die einen noch rasch vor den Festtagen seinen ärztlichen Rat suchten, flüchteten die anderen einfach nur vor der drohenden Stille und Einsamkeit und belasteten Wilhelm mit ihren lächerlich schwermütigen Gedanken. Früher, in seiner Kindheit, erinnerte er sich, hatte man Weihnachten gar nicht gefeiert, sondern das neue Jahr.

Verärgert über seinen Tag, den er wieder einmal als nutzlos empfunden hatte, widmete er sich erneut seiner Lektüre. Die Stille des Abends sowie das Studium der Medizin vermochten ihn ein wenig zu besänftigen.

Während er sich nämlich mit den Wehwehchen der Stadtbürger herumschlagen musste, passierte in der

Welt da draußen Bahnbrechendes, so berichtete die Zeitschrift. Louis Pasteur, der leider im September dieses Jahres verstorben war, hatte der Nachwelt zukunftsweisende wissenschaftliche Erkenntnisse zu Bakterien hinterlassen. Sein deutscher Kollege Robert Koch wiederum leistete Pionierarbeit bei der Erforschung von Viren, und man experimentierte mit Impfungen zur Bekämpfung derselben. Zugleich jedoch hatte gerade in diesem Jahr der Berner Souverän über das neue Impfgesetz befunden und den Impfzwang abgeschafft. Und das, obwohl Edward Jenners Pockenimpfung bei der letzten Epidemie 1894 so große Wirkung gezeigt hatte. Wilhelm schüttelte verständnislos den Kopf.

Der Fortschritt der Medizin war für ihn nicht zuletzt deshalb von eminenter Wichtigkeit, weil sein Gebrechen, das er vor der Welt geheim hielt, bekanntermaßen ebenfalls durch ein spiralig gekrümmtes Bakterium verursacht wurde. Nur brachte ihn das kein bisschen weiter, denn ein effektives Gegengift gegen diese Schädlinge hatte bislang niemand gefunden. Auch wenn die Menschheit zunehmend mehr Wissen über die Wirkungsweise und Zusammenhänge von Bakterien besaß, war sie vor deren Angriff noch immer nicht gefeit. Keiner wusste das besser als Wilhelm selbst.

»Vater?«

Wilhelm hob den Kopf und blickte in die Richtung, aus der die Stimme zu kommen schien.

Viktor starrte ihn verwirrt an. »Ich habe dich schon dreimal etwas gefragt, und nicht nur ich …« Dabei sah der Junge zu seiner Mutter, die ihn ebenfalls mit hochgezogener Augenbraue musterte.

»Entschuldigt …« Wilhelm schob die Zeitschrift beiseite. »Ich war in eine wissenschaftliche Publikation vertieft. Was ist denn so wichtig?« Es gelang ihm nicht, seine Verärgerung über die Störung zu unterdrücken. Im Grunde genommen war ihm das auch einerlei. Am Esstisch bevorzugte Wilhelm Stille, und da dies in der Familie allseits bekannt war, erstaunte es ihn, dass seine Frau ihm offenbar eine Frage gestellt und sogar die Kinder es gewagt hatten, ihn anzusprechen.

»Ich habe dir davon berichtet, dass ich von Rodolphe Lindt für eine Zusammenarbeit angefragt wurde«, erklärte Amelie und tupfte sich den Mund mit der Stoffserviette ab.

»Tatsächlich?« Wilhelm wusste nicht, was er davon halten sollte. »Und warum erzählst du mir das?« Ein unheilvolles Kribbeln überfiel ihn.

»Nun, Rodolphe ist in der Wahl seiner Geschäftspartner höchst selektiv. Es steht außer Frage, dass sich seine Schokolade großer Beliebtheit erfreut und zudem nach wie vor unübertroffen ist. Er braucht Hilfe im Vertrieb …« Sie griff nach ihrem Wasserglas und nahm einen kräftigen Schluck. Ohne ihn anzusehen, fügte sie hinzu: »Und in der Produktion.«

»Und da bist du ihm eingefallen.« Wilhelm musterte seine Frau argwöhnisch. Tatsächlich färbte eine leichte Röte ihre Wangen.

Als habe sie diesen Umstand bemerkt, erwiderte sie scharf: »Weil ich die Beste auf diesem Gebiet bin.«

Es war klar, dass sie ihn bloß der Form halber fragte, weil sie rein rechtlich gesehen seine Erlaubnis brauchte. Im herausfordernden Schimmer ihrer Augen erkannte er, dass dies mehr eine Information denn eine Frage war. Und Wilhelm sollte recht behalten, wie ihre weiteren Ausführungen bestätigten.

»Rodolphes Schokolade würde mir neue Kundschaft bescheren. Zudem könnte ich neue Gebäckstücke in Kombination mit seinen Erzeugnissen anbieten. Es ist wichtig, dass man sich weiterentwickelt und nicht stehen bleibt, sonst suchen sich die Kunden irgendwann eine Alternative«, erklärte sie. Offenbar hatte sie sich bereits ausgiebig Gedanken gemacht. Wie lange wusste sie wohl schon von dem Angebot?

»Können wir das später bereden?«

»Nein, jetzt, Vater«, begehrte Wilhelmine auf. Wilhelm bedachte seine zehnjährige Tochter mit einem fassungslosen Blick. »Hättest du Mama zugehört, dann wüsstest du, warum das wichtig ist. Viktor und ich dürfen nämlich auch mit. Wir sind einverstanden, nicht wahr?« Sie stieß ihren Bruder mit dem Ellenbogen in die Seite, und dieser nickte ernst.

Wilhelm wollte gerade Luft holen und zu einer harschen Antwort ansetzen, als Amelie ihm mit einer Geste das Wort abschnitt.

»Bitte nicht, Wilhelm. Offenbar hast du wirklich gar nichts von der Konversation mitbekommen. Ich habe erklärt, dass ich mir vorstellen könnte, an den Nachmittagen, an denen die Zuckerbäckerei geschlossen ist, bei Rodolphe in der Fabrik Schokolade zu produzieren.

Diese würde ich dann in meinem Geschäft vertreiben. Damit Viktor und Wilhelmine an diesen Nachmittagen nach der Schule und ihrem Zusatzunterricht nicht unbeaufsichtigt sind, schlug ich vor, sie mitzunehmen. Offenbar stieß mein Vorschlag bei ihnen auf offene Ohren.« Sie lächelte den beiden aufmunternd zu.

Wilhelms Puls beschleunigte sich. Es schien, als sei hier bereits alles geplant und beschlossen. Man stellte ihn schlicht vor vollendete Tatsachen. Und damit nicht genug: »Du hast etwa die Absicht, unsere Kinder in der Lindt-Fabrik schuften zu lassen?«, fragte er ungläubig. Das war nur einer der Punkte, die ihn störten. Den Rest würde er sich für später aufheben.

»Ich habe auch im Geschäft meiner Eltern mitgearbeitet. Meiner Meinung nach ist es wichtig, dass Kinder den Wert von Arbeit und Engagement kennen. Kreativität fördert zudem die kindliche Entwicklung«, erklärte Amelie.

Sie wurden unterbrochen, weil Greta die Suppenteller abräumte und den Hauptgang auftrug. Wilhelm verspürte keinen Appetit mehr, sein Magen fühlte sich an wie ein Klumpen.

»Um ihre Entwicklung und den Schöpfergeist zu fördern, schicken wir sie in den Klavierunterricht und haben eine Lehrerin, die ihnen das Malen beibringt. Und nun möchte ich die Diskussion beenden. Wir sind schließlich beim Essen«, bestimmte er.

Was war bloß in Amelie gefahren, so ein Thema vor den Kindern anzuschneiden? Natürlich hatten diese jetzt Feuer gefangen und waren nicht mehr von ihrer Idee abzubringen. Seine Frau musste genau das beabsichtigt haben. Wilhelm war selten wütend, zumindest empfand er das selber so. Er war ein wohlerzogener Mann mit Contenance. Das hier würde er jedoch nicht tolerieren. Sobald die Kinder schliefen, würde er Amelie zur Rede stellen. Letzten Endes war immer noch er das Oberhaupt dieser Familie und bestimmte, wer wann, was und wo tat. Möglicherweise war dies aufgrund seines toleranten Wesens in den vergangenen Jahren ein wenig in Vergessenheit geraten, sodass seine Frau übermütig geworden war. Dem musste er nun dringend Einhalt gebieten.

Mit ruckartigen Bewegungen schnitt er sich ein Stück Fleisch ab, steckte es in den Mund und schluckte es aus Versehen ohne zu kauen hinunter. Verärgert schob er den Teller beiseite und schlug erneut die *Schweizerische Medizinische Wochenschrift* auf. Dabei entging ihm nicht, wie sich die drei anderen am Tisch bedeutungsvolle Blicke zuwarfen.

Als alle das Mahl beendet hatten, standen die Kinder auf, reichten Wilhelm wie jeden Abend die Hand und wünschten ihm eine gute Nacht. Er erwiderte den Gruß mit einem Brummen, erhob sich und blieb vor der Tür nochmals kurz stehen.

»Wir sehen uns nachher im Salon. Ich warte auf dich«, sagte er an seine Frau gewandt, ohne sich dabei umzudrehen. Sein Puls hatte sich immer noch nicht beruhigt, und all das bloß, weil Amelie das Abendessen ruiniert hatte.

Mit zitternden Händen goss er sich einen Branntwein aus seinem Sortiment in ein Glas und setzte sich in einen Sessel mit Blick auf das Fenster.

Endlich betrat Amelie den Salon und schloss mit bedächtigen Bewegungen die Tür. Langsam schritt sie auf ihn zu, musterte sein Glas und trat schließlich ebenfalls an die Hausbar. Ohne ihn zu fragen, goss sie sich einen Obstschnaps ein und setzte sich mit einem Lächeln ihm gegenüber in einen Sessel.

»Seit wann trinkst du denn solche Sachen?«, fragte er kalt.

»Seit heute, mein Lieber. Ein Versäumnis, dass ich es nicht schon früher getan habe.« Sie trank einen kräftigen Schluck und stellte das Glas auf den Salontisch. »Du wolltest mich sprechen.«

»Was in Dreiteufelsnamen sollte das eben beim Abendessen? Warum besprichst du solche Sachen absichtlich vor den Kindern?« Wilhelm spürte die Ader an seiner Schläfe pochen. Sollte sie jetzt noch die Dreistheit besitzen, sich ahnungslos zu geben, würde er sich nicht davon abhalten können, sie anzubrüllen. Das sprichwörtliche Unwetter braute sich bereits in seinem Inneren zusammen.

Sie zuckte die Schultern. »Es war ohnehin bloß eine rhetorische Frage, Wilhelm. So oder so gehe ich von deiner Zustimmung aus.«

Sie lächelte, griff nach ihrem Glas und trank erneut einen Schluck. Einige Sekunden lang starrte Wilhelm sie wortlos an, so überrascht war er. Bevor er zu einer heftigen Erwiderung ansetzen konnte, fuhr sie jedoch bereits in ihrem Monolog fort.

»Machen wir uns nichts vor, Wilhelm. Du und ich, wir leben zwar unter demselben Dach und tragen einen

Ehering, in Tat und Wahrheit sind wir hingegen schon lange geschiedene Leute. Solange ich mich um die Kinder kümmere – was ich tue –, gibt es für dich keinen Grund, mir die Arbeit zu verweigern.«

Wilhelm schnappte hörbar nach Luft und richtete sich in seinem Sitz auf. »Denkst du, ich erkenne nicht, was hier gespielt wird? Du, Lindt und die Schokolade? Auf ein Neues vereint?« Er schnaubte verächtlich und nahm einen kräftigen Schluck aus seinem Glas. Der Alkohol zog eine schmerzhaft brennende Spur seine Kehle hinab.

Ein dumpfes Lachen erklang. Fassungslos starrte er seine Frau an.

»Ich bitte dich, Wilhelm, mach dich nicht lächerlich. Ich arbeite tagsüber in der Fabrik, unsere gemeinsamen Kinder begleiten mich. Rodolphe selbst hat es vorgeschlagen. Was auch immer du mir also Unmoralisches unterstellen möchtest, entbehrt jeglicher Logik. Zumal du ja weißt, warum ich ihn damals verlassen habe: Weil ich ihn nicht begehrte.« Sie wechselte die Sitzposition.

»Das glaube ich dir nicht!« Wilhelm schlug mit der Faust auf die Armlehne seines Sessels. »Außerdem will ich nicht, dass mich meine Frau der Lächerlichkeit preisgibt! Wenn die Gerüchte erst einmal zirkulieren, ist mein Ansehen ruiniert!«

Sie lachte. Lauter dieses Mal.

»Wilhelm ... wir leben in einer Zeit, die deinesgleichen vieles verzeiht. Nur ich, ich tue es nicht.« Sie starrte ihn an, den Mund leicht verzogen.

»Wovon sprichst du?« Nun war es an ihm, den Ahnungslosen zu spielen. Sie konnte unmöglich die ganze

Wahrheit kennen. Wäre die gemeinhin bekannt, hätte er wohl keine Patienten mehr …

»Wir wissen beide, wovon ich spreche, Wilhelm.« Amelie erhob sich, trank den letzten Schluck ihres Obstschnapses in einem Zug und stellte das Glas betont langsam auf den Salontisch. Dabei ließ sie ihn keinen Moment aus den Augen. »Das eine erzählt man sich hinter vorgehaltener Hand, das andere … weiß nur ich. Sorgen wir dafür, dass das auch so bleibt.«

»Woher …« Wilhelm erhob sich ebenfalls und versuchte, sie am Arm zu fassen, doch sie war schon fast bei der Tür.

»Unterschätze mich nicht. Niemals«, warnte sie ihn, ehe sie die Tür öffnete.

# 30

Es war wieder einmal so weit, Ruedi Sprüngli saß in der Bahn nach Bern. Ein Jahr und ein Monat waren seit seinem letzten – zugegebenermaßen wenig erfolgreichen – Besuch im April 1895 in der Bundeshauptstadt verstrichen. Dieses Mal hatte er seiner Ankunft weder einen Brief, der ohnehin nicht gelesen worden wäre, noch anderweitige Kunde vorausgeschickt. Heute war sein Ziel im Gegensatz zum letzten Mal auch nicht die Lindt-Fabrik, sondern ein kleines Geschäft im Quartier Kirchenfeld. Dabei war besonders sein unerkanntes Erscheinen zentral für die Mission.

Ruedi besaß seine Quellen in der Branche und in der Stadt. Er wusste von der zunehmenden Unzufriedenheit einiger Lieferanten wie beispielsweise Theodor Tobler. Ebenso war ihm zu Ohren gekommen, dass Rodolphe Lindt nun an drei Nachmittagen in der Woche eine Chocolatière beschäftigte, die dem Produktionsengpass entgegenhielt, wenn auch nur in bescheidenem Maße angesichts ihres überschaubaren Arbeitspensums. Tobler jedenfalls hatte das Kriegsbeil keinesfalls begraben, so munkelte man, im Gegenteil.

Angeblich hatte sich seine Wut auf Lindt sogar noch weiter gesteigert, als bekannt wurde, dass die neue Angestellte, die überdies keine Unbekannte war, sogar eine eigene Schokoladenlinie herstellte. Unter dem Namen *Amelie (Chocolat Fin de Lindt)* vertrieb sie diese limitierte Sorte in ihrer Zuckerbäckerei. Einmal mehr waren Tobler und seine Kollegen somit zum Warten verdonnert.

Man konnte es drehen und wenden, wie man wollte, Lindt mangelte es schlicht an Geschäftstüchtigkeit. Er besaß eine Goldgrube und war nicht in der Lage, sie richtig auszuschöpfen. Und nicht nur das, er machte es auch anderen Geschäftsleuten unmöglich, daraus Kapital zu schlagen.

Wenn es jedoch mit der Hauptpforte nicht auf Anhieb klappte, gab es gemäß Ruedis Verständnis auch andere Möglichkeiten, mit der Situation umzugehen: Man versuchte es an einem anderen Tag erneut, oder – und das war manchmal die effektivere Variante – man wählte den Eintritt über die Hintertür.

Ruedi hatte es nicht eilig, als er im Kirchenfeld aus der Droschke stieg. Gemächlich richtete er sein Krawattentuch, klopfte sich den Reisestaub von Hose und Jackett und sah sich um. Die Confiserie stach wie ein farbenfrohes Bonbon aus der sonst faden Häuserreihe hervor. Geschwungene Lettern mit dem Namen der Schöpferin luden zum Eintreten ein. Kurz bevor Ruedi die Eingangstür des Geschäfts erreichte, trat eine Kundin auf die Straße. Der Duft nach frischem Gebäck, nach Karamell und anderen süßen Verführungen wehte zu ihm heraus – und in Ruedis Fall löste dieses Aroma noch weitere Emotionen aus – das Gefühl von Heimat.

Er setzte eine arglose Miene auf und betrat den Laden, der von zahlreichen Kunden bevölkert war. Anerkennend ließ er den Blick über die sorgfältig präsentierte Ware, die sauberen, ordentlich eingeräumten Gestelle und den professionell bestückten Verkaufstresen gleiten. Kaum zu glauben, dass sich eine derart pflichtbewusste Person dazu hinreißen ließ, bei Lindt zu arbeiten. Ruedi bediente sich an einem silbernen Tablett, auf dem Schokoladenstücke zur Kostprobe angeboten wurden. Neugierig schob er sich die neueste Schöpfung aus dem Hause Lindt in den Mund und schloss die Augen, um sich komplett auf seine Geschmackssinne zu konzentrieren.

Die Schokolade schmolz auf seiner Zunge. Keine Frage, dieses Erzeugnis war zarter, fruchtiger und ausgewogener als seine eigene Produktion. Dazu kam etwas Neues: Dieser Kreation hier waren winzige Splitter saurer Beeren beigemischt worden. Eine kontroverse Geschmacksexplosion, die Ruedi gedanklich sogleich an die entlegensten und exotischsten Winkel dieser Welt reisen ließ. Er hörte fremde Vogelstimmen, wo keine waren, roch Erde und Wasser und …

»Kann ich Ihnen behilflich sein?« Die Stimme riss ihn abrupt aus seiner Mentalreise und holte ihn zurück in die Realität. Vor ihm stand eine blonde Frau mit mandelförmigen blauen Augen und hohen Wangenknochen. Als sie den Mund zu einem verschmitzten Lächeln verzog, entdeckte er eine markante Lücke zwischen ihren Schneidezähnen.

»Sie müssen Amelie Sahli sein, die Schöpferin dieser Köstlichkeiten«, erwiderte er galant und ließ seinen Blick wertschätzend über ihre sanduhrförmige Silhouette gleiten.

»Die bin ich«, bestätigte sie und strich sich eine Haarsträhne hinters Ohr. Zwischenzeitlich hatte sich das Geschäft geleert, die übrigen Kunden waren bedient.

»Ihre Schokolade ist ein Gedicht, aber das hören Sie vermutlich nicht zum ersten Mal. Darf ich?« Ruedi griff nach einer weiteren Kostprobe.

»Es wäre gelogen zu behaupten, ich hätte sie allein erschaffen. Dies ist die Chocolat Fin von Rodolphe Lindt. Ich hatte bloß die Ehre, sie zu verfeinern«, gestand sie und deutete auf das Schild über den Schokoladentafeln, auf dem ebendies stand.

Nun lachte Ruedi herzhaft. »Seien Sie bloß nicht zu bescheiden, werte Dame. Wenn Sie die berühmte Schokolade des Pioniers verfeinern dürfen – oder deutlicher ausgedrückt: *können* –, dann kann es um Ihre Fähigkeiten nicht allzu schlecht bestellt sein.« Er zwinkerte ihr zu und ließ seinen Blick ein weiteres Mal über ihre Erscheinung gleiten.

»Sie sind also einer der wenigen Erdenbürger, der das Geheimnis des Conchierens kennt, nehme ich an?« Er ließ es wie eine harmlose Frage klingen, als wäre ihm dies eben erst eingefallen. Um seine Unbedarftheit zu unterstreichen, schlenderte er im Verkaufsraum herum, beschnupperte Bonbons und begutachtete die kunstvolle Glasur der ausgestellten Torten.

»Das stimmt. Doch ich bin an das Betriebsgeheimnis gebunden«, antwortete Frau Sahli und folgte ihm in einigen Schritten Abstand. »Rodolphe Lindt hat seine Erfindung patentieren lassen.«

Das war Ruedi natürlich längst bekannt. »Wenn Sie meine bescheidene Meinung dazu hören wollen ... Ich bewundere Rodolphe Lindts einmaliges Talent und ebenso das Ihre. Noch immer kommen viel zu wenig Leute in den Genuss dieser einzigartigen Schokolade. Wissen Sie, woran das liegt?« Ruedi blieb stehen, drehte sich um und wäre beinahe mit Frau Sahli zusammengestoßen, die seinen überraschenden Stopp verpasst hatte. Einige Sekunden starrte er auf ihre vollen beerenroten Lippen, dann riss er sich zusammen und sah ihr in die Augen. »Nun?«

Sie schüttelte den Kopf und beobachtete ihn mit in Falten gelegter Stirn.

»Es liegt daran, dass Rodolphe keinen Partner hat, der sich um den Vertrieb und die Vermarktung kümmert. Seine Kernkompetenzen liegen im Handwerk, nicht darin, Bedürfnisse und Begehrlichkeiten bei den Menschen zu wecken. Dabei könnte er reich werden und in die Geschichte eingehen ...« Ruedi ging ein paar Schritte weiter. »Und Sie könnten das auch«, fügte er noch an und schenkte ihr ein verschwörerisches Lächeln.

»Was?« Verwirrt schob Frau Sahli die Augenbrauen zusammen.

»Reich und berühmt werden. Im Gegensatz zu Ihrem Vorgesetzten besitzen Sie nämlich das Talent, seinem Werk ein neues Gewand zu verleihen«, erklärte Ruedi und zeigte dann auf die Schokolade und einen Kuchen. »Ich nehme das hier, bitte.«

Frau Sahli musterte ihn schweigend, griff dann nach der Ware, die er ausgewählt hatte, und brachte beides zur Kasse. Erst als Ruedi bezahlt hatte und Frau Sahli ihn zur Tür begleitete, sagte sie plötzlich: »Und ich nehme mal an, dass Sie so einer sind.«

»Was für einer?« Er stellte sich dumm, unterstrich seine Worte aber mit einem feinen Lächeln.

»Einer, der weiß, wie man Bedürfnisse und Begehrlichkeiten bei den Menschen weckt.« Sie entblößte ihre Zahnlücke und legte den Kopf schief.

»Ich wusste, Sie würden mich verstehen.« Ruedi setzte seinen Hut auf, den er beim Betreten des Geschäfts ordnungsgemäß abgelegt hatte. »Wir werden uns wiedersehen. Bis dahin ... denken Sie über meine Worte nach.« Damit neigte er den Kopf zum Gruß und trat mit seinen Einkäufen auf die Straße.

Er würde ihr ein Jahr Zeit geben; die Angelegenheit bedurfte einer angemessenen Gärung und Reifung wie bei einem edlen Wein. Dann würde er zurückkehren. Unterdessen gab es noch andere »Brandherde« zu legen, wie Ruedi sie in Gedanken scherzhaft nannte.

Es wurde Juli, ehe es Ruedi erneut möglich war, die Bahnreise nach Bern anzutreten. Zwischenzeitlich hatte sich bei seinen Reisen nach Bern eine gewisse Routine eingeschlichen, und Ruedi hatte sich bereits durch die gesamte Speisekarte des Bahnhofbuffets probiert. Satt und zufrieden ließ er den Blick über den lebhaften Bahnhofsplatz gleiten und tupfte sich die Mundwinkel mit der Serviette ab.

Fußgänger waren dieser Tage rar in der Stadt und riskierten zunehmend ihr Leben. Luft- oder Dampftram und Droschken bemühten sich darum, sich die Straße zu teilen, wobei sie immer mehr von den in Mode geratenen Fahrrädern verdrängt wurden. Seit die Drahtesel, wie Ruedi die Dinger abfällig nannte, seriell hergestellt wurden, hatten sie sich in manchen Städten zum Fortbewegungsmittel der Masse etabliert. Ein Umstand, den er selbst nicht nachvollziehen konnte. Nie im Leben wäre es ihm in den Sinn gekommen, in seinem maßgeschneiderten Anzug auf so ein Metallungetüm zu steigen und sich schwitzend durch die Straßen zu quälen. In seinem Fall besaß er eine probate Ausrede, sich eine Droschke zu leisten: Immerhin blieb er stets mehrere Tage in Bern und reiste daher mit Gepäck. Da fielen auch die anderen Massenfortbewegungsmittel weg.

Nachdem er seine Rechnung beglichen und der Serviertochter zugezwinkert hatte, winkte er sich eine Droschke herbei. Heute war sein Ziel weder die Zuckerbäckerei im Kirchenfeld noch die Lindt-Fabrik im Mattequartier. Dieses Mal führte ihn sein Weg in die Länggasse, über die er schon viel gehört und gelesen hatte.

Das »Quartier Obenaus«, wie es zu Beginn des Jahrhunderts noch genannt wurde, hatte sich zwischenzeitlich von seinen landwirtschaftlichen Wurzeln verabschiedet. Das auf einer charakteristischen Anhöhe gelegene Gebiet hatte in den vergangenen Jahrzehnten markant an Attraktivität gewonnen. Nachdem die Befestigung auf der Großen Schanze und somit die Trennung zwischen Altstadt und Vorland aufgehoben worden war, waren zuerst die eleganten Stadthäuser gut betuchter Bauherren aus dem Boden geschossen. Als Nächstes eroberte die Industrie die Länggasse und mit ihr die Arbeitersiedlungen. Erst vor Kurzem hatte sich zudem die Wissenschaft einen Platz in diesem Stadtteil ergattert. Im Südwesten hatten sich drei Institute der Naturwissenschaft angesiedelt. Allerdings waren weder diese noch das vor einigen Jahren neu errichtete Inselspital Ruedis Ziel.

Vielmehr war es eine Zuckerbäckerei im ersten Stock eines Neubaus an der Mittelstraße im Länggassquartier, direkt in der Nachbarschaft einer Seidenfabrik.

Zwei Laubbäume säumten die Fassadenmitte des dreistöckigen Gebäudes, in dessen Zentrum im Erdgeschoss das Schaufenster einer Brotbäckerei zum Einkaufen einlud.

Nachdem Ruedi den Fuhrmann bezahlt und das Haus betreten hatte, stieg er keuchend die Treppe hinauf und kam atemlos vor der Eingangstür zur *Confiserie Spéciale Tobler* zum Stehen. Umständlich griff er nach einem Stofftaschentuch in seiner Weste und tupfte sich die Stirn ab.

Eine Dame um die zwanzig mit Rüschenschürze, braunen, sorgfältig hochgesteckten Haaren und einem sonnigen Lächeln trat auf ihn zu. Ob es sich dabei um Adeline Tobler handelte, die normalerweise das Geschäft an der Front führte, vermochte Ruedi leider nicht zu sagen.

»Willkommen, der Herr, so treten Sie doch ein.« Die Dame machte eine einladende Geste. Ruedi folgte ihrer Einladung und sah sich anerkennend um.

Der in warmen Braun- und Rosatönen gehaltene Raum mit glänzenden Korpussen aus Massivholz erinnerte ihn an das Geschäft seines Bruders David in Zürich. Stilvoll und farblich abgestimmt stapelten sich die Süßwaren auf Regalen oder hinter Glasscheiben. Der relativ kleine Raum, dessen Fenster zur Straße hinausgingen, wurde zusätzlich von einem Kronleuchter erhellt. Bogenförmige Spiegel an der Wand erweiterten ihn optisch.

»Suchen Sie etwas Bestimmtes?«, erkundigte sich die junge Frau und folgte Ruedis Blick, als könne sie sein Bedürfnis so eher erraten. »Wir bieten fast alles an, was das *süße* Herz begehrt.« Sie lächelte. Sie wies auf die einzelnen Bereiche des Zimmers und zählte auf: »Bonbons, Karamell, kandierte Früchte, Pastillen, Dekorationen für Torten und Christbäume, Ostereier aus Zucker und Schokolade sowie Pralinen.«

Ruedi steuerte den Korpus mit den Schokoladetafeln an, drehte sich jedoch schon bald enttäuscht um. »Ich kam in der Annahme, bei Ihnen die berühmte Chocolat Fin von Lindt zu finden.«

Das Fräulein errötete und knetete die Hände. »Leider sind ausgerechnet diese ausverkauft ... Das sind sie meistens.« Sie räusperte sich und sah sich ein wenig hilflos um. »Wenn … wenn Sie wünschen, notiere ich Ihren Namen und Ihre Anschrift und lege Ihnen von einer zukünftigen Lieferung einige Tafeln zur Seite.« Händeringend sah sie ihn an. »Wir besitzen zwar noch keine eigene Telefonverbindung, aber eine Straße weiter gibt es eine öffentliche Sprechstation. Ich könnte Sie benachrichtigen, falls Sie ebenfalls eine solche in der Nähe haben.« Fragend hob sie die Augenbrauen.

Brummend lief Ruedi im Raum auf und ab. »Hm … das geht leider nicht. Ich bin auf der Durchreise und hätte diese Schokolade gerne als Geschenk für meine Frau mitgenommen. Gut möglich, dass ich dieses Jahr nicht mehr hierher zurückkehre. Bedauerlich, sehr bedauerlich.«

Die Angestellte strich sich die Hände an der Schürze ab und blickte hilfesuchend zum Durchgang hinter dem Tresen. »Vielleicht rufe ich rasch meinen Vorgesetzten. Ich helfe hier nämlich bloß aus.« Ohne seine Antwort abzuwarten, eilte sie davon und verschwand im angrenzenden Raum.

Kurze Zeit später erschien ein nicht allzu großer Mann mit Gehstock und Schnauzbart. Ein Lächeln erhellte seine Züge, als er die Schultern straffte und mit dynamischen Bewegungen auf Ruedi zusteuerte. Er schüttelte ihm die Hand. Der Patron besaß einen kräftigen Händedruck, wie Ruedi verwundert feststellte.

»Herzlich willkommen bei der Confiserie Spéciale Tobler, geschätzter Herr, mein Name ist Theodor Tobler«, begrüßte er ihn. »Ich bin untröstlich, dass wir

Ihrem Wunsch nach der Chocolat Fin nicht nachkommen können. Darf ich Ihnen eine andere Köstlichkeit für Ihre Frau empfehlen? Wir haben viele Spezialitäten, die der Lindt-Schokolade in Einzigartigkeit und Genuss durchaus das Wasser reichen können.« Sofort lief er zu einem Regal, griff nach einer bunten Süßigkeit und pries sie an.

Doch Ruedi bedeutete ihm mit einer Geste, dass er nicht interessiert war. Er schüttelte den Kopf und setzte bewusst eine ablehnende Miene auf, auch wenn er Theodor Tobler für sein rhetorisches Geschick und sein Verkaufstalent bewunderte. Sie beide wären wunderbar miteinander klargekommen, das erkannte er gleich.

Tobler seufzte, hielt jedoch an seiner freundlichen Miene fest. »Wie meine Angestellte bereits sagte, reservieren wir Ihnen gerne eine Tafel Schokolade, benachrichtigen Sie oder senden sie Ihnen mit der Paketpost zu. Selbstverständlich verzichten wir auf das Weiterverrechnen der Zusatzkosten, die durch diese Inkonvenienz entstehen. Was sagen Sie?«

Als Ruedi einige Sekunden schwieg, um zu überlegen, wie er aus dieser Situation wieder herauskam, holte Tobler bereits zum nächsten verbalen Streich aus.

»Ich versichere Ihnen, dass ich die Schokolade in den kommenden Tagen für Sie auftreiben kann. Wo wohnen Sie denn?«

Ruedi lockerte sein Krawattentuch und räusperte sich. »In Zürich.«

Tobler klatschte in die Hände. »Wunderbar, so zentral also. Da lässt sich bestimmt sogar ein Lieferant oder ein Bekannter meinerseits finden, der diesen Weg ohnehin zurücklegt. Dadurch sparen wir uns den mühseligen und langen Transportweg mit der Paketpost gar komplett.« Er machte seiner Angestellten ein Zeichen, woraufhin diese zum Verkaufstresen eilte und mit einem Blatt Papier und einem Bleistift zurückkam.

»Bitte überlassen Sie uns doch Ihre Anschrift.« Er legte die Unterlagen auf einen Tisch mit kandierten Mandeln und Haselnüssen und nickte Ruedi aufmunternd zu.

Gottlob hatte Ruedi die kurze Unterbrechung zum Nachdenken genutzt und sich dann entschlossen, den Namen und die Adresse eines langjährigen Freundes bekanntzugeben.

»Besten Dank.« Er knöpfte sein Jackett zu, setzte den Hut auf und diktierte die Adresse.

»Herr Stäubli, es war mir eine Ehre!« Theodor Tobler schüttelte seine Hand. »Es würde mich freuen, Sie bei einem erneuten Besuch in Bern ein weiteres Mal bei uns begrüßen zu dürfen.«

Ruedi nickte unverbindlich. »Machen Sie Lindt Dampf unterm Hintern«, sagte er und wandte sich zur Tür.

»Worauf Sie sich verlassen können«, klang Toblers Stimme an sein Ohr.

Zufrieden stieg Ruedi die Treppe wieder hinunter und trat auf die Straße.

Genau so hatte er es sich vorgestellt.

# 31

»Einen angenehmen Tag noch«, presste Rodolphe hervor, während er Theodor Tobler mit mahlenden Kiefern und anschwellenden Kopfschmerzen die Tür aufhielt. Ihm ein *Auf Wiedersehen* zu wünschen, wäre gelogen gewesen.

Tobler schritt betont gemächlich an ihm vorbei, nickte seinem Bruder August freundlich zu und sagte: »Auf Wiedersehen.«

Rodolphe kochte vor Wut. Nächstes Mal würde er dem Grünschnabel keine halbe Stunde mehr gewähren, beschloss er, während er ihm hinterherschaute und dem Klacken seines Gehstocks auf den Pflastersteinen lauschte. Draußen verdeckten dicke, dunkle Wolken den Himmel, und es roch nach Regen. Das Oktoberwetter passte also perfekt zu Rodolphes düsterer Stimmung.

Wobei, eine Prise Genugtuung verschaffte Toblers zweiter Besuch ihm dann doch. Hatte der ihm nämlich damals noch gedroht, die Kunden würden längerfristig auf Konkurrenzprodukte ausweichen, war seine offensichtliche Verzweiflung heute Beweis genug dafür, dass dem eben nicht so war.

»Was wollte er denn?«, erkundigte sich Amelie, die neben ihn und August getreten war. Fragend sah sie von einem zum anderen und trocknete sich dabei die Hände an der Schürze ab.

»Mehr Schokolade«, schnaubte Rodolphe. »Letztes Mal hat er eine bessere Provision verlangt und gedroht, mein Produkt sonst nicht mehr prominent anzupreisen. Das scheint ihm aber nicht gelungen zu sein, denn heute hat er sich beschwert, wir würden ihm zu wenig liefern und nicht schnell genug.«

»Vielleicht sollten wir wirklich einmal über die Vergrößerung unserer Produktion nachdenken«, warf August ein und zuckte die Schultern. »Lina hat das auch schon vorgeschlagen.«

»Wie oft muss ich es dir denn noch erklären?«, schnauzte Rodolphe ihn an. »Ich beabsichtige, klein und fein zu bleiben. Jedes Produkt, das für die Massen hergestellt wird, verliert an Qualität und Wert. Zudem würden wir über kurz oder lang die Kontrolle über den Herstellungsprozess verlieren. Das Conchieren ist eine diffizile Angelegenheit, die ich nicht in fremden Händen wissen möchte.«

August hob beschwichtigend die Hände und kehrte wieder in sein Büro zurück. Rodolphe schnaubte. Er war immer noch wütend, und wenn August nicht gegangen wäre, hätte er ihn sicher noch heftiger zurechtgewiesen.

Als er sich umwandte, um wieder in die Produktionshalle zurückzukehren, sah er, dass Amelie ihn mit großen Augen anstarrte.

»Was?«, fragte er unwirsch.

Amelie fasste ihn am Arm und warf einen raschen Blick zu ihren Kindern hinüber, bevor sie ihn zur Seite zog.

»Ich weiß, du fühlst dich unter Druck gesetzt. Doch lass mich dir etwas erzählen«, sagte sie. »Deine Erfindung hat die Welt der Schokolade revolutioniert. Dein Vater hatte Recht, als er deine Chocolat Fin als Gran Cru ihrer Art bezeichnete und dafür sorgte, dass sie bekannter wurde.« Sie zögerte, dann trat sie auf ihn zu, um direkt in sein Ohr zu sprechen. Rodolphe spürte ihren warmen Atem auf seiner Wange und erschauerte. Es fühlte sich wie eine sanfte Berührung an. So nahe war sie ihm, seit sie wieder in der Fabrik arbeitete, bisher nie gekommen. »Du könntest reich und berühmt werden, Rodolphe«, flüsterte sie. »Mit der richtigen Unterstützung könnten wir deine Schokolade und unsere gemeinsamen Erfindungen in die ganze Welt hinaustragen. Nicht nur nach Deutschland und zu ausgesuchten Lieferanten.« Sie machte eine kurze Pause. »Sondern überallhin.«

Rodolphe hatte Mühe, sich auf ihre Worte zu konzentrieren, wenn sie ihm so nah war.

»Du hast die Fähigkeit, Geschichte zu schreiben. Lass dir helfen«, raunte sie. Und dann trat sie zu seinem Leidwesen einen Schritt zurück und sah ihn aus ernsten Augen an.

Rodolphe atmete tief durch, um sich wieder zu fassen. Dann neigte er fragend den Kopf zur Seite. »Wer soll mir bitte schön womit helfen?« Plötzlich beschlich ihn das ungute Gefühl, diesen Satz schon einmal in dieser oder ähnlicher Form gehört zu haben.

»Es gibt Leute, die sich damit auskennen, Wünsche und Sehnsüchte, also das Kaufverhalten der Menschen, positiv zu beeinflussen. Fachleute, die deine Schokolade ins rechte Licht rücken, ihr eine Plattform verleihen und der Firma ein frisches und professionelles Erscheinungsbild verschaffen können.«

Obwohl sie ihre Ausführungen mit einem Lächeln untermalte und ihre Augen euphorisch leuchteten, gefror Rodolphe das Blut in den Adern.

»Du findest mich demnach altmodisch?«, schlussfolgerte er als Erstes, obwohl das nicht einmal das Problematische an ihrer Aussage war.

»Das sagte ich nicht. Allerdings sieht man dem Betrieb und den Produkten an, dass die Vermarktung kaum beachtet wird. Das ist schade, wenn man bedenkt, wie viel Talent und Pioniergeist in diesen Räumlichkeiten zusammenkommen.«

»Mhm.« Rodolphe musterte sie eingehend. Eine leichte Röte färbte ihre Wangen. Sie schien zu spüren, dass sie sich auf dünnem Eis bewegte. In letzter Zeit war es um seine Contenance tatsächlich nicht sonderlich gut bestellt, da lag sie mit ihrer Einschätzung ganz richtig. Bei jedem anderen wäre er vollkommen ausgeflippt, ihr jedoch hörte er zu. Warum dem so war, konnte er sich selbst nicht erklären, denn ihre Worte beschleunigten seinen Puls und brachten das Stechen an seinen Schläfen augenblicklich zurück.

»Hast du mit jemandem darüber geredet? Oder ist dir das selbst eingefallen?« Sie würde nicht wagen, ihn anzulügen, deshalb starrte er sie geradewegs an.

Amelie seufzte und hob beschwichtigend die Hände. »Vor einer Weile kam ein Kunde in mein Geschäft. Wir haben uns ein wenig unterhalten, und er hat mich auf diesen Gedanken gebracht. Damals hielt ich es nicht für wichtig. Aber in den vergangenen Monaten habe ich viel darüber nachgedacht.«

»Wer war dieser Kunde?«, fragte Rodolphe scharf. Das Blut rauschte in seinen Ohren.

»Ich weiß es nicht«, antwortete Amelie. »Er nannte keinen Namen. Und mir war es auch nicht wichtig. Vielmehr waren es seine Worte und Gedanken, die mich beschäftigt haben. Er hat recht, Rodolphe, du solltest mehr aus alldem machen, ich …«

Das Pfeifen und Rauschen in Rodolphes Ohren war so laut, dass er nichts mehr hörte.

»Wie sah er aus, beschreibe ihn mir!« Es klang schroffer als beabsichtigt, und der entsetzte Ausdruck in Amelies Gesicht bestätigte das. Rodolphe senkte den Kopf. »Bitte, es ist wichtig für mich.«

Er strich sich durch die Haare und sah besorgt zu Viktor und Wilhelmine hinüber, um sich zu vergewissern, dass sie nichts gehört hatten. Die beiden kicherten jedoch, weil ihnen soeben eine Tafel Schokolade zu Boden gefallen war. Da sie diese nicht mehr verpacken durften, steckten sie sich – ebenso wie die zwei anderen Mitarbeiter – eilig ein Stück in den Mund. Rodolphe entspannte sich ein wenig. Schließlich wandte er den Blick wieder Amelie zu und hob fragend die Augenbrauen.

Die beschrieb ihm den Fremden, doch ihre Schilderung hätte zu jedem gepflegten und gut situierten

Herrn dieses Jahrhunderts gepasst. Wenn Rodolphe seinen Vater nicht unter der Erde gewusst hätte, hätte es selbst dieser sein können.

Mit einem schweren Seufzer wandte er sich von Amelie ab, um nach der Conchiermaschine zu sehen, als sie plötzlich sagte: »Ich glaube, er hatte einen Zürcher Dialekt.«

Rodolphe blieb wie angewurzelt stehen. »Ruedi Sprüngli«, murmelte er und presste die Kiefer zusammen.

Die Erkenntnis breitete sich im Laufe des Nachmittags wie Gift in seinen Gedanken aus. Von diesem Augenblick an sprach er kein Wort mehr. Er spürte Amelies fragenden und besorgten Blick, ignorierte ihn aber. Was hätte er auch sagen sollen? In seinem Kopf herrschte ein derart großes Chaos, dass er selbst nicht in der Lage war, einzelne Gedankengänge zu erfassen und zu verstehen. Nur eines war klar: Ruedi Sprünglis Auftauchen bedeutete nichts Gutes.

Rodolphe war dermaßen mit sich selbst beschäftigt, dass er gar nicht wahrnahm, dass es draußen dunkel geworden war und Regen an die Scheibe der Manufaktur prasselte. Erst als Amelie und die Kinder sich vor ihm aufreihten, um sich zu verabschieden, schrak er aus seinen Grübeleien hoch. Erstaunt sah er sich um und rieb sich den steifen Nacken.

»Ihr macht Feierabend«, schlussfolgerte er und lächelte die Geschwister an. Während er sich bei ihnen mit einem sanften Schulterklopfen für ihren großartigen Einsatz bedankte, sah er zu Amelie hoch. »Danke auch dir.« Er trommelte mit den Fingern auf den Rand der Conchiermaschine. Weitere Worte brannten ihm auf der Zunge, doch er schluckte sie hinunter und sagte: »Dann sehen wir uns nächste Woche wieder.«

Nachdem sie und die übrigen Fabrikarbeiter gegangen waren, beendete er seine Arbeit und bereitete die Gerätschaften für den Nachtbetrieb vor. August wartete bereits an der Tür zum Büro. Als sie auf die Straße traten, regnete es noch immer. Binnen weniger Minuten tropfte Nässe von Rodolphes Hutkrempe. Eilig winkte er eine Droschke herbei, und sie stiegen schweigend ein. Das Rauschen des Regens vermischte sich mit dem Klappern der Pferdehufe.

»Ich schätze es nicht, wenn sich deine Frau in die Geschicke der Fabrik einmischt«, sagte Rodolphe nach einer Weile und sah August, der ihm gegenübersaß, eindringlich an.

»Ich weiß, es tut mir leid.« August sah zu Boden und studierte seine Hände. »Lina meint es nicht böse, sie will bloß helfen.«

Den Rest des Weges sprachen sie kein Wort mehr.

»Möchtest du zum Abendessen kommen?«, fragte sein Bruder bei der Eingangstür. Rodolphe schüttelte den Kopf. Anstandshalber lud ihn August jeden Tag ein, doch nutzte er dieses Angebot nur selten.

Kurz nachdem ihr Vater vor drei Jahren gestorben war und sein Bruder die Familienapotheke verkauft hatte, war das Undenkbare geschehen: August hatte eine Frau kennengelernt, und diese hatte sich Hals über Kopf in August verliebt. Vergangenen Oktober hatten sie sich das Jawort gegeben, und Lina Mathilde, eine geborene Rüfenacht, war in das Lindt-Heim eingezogen. Während Rodolphe die kleine Wohnung im Erdgeschoss wieder für sich allein hatte, teilte sich sein Bruder die oberen Stockwerke nun notgedrungen mit ihrer siebzigjährigen Mutter. Jemand musste sich schließlich um sie kümmern, und Rodolphe war dankbar, dass diese Aufgabe seiner Schwägerin zufiel. Eugenia Lindt gehörte nämlich nicht zu jenen Erdenbürgern, die durch das Alter milde geworden waren ...

Wie meistens an solchen Abenden ging Rodolphe direkt in die Küche, wo er ihre Haushälterin und Köchin vorfand. Dorothea, die seine Gepflogenheiten kannte, legte ihm für gewöhnlich eine Portion des Gerichts, das dem Rest der Familie serviert wurde, zur Seite. Auch heute zeigte sie bloß wortlos auf einen Teller neben sich und zwinkerte ihm zu.

Rodolphe nahm ihn mit in seine Wohnung und setzte sich an den Tisch. Doch schon nach zwei Gabeln schob er das Essen beiseite und starrte aus dem Fenster in die Dunkelheit. Dann gab er sich einen Ruck, erhob sich und holte seinen Mantel.

»Kirchenfeld«, sagte er zu dem Fuhrmann, den er sich herangewunken hatte.

Rodolphe stand ein wenig abseits der hängenden Straßenlaterne im Zwielicht und starrte zu dem Anwesen hinüber, dessen Fenster allesamt im Dunkeln lagen. Er wusste, welches ihr Schlafzimmer war; es lag auf der Rückseite des Hauses. Auch war ihm bekannt, dass sie es allein bewohnte. Viktor und Wilhelmine hatten es ihm erzählt. Nebst vielem anderem.

Eine Viertelstunde stand er bloß da und starrte auf das Haus. Dann klaubte er ein paar Kieselsteine von der Straße und ging langsam um das Gebäude herum in den Garten. Die dichten Wolken am Himmel verbargen den Mond und somit die einzige Lichtquelle, die ihn verraten hätte. Noch immer prasselte der Regen auf ihn hinunter. Er spürte die Nässe bis auf die Haut.

Nur drei Kiesel musste er an das hinterste Fenster in der zweiten Etage werfen, bis ein dunkler Schatten hinter der Scheibe auftauchte.

Fünf Minuten später stand Amelie, in ein dickes Wollschultertuch gewickelt, vor ihm. Der Regen tropfte von ihren Haaren und ihrer Nase, und sie zitterte.

»Können wir reden? Unsere Unterhaltung von heute Nachmittag beschäftigt mich«, begrüßte Rodolphe Amelie.

Amelie musterte ihn schweigend, dann wies sie mit dem Finger auf ein dunkles Gebilde am Rande des Gartens.

»Lass uns in den Gartenschuppen gehen, da ist es wenigstens trocken«, sagte sie schließlich und ging voraus. Ihre Stimme bebte. Ob vor Kälte oder aus einem anderen Grund, vermochte er nicht zu erraten.

Verstohlen sah Rodolphe sich um und folgte ihr dann eiligen Schrittes.

Erst als Amelie ihn im Schuppen bat, ihr beim Anzünden zu helfen, sah er, dass sie einen Kerzenständer bei sich trug.

»Wilhelm hat sein Zimmerfenster auf der anderen Seite des Hauses«, beantwortete sie seine unausgesprochene Frage. »Er wird das Licht nicht sehen.«

Während Rodolphe den Kerzenhalter hochhielt, kramte sie im hinteren Teil des Schuppens nach etwas und kam mit Decken zurück, die sie auf dem Boden ausbreitete und Rodolphe reichte. »Nimm das, sonst holst du dir noch den Tod.«

Sie setzten sich, und Amelie sah ihn erwartungsvoll an.

Rodolphe sah auf seine Hände. »Ich …« Er versuchte, seine Gedanken zu ordnen, was ihm jedoch seit dem Nachmittag noch immer nicht recht gelungen war.

»Du machst dir Sorgen wegen Ruedi Sprüngli, oder?«, fragte sie.

»Du weißt, wer er ist?« Überrascht sah Rodolphe sie an.

Amelie nickte. »Schokoladenfabrikant aus Zürich. Ich habe schon von ihm und seiner Familie gehört. Allerdings wusste ich nicht, wie er aussieht.«

Rodolphe erzählte ihr vom Besuch seines Konkurrenten im Frühling des vergangenen Jahres und davon, dass er beinahe exakt dieselben Worte benutzt hatte, die auch sie an ihn weitergetragen hatte.

»Er ist schlau …«, sinnierte Amelie. »Und er hat sich informiert, sonst wäre er nicht in meiner Zuckerbäckerei gelandet.«

»Genau das meine ich. Wir müssen vorsichtig sein.«

Sie schwieg, doch in ihren Augen las er, was sie dachte.

»Du denkst, dass er recht hat, nicht wahr?« Er seufzte und sah zu Boden, wo er einen Fussel von der Decke klaubte. Als er wieder hochsah, hatte sie ihm immer noch nicht geantwortet.

»Ich verstehe tatsächlich nicht, warum du dich nicht mit fähigen Leuten, die dein Talent ergänzen, zusammentust.«

»Weil das nicht ihr Ziel ist. Ihre Absicht ist es, mir mein Geheimnis zu entlocken, mir mein Patent abzuluchsen, und das werde ich niemals zulassen.«

Amelie beugte sich ein wenig nach vorne, sodass das flackernde Dämmerlicht der Kerze über ihr Antlitz zuckte. »Warum bist du hier, Rodolphe? Um mir zu sagen, dass du nicht beabsichtigst, etwas zu verändern?« Sie lachte trocken. »Das hättest du mir auch nächste Woche mitteilen können.«

Eine Weile hielt er ihrem Blick stand, dann schaute er wieder auf seine Finger, die das Muster der Decke nachzeichneten. »Sie werden wiederkommen. Sprüngli, Tobler ... und mit der Zeit auch andere.« Rodolphe sah hoch, aber Amelie verstand offenbar nicht, was er damit sagen wollte. »Sie werden versuchen, dich auf ihre Seite zu ziehen ... Sie wissen, dass ich dir vertraue.« Er schwieg. »Sie werden dich mit besseren Bedingungen und Fortschritt locken.«

»Es ist mir nicht erlaubt, ihnen das Conchieren beizubringen, das weißt du«, entgegnete Amelie.

Rodolphe nickte und lächelte. »Ich weiß.«

Sie legte die Stirn in Falten. »Was ist dann das Problem?«

»Dass ich dich verlieren könnte.« Er holte tief Luft und sah Amelie an. »So wie damals.«

Amelie schwieg und sah nachdenklich hinunter auf ihre Hände. Rodolphe wartete geduldig. Doch als sie auch nach einer gefühlten Ewigkeit noch immer wie versteinert dasaß, erhob er sich schließlich.

»Ich werde jetzt gehen. Es war eine alberne Idee herzukommen. Ich kann nicht über dich verfügen. Du bist ein freier Mensch. Was auch immer ich befürchte, ich muss damit leben.«

Mit schweren Schritten ging er zur Tür. Als er sie jedoch öffnen wollte, sprang Amelie auf und hielt ihn zurück. Ihre Berührung an seinem Arm ließ ihn erschauern. Sie war so vertraut – und so sehnlich vermisst.

Im Nachhinein konnte er nicht mehr sagen, wer von ihnen beiden den ersten Schritt unternommen hatte, doch plötzlich lagen ihre Lippen aufeinander. Amelies Haar unter seinen Händen war feucht vom Regen. Ihre Haut schmeckte anders als früher. Fruchtig und herb zugleich. Ihr Körper war nicht mehr derselbe, und obwohl fremd, so doch noch immer vertraut.

Als sie schweißnass und schwer atmend dalagen, legte Rodolphe den Arm um Amelie und deckte sie zu. Er konnte es ihr nicht sagen, es hätte alles ruiniert. Die Heiligkeit dieses Moments, aber auch die Unschuld seiner Empfindungen für sie, die alsbald von der Realität erdrückt worden wäre. Und so lag er einfach nur da und lauschte dem Prasseln des Regens über ihren Köpfen.

In seinem Inneren aber war er sich sicher.

Er liebte sie.

# 32

Amelie sah immer wieder auf die große Uhr über dem Eingang zum Bahnhof, wobei sie ständig von einem Fuß auf den anderen wechselte. Die Junisonne brannte vom Himmel, und selbst hier im Schatten eines Baumes war es heiß und stickig.

Endlich! Sie erkannte Fanny schon von Weitem, auch wenn sie sich seit ihrer letzten Begegnung verändert hatte. Sieben Jahre waren mittlerweile verstrichen, in denen sie sich zwar weiterhin regelmäßig geschrieben, jedoch nicht wiedergesehen hatten.

Ihre ehemalige Lehrmeisterin würde bald ihren sechzigsten Geburtstag feiern. Ein silbernes Schimmern verdrängte zunehmend das Hellbraun ihrer Locken und ließ ihre grünen Augen noch deutlicher hervorstechen. Amelie schloss sie fest in die Arme.

»Gut siehst du aus! Schade, dass Daniel dich nicht begleiten konnte.«

Fanny winkte lächelnd ab. »Ach weißt du, seit Daniel letztes Jahr sein Amt als Gemeinderat von Vevey abgegeben hat, möchte man meinen, er hätte mehr Zeit. Aber das Gegenteil ist der Fall.« Sie legte Amelie die

Hand auf den Unterarm. »Allerdings habe ich ihn auch nicht dazu ermutigt, mich zu begleiten.« Sie unterstrich ihre Worte mit einem Zwinkern und wandte sich dann Rodolphe zu, der neben ihnen stand und sich schon mehrere Male nervös die Hände an der Hose abgestrichen hatte.

»Rodolphe Lindt, es ist mir eine große Ehre.« Er nahm den Hut vom Kopf und verneigte sich vor Fanny. »Bitte, steigen Sie doch ein, ich kümmere mich derweil um Ihr Gepäck.« Er wies auf die Droschke hinter ihnen.

»Nenn mich doch Fanny, mein Junge. Sonst komme ich mir furchtbar alt vor.« Lächelnd hakte Fanny sich bei Amelie unter und ließ sich zur Droschke bringen, während Rodolphe ihren Koffer verstaute. »Wo sind denn deine Kleinen?«, fragte sie, während sie sich setzten.

»Sie sind in der Fabrik geblieben. Einmal in der Nähe der Schokolade, kriegt man sie kaum noch weg.«

Das Gefährt brachte sie auf direktem Weg vom Bahnhof ins Mattequartier zu Rodolphes Schokoladenfabrik.

»Wie geht es deinem Neffen Alexandre?«, wollte Amelie wissen, während sie durch die Straßen fuhren.

Ein Schatten legte sich über Fannys Gesicht. »Alexandre hat vor zwei Jahren zusammen mit seinem Schwager Jules Bellet die Société François-Louis Cailler et Cie gegründet. Sie planen eine neue Fabrik und beabsichtigen, ebenfalls in das Geschäft mit der Milchschokolade einzusteigen.«

Amelie hielt inne. »Es ist ihm aber doch gar nicht erlaubt, Milchschokolade ohne deine Erlaubnis herzustellen, oder?«

Fanny seufzte. »Leider ist es etwas komplizierter als das. Die Vereinbarung ist alt und wurde zwischen mir und seiner Mutter geschlossen. Und Alexandre ist ein cleverer Junge. Er hat unser Rezept weiterentwickelt und Vevey den Rücken gekehrt, um in der Region rund um Gruyère, die für ihre hochwertige Milch bekannt ist, eine eigene Fabrik zu bauen.« Sie holte tief Luft. »Die Zeiten haben sich verändert; solange sie nicht unser patentiertes Rezept verwenden, dürfen sich auch andere Hersteller in der Produktion der Milchschokolade versuchen.«

»Hattest du nicht einmal die Hoffnung, dass er euer Geschäft übernehmen würde? Dann hätte sich die Diskussion erübrigt.«

Amelie sah die Enttäuschung in Fannys Gesicht, bevor diese erneut seufzte.

»Alexandre stand damals unter dem Patronat seines Ziehvaters Louis Gétaz, der ihm seine Ausbildungen bezahlt hat. Sie wollten uns aufkaufen und in ihre Firma eingliedern, doch das war nicht in unserem Sinn. Kurz gesagt: Wir wurden nicht handelseinig, also beschloss mein Neffe, es selbst mit der Milchschokolade zu versuchen. Und er war erfolgreich.« Ein bitterer Zug legte sich um ihren Mund. »Wir haben in dieser Familie bereits genug Kriege ausgetragen. Ich wollte auf meine alten Tage keinen weiteren sinnlosen Konflikt. Also ließ ich Alexandre in Ruhe.«

»Das tut mir leid.« Amelie berührte ihre Freundin sanft an der Schulter. Sie wusste, wie sehr diese den Jungen in ihr Herz geschlossen hatte.

»Diese Familie wird nie Frieden finden.« Fanny lächelte, doch ihre Augen glänzten feucht. »Dieser Tage denke ich oft an meine Mutter und die Erschöpfung, die sie letzten Endes ins Grab gebracht hat, weil diese Familie einfach nicht zur Ruhe kam. Sie hatte recht.« Sie wandte den Blick ab und betrachtete ihre Umgebung.

Ein blauer Himmel spannte sich über ihren Köpfen, und die warme Junisonne brannte auf sie nieder. Als sie das Industrieviertel der Matte erreichten, vermischte sich die dumpfe Wärme des Nachmittags mit den scharfen Dämpfen aus den Manufakturen und den abgestandenen Ausdünstungen der Arbeitersiedlungen.

Fanny holte tief Luft und sah zu Rodolphe. »Entschuldige das Gejammer einer alternden Frau, mein Lieber. Lass uns über etwas anderes sprechen. Ich brenne darauf, deine Fabrik kennenzulernen!« Dieses Mal wirkte ihr Strahlen echt.

Die Droschke hielt vor dem Fabrikgebäude, und sofort beeilte sich Rodolphe, ihr beim Aussteigen zu helfen. Als sie zum Fabrikeingang liefen, erschien auch August im Türrahmen des Büros, um ihren Gast zu begrüßen.

»Madame Peter-Cailler! Was für eine außerordentliche Freude und Ehre, Sie hier in unseren bescheidenen Räumlichkeiten begrüßen zu dürfen!« Er verneigte sich vor ihr.

Viktor und Wilhelmine erinnerten sich nur noch vage an Fanny und ihren Besuch in Vevey vor sieben Jahren. Dementsprechend scheu reichten sie Amelies Freundin die Hand zum Gruß. Diese dagegen begrüßte die beiden herzlich und ließ sich dann von Rodolphe durch die Produktionshalle führen. Besonders interessierte die Fachfrau dabei natürlich die Conchiermaschine.

Rodolphe erklärte ihr ausführlich, wie diese funktionierte. Bei Fanny musste er nicht fürchten, dass sie ihn kopierte, denn die Peter-Caillers waren selbst Pioniere auf diesem Gebiet und daher nicht auf fremde Ideen angewiesen. Amelies Freundin umrundete das Gerät mehrmals, überschüttete Rodolphe mit Fragen und kostete die neuartige Chocolat Fin.

»Interessanterweise ist der Geschmack deiner Schokolade unserer sehr ähnlich. Was bei uns die Milch bewirkt, verursacht bei dir das Conchierverfahren. Die Schokolade wird insgesamt milder und ausgewogener im Aroma.« Fanny blieb stehen und sah Rodolphe ernst an. »Das ruft Neider und Nachahmer auf den Plan. Sei vorsichtig.«

Rodolphe warf Amelie einen vielsagenden Blick zu. Sie wussten beide, an wen er dachte. Ruedi Sprüngli, der keine der genannten Erfindungen sein Eigen nennen konnte.

Seit ihrem Disput vor acht Monaten hatte Amelie das Thema Rodolphe gegenüber nicht mehr zur Sprache gebracht. Dabei war sie der Überzeugung, dass Sprüngli nichts Unrechtes tat. Sein Gespür fürs Geschäft und seine Einschätzung der Lage waren absolut korrekt.

Mittlerweile war es Abend geworden, das Licht hatte einen goldenen Glanz angenommen, und die Schatten streckten ihre Finger in die Gassen der Matte.

»Du bist bestimmt müde von der Reise und wünschst dich ein wenig auszuruhen«, vermutete Amelie und sah Fanny an. Diese unterdrückte ein Gähnen und nickte dankbar.

»Viktor, Wilhelmine, bitte verabschiedet euch, wir gehen nach Hause«, rief Amelie ihren Kindern über den Lärm der Maschinen hinweg zu. Sofort legten die beiden ihre Arbeit nieder, banden die Schürzen los und liefen zu Rodolphe, den sie kurz umarmten. Er drückte sie mit einem Lächeln an sich und winkte ihnen ein letztes Mal zum Abschied. Dabei streifte sein Blick Amelies. Einige Sekunden verharrten sie so in dieser stummen Konversation, dann sah sie zu Boden und legte die Hände auf die Schultern ihrer Kinder, die zwischenzeitlich bei ihr angelangt waren. Als sie wieder aufsah, traf sie der durchdringende Blick ihrer Freundin. Amelie spürte, wie sich ihre Wangen wärmten. Sie würden später darüber reden.

Das Abendessen in Wilhelms Gesellschaft verlief aus Höflichkeit ihrem Gast gegenüber etwas weniger schweigsam als sonst. Wilhelm stellte Fragen zum Schokoladenmarkt und dem Rohstoffhandel und interessierte sich für die politische und wirtschaftliche Situation in Vevey. Fanny beantwortete all seine Erkundigungen geduldig und revanchierte sich mit Nachfragen nach dem Fortschritt der Medizin. Nach dem Abendessen und nachdem die Kinder ins Bett gegangen waren, entschuldigte Wilhelm sich unter dem Vorwand, nochmals in die Praxis zu müssen.

Seit einigen Monaten schien er wieder besser zu schlafen, sein Teint hatte eine gesündere Farbe angenommen und das Haar an Fülle gewonnen. Woran das lag, vermochte Amelie nicht zu sagen. Sie sprachen kaum ein Wort miteinander und begegneten sich, abgesehen vom Abendessen, nur selten im Haus.

Amelie führte ihre Freundin in den Salon. Diese blieb, kaum dass sie den Raum betreten hatte, wie angewurzelt stehen und starrte Katharinas Altar an. Dann setzte sie sich mit dem Rücken dazu in einen Sessel und sah Amelie an.

»Einen Tee für dich?«, fragte diese.

Doch Fanny schüttelte den Kopf und zeigte auf den Tisch mit Wilhelms Schnäpsen. »Irgendeinen davon bitte.«

Amelie schenkte ihnen beiden Baumnusslikör ein und setzte sich ihrer Freundin gegenüber. Einen Moment lang schwiegen sie.

»Ich verstehe dich«, erklärte Fanny knapp, ehe sie den Likör kostete. »Weiß dein Mann davon?«

Amelie drehte ihr Glas in der Hand und schluckte. Dann schüttelte sie den Kopf und sah ihre Freundin an. »Es war nicht geplant. Ich ahnte nicht, dass Rodolphe so für mich empfindet.«

Sie dachte an die Nächte, die der ersten im Gartenschuppen vor etwa einem Jahr gefolgt waren. Bilder fluteten ihre Erinnerung. Ihre Körper, wie sie zusammenfanden, die Hitze, die sie ummantelte, die Umarmung, in der sie danach einschliefen. Verlegen nahm sie einen Schluck Likör.

»Ist es wie damals?«, wollte Fanny wissen, ein leichtes Lächeln auf den Lippen.

»Nein, es ist das, was ich mir in jener Zeit gewünscht, aber nicht bekommen habe.« Amelie lachte. Ein bitteres Lachen. Wie anders wäre ihr Leben verlaufen, hätten sie sich damals so geliebt wie heute. »Wir waren beide zu jung.«

Fanny musterte Amelie. »Und Wilhelm? Was ist mit ihm?«

»Ich habe die Zeichen missachtet. Sie waren von Anfang an da.« Sie starrte auf das Glas in ihrer Hand. »Ich habe damals einen unverzeihlichen Fehler begangen. Am Ende blieb mir keine Wahl.« Amelie schwieg einen Moment, ehe sie fortfuhr: »Wilhelm ist kein schlechter Mensch, das darfst du nicht von ihm denken. Aber er kämpft mit seinen Dämonen, die er nicht loswird. Er lässt mich in Frieden, doch ich bleibe seine Gefangene. Wir sind verheiratet und haben zwei Kinder.«

Fanny beugte sich nach vorne und ergriff Amelies Hände. »Es tut mir leid, dass alles so gekommen ist. Als ich jung war, fünf Kindern das Leben schenkte und wir nicht wussten, womit wir ihre Mäuler stopfen sollten, dachte ich, die Welt wäre ungerecht.« Seufzend lehnte sie sich wieder in ihrem Sessel zurück und nahm einen Schluck ihres Likörs. »Am Ende ist sie bloß, was sie ist. Unvollkommen. Nicht wahr?«

Als Fanny einige Tage später die Bahn zurück nach Vevey bestieg, verharrten sie lange in ihrer Umarmung.

Keine von ihnen wusste, wann sie sich das nächste Mal sehen würden.

»Hätte ich bloß auf dich gehört, Fanny, und wäre in Vevey geblieben«, flüsterte Amelie. »Mein Leben wäre …«

Doch ihre Freundin schnitt ihr das Wort ab. »Schöner gewesen? Sag so was nicht, Amelie.« Sie nahm ihr Gesicht in beide Hände und sah sie eindringlich an. »Ich habe bemerkt, wie er dich ansieht, *chérie*, habe beobachtet, wie er mit deinen Kindern umgeht. Glaub einer alten Dame, wenn ich dir sage, dass meine Augen erst einmal so etwas gesehen haben.«

Fanny ging zum Bahnsteig und schickte sich an, die Stufen in ihr Abteil zu erklimmen. Ein Schaffner half ihr mit dem Gepäck. Amelie starrte sie verwundert an.

»Warte, Fanny!«, rief sie. »Wo hast du das schon einmal gesehen?«

Fanny, schon halb im Abteil verschwunden, drehte sich noch einmal um und verzog den Mund zu einem Lächeln. Falten bildeten sich wie Fächer zu beiden Seiten ihrer Augen. »*Chérie*, ich sehe es täglich bei Daniel.«

Die Trillerpfeife des Schaffners ertönte, und die Bahn setzte sich in Bewegung.

# 33

Rodolphe starrte vor sich hin, dann durch die Fabrikräumlichkeiten. Es war nicht dasselbe, wenn Amelie und die Kinder nicht hier waren. An diesen Tagen kicherte und scherzte niemand. Die Schokolade war kein Zaubertrank mehr, sondern eine braune Masse, deren Verarbeitung ihm schlicht Geld einbrachte. Fast zwei Jahre arbeiteten sie nun schon hier, und er hatte sich an ihre Anwesenheit gewöhnt, als hätte es keine Zeit ohne sie gegeben.

Die langen Gesichter seiner Angestellten erinnerten ihn daran, dass die dunkle Jahreszeit in Bern bevorstand. Immer früher am Nachmittag wurde die Matte in Dämmerlicht getaucht. Diese anhaltende Melancholie der Natur draußen fraß sich allmählich in die Gemüter der Fabrikarbeiter. Und auch in seines, wie Rodolphe sich eingestehen musste. Dazu kam, dass sich mit dem Oktober und dem bevorstehenden Winter ein ohnehin düsteres Jahr dem Ende zuneigte.

Im Sommer hatten Rodolphe und seine Geschwister ihre Mutter zu Grabe getragen. Damit war der letzte große Eckpfeiler seiner Kindheit der Vergänglichkeit zum Opfer gefallen. Er hatte sich mit seinen Eltern nie besonders gut verstanden, war mit ihren Eigenarten nur mäßig klargekommen, dennoch mutete es seltsam an, dass sie nun nicht mehr da waren. Manchmal erinnerte sich Rodolphe kaum mehr genau an ihre Gesichter. Ihre Stimmen dagegen hallten nach wie vor durch seinen Kopf. Leider sagten sie selten etwas Gutes.

Es fehlte also gerade noch, dass er ausgerechnet heute, als er den Blick von seiner Arbeit hob, den schnauzbärtigen Theodor Tobler mit seinem vermaledeiten Gehstock in der Tür stehen sah. Hatte der um diese Jahreszeit nichts Besseres zu tun? Sollte er nicht darum bemüht sein, den Leuten Schokolade und Süßigkeiten zu verkaufen, anstatt hier aufzutauchen?

Rodolphe machte sich gar nicht erst die Mühe, seine Verärgerung zu verbergen, und nickte einem Arbeiter zu, damit der die Conchiermaschine für ihn beaufsichtigte, während er sich um den Eindringling kümmerte.

Da der Produktionslärm ohnehin jeden Gruß verschluckt hätte, wies er bloß stumm mit dem Kopf in Richtung des Büros und ging voran. August war heute mit seiner Frau Lina unterwegs, das Büro also unbesetzt.

Nachdem er die Tür hinter ihnen geschlossen hatte, blieb er stehen und verschränkte die Arme vor der Brust. Toblers Blick schweifte zum Stuhl neben dem Schreibtisch, doch Rodolphe gab vor, es nicht zu bemerken.

»Wie kann ich Ihnen helfen, Herr Tobler?« Gerne hätte er noch ein *diesmal* angefügt, verkniff es sich aber.

»Das Weihnachtsgeschäft steht vor der Tür, und meine Schokoladenregale sind einmal mehr leer«, schimpfte Tobler, wobei sein Schnurrbart zitterte und sich die Augenbrauen zusammenschoben. Und als wäre das noch nicht genug, klopfte er zusätzlich mit dem Stock auf den Boden, vermutlich, um seinen Worten mehr Nachdruck zu verleihen. »Die Produktion dauert immer länger. Wenn ich heute Schokolade bestelle, ist es nicht garantiert, dass ich sie zu Weihnachten in genügender Menge habe!«, donnerte er weiter.

Rodolphe machte eine alles einschließende Geste. »Wir arbeiten hier, so schnell es geht, Herr Tobler. Gut Ding will Weile haben.« Das sagte er jedes Mal, weil er wusste, dass die abgedroschene Phrase sein Gegenüber zur Weißglut trieb.

»Soll ich das etwa meinen Kunden sagen? Dass man auf Lindt-Schokolade warten muss, wohingegen es alle anderen schaffen, in der richtigen Zeit und Menge zu liefern? Das, geschätzter Kollege, ist insgesamt eine Frage der Organisation, und an dieser mangelt es hier gewaltig.« Nebst dem hüpfenden Schnurrbart hatten sich zusätzlich seine Wangen gerötet, und die Augen blitzten bei jedem Wort auf.

»Das sagt jemand, der von einer Fabrik überhaupt keine Ahnung hat«, konterte Rodolphe. »Beamte, Politiker und andere Krämer wissen es stets besser, nicht wahr? In Tat und Wahrheit sind Sie mit den Herausforderungen einer Manufaktur, wie ich sie betreibe, nicht im Geringsten vertraut und sollten daher mit Urteilen sparen.« Dass er ihn überdies für einen Jungspund hielt, verkniff er sich, um eine komplette Eskalation der Situation abzuwenden.

»Dasselbe gilt doch für Sie! Sie haben keine Ahnung, wie geschäftsschädigend es ist, seine Kunden ständig zu vertrösten!« Tobler kam einen Schritt näher, und selbst wenn er einen Kopf kleiner als Rodolphe war, so schreckte er nicht davor zurück, drohend mit dem Finger auf ihn zu zeigen. »Die Berner haben schon recht, wenn sie Sie ein Muttersöhnchen aus gutem Hause nennen, das nie gelernt hat, richtig zu arbeiten.« Und Theodor Tobler war mit seinen Anschuldigungen noch längst nicht fertig. »Den Lindt-Bonvivant schimpft man Sie. Ein Tagträumer und Schürzenjäger sind Sie, der sich hier wichtigmacht, vom Unternehmertum allerdings keine Ahnung hat!« Speicheltropfen klebten an seinem Schnurrbart.

»Herr Tobler. Es reicht jetzt!« Rodolphe erhob ebenfalls die Stimme und baute sich vor seinem Widersacher auf. Was glaubte der eigentlich, wer er war? »Warum ist es Ihnen und Ihresgleichen denn nicht gelungen, die Chocolat Fin zu erfinden? Wo ich doch so ein Nichtsnutz bin?« Er erwartete darauf keine Antwort, und es kam auch keine. Rodolphe lachte abfällig. »Welche Leistung können Sie denn vorweisen? Dass Sie im Geschäft Ihres Vaters mithelfen? Sich ins gemachte Nest gesetzt haben? Und so einer will mir, der ich aus eigener Kraft eine Manufaktur auf die Beine gestellt und die Welt der Schokolade revolutioniert habe, Vorhaltungen machen?« Er schüttelte den Kopf und ballte die rechte Hand zur Faust. »Sie sind nichts weiter als ein eitler Gockel, der sich mit fremden Federn schmückt. Mit den meinen und denen Ihres Vaters.« Rodolphe senkte die Stimme und knurrte. »Ihre Provision von achtzehn Prozent ist gestrichen. Ich gewähre Ihnen fünf, das ist mein letztes Wort. Und nun verschwinden Sie aus meiner Fabrik!«

Er ging zur Bürotür und riss sie demonstrativ auf.

Tobler verzog den Mund, als hätte er auf eine Zitrone gebissen. »Das wird Ihnen noch leidtun, alter Sack. Ich bin Ihr wichtigster und bester Händler!« Damit straffte er die Schultern, schritt an Rodolphe vorbei und verließ grußlos das Gebäude.

Rodolphe warf die Tür kraftvoll ins Schloss und brüllte: »Das wird es nicht!«

Die Kunde verbreitete sich in Bern ebenso schnell wie der Wind das Laub entlang der Uferpromenade. Als hätte der junge Tobler noch am selben Nachmittag Plakate aufgehängt, wussten die Bürger schon am Folgetag von dem »Zerwürfnis«. Rodolphe selbst hätte es niemals so genannt, doch sein Konkurrent bevorzugte offenbar diesen Ausdruck, wie ihm zu Ohren kam. Und damit meinte dieser nicht, dass Rodolphe ihm die Provision gekürzt hatte. Nein. Theodor Tobler verkündete in seiner Gekränktheit lautstark, dass er die Zusammenarbeit mit Lindt vollständig beenden werde. Rodolphe nahm dies mit einer gewissen Belustigung zur Kenntnis und zuckte bloß lächelnd die Schultern, als Amelie ihn zwei Tage später auf den Umstand ansprach.

»Hunde, die bellen, beißen nicht. Tobler ist wütend, in seinem Stolz verletzt. Er wird sich wieder beruhigen. Wessen Schokolade soll er denn sonst vertreiben? Die verwöhnten Gaumen seiner Kunden werden auch weiterhin die zartschmelzende Schokolade aus unserer Manufaktur verlangen.«

Amelie schwieg und musterte ihn nachdenklich, doch sie lächelte nicht. Rodolphe konnte nicht sagen, was hinter ihrer Stirn vor sich ging. Hegte sie Befürchtungen und hoffte, dass er recht behielt? Oder vertrat sie eine gegenteilige Meinung, die sie nicht äußern wollte? Er beschloss, sie nicht zu drängen. Wenn sie reden wollte, würde sie es schon tun.

Einige Wochen später, an einem klammen Nachmittag Ende Oktober, betrat August mit sorgenvoller Miene den Produktionsraum und steuerte auf Rodolphe zu. Für gewöhnlich strebte er nach seinen Außeneinsätzen sofort in sein Büro, um sich eifrig Notizen zu machen. Auch lief er normalerweise nie so hastig, dass man fürchten musste, er könnte über seine eigenen Füße stolpern. Entsprechend legte Rodolphe die Stirn in Falten, als er ihn in diesem Zustand näher kommen sah.

Er wollte sich gerade erkundigen, ob etwas passiert sei, als August sagte: »Kann ich dich sprechen? Im Büro? Jetzt gleich?«

Während sich Rodolphe beeilte, seinem voranstürmenden Bruder zu folgen, traf sein Blick Amelies. Darin lag jedoch keine Verwunderung, sondern eher so etwas wie Vorahnung.

»Wir müssen etwas unternehmen!«, begann August sofort atemlos, kaum dass Rodolphe die Tür hinter sich geschlossen hatte.

»Wovon sprichst du überhaupt?«, fragte Rodolphe und fasste ihn an der Schulter. »Bitte erzähle mir alles in Ruhe und vor allem der Reihe nach.«

August schluckte und nickte, dann setzte er sich auf die Kante seines Schreibtischs. »Unsere Detaillisten springen einer nach dem anderen ab«, erklärte er. »Tobler betreibt eine äußerst effektive Negativkampagne.«

Rodolphe verstand nicht vollständig, was sein Bruder ihm mitteilen wollte. »Der junge Tobler ist frei in seinem Handeln. Jeder Kaufmann muss trotzdem für sich entscheiden, ob er die Zusammenarbeit mit uns fortführen will oder nicht.«

»Das ist es ja, Rodolphe! Die Unzufriedenheit ist groß, überall!« August unterstrich seine Worte mit einer hektischen Geste. »Manche jammern über die schlechte Provision, andere beklagen sich über die fehlenden Lieferungen und den seit Jahren anhaltenden Produktionsengpass. Und nun, da Tobler mit leuchtendem Beispiel voran und in die Offensive geht, platzt auch den anderen Abnehmern der Kragen.« August holte tief Luft, und Rodolphe sah, dass seine Hände zitterten. »Man hält uns für unzuverlässig und träge.«

Rodolphe zuckte die Schultern. »Was beabsichtigst du zu tun? Ihnen hinterherlaufen und sie anflehen?« Er trat einen Schritt auf seinen Bruder zu. »Hast du vergessen, wer wir sind? Wir haben die Chocolat Fin erfunden. Wir haben es nicht nötig zu betteln!« Rodolphe drehte sich um und ging zur Tür. Kurz bevor er nach draußen trat, zischte er: »Ich lasse mich nicht erpressen. Sie werden zurückkommen, glaub mir.«

Doch sie taten es nicht.

Im November, als Rodolphe, wie so oft in den vergangenen Monaten, heimlich in Amelies Gartenschuppen schlich, begrüßte sie ihn mit einem finsteren Blick.

Rodolphes Herz setzte einen Schlag aus. Erst nach einer Weile merkte er, dass er den Atem anhielt. War nun der Tag gekommen, an dem sie ihn verlassen würde, und dieses Mal vielleicht für immer? Er konnte sich nichts Schrecklicheres vorstellen. Je länger sie schwieg, desto größer wurde sein Grauen.

»Theodor Tobler baut eine Fabrik«, sagte sie schließlich tonlos.

Gott sei Dank. Erleichtert lachte Rodolphe auf und zog sie in seine Arme. »Himmelherrgott, Amelie, du hast mir vielleicht einen Schrecken eingejagt!« Er holte tief Luft und sah sie an. Ihr starrer Blick erwiderte den seinen.

»Hast du gehört, was ich gesagt habe?«, fragte sie ungläubig. »Theodor Tobler baut zusammen mit seinem Vater und Bruder eine eigene Schokoladenfabrik in der hinteren Länggasse.«

»Um diese Jahreszeit?«, war alles, was Rodolphe dazu einfiel. Es dauerte eine Weile, ehe seine strapazierten Gedanken so weit zur Ruhe gekommen waren, dass er verarbeiten konnte, was sie soeben erzählt hatte.

»Ja, um diese Jahreszeit. Ist mit dir alles in Ordnung?« Amelie musterte ihn skeptisch.

»Ich ... aber ja, ich war gedanklich bloß anderweitig beschäftigt ...«

Jetzt erst traf ihn die Erkenntnis wie ein Faustschlag ins Gesicht.

»Endlich hörst du mir zu«, bemerkte Amelie trocken, als sie die Veränderung in seinem Antlitz wahrnahm. »Möchtest du dich vielleicht setzen?« Sie bot ihm einen der hölzernen Gartenstühle an. »Eine Kundin hat mir heute davon berichtet. Sie wollte wissen, ob ich die Chocolat Tobler im kommenden Jahr auch ins Angebot aufnehmen würde.« Amelie rückte sich ebenfalls einen Stuhl zurecht und faltete abwartend die Hände im Schoß.

»Dieser Dreckskerl!«, zischte Rodolphe und mahlte mit den Kiefern. »Er kann keine zartschmelzende Schokolade herstellen.« Wütend trommelte er mit den Fingern auf seine Schenkel und sah Amelie an. »Mit uns, Cailler, Peter, Suchard und Sprüngli ist der Schokoladenmarkt bereits übersättigt. Und jetzt beabsichtigt Tobler, auch noch mitzumischen? Ist das nicht reichlich spät? Ich vermute, er verrennt sich da in etwas.«

Amelie sah ihn lange schweigend an. Erst dann teilte sie ihre Gedanken mit ihm. »Grundsätzlich bin ich deiner Meinung. Theodor Tobler ist aber kein Dummkopf und stammt aus einer Unternehmerfamilie. Er wird sich die Sache reiflich überlegt haben. Wir kennen seine Motive nicht, doch gehe ich nicht davon aus, dass er bloß aus Wut und verletztem Stolz gehandelt hat.« Sie seufzte und betrachtete ihre ineinander verschränkten Hände, deren Knöchel weiß hervortraten. Als sie wieder aufsah, lag Sorge in ihren blauen Augen. »Wir sollten uns in Acht nehmen und uns etwas überlegen.«

»Gut, lassen wir es auf uns zukommen und schauen dann weiter.« Rodolphe lächelte, doch ihr Gesicht blieb ernst.

Sie rückte ihren Stuhl ein wenig vor und ergriff seine Hände. »Rodolphe, wir können nicht einfach zusehen und warten. Die Detaillisten, die jetzt abgesprungen sind, werden nicht wiederkommen. Viel wahrscheinlicher ist es, dass sie Tobler berücksichtigen werden.« Sie setzte ein gequältes Lächeln auf. »Vielleicht sollten wir Sprünglis Angebot einer Zusammenarbeit doch einmal prüfen?« Ihre Stimme war dünn und hoch, und ihr Blick flackerte.

»Lass mich nachdenken.« Rodolphe erhob sich so ruckartig, dass er beinahe den Gartenstuhl umwarf.

Amelie nickte. »In Ordnung.«

Sie hielt ihn nicht zurück, als er ihr einen flüchtigen Kuss auf die Wange hauchte und davonstürmte.

Kaum hatte er die Tür zu seiner Wohnung im Erdgeschoss geschlossen, brüllte er und ließ seine Faust auf den Tisch krachen, bis sie schmerzte. Dann schenkte er sich ein Glas Branntwein ein und saß bis weit nach Mitternacht in seinem Sessel.

Irgendwie würde es schon weitergehen.

# 34

Ruedi Sprüngli trank einen Schluck von seinem Kaffee und nahm eine Gabel voll Kuchen. »Er ist sehr schmackhaft geworden«, lobte er das fruchtige Gebäck mit dem weichen Biskuit zwischen zwei Bissen.

Sein jüngerer Bruder David neigte lächelnd den Kopf. »Ich dachte, etwas Leichtes zum Frühlingsanfang kann nicht schaden«, erklärte er. »Das ist unsere Märzspezialität.« Er entschuldigte sich und verschwand wieder in der Backstube.

Nachdenklich sah sich Ruedi in dem Café um. Elegante gepolsterte Stühle an runden Lacktischen reihten sich entlang der Fensterfront mit Blick auf den Paradeplatz aneinander. Kunstvolle Gemälde schmückten die Wände, und über seinem Kopf spannte sich die mit aufwendigen und filigranen Mustern bemalte Decke. Kein Wunder, dass sich hier namhafte Berühmtheiten die Klinke in die Hand gaben.

Damals, als ihr Großvater und Vater die Liegenschaft am Neumarkt, wie der heutige Paradeplatz dazumal genannt wurde, Ende der fünfziger Jahre erworben hatten, taten sie dies in der Hoffnung, der angekündigte

Bahnhof würde hier entstehen. Als dies dann jedoch nicht der Fall war, hatte das der gesamten Familie so einige schlaflose Nächte beschert. Dennoch hatten Ruedis Vorfahren mit ihrer Intuition richtig gelegen. Der Zürcher Hauptbahnhof sollte zwar an einem anderen Ort gebaut werden, trotzdem etablierte sich die Confiserie am Paradeplatz zu einem beliebten Treffpunkt an der Zürcher Bahnhofstraße.

Heute würde hier gar ein Treffen historischen Ausmaßes stattfinden, dachte Ruedi erheitert, und bevor er diesen triumphierenden Gedanken mit einem weiteren Schluck Kaffee und einem Stück Fruchtkuchen besiegeln konnte, erschien auch schon der Grund seiner Anwesenheit im bogenförmigen Durchgang.

Dem verkniffenen Gesichtsausdruck nach zu urteilen, freute sich Rodolphe Lindt allerdings nicht annähernd so sehr auf das heutige Treffen wie Ruedi. Der einzige Lichtblick war die erfreuliche Erscheinung neben ihm, Amelie Sahli.

Rasch tupfte sich Ruedi mit einer Stoffserviette die Mundwinkel ab und erhob sich, um lächelnd zuerst die Dame mit einer leichten Verneigung zu begrüßen und dann Lindt die Hand zu reichen. Sein Kollege aus Bern erwiderte die Begrüßung mürrisch und setzte sich, noch bevor Ruedi ihn dazu auffordern konnte, an den Tisch, wo er den Blick starr auf seine Hände gerichtet hielt. Frau Sahli dagegen sah sich bewundernd in dem Café um.

»Nun denn, ein herzliches Willkommen in Zürich, dem bescheidenen Reich meiner Familie«, sagte Ruedi und breitete die Arme aus. »Es ist mir eine große Ehre, Sie beide hier begrüßen zu dürfen.« Er winkte einen Angestellten herbei, um ihre Bestellung aufnehmen zu lassen. »Nur nicht zu genügsam, Sie sind heute eingeladen«, ermunterte er seine Gäste.

Hätte man ihm vor Monaten prophezeit, Rodolphe Lindt würde ihn in Zürich besuchen, hätte er laut gelacht. Niemals ... noch nicht. Die Welt hatte sich jedoch schneller verändert, als er erwartet hatte.

Nichtsahnend war Ruedi im vergangenen Jahr mit dem Bau seiner neuen Fabrik in Kilchberg und der Gründung der Sprüngli AG beschäftigt gewesen, als plötzlich ein Erdbeben die Schokoladenszene von Bern erschüttert hatte. Theodor Tobler würde noch in diesem Jahr die Tore zu seiner neuen Schokoladenfabrik öffnen. Ein herber Schlag für Lindt, so vermutete Ruedi. Und zwischenzeitlich, so hatte er sich erkundigt, waren dem Chocolatier nicht nur die meisten Händler abgesprungen, sondern auch die Mitarbeiter davongelaufen. Die antiquierte und viel zu kleine Produktionsstätte war endgültig an ihre Grenzen gestoßen. Ruedi hatte die Gelegenheit genutzt, es nochmals mit einem versöhnlichen Brief zu versuchen. Und erstaunlicherweise war dieser gelesen und sogar zeitnah beantwortet worden.

Ruedi mustere Frau Sahli. Vermutlich war es ihr Einfluss gewesen.

Als habe sie seine Gedanken erraten, sprach sie stellvertretend für ihren noch immer schweigenden Patron: »Die Ehre ist ganz unsererseits. Wir bedanken uns herzlich für die freundliche Einladung, der wir selbstverständlich gerne gefolgt sind.« Sie sah Lindt weder entschuldigend noch um Zustimmung heischend an.

Ihr glaubte Ruedi die Worte sogar. Sie besaß einen wachen und offenen Geist, genau wie er selbst. Lindt … nun, der hatte andere Beweggründe, hier zu sein. Es erstaunte allerdings, dass er seiner Angestellten das Reden überließ. Ruedi hatte sich in ihrer zentralen Rolle in Lindts Leben also nicht getäuscht. So oder so täuschte er sich selten, was Menschen anbelangte.

»Nun denn …« Er legte die Hände auf den Tisch und sah abwechslungsweise den Berner Chocolatier und Frau Sahli an. »Wie ich vernommen habe, bereitet Ihnen Theodor Tobler Kopfschmerzen. Was ich vollkommen nachvollziehen kann.« Ruedi verzog den Mund, als hätte er etwas Bitteres geschluckt. »Es ist stets ärgerlich, wenn Neulinge davon ausgehen, ein Handwerk, das andere über Jahre oder Jahrzehnte hinweg kultiviert und verfeinert haben, gleichermaßen zu beherrschen.« Damit spielte Ruedi subtil auf die lange Tradition der Schokoladenproduktion in seiner Familie an. Sein Großvater war schließlich schon 1845 ins Schokoladengeschäft eingestiegen.

»Er ist ein Jungspund, der sein unreifes Temperament nicht unter Kontrolle hat.« Es war das erste Mal, dass Rodolphe Lindt etwas sagte, selbst wenn die Worte nur widerwillig über seine Lippen rutschten und er dabei keine Miene verzog. Ruedi erkannte seine Verärgerung jedoch am Zucken seines Kiefermuskels.

»Da stimme ich Ihnen vollkommen zu. Und genau darin liegt die Chance gestandener Unternehmer, wie wir sie sind.« Er wählte seine Worte mit Bedacht und vermied es, sein Vorhaben vorschnell in den Raum zu werfen. Lindt war ein Freigeist, ein Visionär. Überrumpelte man ihn mit der Aussicht auf einen goldenen Käfig, flatterte er panisch davon. Das galt es zu vermeiden.

»Sie haben Bahnbrechendes geleistet, Herr Lindt. Ihre Erfindung hat die Branche, in der wir mit viel Leidenschaft tätig sind, revolutioniert. Tobler kann nichts dergleichen vorweisen.«

Lindt nahm einen Schluck Kaffee, und Frau Sahli sah ihn von der Seite her an.

»Zudem haben Sie diese charmante Chocolatière an Ihrer Seite, von deren Talent und Erfindergeist ich mich ebenfalls überzeugen durfte.« Ruedi lehnte sich in seinem Stuhl zurück. »Und glauben Sie mir, so leicht bin ich von einer Zuckerbäckerin nicht beeindruckt, habe ich doch als Vergleich fähige Leute in der Familie.«

Frau Sahlis Wangen färbten sich rosa. »Danke für die Wertschätzung.«

Ruedi nickte und fuhr fort. »Sehen Sie, wenn wir uns die Hand reichen, können wir dem Gebaren dieses Grünschnabels Einhalt gebieten. Wir sind Traditionsbetriebe in dieser Branche, jeder mit einem anderen Schwerpunkt und einer eigenen Blickrichtung. Gemeinsam sind wir wie Platons Kugelmenschen. Vollkommen.«

Ruedi staunte selbst darüber, dass ihm dieses Gleichnis eingefallen war, wo er doch nur vom Hörensagen wusste, wer Platon war. Sein Bruder David hatte ihm einmal davon berichtet, da er die Konversation zweier

Intellektueller hier im Café aufgeschnappt hatte. Beide hatten sie ob der Vorstellung herzlich gelacht, aber die Geschichte war ihm geblieben.

Sein Gegenüber schwieg einen Moment lang. Ruedi wusste nicht, ob er seinen Vergleich nicht verstanden hatte oder noch Bedenkzeit brauchte.

»Was schwebt Ihnen denn vor?«, fragte Lindt schließlich.

»Nun, ich habe eine brandneue Fabrik mit derzeit nicht vollständig ausgeschöpfter Produktionskapazität zu bieten. Und nicht nur das.« Ruedi lächelte, um das Tempo zu drosseln und das Vertrauen zu fördern. »Als etabliertes Unternehmen in der Schokoladenproduktion seit 1845 hat die Sprüngli AG selbstverständlich eine eigene Abteilung zur Vermarktung unserer Produkte. Im Falle einer Zusammenarbeit würden auch Sie davon profitieren.«

»Und ... was wäre meine Aufgabe?« Lindts Augenbrauen schoben sich zusammen, seine Lippen waren bloß ein schmaler Strich.

Ruedi, der die Gefahr witterte, sagte: »Ganz einfach: Sie produzieren weiterhin Ihre Chocolat Fin in Ihrer Fabrik in Bern.«

»Wo liegt denn der Unterschied zur jetzigen Situation?« Eine Prise Schärfe färbte Lindts Tonfall.

»Wir würden hier in Kilchberg ebenfalls Schokolade nach Ihrem Rezept herstellen, damit Sie den Ansprüchen Ihrer Händler wieder gerecht werden können.« Ruedi hielt die Luft an. Würde Rodolphe Lindt jetzt wutentbrannt aufstehen und davonlaufen, oder würde er sitzen bleiben? Dann war das Schwierigste geschafft. Frau Sahli, die den Drahtseilakt ebenfalls zu spüren schien, berührte mit den Fingerspitzen flüchtig die Hand ihres Patrons. Eine dezente Geste, die aber so anrührend und intim war, dass Ruedi nun bestätigt sah, was er ohnehin vermutet hatte.

»Sie streben nach meinem Patent?«

Der Satz hing wie ein Donnerschlag in der Luft. Doch Ruedi war darauf vorbereitet.

»Das würde ich nicht so ausdrücken. Aber natürlich müssten Sie es mit mir teilen, wenn Sie von der Organisation und der Tradition meines Unternehmens profitieren wollen. Andernfalls kann ich Ihnen nicht helfen.«

»Ich bekomme demnach im Gegenzug für meine Erfindung bloß die Kapazität Ihrer Fabrik?« Lindts Nasenflügel blähten sich, und eine leichte Röte stieg seinen Hals hinauf.

Sofort erhob Ruedi beschwichtigend die Hände. »Meine Güte, nein! Wie respektlos wäre das denn …« Er ließ die Worte kurz wirken. »Ich bezahle Ihnen 1,5 Millionen Goldfranken. Für Ihre Marke und das Geheimrezept.«

Frau Sahli riss erstaunt die Augen auf. Lindt bemühte sich darum, seine Mimik zu kontrollieren, verriet sich aber durch das Trommeln seiner Finger auf dem Tisch und sein hektisches Blinzeln.

»Ich will das Mitspracherecht in der Fabrik behalten«, erklärte er. Ruedi trug es mit Fassung. Er war sich bewusst, dass sein Angebot unverschämt verlockend war. Das war Lindts Erfindung aber mindestens wert, was wiederum er zu verbergen suchte. Denn wenn Lindt ahnte, wie sehr ihn nach dieser Innovation dürstete, könnte er in seinen Forderungen übermütig werden.

»Das ließe sich einrichten«, antwortete Ruedi daher freimütig. Er wartete und pickte mit dem Finger einige Kuchenkrümel vom Tisch. Erst dann sah er wieder hoch und fragte: »Und? Was sagen Sie dazu? Es gibt in dieser Situation nur Gewinner, geschätzter Kollege.«

Lindt schwieg einen Moment. Dann erklärte er: »Ich werde es mir überlegen.«

Ruedi hatte ohnehin nicht erwartet, dass er ihm gleich hier und jetzt einen Vertrag unterschreiben würde. Also faltete er die Hände, setzte ein Lächeln auf, von dem er annahm, dass es gewinnend und ehrlich wirkte, und sagte: »Selbstverständlich. Sie wissen ja, wo Sie mich finden.«

Er verabschiedete sich von seinen Gästen und schaute ihnen durch eines der bis zur Decke reichenden Fenster nach, während sie den Paradeplatz überquerten.

Selbst seinem Bruder hatte er noch nicht verraten, dass er bezüglich des Kaufs der Berner Firma bereits mit seinem Advokaten gesprochen hatte. Sobald Lindt zusagte, würden sie sich *Aktiengesellschaft Vereinigte Berner & Zürcher Chocoladenfabriken Lindt & Sprüngli* nennen.

# 35

Amelie lag in Rodolphes Armen und starrte an die Decke ihres Zimmers. Es war Silvester. Draußen verschluckte die Dunkelheit die tanzenden Schneeflocken, und Kälte drängte durch die Ritzen am Fensterrahmen. Fröstelnd schmiegte sie sich enger an Rodolphe. Das Licht der Kerze ließ weiche Schatten über sein Gesicht tanzen.

Vieles war an diesem Moment ungewöhnlich.

Die Vorstellung, dass in wenigen Stunden ein neues Jahrhundert anbrechen würde. Würde es weitergehen wie bisher?, fragte sich Amelie. War es bloß eine Zahl auf dem Kalender, oder würde es Veränderungen mit sich bringen? Gute oder schlechte?

Oder der Umstand, dass sie sich mit ihrem Geliebten nicht mehr im Gartenschuppen traf, sondern er an manchen Abenden neben ihr im Bett lag, so wie heute – die Hände ineinander verschlungen, den Geschmack der klebrigen, salzigen Haut des anderen auf den Lippen, den säuerlich-herben Duft ihrer Zweisamkeit in der Nase.

Oder die Tatsache, dass Rodolphe seine Fabrik mitsamt den Rechten an seiner Rezeptur an Ruedi Sprüngli verkauft hatte. Nicht aus Überzeugung, sondern weil ihn die Notwendigkeit dazu gezwungen hatte. Allein gab es für ihn keine Zukunft mehr. So aber blieb sein Erbe bestehen, wenn auch in anderer Form, als er sich das vorgestellt hatte. »Es ist das Richtige, es wird alles gut«, hatte Amelie ihm versichert, auch wenn sie selbst nicht davon überzeugt gewesen war. Das waren Sätze, wie man sie kleinen Kindern beim Zubettgehen sagte, damit sie ruhig schlafen konnten. In Wahrheit wurde das Leben selten von sich aus *gut*. So hatte es Amelie nie erlebt. Es wurde bloß das, was man daraus machte.

Ebenfalls ungewöhnlich erschien ihr, dass ihr Ehemann im selben Haus nur einige Zimmer weiter schlief.

Wilhelm war nicht mehr der Mann, den Amelie kennengelernt und geheiratet hatte. Und er hatte sich nicht unbedingt zum Besseren gewandelt. Die Arbeit in seiner Arztpraxis hatte er vor zwei Monaten aufgeben müssen. Es hatte schleichend, fast unmerklich begonnen. Anfangs hatte Amelie noch angenommen, er hätte seine Dämonen tatsächlich endlich hinter sich gelassen, denn er war ihren Kindern gegenüber höflicher und freundlicher geworden. Oft jedoch hatte er nur geistesabwesend gelächelt. Irgendwann hatte sich sein Gemütszustand jedoch in Wut verwandelt, und Wilhelm hatte Amelie und den Kindern allerlei Dinge unterstellt, die sie nicht getan hatten.

»Wer hat das Stethoskop versteckt?« oder »Wer hat meine Socken in den Schrank mit den Tinkturen gelegt?«, brüllte er dann, und einmal hatte er Viktor sogar beim Kragen gepackt und geschüttelt. Irgendwann dann hatte Wilhelm begonnen, Termine mit seinen Patienten zu vergessen. Er kannte ihre Namen nicht mehr und verwechselte ihre Diagnosen. Am schlimmsten jedoch war der Abend vor wenigen Wochen im November gewesen, als sie beim Abendessen saßen.

»Warum isst Katharina nicht mit uns?«, hatte ihr Gatte unverhofft gefragt und erst Amelie, dann Viktor und Wilhelmine angesehen. Die beiden duckten sich hinter ihre Teller und zogen den Kopf ein, als erwarteten sie ein Donnerwetter. Amelie starrte ihren Mann sekundenlang mit offenem Mund an.

»Ich meine, ist das nicht ungewöhnlich? Sie wollte doch nur im Garten spazieren gehen. Wäre es nicht angezeigt, nach ihr zu sehen? Es ist schon dunkel draußen.« Wilhelm fischte ein Stück Braten mit Kartoffel aus der Sauce und steckte beides in den Mund. Als niemand reagierte, warf er die Serviette auf den Tisch, schob den Stuhl zurück und erhob sich. »Gut, wenn sich keiner verpflichtet fühlt, dann werde ich mich selbst darum kümmern. Jemand muss doch schauen, ob es ihr gut geht. Bei diesem Wetter kann sie sich den Tod holen.« Während er das Esszimmer verließ, murmelte er kopfschüttelnd: »Man hätte ihr das ohnehin verbieten sollen. Wie will sie denn schwanger werden, wenn sie ihren Körper dermaßen schwächt?«

Als er weg war, herrschte Stille. Dann traten Wilhelmine die Tränen in die Augen, und Amelie erhob sich, um sie in den Arm zu nehmen. Viktor starrte sie mit finsterem Blick an und presste die Lippen zusammen. Sie reichte ihm die Hand und zog ihn ebenfalls an sich.

Erst dann spürte sie die Feuchtigkeit seiner Tränen auf ihrem Kleid. Es bedurfte keiner Worte zwischen ihnen, um zu verstehen, was sie dachten und fühlten.

Papa war krank. Alsbald zeigte sich das auch an seinem Körper, der von Geschwüren gezeichnet war. Ein Arztkollege aus der Stadt bestätigte Amelie, was sie längst vermutet hatte. »Er wird sterben.« Seine Worte hallten durch ihren Geist, während sie zu erkunden suchte, wie sie sich dabei fühlte. Wilhelm tat ihr leid. Trotz allem war er der Vater ihrer Kinder.

Der Arzt sagte Amelie nicht, woran genau ihr Mann litt. Ausweichend erklärte er etwas von Bakterien, einer jahrelangen Latenzzeit und diversen anderen Dingen, die sie als Laie nicht verstand. Irinas Gebaren in diesen Tagen, ihr ständiges nervöses Blinzeln und Kauen auf ihrer Unterlippe sowie die Art, wie sie die Schultern nach vorn zog, als wollte sie sich verstecken, waren Amelie jedoch Antwort genug. Mit einem Mal fügten sich die Teile zusammen. Tief in ihrem Innern hatte sie es wohl ohnehin schon geahnt.

Ihr Mann litt an der Lustseuche. Seit Jahren schon.

Amelie rief Irina herbei und sah sie lange an. Das Mädchen senkte schuldbewusst den Blick.

»Du wirst dich um ihn kümmern«, erklärte sie knapp.

Amelie war Wilhelm nichts schuldig. Sie hatte ihre Pflicht getan. Ihre Aufgabe war es nun, ihre eigene und die Gesundheit ihrer beiden heranwachsenden Kinder zu schützen.

Und so ergab es sich in diesen letzten Stunden des Jahres 1899, dass Irina am Bett ihres Mannes wachte, während Amelie in ihrem Zimmer ihr eigenes Leben führte.

Rodolphe blieb nie bis zum Morgen. Bevor die Kinder aufstanden und zum Frühstück erschienen, war er verschwunden. Denn selbst wenn Amelies Gatte sie an manchen Tagen nicht erkannte und mit Katharina verwechselte, so war sie vor dem Gesetz und der Gesellschaft doch noch immer seine Frau. Die Mutter seiner bald erwachsenen Kinder.

Er mochte es versäumt haben, den beiden ein liebender Vater zu sein. Umso wichtiger war es für Amelie, dass sie in ihrer Rolle als Mutter nicht zusätzlich versagte. Für Viktor und Wilhelmine wollte sie eine zuverlässige Mama und Ehefrau an Papas Seite darstellen, selbst wenn die Wahrheit anders aussah. Solange Wilhelm atmete, war Amelie nicht frei, offen zu lieben, wen sie begehrte.

»Ich wünschte, wir könnten die Zeit zurückdrehen«, flüsterte Rodolphe und küsste sie. »Nochmals von vorne anfangen.«

Amelie dachte ebenfalls an all die Jahre, die sie verloren hatten, die Fehler, die sie begangen hatten.

Dann hörten sie die Schläge vom nahen Kirchturm. Zwölf an der Zahl. 1900 brach an. Ob es wohl besser wurde?

»Das Leben hat uns zu dem gemacht, was wir jetzt sind«, antwortete sie. »Wir können nur in diesem Augenblick neu anfangen. Damals wäre alles gleich geblieben.« Amelie wandte den Kopf und suchte seinen Blick.

Rodolphe wusste, dass sie recht hatte, das sah sie in seinen Augen. Dennoch sinnierte er: »Vielleicht hätten wir geheiratet, Kinder bekommen, die Fabrik zusammen geführt, und es wäre nie so weit gekommen, dass ich alles verkauft hätte.«

Amelie schüttelte zaghaft den Kopf. »Mir ist bewusst, dass dieser Schritt für dich sehr schwer ist. Du gibst deine Erfindung, die für dich wie ein Kind ist, aus der Hand. Aber ...«, sie richtete sich ein wenig auf, um ihn besser ansehen zu können, wobei ihr eine Haarsträhne über die Schulter fiel, »... um bei dem Vergleich zu bleiben: Jedes Kind entwächst irgendwann seinen Schuhen, und dann muss man es loslassen.«

Rodolphe schien immer noch nicht überzeugt und rieb sich das Kinn. Dabei starrte er an ihr vorbei ins Leere.

»Gestehe auch anderen Menschen Fähigkeiten zu. Ruedi Sprüngli verhilft dir zu mehr Sichtbarkeit, und du kümmerst dich in Ruhe um das, was du am besten kannst: die Schokoladenherstellung. Nur so ist es möglich, dass dein Name die Zeiten überdauert.« Amelie hielt kurz inne. »Immerhin war er einverstanden, dass du und August im Verwaltungsrat sitzt und dein Cousin Walter die Prokura erhält«, fügte sie noch an.

»Ich frage mich ...«, sagte Rodolphe nachdenklich, »... was wohl der Preis dafür ist, nicht vergessen zu werden.«

# 36

Das neue Jahrhundert fühlte sich ebenso ungewohnt an wie die neuen Datumsziffern. Obwohl Rodolphe nach wie vor jeden Tag in seine Manufaktur im Mattequartier fuhr, um Schokolade zu produzieren, war es nicht mehr dasselbe. Der Alltag mochte trügerisch vertraut wirken, doch die Veränderung schlich sich langsam, aber beharrlich in die Fabrik in der Matte.

Anfangs waren es bloß Kleinigkeiten. Die Lieferscheine der Waren mussten gesammelt und nach Zürich gesendet werden. Es wurde verlangt, dass die Rezepte und Produktionsabläufe akkurat aufgezeichnet wurden; noch genauer, als August das bisher getan hatte. Selbst die Neubeschriftung der Fassade oberhalb der Eingangstür zur Manufaktur nahm Rodolphe großmütig in Kauf. Doch dann, als der Frühling in den Sommer wechselte, kamen strukturelle Änderungswünsche dazu.

»Ihr müsst Personal einstellen«, verlangte Ruedi bei einem seiner immer häufiger werdenden Besuche in Bern. Er hatte Rodolphe von der Arbeit weggeholt und ihn auf ein Mittagessen ins Bahnhofbuffet eingeladen.

»Sie sind alle bei Tobler und sonst wo«, antwortete Rodolphe verstimmt. »Zudem habe ich Amelie, mehr brauche ich nicht.«

Ruedi faltete die Hände auf dem Tisch und sah ihn an. Mit einem tiefen Seufzen lehnte er sich dann in seinem Stuhl zurück und lächelte der vorbeigehenden Bedienung zu. »Darüber wollte ich ohnehin mit dir sprechen, aber lass uns zuerst etwas bestellen.«

Ruedi bestellte eine Schweinsbratwurst, Rodolphe entschied sich für traditionelles Kalbsgeschnetzeltes, auch wenn er eigentlich gar keinen Hunger hatte. Die Unterhaltung mit seinem Compagnon schlug ihm auf den Magen, und er war sich ziemlich sicher, dass das nicht unbegründet war.

Während sie auf die Speisen warteten, fuhr Ruedi fort. »Amelie ... Wie ich hörte, geht es ihrem Ehemann gesundheitlich sehr schlecht. Seine Praxis ist geschlossen, er selbst ein Pflegefall.«

Rodolphe quittierte die Information mit einem Nicken und schnippte einen Fussel von der Tischdecke. Offenbar hatte der Zürcher überall Augen und Ohren. Vermutlich wusste er dann auch, dass Amelie ihr Pensum in der Fabrik diesen Monat erhöht hatte. Da Wilhelm pflegebedürftig war, musste sie nun das Einkommen der Familie stemmen. Noch standen Viktor und Wilhelmine nicht auf eigenen Füßen, und das große Haus schluckte Unsummen an Geld. Mit ihrer Zuckerbäckerei allein gelang es Amelie nicht, dafür aufzukommen. Arbeiteten sie jedoch zusammen, so wie Rodolphe es ihr ursprünglich vorgeschlagen hatte, profitierten beide Unternehmen davon. Ihres und seines. Oder das, was davon noch übriggeblieben war, dachte er nicht ohne Verbitterung.

»Nun, wir könnten jemanden wie Amelie in der neuen Fabrik in Kilchberg sehr gut gebrauchen«, erklärte Ruedi.

»Nun, da geht es uns ja beiden gleich«, erwiderte Rodolphe und lächelte.

»Organisatorisch gesehen macht es keinen Sinn, hier zwei hervorragende Chocolatiers zu beschäftigen, die beide mit dem Vorgang des Conchierens vertraut sind, während die Conchiermaschine in Kilchberg ruht.«

Rodolphe verschluckte sich an seinem Wasser. »Welche Conchiermaschine?«, fragte er ungläubig.

»Na die, die im Juli geliefert wird. Dein Bruder August hat mir freundlicherweise die Baupläne überlassen, sodass wir weitere Exemplare in Auftrag geben konnten. Wie wollen wir der steigenden Nachfrage denn sonst begegnen? Du müsstest es besser wissen als ich, Rodolphe: Die Konkurrenz schläft nicht.«

Rodolphe blinzelte mehrmals, nahm erneut einen Schluck Wasser und starrte Ruedi wortlos an. Nein, das war kein Traum, sondern passierte tatsächlich.

Sein Gegenüber musste ihm das Befremden und die Wut, die sich in seinen Eingeweiden sammelte, ansehen, denn er schlug einen versöhnlichen Ton an. »Rodolphe. Mir ist bewusst, dass all das für dich ungewohnt ist. Im Gegensatz zu deinem Bruder, der wesentlich aufgeschlossener ist, verharrst du geistig noch immer in der Vergangenheit.« Ruedi legte den Kopf schief und sah ihn mitfühlend an. »Du musst loslassen. Weiterkommen. Wir sind jetzt eine Einheit, haben keine Geheimnisse mehr voreinander und ziehen am selben Strang. Je schneller es uns gelingt, die Abläufe zu optimieren und zu vereinheitlichen, desto schlagkräftiger werden wir. Oder möchtest du Tobler das Feld kampflos überlassen?«

Rodolphe rang um seine Fassung, und es kam ihm gerade gelegen, dass in diesem Moment das Mittagessen serviert wurde und das Gespräch somit einen Augenblick ruhen würde. Er hatte das Gefühl, dass die getäfelten Holzwände des Lokals auf ihn zukamen. Die Atemluft in dem nach Bier, Schweiß und Gebratenem riechenden Raum schien knapper zu werden, weshalb er den obersten Knopf seines Hemds öffnete. Es kostete ihn einige Mühe, sich eine Gabel voll Geschnetzeltes in den Mund zu schieben.

Er hatte August unterschätzt. Seit er diese Lina in sein Leben gelassen hatte, hatte sein Bruder sich immer mehr von Rodolphe entfernt. Die zwei glaubten, er bemerke es nicht, wenn sie über ihn redeten. Doch dem war nicht so. Diese bedenkenlose Eigenständigkeit seines Bruders, Sprüngli die Pläne seiner Conchiermaschine zu überlassen, überraschte Rodolphe trotzdem und erwischte ihn eiskalt. Und nicht nur das ärgerte ihn. Rodolphe waren auch Ruedi Sprünglis Blicke in Amelies Richtung keinesfalls entgangen. Ebenso wenig wie der überbordende Charme, mit dem er sie stets von seinen Ideen überzeugt hatte.

»Amelie hat Kinder. Es ist ihr nicht möglich, in Zürich zu arbeiten«, griff Rodolphe das Thema schließlich schroff wieder auf. »Viktor und Wilhelmine besuchen das Gymnasium.«

»Davon habe ich natürlich Kenntnis. Selbstverständlich wäre dieser Schritt auch nur für eine begrenzte Zeit vonnöten, im Sinne einer Einführung und Schulung unseres Personals in Zürich. Das ließe sich mit den Jugendlichen, die mir übrigens herzlich willkommen sind, problemlos einrichten.« Bevor Rodolphe in der Lage war zu antworten, fuhr Ruedi mit seinen wahnwitzigen Ausführungen fort. »Ich würde dafür sorgen, dass sie während dieser Zeit privat unterrichtet werden.«

Er hatte also bereits alles durchdacht.

»*Ich* werde nach Zürich kommen«, beschloss Rodolphe daher und stellte mit stiller Genugtuung fest, dass es nun an Ruedi war, den Mund aufzusperren und wieder zuzuklappen. »Das liegt auf der Hand, da ich derjenige bin, der die Conchiermaschine erfunden und konstruiert hat.« Und um der Sache mehr Gewicht zu verleihen, erklärte er: »Baut man eine Conchiermaschine bloß nach Plan, ist das keine Garantie dafür, dass sie einwandfrei funktioniert und tatsächlich Schmelzschokolade produziert. Mit dieser Apparatur ist es wie mit einer Uhr. Ein derart diffiziles Gerät muss sorgfältig eingestellt, wiederholt getestet und nachjustiert werden. Amelie ist keine Uhrmacherin.« Mit unvermittelt wiederkehrendem Appetit beendete er sein Mittagessen und tunkte sogar ein Stück Brot in seinen Saucenrest. Dabei sah er nur gelegentlich von seiner Tätigkeit auf. Eine derart banale Angelegenheit bedurfte schließlich keiner weiteren Diskussion.

»Trotzdem müsst ihr Personal einstellen«, beharrte Ruedi nach einer Weile und tupfte sich den Mund mit der Stoffserviette ab.

Rodolphe lehnte sich betont langsam in seinem Stuhl zurück und hielt Ruedis Blick stand. »Der Standort im Mattequartier ist mein Revier, Ruedi. Hier bestimme ich.«

Sein Gegenüber schmunzelte. »Genau das ist das Problem, Rodolphe. Wir sind nicht Bern und Zürich. Wir gehören zusammen.« Etwas Lauerndes blitzte in seinen Augen auf, als er sich vorbeugte und leise sagte: »Ich spiele diese Karte wirklich ungern aus ...« Ruedi wartete, bis er Rodolphes volle Aufmerksamkeit hatte. »Aber du hast 1,5 Millionen Goldfranken bekommen. Die Fabrik gehört dir nicht mehr.«

»Ich habe das Mitspracherecht«, protestierte Rodolphe. Er hatte sogar darauf bestanden, dass es im Vertrag stand. »Ich bin im Verwaltungsrat!«

Ein verschlagenes Lächeln zog Ruedis Mundwinkel nach oben. »Das ist korrekt. Nur, wie ist *Mitspracherecht* definiert? Wenn dir der Betrieb nicht gehört und es nicht mehr dein Geld ist, das bei Fehlentscheiden verprasst wird? Ich empfehle dir, den Vertrag und die Definition deiner Kompetenzen nochmals genau zu studieren.« Ruedi hob belustigt eine Augenbraue. »Du arbeitest doch noch hier in Bern in der Matte, oder? Damit solltest du dich zufriedengeben.« Mit diesen Worten erhob er sich und legte einen Geldschein auf den Tisch. »Du bist eingeladen. Meine Bahn fährt in einer Viertelstunde. Wenn du mich also entschuldigst?«

Rodolphe stand ebenfalls auf und nahm seinen Hut. Das wirst du bereuen, dachte er bei sich und verabschiedete sich mit einem erzwungenen Lächeln.

Nichts von alledem, was Ruedi von ihm verlangte, würde er tun.

Als er die Manufaktur in der Matte betrat, machte ihm das Leben allerdings einen Strich durch die Rechnung.

Ihr rotes Haar loderte schon von Weitem wie eine Fackel. Und als Rodolphe Amelies Gesichtsausdruck sah, erkannte er, dass Widerstand zwecklos war. Sie besaß dieses Glimmen in den Augen, begleitet von einem feinen, aber wissenden Schmunzeln.

»Das ist Lola Moreau«, stellte sie ihm die junge Frau, die er auf etwa zwanzig schätzte, vor. In den grüngrauen Augen des Fräuleins lag etwas Ungezähmtes wie bei einem wilden Tier. Die Fremde lächelte ihm zu, wobei Rodolphe ein markantes Muttermal auf ihrer Oberlippe auffiel. Eines, wie man es sich im 17. und 18. Jahrhundert mit Kohle oder Ruß aufgemalt hatte.

Während Rodolphe das Mädchen noch mit großen Augen anstarrte, fuhr Amelie fort: »Sie stammt aus Paris. Die Euphorie, mit der sie diese simple Aussage unterstrich, ließ ihn aufhorchen.

»Aus Paris?«, echote er und reichte ihr endlich die Hand zur Begrüßung.

»Das ist korrekt, Monsieur, aber ich spreche ein bisschen Deutsch«, erklärte Lola Moreau, wobei ihr Akzent das Gesagte färbte.

Rodolphe ahnte es schon, bevor Amelie es laut ausgesprochen hatte, also wartete er.

»Frau Moreau ist auf der Suche nach einer Anstellung«, erzählte sie und strahlte dermaßen, dass ihre Zahnlücke zum Vorschein kam. »Nun ... und ich bin der Ansicht, dass wir jemanden gebrauchen können, oder nicht?« Sie sah Rodolphe bedeutungsvoll an.

»Ich möchte unbedingt in einer Schokoladenfabrik arbeiten.« Die junge Frau rollte fasziniert die Augen. »*Le chocolat* ... was gibt es Sinnlicheres!«

»Zufälligerweise«, erklärte Amelie, »stolperte Frau Moreau zuerst über *unsere* Fabrik, da sie bei einer Bekannten im Mattequartier logiert. Sollten wir also keine Arbeit für sie haben ...«

Sie brauchte den Satz nicht zu beenden, Rodolphe wusste genau, worauf sie hinauswollte: Dann würde Lola Moreau bei Theodor Tobler anklopfen. Wie alle anderen.

»Ich schlug Frau Moreau also vor«, fuhr Amelie fort, »dass wir alle nochmals eine Nacht darüber schlafen, uns morgen erneut treffen und wir ihr dann einen verbindlichen Entscheid mitteilen.« Sie sah ihn an.

»Das ist eine hervorragende Idee.« Rodolphe konnte sich ein Lächeln nicht verkneifen, weil sie ihn dermaßen raffiniert übergangen hatte. Er war gespannt, was sie in der jungen Frau sah.

Lola Moreau verabschiedete sich von ihnen und verschwand aus der Tür und die Wasserwerkgasse hinunter.

»Sie macht einen netten Eindruck«, erklärte August, der unterdessen aus seinem Büro gekommen war.

Rodolphe wirbelte herum und starrte ihn an. Es kostete ihn einiges an Überwindung, seinen Bruder nicht anzubrüllen. »Was um alles in der Welt hast du dir dabei gedacht, die Baupläne meiner Conchiermaschine an Sprüngli zu übergeben?« Sein Puls beschleunigte sich, und er ballte die Hände zu Fäusten.

Zu seinem Erstaunen zeigte sich August nur mäßig beeindruckt. »Rodolphe, was ist bloß los mit dir? Endlich haben wir die Möglichkeit, zu wachsen und uns zu entwickeln. Mit Sprünglis Hilfe wird deine Erfindung in die Geschichte eingehen! Wir gehören jetzt zusammen und ...«

»Sei still, August!«, herrschte Rodolphe ihn an, außer sich vor Zorn. Doch noch im selben Moment erschrak Rodolphe selbst über die Wortwahl und den Tonfall, den er anschlug. So hatte er mit seinem Bruder noch nie gesprochen.

August sah ihn mit großen Augen an, doch Amelie legte ihm ruhig eine Hand auf den Arm und sagte: »Lass uns heute gemeinsam mit den Kindern zu Abend essen, und dann setzen wir beide uns mit einem Glas Wein in den Garten, einverstanden?«

Wie sollte er beim Blick in ihre blauen Katzenaugen auch nein sagen?

»Einverstanden«, murmelte Rodolphe, drängte sich an ihnen vorbei und ging an die Conchiermaschine. Die rhythmischen Bewegungen der Apparatur, gepaart mit dem geläuterten Duft flüssiger Schokolade, beruhigten ihn ein wenig. Gottlob waren Viktor und Wilhelmine heute Nachmittag im Chor und hatten seinen

Ausbruch nicht mitbekommen. Vor ihnen hätte er sich geschämt.

Als sich der Tag dem Ende zuneigte, verabschiedete August sich mit einem besorgten Blick in seine Richtung. Wenig später saß Rodolphe mit Amelie und den Kindern beim Abendbrot. Das fröhliche Geplapper und Gelächter am Tisch ließen ihn seine Sorgen und seine Wut für einen Moment vergessen. Gelegentlich lächelte er sogar. Er sah Amelie dankbar an. Nach allem, was zwischen ihnen vorgefallen war, nach all dem Schmerz, den er ihr damals in ihrer Jugend zugefügt hatte, teilte sie den kostbarsten Teil ihres Lebens mit ihm. Und das nicht ohne Risiko, wenn man bedachte, dass ihr Ehemann immer noch lebte. Die alte Greta, die die Speisen servierte, schien ihn ebenfalls zu mögen. Von Amelie erfuhr Rodolphe, dass man es ihrem bewölkten Gesichtsausdruck ansah, wenn sie jemanden bloß widerwillig bediente. Für ihn jedoch hatte Greta stets ein Lächeln übrig und erkundigte sich nach seinem Wohlbefinden.

Später, als sie bei einem Glas Rotwein im Garten saßen und dem Zirpen der Grillen und dem Rascheln der Blätter im Abendwind lauschten, ergriff Amelie seine Hand.

»Das ist der Preis für die Unsterblichkeit, Rodolphe«, begann sie und wandte sich ihm zu. »Wäre es nicht ein Verbrechen an der Schöpfung, wenn dein Werk verlorenginge? Wir wissen beide, dass es ohne Sprünglis Hilfe nicht mehr weitergegangen wäre.«

Rodolphe nickte und zeichnete mit den Fingerspitzen die Linien ihrer Hand nach. »Trotzdem schmerzt es.«

Das war die Wahrheit, es schmerzte ihn bis in die tiefsten Winkel seiner Seele.

»Ich weiß«, flüsterte sie. »Lass uns das Beste daraus machen. Tragen wir deinen Namen und deine Schokolade in die Welt hinaus.« Sie beugte sich nach vorne, ihr Gesicht bloß ein schattiger Umriss im Zwielicht, und nippte an ihrem Wein.

»Lass uns die Manufaktur wieder zum Leben erwecken und Chocolat Fin produzieren. Wenn da nur wir beide wären ... würden wir dann aufgeben? Stillstehen? Niemals.« Amelie beugte sich zu ihm hin, sodass er ihren Atem auf seinen Lippen spürte. »Wir brauchen frischen Wind, neue Inspiration.«

»Du denkst an diese Lola, stimmt's?« Rodolphe konnte sich ein Grinsen nicht verkneifen. »Was reizt dich an ihr? Denn das tut sie, habe ich recht?«

Amelie legte den Kopf in den Nacken; ein heiseres Lachen durchdrang die Stille im Garten. »Frankreich pflegt eine lange Tradition, was die Schokoladenherstellung anbelangt.«

»Das ist es nicht«, entgegnete er. »Das ist bloß das Sahnehäubchen auf der Torte.« Er wusste, dass er recht hatte.

»Sie ...« Amelie suchte nach Worten. »Sie ist so gebrochen und zugleich voller Leidenschaft, Rodolphe. Das Leben hat sie ausgespuckt und liegenlassen, sie hat nichts mehr zu verlieren. Sie besaß nie viel, jetzt ist es noch weniger. Dennoch stand sie vor mir, diese wilde Entschlossenheit in den Augen.«

»Hat sie dir das erzählt?«

Amelie nickte. »Sie stammt aus Paris und ist dort in

einem Waisenhaus aufgewachsen. Später arbeitete sie als Varietétänzerin im *Folies Bergère*. Dort ist sie zufällig einem jungen Schweizer begegnet, dem Sohn eines Bankiers hier aus der Stadt, und hat sich verliebt.«

»Lass mich raten«, führte Rodolphe ihre Erzählung fort. »Für ihn hatte sie ihre Heimat und ihr altes Leben hinter sich gelassen und ist hierhergekommen. Doch seine Familie war gegen eine Heirat und hatte Besseres für ihn im Sinn.« Er nahm einen kräftigen Schluck seines Rotweins. »Beispielsweise die hübsche Tochter des Stadtpräsidenten.« Er lachte blechern. »Fehlt nur noch, dass der Junge eine Laufbahn als Apotheker und Politiker einschlägt, dann dürfte es ihm an nichts mehr mangeln.«

Amelie drückte seine Hand fester. »Dein Vater wäre stolz auf dich und das, was du erreicht hast, Rodolphe.«

Vehement schüttelte er den Kopf. »Nein, das wäre er eben gerade nicht. Es ist alles genau so gekommen, wie er es prophezeit hat: Der Traum von der Schokolade hat sich ausgeträumt.«

»Dann beweise ihm, dass er falschliegt, Rodolphe«, sagte Amelie und sah ihn an.

»Warum willst du Lola Moreau wirklich einstellen?«, fragte er, ohne auf ihre Bemerkung einzugehen.

»Nun«, murmelte sie so leise, dass er sie kaum hören konnte. »Wir Frauen haben noch immer viel zu verlieren.«

# 37

Fröstelnd stand Amelie an Wilhelms Grab auf dem Schosshaldenfriedhof im Osten der Stadt, der von ihrem Haus aus am einfachsten zu erreichen war. Zudem gefiel ihr der schlichte ländliche Stil des Parks.

Über ihr türmten sich dunkle Wolken, nur gelegentlich kämpfte sich ein Stück helles Stahlblau durch das wattige Grau. Beißende Kälte prickelte wie Nadelstiche auf ihren Wangen, und sie rieb sich die klammen Finger.

Im Sommer wuchsen hier seltene Wildpflanzen, doch jetzt, im Februar, waren die Wiesen mit Schnee bedeckt. Für Blumen war es zu früh, weshalb Amelie die Grabstätte mit Tannenzweigen abgedeckt und mit einer Grabkerze geschmückt hatte.

»Den Kindern und mir geht es gut«, sagte sie jedes Mal, an den grauen Grabstein gewandt. Wie meistens in diesen einsamen Momenten der Stille wanderten ihre Gedanken zurück zu dem Morgen im Herbst des vergangenen Jahres.

Irina war mit hektischen roten Flecken im Gesicht in der Tür zum Esszimmer erschienen. »Wilhelm ...

er … Sie sollten kommen, Herrin«, hatte sie gestottert und mit Blick auf Viktor und Wilhelmine hinzugefügt: »Allein.«

Einem unguten Gefühl folgend, hatte Amelie die Kinder ernst angesehen. »Bitte …«, sie erhob sich von ihrem Stuhl. »Esst euer Frühstück. Ich bin gleich wieder da.«

Normalerweise hätte Amelie jetzt nach Greta gerufen, damit sie den Kindern in dieser angespannten Situation Gesellschaft leistete, doch die treue Seele war Ende des Jahres endgültig in den wohlverdienten Ruhestand getreten. Und Lola, die junge Pariserin, der Amelie ein Obdach in ihrem viel zu großen Haus angeboten hatte, war an diesem Morgen bereits zur Arbeit aufgebrochen. Ihr blieb demnach keine andere Wahl, als die beiden allein zu lassen.

Irina hastete bereits, dicht gefolgt von Amelie, die Treppe hoch in die zweite Etage und zum Ende des Flurs, wo sich seit Jahren Wilhelms Schlafgemach befand.

Als Amelie das Zimmer betrat, blieb die Angestellte unschlüssig im Türrahmen stehen. »Ich lasse Sie einen Moment allein mit ihm«, sagte sie und zog die Tür zu. Sie brauchte Amelie nicht zu erklären, warum sie sie gerufen hatte.

Die Luft im Zimmer stank faulig und abgestanden, der gusseiserne Zimmerofen strahlte eine lähmende Wärme aus.

»Es ist furchtbar kalt«, jammerte Wilhelm und sah nach links. »Man möchte bitte das Fenster schließen.«

Selbst wenn Amelie ihren Mann nicht zum ersten Mal sah, seit ihn die Krankheit ans Bett gefesselt hatte, so erschrak sie doch, als er sich ihr zuwandte. Das Gesicht war mit Geschwüren und schwulstigen Vernarbungen übersäht. Wie reife Beeren sprenkelten sie Wilhelms Antlitz. Trübe Augen musterten sie. Vorsichtshalber hielt sie sich ein Taschentuch vor den Mund und vermied es, zu nahe ans Bett heranzutreten. Das hatte Wilhelm bei einem ihrer letzten Besuche an seinem Krankenlager verfügt. Als Mediziner verstand er mehr davon als sie, also tat sie, was er verlangte.

Sein Mund verzog sich zu einem Lächeln, und Amelie glaubte, in seinen Augen einen Anflug von Zärtlichkeit zu erkennen.

»Katharina, da bist du ja. Irina hat sich geweigert, dich zu holen«, krächzte er und ließ den Blick über ihre Erscheinung gleiten. »Wie bezaubernd du heute aussiehst. Wie immer, mein Herz.«

Amelie lauschte dem Blut, das in ihren Ohren rauschte. Noch nie in ihrer gesamten gemeinsamen Zeit hatte er sie so genannt und angesehen. Niemals.

»Danke, Wilhelm«, flüsterte sie. »Nun bin ich ja hier.« Sie zwang ein Lächeln auf ihr Gesicht.

»Ich würde dich gerne berühren, aber wir müssen an deine Gesundheit denken und dich schützen, mein Herz. Du weißt, dass es gefährlich ist, näher zu kommen, also bleib bitte, wo du bist.«

Amelie nickte und schluckte.

»Hol dir bitte einen Stuhl und setz dich zu mir. Was ich zu sagen habe, ist wichtig.« Sein gekrümmter, zerschlagener Zeigefinger wies auf einen schlichten Holzstuhl, der ihm manchmal zur Ablage der Kleider diente. Nur dass er schon monatelang keine Kleidung mehr benötigte. »In meinem Kopf ist so viel Watte, dass ich mich sehr konzentrieren muss.«

Amelie tat, was er wünschte, zog den Stuhl herbei und setzte sich auf dessen äußerste Kante, die Hände im Schoß. Erwartungsvoll sah sie ihn an.

»Katharina ...«, begann er und versuchte, sich ein wenig aufzusetzen. Als sie sich reflexartig erhob, um ihm zu helfen, hielt er sofort die Hand hoch und wies auf den Stuhl. »Du sollst nicht näher kommen, ich schaffe das schon.«

Nachdem er sich umständlich ein Kissen hinter den Rücken gestopft hatte, fuhr er fort: »Mein Herz, es bringt nichts, es zu leugnen. Du weißt es, und ich weiß es.« Er hustete. »Ich werde sterben.« Er sah sie mit einem traurigen Ausdruck in den Augen an. »Das ist gut so. Ich bin müde und spüre, wie der Tod seine Hand nach mir ausstreckt. Deshalb möchte ich dir einige Dinge mitteilen, bevor es zu spät ist.«

Amelie nickte. Sie spürte einen Kloß im Hals und ein Brennen in den Augen. Während sie tief einatmete, lächelte sie.

»Du bist die Liebe meines Lebens, Katharina. Es ist eine Schande, dass ich dich so früh allein auf dieser garstigen Welt zurücklasse. Wisse, dass alles, was ich besitze, bereits dir gehört. Das habe ich schon vor Langem mit einem Advokaten veranlasst.« Er machte eine Pause, strich sich über die Schwären im Gesicht und schärfte den Blick dann erneut. »Sei nicht traurig, mein Herz, denn wir hatten ein angenehmes Leben, selbst wenn die gemeinsame Zeit reichlich kurz war.« Seine Lippen bebten. »Ich wäre so gerne der Vater deiner Kinder geworden. Was gäbe ich darum, dich auch dann noch lieben zu dürfen, wenn du faltige Haut und weiße Haare hast. Aber das soll nicht unser Schicksal sein.« Er wischte sich eine Träne aus den Augenwinkeln. »Ich wünsche mir, dass du glücklich wirst, mein Herz, dass du ein schönes Leben hast. Also weine nicht um mich, bitte weine nicht.«

Erst jetzt merkte Amelie, dass ihre Wangen und das Tuch vor ihrem Mund feucht waren. Die Krankheit ließ Wilhelm alles vergessen, selbst seine Dämonen. Sie hätte ihn lieben können, und er sie, aber sie sah nun ein, dass sie die falsche Person war. Es immer gewesen war.

»Wenn ich dieses Leben verlassen habe, Katharina, dann wünsche ich mir, dass du stark bist und nach vorne schaust.« Er bekräftigte seine Worte mit einem Kopfnicken und einem Lächeln. »Such dir einen neuen Ehemann, zeuge mit ihm Kinder und führe ein erfreuliches und glückliches Leben. Du hast es verdient. Tu es für mich, und tu es ohne Reue.«

Amelie schniefte und blinzelte sich die Tränen aus den Augen. »Das werde ich, Wilhelm.«

»Versprich es mir«, verlangte er und suchte ihren Blick.

Sie erhob sich und schluckte. »Ich verspreche es.«

Ein seliges Lächeln entspannte seine Gesichtszüge. »Ich liebe dich, Katharina.«

Als sie zur Tür ging, blieb sie nochmals stehen und drehte sich um.

Wilhelm stieß einen tiefen Seufzer aus und schloss die Augen.

Doch er atmete nicht mehr ein.

Amelie öffnete die Tür und trat auf den Flur. Irina, die etwas abseits gewartet hatte, wirbelte herum und eilte herbei.

»Er ist von uns gegangen«, murmelte Amelie. »Ich erkläre es den Kindern.« Um Irina würde sie sich später kümmern.

Viktor und Wilhelmine sahen sie mit besorgten Blicken an, als sie das Esszimmer betrat. Sie hatten ihre Teller seit ihrem Weggehen nicht mehr angerührt.

Amelie streckte die Hände aus und winkte sie zu sich. »Kommt her, meine Lieben.« Sie seufzte und schloss ihre Kinder fest in die Arme. »Papa ist eingeschlafen. Er ...« Sie brach ab und sah ihnen in die Augen. »Er hat gesagt, dass er über uns wachen wird«, flüsterte sie, und dann weinten sie gemeinsam. »Aber er hat jetzt endlich Frieden gefunden«, fügte sie leise an. Und das stimmte. Wilhelm war in dieser Welt ein Getriebener gewesen, eine verlorene Seele, überschattet von seiner Vergangenheit und dem damit einhergehenden Schmerz. Nichts und niemand hätte es vermocht, seine Wunden zu heilen, das hatte Amelie jetzt erkannt.

Den Rest des Tages nahm sie sich frei, um Zeit mit den Kindern zu verbringen. Lange saßen sie aneinandergekuschelt in Amelies Schlafzimmer auf dem Bett und schwiegen. Es gab keine Geschichten zu erzählen und keine fröhlichen Erinnerungen, die sie zum Lachen gebracht hätten.

Irina schlich derweilen über den Flur, offensichtlich unschlüssig, was nun ihre Aufgabe war. Amelie, die ihre schlurfenden, wiederkehrenden Schritte vernahm, stand schließlich auf und trat aus dem Schlafzimmer. Sie beauftragte die Angestellte, ihnen heißen Kakao zu kochen, dann in die Schule und anschließend zu Rodolphe Lindt zu fahren, um über die jüngsten Ereignisse und ihr Fortbleiben zu informieren. »Bitte Rodolphe außerdem darum, dass er mir einen Arzt aus der Stadt schickt. Jemand muss Wilhelms Tod offiziell bestätigen und einen Totenschein ausstellen.« Amelie hielt kurz inne. »Nimm mein Fahrrad. Und sei vorsichtig, der Verkehr ist nicht zu unterschätzen.«

»Aber gern, Herrin, wird sofort erledigt.« Irinas Gesichtsausdruck hellte sich auf, und sie eilte geschäftig davon.

Amelies Erinnerung wurde durch den Schrei eines Vogels, der sich flatternd über ihr in eine Baumkrone setzte, unterbrochen. Die Kälte hatte sich unterdessen durch ihren Wollmantel gefressen, und ihre Nase spürte sie auch nicht mehr. Also beschloss sie, den Rückweg anzutreten. Sie würde in einigen Tagen wiederkommen, um nach der Kerze auf Wilhelms Grab zu sehen.

Die Kinder ertrugen den Verlust ihres Vaters ohne zu klagen. Die Tatsache, dass es ihnen nie erlaubt gewesen war, ihm nahe zu sein – weder körperlich noch seelisch –, trug wesentlich dazu bei, dass sein Fehlen für sie nun weniger schmerzhaft war. Die letzten Monate seines Lebens hatte Wilhelm zudem bloß wie ein Geist neben ihnen her gelebt. Längst hatten sie sich an Rodolphe und seine gelegentlichen Besuche gewöhnt. Bei ihm durften sie gewöhnliche Jugendliche sein, lachen, herumalbern und ihn mit Fragen löchern. Seine Geduld mit Viktor und Wilhelmine war unerschöpflich. Auch Lolas Gegenwart trug wesentlich zu einem ausgewogenen Alltag bei.

Und Irina? Nun, Amelie hatte die absurde Situation mit ihr geklärt. Was sie ohnehin vermutet hatte, hatte sich in diesem einzigen Gespräch zwischen ihnen bestätigt. Sie hatte bewusst gewartet, bis Wilhelms Bestattung und alles, was damit einherging, vorüber war. Erst dann hatte sie sich ihrer Hausangestellten – wenn man sie denn überhaupt so nennen wollte – angenommen.

Als Amelie mit ihr in den Salon getreten war, waren ihrer beider Blicke unwillkürlich dorthin gezuckt, wo bis vor Kurzem immer das Stativ mit Katharinas Bildnis gestanden hatte.

»Ich habe alles verbrannt und die Asche zu Wilhelm ins Grab gelegt«, erklärte Amelie, obwohl Irina nicht danach gefragt hatte. Seither hatte sie das Gefühl, in diesem Raum endlich wieder atmen zu können. Sie zeigte auf einen Sessel. »Setz dich.«

Selbst nahm sie gegenüber auf einem weiteren Fauteuil Platz und schlug die Beine übereinander. Eine Weile herrschte betretenes Schweigen. Immerhin besaß Irina genug Taktgefühl und Umgangsformen, dass sie es nicht wagte, das Gespräch von sich aus zu beginnen. Amelie sah ihr allerdings an, dass ihr die Worte auf der Zunge brannten. Ständig nagte sie an ihrer Unterlippe, blinzelte und knetete die Hände.

»Wer bist du wirklich?«, fragte Amelie und beschloss, den direkten Weg zu wählen. Sie wünschte endlich Gewissheit, auch wenn Gretas gelegentliche Andeutungen sowie ihre eigene Wahrnehmung bereits ein deutliches Bild abgaben.

Irina sah zu Boden, lächelte und hob dann wieder den Blick. Dabei straffte sie die Schultern, als hätte sie gelernt, sich für das, was sie war, nicht zu schämen. »Ich bin eine Hure, Herrin. Bevor ich hierherkam, arbeitete ich in einem Freudenhaus. Aber davor ...«, sie strich sich die Handflächen an ihrem Rock ab, »... war ich ein gewöhnliches Mädchen, das von einer glorreichen Zukunft träumte. In Russland.«

»Was ist passiert?« Amelie hatte keine Ursache, das zu fragen, doch sie wollte es.

»Man sagte mir, ich sei hübsch und könnte in der Fremde Großartiges erreichen.« Irina lachte blechern und schnaubte verächtlich über die eigene Naivität. »Bei uns gab es keine Arbeit und keine Zukunft. So enden wie meine Mutter, die bloß geheiratet hat, um zu überleben, wollte ich nicht. Damals glaubte ich noch an die Liebe.« Sie zuckte die Schultern. »Als ich bemerkte, dass mein vermeintlicher Helfer in Wahrheit Menschenhandel betrieb, war es schon zu spät. Man brachte mich gewaltsam hierher. Ich hatte Glück, dass ich bei Madame unterkam. Sie war stets anständig zu uns Mädchen. Uns ging es besser als den meisten in diesem Gewerbe.« Ihr Blick zeigte keinerlei Schmerz oder Verdruss, was Amelie weit mehr schockierte als ihre Erzählung selbst.

»Und dann kam Wilhelm und hat dich da rausgeholt«, mutmaßte sie.

»Er hatte seine Probleme und speziellen Wünsche, aber das haben viele.« Andere wären bei solchen Aussagen errötet, insbesondere wenn sie der betrogenen Ehefrau gegenübersaßen. Nicht so Irina.

Amelie nickte. »Ich bin darüber im Bilde, was deine Aufgabe in diesem Haus war. Jedenfalls nicht die Hausarbeit.«

»Er hat mich zu dieser Stelle hier genötigt, weil ...« Sie brach ab, ihr Blick flackerte, »weil er der Ansicht war, er hätte die Krankheit von mir. Ich habe keine Ahnung von solchen Sachen, aber er hat darauf beharrt, dass sie ansteckend ist.« Sie schluckte. »Was mit den Mädchen geschieht, die die Lustseuche haben, habe ich gesehen.«

»Dennoch hast du die Leiden, die ihn quälten, nie bekommen?« Amelie legte die Stirn in Falten.

Irina zuckte erneut die Schultern. »Wie gesagt, von solchen Sachen habe ich keine Ahnung. Möglicherweise hat er mich reingelegt, weil er eine private ...« Sie brach ab, und nun färbte tatsächlich eine leichte Röte ihre Wangen.

»Schon gut, ich habe verstanden«, erklärte Amelie. »Wir werden es wohl nie erfahren, und es spielt für mich auch keine Rolle.«

»Es … es tut mir leid«, stotterte Irina und sah Amelie an. »Ich hatte hier ein angenehmes Leben, und dafür danke ich Ihnen.«

Amelie schwieg und musterte sie, während sie nachdachte.

»Ich verschwinde, wenn Sie es wünschen. Ich würde es verstehen.« Die Angestellte sah auf ihre trockenen, schwieligen Hände.

»Wo würdest du denn hingehen? Zurück ins Freudenhaus?«

Irina sah sie an, und plötzlich schimmerten Tränen in ihren Augen. »Ich schätze, das muss ich. Als Hausmädchen nimmt mich doch niemand. Ich habe keinen ansprechenden Lebenslauf, keine Ausbildung oder Empfehlung, die mir helfen könnten. Ich bin nun mal, was ich bin.«

»Greta ist im Ruhestand, und die Kinder mögen dich.« Mit diesen Worten erhob sich Amelie. »Und Lola auch«, fügte sie noch an.

Irina sah sie mit großen Augen an und sprang vom Sofa auf. »Heißt das, ich darf hierbleiben?« Bevor Amelie etwas dazu sagen konnte, fuhr sie fort: »Sie werden es nicht bereuen. Greta war eine wirkungsvolle Lehrmeisterin, und ich habe ihr genau zugehört.« Irina schniefte und wischte sich mit dem Ärmel beiläufig über die Augen.

»Ja, das heißt es«, antwortete Amelie und ging zur Tür. Sie beide verband mehr, als sie zuzugeben bereit war. Auch sie war jahrelang eine Gefangene in diesem Haus gewesen.

Irina hatte Wilhelms Dunkelheit von ihr ferngehalten, und dafür war sie ihr dankbar.

# 38

*Vier Jahre später*

Ruedi Sprüngli stieg in Olten aus der Bahn und setzte sich den Hut auf. Sein Ziel, das Hauptgebäude mit dem Bahnhofbuffet im Erdgeschoss, lag auf einem breiten Inselperron, umgeben von Geleisen. Ein für den Juni ungewöhnlich frischer Wind wirbelte Staub auf und hätte ihm beinahe seine Kopfbedeckung wieder vom Haupt gefegt.

Ruedis Laune entsprach den sich zusammenraufenden Gewitterwolken am Himmel, und sein Zorn lag ebenso kurz vor dem Ausbruch wie der Regen, den man in der Luft roch. Ein Donnergrollen hallte durch die Atmosphäre und fand in Ruedis Gemurmel seine Entsprechung.

»Ich fasse es nicht«, grummelte er wiederholt zu sich selbst und schüttelte den Kopf. Er hatte die ganze Woche kaum geschlafen, und seine Maria sorgte sich erheblich, weil er bloß lustlos im Teller herumgestochert hatte. Als er vor drei Jahren im Alter von fünfundfünfzig das Präsidium des Verwaltungsrats sowie die Direktion der Firma abgegeben hatte, war dies im Bestreben geschehen, mehr Ruhe und weniger Ärger in sein Leben zu bringen. Augenscheinlich war ihm das noch nicht vergönnt.

Nachdem er einige Jahre vergeblich versucht hatte, den Zusammenschluss mit Rodolphe Lindt in geordnete Bahnen zu lenken, hatte ihm sein Sachverwalter nun unmissverständlich ein Ultimatum gestellt.

In seiner Funktion als Delegierter des Verwaltungsrats hatte er die Gebrüder Lindt für den heutigen Tag zu einer Sitzung einberufen, um mit ihnen eine wichtige und unabdingbare strategische Neuausrichtung zu besprechen. Aus gutem Grund, und weil es schlicht naheliegend gewesen war, hatte er sie nach Kilchberg eingeladen, wo er nebst dem neuen Fabrikgebäude auch moderne Büroräumlichkeiten mit einem Verhandlungs- und Empfangsraum besaß.

Doch stattdessen trieb er sich nun am Bahnhof von Olten herum, um sich mit seinen Geschäftspartnern im Bahnhofbuffet zu treffen. »Im Bahnhofbuffet!«, schnaubte er. »Warum nicht gleich auf dem Markt?« Das war doch kein Ort, um geschäftliche Belange zu diskutieren!

Ruedi hatte sich erkundigt. Das Bahnhofbuffet in Olten war ein beliebter und bekannter Ort für Versammlungen und Sitzungen von Unternehmen, Verbänden, Parteien, Gewerkschaften, Behörden und anderen Gruppen aus der ganzen Schweiz. Angeblich sollen sogar der Kaiser von Österreich – ohne seine »Sissi« –, der deutsche Kaiser sowie Queen Victoria hier abgestiegen sein, als sie im Frühjahr 1893 fast zeitgleich die Schweiz bereisten.

Vermutlich hatte Lindt ebenfalls davon gehört und entschieden, dass dies der ideale Ort für ihre Besprechung wäre. Ruedi hätte für das delikate Anliegen, das er zu platzieren gedachte, allerdings einen diskreteren Ort bevorzugt. Seine Andeutungen waren jedoch geflissentlich ignoriert worden.

Rodolphe Lindt schien nur eines wichtig zu sein. »Es ist nicht recht, dass mein Bruder und ich ständig diese lange Reise nach Zürich auf uns nehmen müssen. Warum halten wir die Sitzung nicht in unserer Fabrik in Bern ab?«, hatte er moniert.

Dabei ging es um Eitelkeit, das erkannte Ruedi sofort. Zürich oder Bern. Noch immer trennte sein Geschäftspartner die beiden Standorte in seiner Wahrnehmung strikt, als wolle er mit den Sprünglis in Kilchberg nichts zu schaffen haben. Nachdem Ruedi jedoch darauf hingewiesen hatte, dass die Manufaktur in Bern nicht einmal über geeignete Räumlichkeiten für eine Besprechung verfüge, bestand Rodolphe darauf, sich in der Mitte zu treffen.

Und da war er nun, in Olten.

Die Standortgemeinde galt gemeinhin als Eisenbahnerstadt. Diese Bezeichnung hatte ihren Ursprung in der Tatsache, dass die schweizerische Centralbahn ihre Hauptwerkstätte direkt neben dem Bahnhof errichtet und dadurch zahlreiche Arbeitsplätze geschaffen hatte. Abgesehen davon schossen Fabriken und Unternehmen in dieser Gegend seit der Jahrhundertwende wie Pilze aus dem Boden.

Olten war eine Stadt im Aufbruch, ein Schmelztiegel zwischen Konservatismus und Moderne. Ruedi hätte sich dieses Chaos liebend gern erspart. Ganz zu schweigen von der Reise hierher, die ihn ebenfalls wertvolle Zeit gekostet hatte.

Er beschloss, sich schon einmal einen Platz im Bahnhofbuffet auszusuchen, bevor die Gebrüder Lindt in einer halben Stunde zu ihm stoßen würden.

Mit der Ästhetik und Eleganz des Café Sprüngli am Paradeplatz konnte es die Gastwirtschaft natürlich nicht aufnehmen, doch das rustikale Mobiliar verlieh dem Innenraum eine Mischung aus Zweckmäßigkeit und Gemütlichkeit. Der Duft nach frisch gebrühtem Kaffee lag in der Luft. Die Mittagszeit war längst vorüber, weshalb Ruedi einige freie Tische zur Auswahl hatte. Er entschied sich für einen Sitzplatz im hintersten Teil des Raums.

Es dauerte noch eine Weile – einen Kaffee und ein Stück Kuchen, um genau zu sein –, bis seine Geschäftspartner endlich im Eingang zur Gastwirtschaft erschienen. Rodolphe ging vor, das Kinn gerade, die Schulter gestrafft, ein ernster Ausdruck im Gesicht. Hinter ihm bemühte sich August, ein scheues Lächeln auf den Lippen, mit seinem Bruder Schritt zu halten.

»Ruedi«, begrüßte ihn Rodolphe, schüttelte ihm die Hand und setzte sich ihm gegenüber.

»Hattest du eine angenehme Anreise?«, fragte August höflich.

Bevor ihm Ruedi antworten konnte, kam die Bedienung, eine junge Frau in schwarzem Kleid mit weißer Schürze, und empfahl den beiden Männern den Kuchen, den Ruedi bereits gekostet hatte, als Tagesspezialität. August ließ sich bereitwillig ein Stück zu seinem Kaffee aufschwatzen, Rodolphe jedoch schüttelte nur mürrisch den Kopf.

»Kaffee reicht, danke«, murmelte er. Das Fräulein nickte und eilte davon.

Während sie auf ihre Bestellung warteten, unterhielten sich Ruedi und August über die Entwicklung der Eisenbahn, die in Olten dermaßen zentral war. Und darüber, dass Queen Victoria hier im Bahnhofbuffet angeblich ihren Tee getrunken hatte.

Als sie alle vor ihrem Kaffee saßen, verstummte die Unterhaltung. Nun war es an Ruedi, die Sitzung zu eröffnen, immerhin hatte er sie auch einberufen.

»Nun denn«, sagte er. »Ich habe euch um diese Zusammenkunft gebeten, da ich denke, dass unser gemeinsames Schokoladenprojekt einiger Anpassungen bedarf.« Er faltete die Hände. »Wir sind jetzt fünf Jahre als Partner und Einheit unterwegs, der Anfang ist somit geschafft. Nun ist es an der Zeit für den Feinschliff und eine tragbare Zukunftslösung.« Ruedi nahm einen Schluck von seinem Kaffee – dem zweiten – und verbrannte sich dabei prompt die Zunge. »Bekanntermaßen beschäftigt ihr in Bern seit einigen Jahren eine junge Dame, die euch in der Produktion unterstützt. Immerhin. Allerdings ist sie keine Chocolatière. Wie entwickelt sie sich?«

Rodolphe hatte die Arme vor der Brust verschränkt und starrte Ruedi an. Es dauerte einige Sekunden, ehe er sich dazu bequemte, zu antworten. »Sie ist keine Fachkundige, das ist korrekt. Aber sie ist wissbegierig und versteht sich hervorragend mit Amelie, von der sie zahlreiche Fertigkeiten erworben hat. Zwischenzeitlich ist sie in der Lage, gewisse Arbeitsschritte selbstständig auszuführen. Sie zeigt Verantwortungsbewusstsein und Loyalität gegenüber der Unternehmung.«

»Das klingt wunderbar. Habt ihr weitere Leute eingestellt, die euch in der Produktion unterstützen?« Ruedi stellte die Frage bloß der Form halber, und um dann elegant den Bogen zum eigentlichen Thema zu spannen, denn er wusste natürlich genau, dass sie niemanden mehr eingestellt hatten. Schließlich war dieser Punkt seit fünf Jahren wiederkehrend Gegenstand von anhaltenden Meinungsverschiedenheiten. Dennoch beschloss er, das Thema ein weiteres Mal anzusprechen. Zum letzten Mal, wie er hoffte.

Rodolphe schnaubte und schüttelte den Kopf. »Warum fragst du das wiederholt, Ruedi? Du kennst die Antwort.«

»Es hat sich demnach nichts verändert«, hielt Ruedi fest. Ja, die dazugehörige Argumentation war ihm hinlänglich bekannt. Sein Berner Geschäftspartner war der Ansicht, dass der jetzige Personalbestand ausreiche. »Andernfalls stehen wir uns gegenseitig nur auf den Füßen. Zudem ist die Wahrscheinlichkeit hoch, dass mit der Masse gleichzeitig das unqualifizierte Personal kommt«, wurde dieser nicht müde zu wiederholen.

»Mhm, mhm.« Ruedi nickte und nippte erneut an seinem Kaffee. Er legte die Fingerspitzen aufeinander. »Die Sache ist die, Rodolphe. Ich habe mich kürzlich mit meinem Sachverwalter unterhalten und mit ihm zusammen die Zahlen analysiert.« Diese Einleitung allein reichte, dass sein Gegenüber den Mund zusammenpresste und sich seine Augen verdunkelten. August hatte nach wie vor einen aufmerksamen und neutralen Gesichtsausdruck.

»Der Standort Bern ist ein Verlustgeschäft«, erklärte Ruedi.

Rodolphe mahlte mit dem Kiefer, und eine Ader an seiner Schläfe pochte verdächtig, doch er schwieg und wartete offenbar, dass Ruedi fortfuhr.

»Die Manufaktur in der Matte bietet keinerlei Entwicklungspotenzial, was die Steigerung der Produktion anbelangt. Die Räumlichkeiten sind bescheiden und veraltet. Dafür befindet sich dort unser wichtigstes Kapital: die Ressource Mensch. Der Wert des Wissens, der Fertigkeit und der Erfahrung, die du und Amelie und vermutlich unterdessen auch Madame Moreau vorweisen können, ist unermesslich.« Er sah Rodolphe an. »Nur ist dieser bedeutsame Rohstoff komplett am falschen Ort. Dort, wo er jetzt ist, nützt er der Firma nichts.«

Da sein Gegenüber immer noch hartnäckig schwieg, beschloss Ruedi, sein Anliegen noch deutlicher zu formulieren. »Deshalb führt über kurz oder lang kein Weg daran vorbei, dass wir die Produktion vollumfänglich nach Kilchberg verlegen, wo wir dafür ausgerüstet sind.« Er räusperte sich und nahm einen kräftigen Schluck von seinem Kaffee. Danach spülte er den bitteren Geschmack mit etwas Wasser nach, das ihnen die aufmerksame Bedienung ebenfalls hingestellt hatte.

Er erwähnte nicht, dass er sich beim Bau der neuen Fabrik in Kilchberg etwas übernommen hatte und sein Sachverwalter ihm deshalb riet, die Produktion der Berner nach Zürich zu verlegen, um eine bessere Auslastung und letzten Endes einen Gewinn zu erzielen. Sie beide waren sich einig, dass Lindts Erfindung nur eine Laune der Natur gewesen war, ein Zufall, mehr nicht, und es nur vernünftig und richtig sei, dass sie in fähige Hände geriet.

»Du willst, dass wir alle nach Zürich umziehen?«, fragte Rodolphe und sah dabei seinen Bruder hilfesuchend an. »August hat Frau und Kinder und lebt in dem Haus, das seit Generationen in unserer Familie liegt. Das ...«

Beschwichtigend hob Ruedi die Hand. »So war das natürlich nicht gemeint. Selbstverständlich steht es dir und der Witwe Sahli jederzeit frei, den Wohnort zu wechseln. Nötig ist das allerdings nicht.« Er wartete, bis Rodolphe ihm wieder zuhörte. »Vielmehr schwebt mir das Szenario vor, dass ihr uns in regelmäßigen Abständen in der Produktion besucht, die Abläufe kontrolliert und falls notwendig korrigiert.«

»Und was arbeiten wir die restliche Zeit?« Rodolphes Tonfall hatte an Schärfe zugelegt, die Augen waren zu schmalen Schlitzen verengt.

»Nun, darüber können wir gerne zusammen beraten. Mir schweben verschiedene Varianten vor. Beispielsweise Produktentwicklung und Vertrieb. Bern ist unsere Bundeshauptstadt und ein wichtiger Knotenpunkt. Es ist unabdingbar, dass wir vor Ort mit einem Verkaufslokal und einem ortskundigen, solide vernetzten Vertriebsteam vertreten sind.«

Rodolphe lachte auf und warf August einen Blick zu, der zwischen Boshaftigkeit und Erheiterung schwankte. »Also ...«, begann er, lehnte sich nach vorne und legte die Hände auf den Tisch. »Lass mich das zusammenfassen: Ihr übernehmt die gesamte Arbeit in Zürich. Dabei verraten wir euch die Geheimnisse des Conchierens, die aus jahrelanger Erfahrung entstanden sind. Sobald ihr diese Fertigkeit perfektioniert und keine Verwendung mehr für uns habt, fungieren wir als eure Außenstelle und Kundenvertreter? Habe ich etwas vergessen?« Seine Nasenflügel bebten. »Habe ich etwas vergessen, Ruedi?!«, wiederholte er so laut, dass einige Leute vom Nachbartisch zu ihnen herüberschielten.

Aus genau diesem Grund hätte es Ruedi vorgezogen, diese Diskussion in Kilchberg intra muros zu führen.

»Wenn man es so ausdrückt, klingt es furchtbar, Rodolphe«, antwortete er und versuchte sich an einem Lächeln. »Lass es mich dir nochmals erklären. Ich hoffe, ich finde dieses Mal Worte, die dich weniger beleidigen.« Ruedi holte tief Luft. »Wir haben uns nicht zusammengetan, um so weiterzumachen wie bisher. Der Sinn einer Allianz wie der unseren ist Weiterentwicklung, Wachstum, ein Erweitern der Marktanteile und ein Optimieren der Prozesse. Dabei gibt es eine Arbeitsteilung, bei der jedem eine Aufgabe zufällt, jeder einen Teil des neuen großen Ganzen verantwortet.« Ruedi war sich bewusst, dass Rodolphe von Unternehmertum keine Ahnung hatte. Das hatte sich bereits in den Jahren vor ihrem Bündnis abgezeichnet. »Wir können nicht weitermachen wie bisher, sonst erzielen wir notgedrungen weiterhin Verluste und ...« Er sah seinen Geschäftspartner eindringlich an, »... das gilt es zu vermeiden.« Er verzichtete darauf auszuführen, wie marode sich Lindts Fabrik präsentiert hatte. Wäre dem nicht so gewesen, hätte dieser einem Verkauf allerdings niemals zugestimmt.

»Dein Auftrag ist es«, fuhr Ruedi fort, »dein Wissen mit uns zu teilen, sodass wir in der Lage sind, im großen Stil zu produzieren. Wenn das geschehen ist, wird es nicht mehr nötig sein, dass du selbst überall Hand anlegst. Sobald sich das Handwerk verselbstständigt hat, brauchen wir dich an der Front.«

Rodolphe schob seinen Stuhl dermaßen ruckartig zurück, dass er bedrohlich schwankte und beinahe umfiel. »Ich habe den Eindruck, dass hier nur noch über mich verfügt wird. Als wäre ich ein lästiges Anhängsel, das man aber bedauerlicherweise behalten muss, weil es diese verrückte Erfindung gemacht hat, von der niemand genug weiß.« Er wies mit dem Zeigefinger auf Ruedi. »So einfach wirst du mich nicht los, Sprüngli!«, zischte er. Dann wandte er sich seinem Bruder zu und erklärte: »Los, August, wir gehen. Wir sind nicht einverstanden mit der neuen Strategie. Ich bin sicher, unser Vetter Walter wird uns zustimmen.«

Und bevor Ruedi noch etwas sagen konnte, waren sie auch schon aus der Tür des Bahnhofbuffets verschwunden.

»Noch etwas für Sie?«, fragte das Fräulein schüchtern und räumte die Kaffeetassen der Gebrüder Lindt ab.

»Einen Tee mit Schuss könnte ich jetzt gebrauchen, danke.«

# 39

Rodolphe blinzelte und kniff die Augen zusammen. Die grelle Sonne, die sich in den Fenstern des Gebäudes spiegelte, blendete ihn. Auf einem Baum nebenan trillerten Vögel, und ihr Gesang vermischte sich mit dem Gekreische einiger spielender Mattekinder. Während er den Kopf in den Nacken legte und die vierstöckige Fassade des Hauses betrachtete, fasste Amelie ihn am Arm und zog ihn beiseite. Eine Droschke ratterte an ihnen vorbei, er hatte sie nicht einmal wahrgenommen.

»Und sie geben uns das gesamte Gebäude zu diesem Preis?«, Rodolphe rieb sich nachdenklich das Kinn.

»Na ja, verwunderlich ist es nicht«, gab August zu bedenken. Bei genauem Hinsehen erkannte man, dass der Putz an verschiedenen Stellen abblätterte und einige der Fensterscheiben sogar eingeschlagen waren. Drinnen sah es ähnlich verwahrlost aus, wie sie von einer früheren Besichtigung wussten. Staubig, mit abgewetzten Dielen und aus den Angeln gerissenen Türen.

Rodolphe sah sich um. Sie waren rund hundert Meter von ihrem bisherigen Fabrikstandort entfernt. Über ihnen spannte sich die Nydeggbrücke über die Aare bis zum Bärengraben auf der anderen Seite. »Für eine Manufaktur reicht das. Wir müssen nicht darin wohnen, sondern bloß produzieren.« Er wandte sich Amelie zu. »Was sagst du?«

»Sprüngli wird toben vor Wut, wenn er davon erfährt.« Sie zuckte die Schultern und seufzte. Damit sprach sie vermutlich nicht nur die Tatsache an, dass Rodolphe gerade dabei war, mithilfe seines Bruders und seines Cousins eine neue Fabrik zu eröffnen. Nein, sie meinte gleichermaßen den Brief, den er vor einigen Tagen versandt und nach Kilchberg geschickt hatte. Darin hatte er Ruedi Sprüngli mitgeteilt, dass sowohl er als auch August mit sofortiger Wirkung aus dem Verwaltungsrat austraten und auch ihr Vetter Walter von seinen Rechten zurücktrat. Die Allianz mit Sprüngli hatte ihn nie mit Euphorie erfüllt. Bei ihrem letzten Treffen in Olten vor zwei Monaten war ihm klargeworden, dass es so nicht weitergehen konnte. Er war Rodolphe Lindt, Erfinder der Chocolat Fin, und das musste er sich schlicht nicht bieten lassen.

»Nun, die neue Fabrik wird nicht unter meinem Patronat geführt«, antwortete er Amelie mit einem Schmunzeln. Er hatte ihr von seinem Plan erzählt. Die Manufaktur würde sich *Fabrique de Chocolat A. W. Lindt* nennen.

Sie verzog keine Miene, der Ausdruck in ihren Augen blieb ernst.

Als könne er damit ihre Skepsis mildern, fuhr er – nicht zum ersten Mal – mit der Begründung fort: »Meinem Bruder und Cousin ist es erlaubt, Schokolade herzustellen, wann und wo es ihnen beliebt. Schließlich war es nicht ihr Patent, das verkauft wurde.«

»Das ist mir bekannt«, entgegnete sie müde. Das Blau ihrer Augen war dunkler als sonst, und eine Furche bildete sich zwischen ihren Augenbrauen.

»Selbst Sprüngli kann nicht leugnen, dass mein Geheimrezept trotz strikter *Geheimhaltung*« – er betonte das Wort höhnisch – »bereits ein Jahr nach Übernahme der Firma in die Fachpresse gelangt ist. Er kann also kaum davon ausgehen, dass er weltweit der Einzige bleiben wird, der sich am Conchieren versucht.« Rodolphe presste die Lippen zusammen. Über zwanzig Jahre lang war es ihm gelungen, seine Erfindung vor der Öffentlichkeit zu verbergen. Kaum hatte Ruedi Sprüngli jedoch seine Finger im Spiel gehabt, hatte die gesamte Welt davon Kenntnis erhalten. Ein weiterer Umstand, der ihm sauer aufstieß.

»Es wird trotzdem Ärger geben«, beharrte Amelie. Rodolphe starrte sie an und wippte auf den Fußsohlen vor und zurück. Das half ihm beim Nachdenken.

August sog scharf die Luft ein. »Ich gehe dann mal hinüber in die Fabrik«, erklärte er und verschwand mit großen Schritten die Wasserwerkgasse entlang zu ihrer Manufaktur.

»Wollen wir uns einen Moment an die Aare setzen?«, schlug Rodolphe vor und wies auf eine grün gestrichene Bank neben einem buschigen Laubbaum. Amelie nickte und lief voran.

»Amelie, du warst nicht dabei in Olten ...«, begann er. Bisher hatte er ihr bloß von seiner neuen Idee erzählt, nicht aber davon, was sein Innerstes bewegte. Daher war es nachvollziehbar, dass sie seine Beweggründe nicht verstand. »Es war beschämend. Ich ertrage das nicht mehr.« Rodolphe holte tief Luft. Über seine Empfindungen zu sprechen, fiel ihm schwer. »Ich ... war mit der Allianz nie glücklich.« Er nahm ihre Hand und bemühte sich um ein Lächeln. »Ruedi hat mir immer das Gefühl vermittelt, überflüssig zu sein. Er trachtet schon lange nach dem Geheimnis des Conchierens. So es nun in seinem Besitz ist, braucht er mich nicht mehr.« Er starrte auf das schnell dahinfließende graugrüne Wasser des Flusses zu ihren Füßen. »Anfangs waren es nur Kleinigkeiten, die er verändert hat. Als die Veränderungen dann immer größer wurden, hat er versucht, mir diese mit geflügelten Worten zu verkaufen und meiner Eitelkeit zu schmeicheln. Ich bin nicht dumm, Amelie. Es war klar, was er vorhatte.«

»Er wollte dich und August schrittweise loswerden«, vermutete sie und sah ihn an. Und langsam hatte er den Eindruck, dass sie ihn verstand.

Er nickte.

»Ich hielt die Gründung der neuen Fabrik für eine Trotzreaktion, für verletzten Stolz und den Widerwillen, sich Veränderungen zu stellen«, gestand Amelie, und eine leichte Schamesröte färbte ihre Wangen. »Aber das allein ist es nicht, oder?«

»Das ist meine Schokolade, Amelie.« Rodolphe schluckte den Kloß in seinem Hals hinunter. »Seit Jahren kämpfe ich gegen den Neid und die Intrigen meiner Widersacher. Man hat mich mit falschen Versprechungen in diesen Zusammenschluss gelockt, meine Notsituation ausgenutzt, und das alles mit dem Ziel, mich elegant loszuwerden.«

»Was gedenkst du jetzt zu tun?«, fragte sie. »Die Gegebenheiten haben sich nicht verändert. Ein neuer Standort wird die Probleme, die vor fünf Jahren bestanden, nicht lösen.«

Rodolphe senkte den Blick und musterte seine abgewetzten Arbeitsschuhe und die bläulich durchscheinenden Adern auf seinen Händen. War jetzt der richtige Zeitpunkt, es ihr zu sagen? Wie würde sie reagieren?

»Rodolphe? Sag es mir einfach«, bat Amelie, die sein Schweigen korrekt gedeutet hatte.

»Wir haben schon einmal davon gesprochen«, begann er zaghaft. »Davon, wie alles gekommen wäre, wenn wir die Schokoladenfabrik gemeinsam geführt hätten.« Er hielt den Atem an und sah das Flackern in ihren Augen, den Kampf ihrer Emotionen. »Du bist jetzt eine freie Frau. Frei zu lieben, wen du möchtest, und frei zu tun, was dir beliebt.«

Sie verstand sofort. »Du wünschst, dass ich meine Zuckerbäckerei aufgebe, mich vollends der Schokolade widme und mit dir und August diese Fabrik führe?«

»Ist es nicht das, was du getan hättest, wenn du mir nie begegnet und in Vevey geblieben wärst?« Rodolphe lächelte sie traurig an. »Dachtest du, ich hätte es nicht bemerkt? Du hast es nie ausgesprochen, dennoch spürte ich deinen Verdruss und dein tiefes Bedauern. Umso mehr, als ich ...« Er brach ab, zwang sich dann aber, es doch auszusprechen. »Als ich dich damals im

Stich gelassen habe.« Als er sie ansah, sah er Tränen in ihren Augen schimmern und erkannte, dass er mit seiner Annahme richtiglag. »Sei meine Komplizin, Amelie. Damit wir die Wunden, die uns die Vergangenheit zugefügt hat, endlich heilen können. Du und ich.«

# 40

Amelie beaufsichtigte die Conche, während Lola fertige Schokoladentafeln in Stanniol und anschließend in buntes Papier einpackte. Auf der Tafel prangte der neue Schriftzug der *Fabrique de Chocolat A. W. Lindt.* Abgesehen von der Conchiermaschine, einem Arbeitstisch sowie einem Schrank mit Glasfront gab es in dem Raum mit Blick auf das Aare-Ufer kein Mobiliar. Der Duft der sich entfaltenden Aromen lag in der Luft wie der Sprühnebel eines edlen Parfüms. Amelie wurde es nie leid. Im Gegenteil. Es durchdrang jede ihrer Körperzellen und blieb dort in Form eines stillen Glücks haften.

Rodolphe und August berieten im Büro in der ersten Etage über neue Vertriebsstrategien. Amelie wusste, dass Rodolphe es niemals zugeben würde, dennoch nagten Ruedi Sprünglis Worte an ihm. Wie sonst war es zu erklären, dass er sich nun mit Werbung und Produktpräsentation befasste? Sie beabsichtigten, den Standortwechsel zur Neupositionierung auf dem Berner Schokoladenmarkt zu nutzen.

Nachdem sie vor gut sieben Monaten beschlossen hatten, das Gebäude unterhalb der Nydeggbrücke zu erstehen, war Rodolphe nicht mehr aufzuhalten gewesen. Gemeinsam hatten sie die Maschinen und Geräte sowie das spärliche Büromobiliar in die neue Fabrik transportiert, wobei Rodolphe den Umstand, dass ihm diese Sachen im Grunde gar nicht mehr gehörten, geflissentlich ignoriert hatte.

»Dann soll mich Ruedi doch anklagen«, hatte er einmal geschnaubt, als er Amelies zweifelnden Blick auffing. »Meine Conchiermaschine lasse ich nicht hier. Sie hat mir zu viele schlaflose Nächte beschert. Ich habe sie gebaut, sie ist meine Idee, die in der stofflichen Welt eine Form annahm. Sie ist mein geistiges Eigentum.«

Die Bewohner des Mattequartiers hatten die Aktion fasziniert beobachtet. Das anfängliche Tuscheln schwoll zu einem Raunen an, und zu den vereinzelt auf der Straße herumlümmelnden Kindern kamen immer mehr Erwachsene dazu. Aus Neugierde ließen sie die Maschinen in den nahe gelegenen Fabriken stillstehen und traten auf die Wasserwerkgasse, um diesem Jahrhundertschauspiel beizuwohnen. Seit Eröffnung des ersten Elektrizitätswerks der Stadt vor über zehn Jahren und des 1897 folgenden elektrischen Personenaufzugs hatte sich in der Matte nichts ähnlich Spektakuläres mehr zugetragen.

Rodolphe hatte ihnen ein zuversichtliches Lächeln geschenkt. »Da drüben gibt es die echte Lindt-Schokolade«, hatte er ihnen erklärt. »Denn nur ein Lindt kann sie herstellen.«

Und nicht nur das: Sie hatten sich entschlossen, Amelies Zuckerbäckerei im Erdgeschoss des mehrstöckigen Hauses frisch zu eröffnen, wenn auch mit einem etwas angepassten Sortiment, das sich noch mehr auf Schokolade ausrichtete als bisher.

Gelegentlich plagten Amelie Gewissensbisse, wenn sie daran dachte, dass sie nicht unerheblich dazu beigetragen hatte, Rodolphe den Zusammenschluss mit Sprüngli schmackhaft zu machen. Sie war tatsächlich von dieser Idee überzeugt gewesen und hatte darin die langersehnte gesicherte Zukunft für ihren Geliebten gesehen. Sprüngli war zwar ein hervorragender Verkäufer, aber es mangelte ihm an der Leidenschaft für die Materie. Und statt sich zu ergänzen, hatten diese Gegensätze am Ende eine unüberwindbare Kluft zwischen den beiden Geschäftsmännern entstehen lassen. War sie in ihrem Bestreben, Menschen und ihre Ideen zu vereinen, zu naiv vorgegangen? Mangelte es ihr an Menschenkenntnis, und hatte sie sich von Ruedi Sprünglis Charme einwickeln lassen? Sie seufzte.

Amelie war so mit ihren eigenen Gedanken beschäftigt, dass ihr zuerst nicht auffiel, wie seltsam Lola sich benahm. Als Amelie sich von der Conche entfernte und mit einem Stapel Papier an den Arbeitstisch zu Lola setzte, legte die ihre Arbeit sogleich nieder und räusperte sich vernehmlich, sodass Amelie nichts anderes übrigblieb, als die Rezepturen, an denen sie gerade tüftelte, beiseitezuschieben und ihre Mitarbeiterin anzusehen.

Lola strich sich eine feuerrote Haarsträhne aus dem Gesicht; die Wangen waren leicht gerötet. Ihr Blick flatterte, und das Lächeln wirkte ein wenig schief auf den zierlichen Gesichtszügen.

»Ich habe mich gefragt, ob es wohl möglich wäre, dass ich im Sommer eine Reise in meine Heimat unternehme?« Sie sah zu Boden. »Ich vermisse meine Freunde.«

Amelie musterte sie und beschloss dann, sie direkt zu fragen: »Du wirst uns doch nicht etwa verlassen, Lola?« Bei dem bloßen Gedanken daran zogen sich ihre Eingeweide zusammen.

Nun lachte die Französin gelöst und schüttelte heftig den Kopf. »Meine Güte, nein, wie käme ich denn dazu! Es ist nur ...« Sie blinzelte und biss sich auf die Unterlippe. Amelie erinnerte sich, dass sie sich trotz der unschönen Trennung von einem Bankierssohn entschlossen hatte, in Bern zu bleiben, und entspannte sich ein wenig.

»Es ist nur ...«, fuhr Lola fort. »Ich möchte mit meiner Bitte nicht anmaßend wirken. Ich bin für diese Anstellung unendlich dankbar und auch sehr glücklich. Falls mein Fehlen zu Unannehmlichkeiten führt, werde ich die Reise nicht antreten.«

»Ich werde es mit Rodolphe besprechen.« Amelie lächelte. »Mach dir keine Sorgen, wir werden dir den Besuch bei deinen Lieben ermöglichen. Vorausgesetzt, du kehrst wieder zu uns zurück«, sagte sie scherzhaft, auch wenn sie es ernst meinte.

In den letzten sechs Jahren war ihr die achtundzwanzigjährige Pariserin ans Herz gewachsen. Ohne sie würde die Welt schlicht an Farbe verlieren. Nie hatte Lola Herrenbesuch nach Hause gebracht, nie gab sie sich den frivolen Vergnügungen der Stadt hin, sondern lebte ein zurückgezogenes und bescheidenes Leben. All ihre Energie und Kreativität steckte sie in die Schokolade und die Arbeit in der Fabrik. So, wie Amelie es selbst getan hatte, als sie jung gewesen war – damals in Vevey.

Manchmal ertappte sie sich dabei, wie sie ihre eigenen Sehnsüchte und Hoffnungen, all die verpassten Chancen wie ein Kleid über Lola stülpte. In diesen Momenten träumte sie davon, dass die junge Französin in ihre und Rodolphes Fußstapfen treten und das Lebenswerk, das sie zusammen aufgebaut hatten, weiterführen würde. Amelie näherte sich der Fünfzig und fühlte, dass sich ihr Körper und Geist verändert hatten, gemächlicher wurden, mehr Ruhe brauchten.

Lola lenkte sie zudem von der Einsamkeit ab, die ihr Herz gelegentlich beschlich, wenn sie ihre Kinder ziehen lassen und mitansehen musste, wie sie ihre eigenen Interessen verfolgten und Amelie sie langsam an die Erwachsenenwelt verlor.

Viktor und Wilhelmine wohnten zwar noch zuhause, doch zog sie das Leben immer weiter von ihr weg, wie ein unaufhaltsamer Sog. Sie strebten nach Eigenständigkeit.

Wilhelmine beabsichtigte, demnächst Medizin zu studieren, ein eigenwilliges Unterfangen. Bern ließ seit 1873 Frauen zum Studium zu, doch trauten sich jeweils nur ein bis zwei pro Jahr, diesen Weg einzuschlagen. Sie hatte sich zudem den Anhängern dieser Meta von Salis, einer Frauenrechtlerin aus der Ostschweiz, angeschlossen. Amelie erinnerte sich daran, dass ihre Rede zum

Frauenstimmrecht 1894 im Casino für Furore gesorgt hatte. Damals war man öffentliche Auftritte von Frauen noch nicht gewohnt gewesen.

Viktor wiederum studierte Ingenieurwesen, wobei er sich für die Disziplin des Maschinenbaus entschieden hatte. Amelie besann sich, wie sehr ihn die dereinst neu eingeführte Lufttram begeistert hatte. Auch hatte sie nicht vergessen, wie wenig Verständnis ihr Ehemann Wilhelm zur damaligen Zeit für die Faszination seines Sohnes aufgebracht hatte.

»Natürlich kehre ich zu euch zurück«, antwortete Lola und riss Amelie wieder aus ihren Gedanken. »Das hier ist mein Zuhause.« Die junge Frau unterstrich ihre Worte mit einem Lächeln, und Amelie erkannte in ihren Augen, dass sie die Wahrheit sagte.

In diesem Moment erschien Rodolphe in der Tür zum Fabrikationsraum. Seiner Frisur nach zu urteilen, hatte er sich die Haare gerauft. Sein Blick zuckte unstet hin und her, und seine Worte klangen atemlos. Er musste die Treppe aus dem Obergeschoss heruntergerannt sein.

»Amelie?« Die Art, wie er ihren Namen sagte, verhieß nichts Gutes. Angespannt strich sie sich die Hände an der Schürze ab, obwohl sie gar nicht schmutzig waren, und sah Lola an.

»Schon gut, Amelie. Ich achte auf die Conche, mach dir keine Sorgen.«

Amelie nickte ihr dankbar lächelnd zu und beeilte sich, Rodolphe ins obere Stockwerk zu folgen, wo August im Büro auf sie wartete. Dieses bestand aus dem ehemaligen Schreibtisch aus der alten Fabrik sowie zwei Stühlen und einem Regal mit Papierstapeln, Büchern und Ledermappen. Die Möbel wirkten in dem großzügigen Raum, der vormals mutmaßlich als Schlafzimmer gedient hatte, völlig verloren.

August starrte mit hinter dem Rücken verschränkten Händen aus dem Fenster auf den träge dahinfließenden Fluss und klopfte mit dem Fuß auf den abgetretenen Holzboden. Erst nach einigen Sekunden wandte er sich um. Sein sorgenvoller Blick und seine nach unten hängenden Mundwinkel bestätigten Amelies Gefühl, das sie bereits bei Rodolphes Erscheinen empfunden hatte. Ihr Herzschlag beschleunigte sich.

»Was ist los?«, fragte sie und sah von einem zum anderen. Während der Stille, die ihrer Frage folgte, sah sie Staubpartikel im frühlingshaften Sonnenlicht durch die Luft tanzen.

Schließlich griff Rodolphe nach einem Umschlag, der auf dem Schreibtisch lag, und hielt ihn ihr hin. »Der kam heute Morgen mit der Post.«

Amelie zog das zweifach gefaltete Papier hervor. Es fühlte sich robust an zwischen den Fingerspitzen und war dicker als gewöhnliches Briefpapier. An der oberen rechten Ecke war ein Schriftlogo mit zwei verschnörkelten Initialen eingeprägt. Auch entdeckte sie am unteren Rand ein Wasserzeichen. Sie brauchte den Absender gar nicht zu entziffern, um zu erraten, um was es sich hier handelte.

Sie las die ersten Zeilen. Die Buchstaben und Worte tanzten vor ihren Augen auf und ab, weil Rodolphe unablässig durch den Raum schritt, mit den Fingern über das Regal strich oder gegen die Fensterscheiben klopfte, um deren Standhaftigkeit zu überprüfen. Aber auch ohne diese Störung fiel es ihr schwer zu verstehen, was in dem Schriftstück stand.

Amelie setzte sich auf einen der wackligen Holzstühle, schloss kurz die Augen und begann nochmals von vorne mit dem Lesen.

Der Brief war von einer Advokatur in Zürich, die von Ruedi Sprüngli mit einem Mandat betraut worden war. Man bezichtigte August und Walter des unlauteren Wettbewerbs und der Konkurrenzüberschreitung. Sie wurden dazu angehalten, die Produktion der Schokolade sofort einzustellen.

»Und jetzt?« Amelie steckte den Brief zurück ins Kuvert und sah dann abwechslungsweise die zwei Brüder an.

»Das hast du uns alles eingebrockt!« August wies mit dem Zeigefinger auf Rodolphe. Es war das erste Mal, dass Amelie ihn so sah. Mit geröteten Augen stierte er seinen Bruder an. Speicheltropfen klebten an seiner Lippe. »Lina wird mich umbringen!«, stöhnte er und fuhr sich durch die Haare. »Sie hat mich davor gewarnt.«

»Wir müssen Walter informieren und dann in Ruhe beraten, wie weiter vorzugehen ist.« Rodolphe ignorierte die Anschuldigungen seines Bruders und strich sich über den Schnurrbart.

August ließ sich jedoch nicht so schnell beruhigen und hob die Faust. »Genau das meine ich! Diese kaltblütige Arroganz! Himmelherrgott, Rodolphe, ich habe Familie!« Fahrig marschierte er im Zimmer auf und ab. »Du kannst dir alle Zeit der Welt nehmen, das Vorgehen zu planen, denn dein Name wurde in dem Schreiben des Anwalts nicht erwähnt, du wirst nicht rechtlich belangt. Walter und ich müssen uns vor dem Gesetz für deine Taten verantworten. Genau wie Lina sagte, genau wie Lina …«

»Jetzt sei endlich still!« Rodolphe erhob nun ebenfalls die Stimme. »Ich kann den Namen deiner Frau nicht mehr hören! Sie versprüht ihr Gift, seit sie in diese Familie eingeheiratet hat!«, polterte er.

August sah ihn an, schluckte leer und verließ dann wortlos den Raum. Das Poltern seiner Schritte auf der Treppe hallte durch den Flur.

Mit einem Schnauben ließ sich Rodolphe auf einen der Stühle sinken und starrte aus dem Fenster.

Amelie dachte derweil an die Worte, die ihre Mentorin und Freundin Fanny bei ihrem letzten Besuch im Zusammenhang mit ihrer eigenen Lebensgeschichte gesagt hatte: »Diese Familie wird nie Frieden finden.«

Möglicherweise traf das auf die Lindts ebenso zu. All die Jahre war Rodolphe ruhelos einem mäandrierenden Pfad gefolgt. Mal hierhin, mal dorthin. Und nun, so sie angenommen hatten, einen gangbaren Weg in die Zukunft gefunden zu haben, tauchte das nächste Felsmassiv in ihrem Sichtfeld auf.

»Was wirst du unternehmen?«, fragte Amelie leise und legte Rodolphe eine Hand auf die Schulter. Müde hob er den Blick.

»Ich werde um meine Schöpfung kämpfen. Bist du an meiner Seite?«

Sie lächelte. »Wo sollte ich denn sonst sein?« Sie fasste seine Hand und verwob ihre Finger mit seinen. »In meinem Herzen war ich nie woanders.«

In dieser Nacht, in der sie sich immer wieder hin und her wälzte, träumte Amelie ausgerechnet von Ruedi Sprünglis Sinnbild, das er ihnen vor Jahren im Café Sprüngli am Paradeplatz vorgetragen hatte. Von den Kugelmenschen. Zwei Hälften, die verschmolzen. Danach sahen sie aus wie Pralinen.

Ruckartig schlug sie die Augen auf, draußen war es finster, bloß das silberne Licht des Mondes schimmerte auf den Blättern des Laubbaums in ihrem Garten. Sie wandte den Kopf. Rodolphes tiefe Atemzüge verrieten, dass sie ihn nicht geweckt hatte. Amelie griff nach einer Wolldecke auf einem der Sessel im Zimmer und schlich nach unten in den Salon. Einige Dielen knarzten; es waren immer dieselben, und sie hätte es eigentlich wissen müssen. Doch die Vision benebelte ihren Geist.

Pralinen. Ihre Oberfläche dermaßen luxuriös und seidenglatt, dass sich das Licht darin spiegelte und die Schokolade in Gold verwandelte. In ihrem Kugelbauch ein Regenbogen an Geschmäckern. Sie konnte den blumigen Kakao förmlich riechen. Während ihr Bleistift hektisch über ein Blatt tanzte und all die Ideen einzufangen versuchte, prasselten weitere Sinneseindrücke auf Amelie ein.

In ihrem Geist spürte sie, wie die feste, bittersüße Schale auf ihrer Zunge zerbrach und sich der Kern wie flüssiges Gold in ihren Mund ergoss.

Sie warf den Bleistift hin, erhob sich und rannte zurück ins Schlafzimmer, wo sie Rodolphe kräftig an der Schulter rüttelte.

Schlaftrunken sah er sie mit großen Augen an. »Amelie, was ...« Weiter kam er nicht, denn sie hielt ihm einen Finger auf den Mund. »Pst, sonst verschwindet es.«

Seinem Gesichtsausdruck nach zu urteilen, zweifelte er definitiv an ihrem Verstand. Er rappelte sich auf und starrte sie mit einer Mischung aus Besorgnis und Verwirrung an.

»Wir werden eine neue Schokolade auf den Markt bringen. Eine, die nicht zusammen mit deinem Patent verkauft wurde. Eine, die nur uns gehört.« Sie lächelte, ihr Herz klopfte so laut, dass es ihre Gedanken beinahe übertönte.

Nun hatte sie Rodolphes Aufmerksamkeit, und der Schlaf wich aus seinen Augen. Mit geschärftem Blick musterte er sie, schwieg aber, damit sie weiterreden konnte.

»Ich hatte einen Traum«, flüsterte sie und ließ den Teil mit Ruedi Sprüngli dabei vorsorglich aus. »Von einer Praline, die so perfekt ist ... als wäre sie aus purem Gold. Die Königin der Pralinen.«

»Aber Pralinen gibt es bereits. Was macht deine besonders?«, wollte Rodolphe wissen, und Amelie hatte genau auf diese Frage gewartet. Ihr Lächeln wurde breiter, und ein Kribbeln durchfloss ihren gesamten Körper.

»Sie ist einzigartig, Rodolphe Lindt, weil sie aus deiner zartschmelzenden Schokolade hergestellt wird und das niemand besser beherrscht als … wir beide.« Sie sah ihn an. »Und wir nennen sie …« In Wahrheit hatte sich ihr das Wort längst offenbart. »REINE D'OR. Reindor. Die Königin aus Gold.«

# Epilog

*Elf Monate später*

Amelie ließ den Brief, den ihr Fanny aus Vevey gesendet hatte, sinken und starrte aus dem Fenster des Salons hinaus in die einsetzende Dämmerung. Der Laubbaum davor trug Knospen, die hoffentlich von der Launenhaftigkeit des Aprils verschont bleiben würden. Heute verdunkelten Wolken in verschiedenen Grautönen den Himmel, gelegentlich klatschte ein verirrter Regentropfen gegen die Fensterscheibe.

Nachdem Daniel zu Beginn des neuen Jahrhunderts in Orbe eine moderne Fabrik gebaut hatte, hatte er vor drei Jahren mit Kohler fusioniert. Hin und wieder, wenn auch bloß flüchtig, hatte sich Amelie in der Vergangenheit gefragt, ob es je eine Möglichkeit gegeben hätte, dass sich Peter-Cailler mit Lindt zusammenschloss. Doch sie hatte Fanny die Frage nie gestellt. Sie konnte sich nicht dazu durchringen, und die ältere Freundin hatte nie etwas in diese Richtung verlauten lassen. Vermutlich hätte die Sprachbarriere zu erheblichen Problemen geführt. Viel wahrscheinlicher aber wäre es gewesen, dass ihre Freundschaft an einem solchen Vorhaben zerbrochen wäre. Dennoch verfolgte Amelie dieser Gedanke hin und wieder, besonders in den letzten Wochen, als der Rechtsstreit mit Sprüngli erneut Fahrt aufgenommen hatte.

Die neue Trüffel aus der Fabrik in der Matte hatte Ruedis Zorn weiter angeheizt und zu einem Erguss juristischer Anschuldigungen geführt. Die Auseinandersetzung überschattete Amelies und Rodolphes Leben und schwankte über ihnen wie ein Damoklesschwert. Derzeit war weder eine Einigung noch ein Ende in Sicht.

Amelie senkte den Blick und strich mit den Fingern über das handgeschöpfte, fasrige Briefpapier. Fannys Worte bestätigten das Bauchgefühl, das sie all die Jahre davon abgehalten hatte, nach einer Zusammenarbeit zu fragen.

Ihre Mentorin hatte nie aufgehört, ihren Neffen Alexandre zu lieben, selbst wenn sie ihm gewisse Handlungen übelnahm. Sie hatte die Hoffnung auf eine Einigung nie aufgegeben. Nun, im Alter von knapp siebzig Jahren, hatte sie sich ein weiteres Mal dazu aufgerafft, mit ihm zu reden. Zwischenzeitlich hatte Alexandre die Vierzig hinter sich gelassen und betrieb seit mittlerweile neun Jahren eine eigene Fabrik in Broc.

*Er sieht genau aus wie mein Vater*, schrieb Fanny.

Auf der zweiten Seite erzählte Fanny von ihrem Treffen mit Alexandre und davon, dass er offenbar ernsthaft überlegte, zu Kohler und Peter-Cailler dazuzustoßen. *Mein Gefühl sagt mir, dass es dieses Mal klappt, auch wenn es noch etwas Zeit in Anspruch nehmen wird*, schrieb sie.

Erst jetzt bemerkte Amelie eine heiße Spur auf ihrer Wange. Sie blinzelte die Tränen hastig weg und sah sich um. Gott sei Dank hatte niemand sie beobachtet. Denn so sehr sie sich auch für ihre Freundin freute, so sehr schmerzte es sie zugleich.

Fanny würde Frieden finden, vermutlich in den kommenden Jahren. Würde Amelie ebenfalls bis in dieses hohe Alter warten müssen, ehe sich ein Waffenstillstand anbahnte?

»Ist bei dir alles in Ordnung?« Rodolphe erschien in der Tür zum Salon.

Amelie bemühte sich um ein zuversichtliches Lächeln, selbst wenn ihr klar war, dass sie ihn ohnehin nicht zu täuschen vermochte. »Lass uns etwas Kleines essen, anschließend ziehe ich mich um und mache mich frisch«, erklärte sie daher, um vom Thema abzulenken, und erhob sich mit einem Seufzer. »Irina hat uns ein leichtes Abendessen zubereitet.«

Rodolphe hatte sie zur Feier ihres Erfolgs mit der REINDOR-Praline ins neue Stadttheater eingeladen, worauf sie sich unheimlich freute. Seit es vor vier Jahren am Kornplatz neu eröffnet worden war, hatte sie nicht ein einziges Mal die Gelegenheit gehabt, eine Vorstellung zu besuchen.

Nach dem Essen ging sie ins Obergeschoss, um sich anzukleiden. Sie schlüpfte in ihr türkisfarbenes Sonntagskleid nach französischer Mode und frisierte sich die Haare. Das Blaugrün des mit Rüschen, Raffungen und Brustknöpfen verzierten Kleids griff die Farbe ihrer Augen auf und ließ sie heller erstrahlen als sonst. Zarte cremefarbene Spitze umschloss ihren Hals, kleine Schleifen in Aquamarin hielten die Naht vom Kinn bis in den Ausschnitt zusammen. Dieselbe Häkelspitze zierte auch die Ärmel unterhalb des Ellenbogens.

Während Amelie den passenden Kopfschmuck aus künstlichen Blumen und einem blaugrünen Stoffbouquet mit Haarnadeln befestigte, wanderten ihre Gedanken zu der freudigen Entwicklung, die ihre nächtliche Schokoladenvision hervorgebracht hatte.

Die Geburt einer Praline erforderte spezifische Handwerkskünste. Nur so gelang am Ende der vollendete Genuss. Zusammen mit Lola und Rodolphe hatte sie sich gleich am Tag nach ihrer Offenbarung an die Kreation und Planung der edlen Genusskugeln gewagt. Sie experimentierten mit Marzipan, Nüssen, Früchten, Likören, auserlesenen Gewürzen und Karamell, das sie wahlweise zu Pasten oder festen Füllungen in Kugelform mischten. Diese überzogen sie dann mit flüssiger Chocolat Fin und garnierten sie mit Krokant, Kakaopulver, Gewürzen oder Fruchtkrümeln. Erinnerte sich Amelie indes an ihr geträumtes Ideal, erkannte sie, dass die Pralinen in ihrer Fantasie eine spiegelglatte Oberfläche und die makellose Gestalt einer Kugel aufwiesen.

»Eine derart vollendete Kontur kann eine Praline nur aufweisen, wenn die Schokolade in Form gegossen wird«, sinnierte Rodolphe eines Abends, als sie ihn erneut darauf ansprach. Er strich sich über den von grauen Strähnen durchzogenen Schnurrbart und nippte dabei an seinem Kräuterlikör. »Es ist eine Sache, die Schokolade in eine Tafelform zu gießen, aber ich habe keine Ahnung, wie wir sie in eine Kugel fließen lassen könnten.«

Sie schwiegen. Tief in ihrem Inneren erkannte Amelie, dass es einfach noch nicht die richtige Zeit für die formvollendete Praline war. Aber sie würde kommen. Irgendwann.

Gegen Ende des Jahres, pünktlich zu Weihnachten, war es ihnen immerhin gelungen, die neue REINDOR-Trüffel in drei Geschmackssorten auf den Markt zu bringen: Orange, Rum und Haselnuss. Es war ein Anfang, keinesfalls die Meisterschaft, aber dennoch ein durchschlagender Erfolg.

»Wovon träumst du?« Rodolphes Stimme riss Amelie aus ihren Gedanken.

»Ich bin fertig«, antwortete sie mit einem Lächeln und stand auf, wobei ihr Kleid raschelte. Ein letzter Kontrollblick in den Spiegel bestätigte ihr, dass der Kopfschmuck korrekt platziert war. Sie hakte sich bei ihrem Geliebten unter, und gemeinsam verließen sie das Haus. Über ihren Köpfen verzogen sich die Wolken allmählich, dafür blinkten die ersten Sterne am Firmament und scharten sich um einen blassen Sichelmond.

Während sie sich eine Droschke herbeiwinkten, die sie ins Stadttheater bringen sollte, sagte Amelie mit einem Blick zurück zum Haus: »Schade, dass Lola uns nicht begleitet. Ich habe keine Ahnung, wo sie steckt. Drinnen ist alles dunkel.«

Seit ihrem Besuch im vergangenen Sommer bei ihren Freunden in Paris hatte sich die junge Frau verändert. Angefangen hatte es damit, dass sie die Mittagspause immer häufiger allein beim nahe gelegenen Bärengraben verbrachte. Obwohl sie sich immer noch äußerst engagiert und interessiert zeigte, was ihre zahlreichen Schokoladenprojekte anbelangte, wurde ihr Blick gelegentlich trüb, und sie schien in Gedanken weit weg zu sein. Manchmal musste Amelie sie zweimal dasselbe fragen, ehe Lola bemerkte, dass jemand mit ihr gesprochen hatte. Amelie hatte wiederholt den Eindruck, dass die junge Frau ihr und ihrem Blick auswich, schneller errötete. Anders als in den Anfängen ihrer Wohngemeinschaft, zog sich Lola nach dem Abendessen öfters in ihr Zimmer zurück und schloss leise die Tür hinter sich. An jenen Abenden, an denen Rodolphe unterwegs war, lud Amelie daher sogar manchmal Irina auf einen Tee in den Salon ein, damit die Stille sie nicht zu erdrücken drohte. Denn auch Viktor und Wilhelmine verfolgten meist eigene Pläne, lernten in ihren Zimmern oder trafen Kommilitonen.

Amelie ahnte schon länger, was es mit Lolas seltsamem Verhalten auf sich hatte. Zu viel daran erinnerte sie an sich selbst, damals, als sie Rodolphe kennengelernt hatte. War es nicht ironisch, dass sie nun genauso empfand wie ihre Mutter zu dieser Zeit, sich sorgte und sich alles in den dunkelsten Farben ausmalte? Lola hatte bisher keine Geheimnisse vor ihr gehabt, sich ihr anvertraut wie einer besten Freundin. Irgendwas hatte sich jedoch seit ihrem Aufenthalt in Paris verändert. Zwischenzeitlich sagte sie Amelie nicht einmal mehr, wo sie sich herumtrieb, wenn sie fort war. So hatte Amelie auch gar nicht die Gelegenheit gehabt, Lola von dem Theaterbesuch zu erzählen. Andernfalls hätte sie die Französin nämlich ebenfalls eingeladen.

Endlich erreichten sie das Stadttheater. Staunend legte Amelie den Kopf in den Nacken. Sechs Säulen mit Kapitellen, drei Eingangstore, drei runde Dachfenster sowie drei bodenlange Fenster mit Steinbalustraden schmückten die Fassade des eleganten, von René von Wurstemberger errichteten Bauwerks. Eine breite Steintreppe, die sich über die gesamte Fassadenbreite hinzog, führte zu den Eingängen.

Im Foyer sog Amelie überwältigt die Luft ein. Eine Stuckdecke wölbte sich über ihren Köpfen, und ein opulenter Kronleuchter tauchte den Empfangsraum in weiches Licht. Stimmengewirr, durchzogen von Gelächter, und das Rascheln teurer Stoffe erfüllten das Gewölbe. Verschiedene Parfüms führten einen olfaktorischen Blumenkrieg. Kombiniert mit der Wärme und den weniger angenehmen Körpergerüchen, lösten all diese Eindrücke bei Amelie einen leichten Schwindel aus. Ihr Blick hüpfte von Kopf zu Kopf. In dem Gewühl aus Farbklecksen war es unmöglich, ein bekanntes Gesicht ausfindig zu machen.

Rodolphe zog sie schließlich mit sich fort. Zwei Türen führten die Gäste in den Zuschauerbereich. Er hatte ihnen Plätze auf der Galerie erstanden. Alles war mit purpurnem Samt ausgekleidet, die Sitze, das Geländer, sogar der Bühnenvorhang. Reichhaltige Verzierungen schmückten die Emporen und den Rahmen rund um die Bühne. Nebst den Sitzplätzen im Parterre gab es drei Etagen mit Balkonen und Logen. Amelie setzte sich und drückte Rodolphes Hand.

»Danke vielmals, das war eine wunderbare Idee!«, rief sie ihm über den Lärm der hereinflutenden Theaterbesucher hinweg zu.

Als sich alle gesetzt hatten und das Licht gelöscht wurde, herrschte ehrfürchtiges Schweigen. Der Vorhang öffnete sich, und der Theatermeister begrüßte das Publikum.

Wie damals bei der Eröffnung des Theaters, wurde auch an diesem Abend Richard Wagners *Tannhäuser* aufgeführt. Die Oper erzählte die Geschichte des Ritters und Minnesängers Tannhäuser in drei Akten. Nach einem über drei Stunden andauernden Zwiespalt zwischen der sittsamen Liebe zu der Landgrafennichte Elisabeth und der sinnlichen Hingabe zur Göttin Venus starb Tannhäuser einen dramatischen Tod, doch die Liebe und Aufopferung seiner Elisabeth erretteten am Ende seine Seele.

Inspiriert von der aufwühlenden Musik ließ sich Amelie von der Leidenschaft, der Lust, die in Sünde mündete, bis zu Tannhäusers Vergebung und Erlösung hinfort tragen. Dabei schweifte ihr Blick hin und wieder durch die Dämmerung im Theatersaal. Einmal hatte sie das Gefühl, rechts unter ihnen jemanden erkannt zu haben, doch als sie genauer hinsah, fand sie die Person im Halbdunkel nicht mehr.

In den Pausen schlenderten Rodolphe und Amelie durch das Foyer und die anderen öffentlichen Bereiche des Theaters. Dort gönnten sie sich eine Erfrischung und unterhielten sich mit einigen Theaterbesuchern über das Stück. Doch abgesehen von einem Ehepaar, das zu ihrem Kundenstamm zählte, kannten sie niemanden.

Als sie vor dem dritten Akt zu ihren Plätzen zurückkehrten, hatte Amelie das Gefühl, beobachtet zu werden. Die feinen Härchen in ihrem Nacken stellten sich auf. Gemächlich, um nicht Rodolphes Misstrauen zu erwecken, wandte sie sich um. Ein Schatten verschwand aus ihrem Blickfeld. Wurde sie langsam verrückt?

Als sie sich wieder gesetzt hatten, der Vorhang sich hob und das Licht der Bühne die Zuschauer in ein gedämpftes Zwielicht tauchte, kniff sie die Augen zusammen und ließ den Blick auf der Suche nach einem ihr bekannten Gesicht noch einmal konzentriert über die Balkone und die Sitzreihen im Parterre gleiten. Doch natürlich wurde sie nicht fündig, und sie schämte sich allmählich für ihr Verhalten. Da sie deshalb bereits einen Teil der Handlung verpasst hatte, zwang sie sich für den Rest der Oper dazu, sich auf die Darbietung zu konzentrieren.

Dann, während sie eine Darstellerin auf der Bühne beobachtete, fiel es ihr plötzlich ein. Das Haar! Es war das Haar, das sie glaubte, gesehen zu haben. Orangerot wie ein Sonnenuntergang, lodernd wie die Flammen eines Feuers. War das möglich?

Rodolphe nahm Amelies Hand in seine und sah sie mit fragend hochgezogener Augenbraue an. Er musste ihre Unruhe bemerkt haben. Doch sie schüttelte bloß lächelnd den Kopf und sah angestrengt nach vorne.

Als sich die Musik im Crescendo des Finales verlor, spürte Amelie, dass ihr eine Träne aus dem Auge gesprungen war. Tannhäuser und seine Irrwege in der Liebe ... so manches davon erinnerte sie an ihr eigenes Leben und daran, dass sie ihren Männern vergeben hatte.

Ihrem Ehemann Wilhelm, der sich in seiner seelischen Qual vieler Sünden schuldig gemacht hatte. Dennoch hoffte sie aufrichtig, dass seine Seele endlich Frieden gefunden hatte. Dass er bei seiner Katharina war.

Rodolphe, der die Liebe einst, ungestüm und von jugendlicher Arroganz getrieben, verspottet hatte. Nur um dann von ihr geknechtet zu werden.

Aber hatte Amelie auch sich selbst vergeben? Für ihre unmündige Selbstüberschätzung, für ihren aussichtslosen Kampf gegen die vorherrschende Ordnung? Sie wusste es nicht.

»Du bist heute so nachdenklich.« Rodolphe legte den Arm um ihre Schultern, damit er sie in der zum Ausgang strömenden Menschenmasse nicht verlor.

»Das liegt an Tannhäuser.« Sie sah zu ihm auf.

Er nickte. Er verstand.

Sie verließen das Stadttheater, und die frische Nachtluft kühlte Amelies überhitzte Wangen. Sie atmete tief ein. Um sich die Beine ein wenig zu vertreten, liefen sie nach rechts in Richtung Kindlifresserbrunnen. Die dargestellte Schreckfigur aus dem Mittelalter thronte wie eh und je auf einer mit Girlanden behängten korinthischen Säule und fraß ein nacktes, wahrscheinlich unartiges Kind. Im Dunkel wirkte die Sagengestalt noch unheimlicher, denn es schien, als bewegten sich deren Gesichtszüge.

Rodolphe hatte soeben die Hand erhoben, um eine Droschke zu rufen, als Amelie hinter dem Brunnen einen anderen Schrecken erblickte. Das Blut gefror ihr in den Adern, und ihr Herz stolperte.

»Amelie?« Rodolphes Stimme drang nur gedämpft durch das Rauschen in ihren Ohren. Langsam wandte sie den Kopf und sah in seine hellbraunen Augen.

»Rodolphe?« Ihre Stimme war nur ein heiseres Fiepen.

»Ja?« Alarmiert sah er sie an und bedeutete einer Droschke, die auf sein Handzeichen hin angehalten hatte, weiterzufahren.

Mit zitternder Hand wies Amelie zum Kindlifresserbrunnen. Und dem Pärchen, das dahinter stand.

Ihr Geliebter trat neben sie. Seine Schulter berührte ihre. Beide starrten sie ungläubig in die angezeigte Richtung.

Die Frau lachte ausgelassen. Sie hatte das orangerote Haar zu einer kunstvollen Frisur hochgesteckt. Kokett strich sie sich eine Haarsträhne aus dem Gesicht, während er flüchtig, kaum wahrnehmbar, ihre Hand streifte. *Er*, das war ein nicht allzu großer Mann mit schwarzem Hut und einem charakteristischen Gehstock.

»Theodor Tobler«, murmelte Rodolphe und umschloss Amelies Hand.

»Lola Moreau«, ergänzte sie. »Meine Lola.«

# Nachwort

Wer Band 1 der Schokoladenpionierinnen gelesen hat, weiß, dass ich bei diesem Projekt zum ersten Mal ein Nachwort verfasst habe. Mit dieser neuen Tradition möchte ich somit auch am Ende dieser Geschichte fortfahren.

Auf eine Danksagung verzichte ich an dieser Stelle bewusst, weil ich allen, die mich unterstützt haben, persönlich gedankt habe und bei Danksagungen stets die Gefahr besteht, jemanden zu vergessen.

Auch dieser Roman beruht auf zahlreichen historischen Fakten. Um diese in Erfahrung zu bringen und möglichst detailgetreu wiederzugeben, habe ich mich auf eine faszinierende Reise begeben. Mir standen vergilbte, vergriffene Werke zur Verfügung, die es teilweise nur noch als Einzelstück im Antiquariat zu erstehen gab. Dem Internet sei Dank, habe ich diese Perlen gefunden und an mich gerissen, bevor mir jemand zuvorkam. Wie Schätze habe ich sie gehütet, sie bewundert und all ihre Geschichten in mich aufgesaugt. Sie haben mich ein Jahr lang begleitet und die Zeit und das Leben dazumal lebendig werden lassen. Gelegentlich zogen mich diese Erzählungen dermaßen in ihren Bann, dass ich mir auf dem Nachhauseweg beinahe eine Droschke gerufen hätte.

Trotzdem gilt es zu erwähnen, dass sich historische Quellen mannigfach widersprechen, als führten sie mich gerne an der Nase herum. Oft kam es zudem vor, dass sich die Welt darüber ausschwieg, wie etwas war, aussah oder ob es überhaupt schon existierte. So manche Lücke, die daraus entstand, wurde demnach notgedrungen durch meine Fantasie gefüllt.

So existierten Amelie Ammann, ihr Gatte Wilhelm und deren Kinder nur in meiner Vorstellung. Die Liebesgeschichte zwischen ihr und Rodolphe ist ebenfalls Fiktion, wobei es der Wahrheit entspricht, dass Rodolphe Lindt nie geheiratet hat. Obwohl diese Geschichte durch zahlreiche historische Fakten hinsichtlich der Wechselbeziehung zwischen Lindt, Sprüngli und Tobler inspiriert wurde, erhebt sie diesbezüglich keinen Faktizitätsanspruch. Vielmehr wurde um die historischen Gegebenheiten herum eine neue ästhetische Wirklichkeit geschaffen.

Zum Schluss der Geschichte habe ich mir zudem eine größere schriftstellerische Freiheit erlaubt. In Wahrheit wurde die berühmte LINDOR-Kugel, auf die ich am Schluss des Romans anspiele, erst 1969 als saisonale Freude zu Weihnachten erfunden. Als sie kurz darauf wieder verschwand, war die Enttäuschung bei den Schokoladenliebhabern groß, und so beschloss Lindt & Sprüngli, sie in ihrem Sortiment zu verewigen. Heute hat sie einen wahren Kultstatus erreicht.

Die Formpraline, wie wir sie in der Gegenwart kennen, wurde erst 1912 in Brüssel erfunden. Es gab aber schon seit dem 17. Jahrhundert Pralinen in vereinfachter Form, sogenannte Tauchpralinen. So behaupten es jedenfalls die Ursprungsmythen.

Für diesen Roman wünschte ich mir einen würdigen und emotionalen Abschluss, weshalb ich mir erlaubt habe, die Erfindung der Kulttrüffel einige Jahrzehnte vorzurücken. Dies nicht zuletzt aus dem Grund, weil uns die historische Fortsetzung der Geschichte kein glückliches Ende beschert.

Rodolphe Lindt war eine komplexe und inspirierende Persönlichkeit, die mich gerade aufgrund ihrer Ecken und Kanten fasziniert hat. Er war eine Schöpfernatur, ein Freigeist und ein Visionär, der Schweizer Schokoladengeschichte geschrieben hat.

Gemäß Überlieferung wurde Rodolphe Lindt selbst nie rechtlich belangt, auch wenn das immer noch behauptet wird. Sein Bruder August und sein Cousin Walter allerdings wurden verurteilt. Rodolphe starb, bevor das letztinstanzliche Urteil in dieser Angelegenheit fiel. Nach 1932 wurde der Standort Bern geschlossen und die Produktion von der Matte nach Kilchberg verlegt, wie es ursprünglich geplant gewesen war. Einzig der historische Schriftzug, der heute noch von der Nydeggbrücke aus zu erkennen ist, erinnert daran, dass sich Rodolphe Lindt widersetzt und nochmals neu angefangen hat. Bis heute überschattet diese Geschichte Lindt & Sprüngli.

Ich habe mich mit beiden Perspektiven auseinandergesetzt. Meiner Meinung nach hat jeder Schokoladenpionier, ob von der Familie Sprüngli oder Lindt, auf seine Weise Eindrucksvolles geleistet. Sie haben beide ein Andenken verdient.